J. L. Drake

Hurt

J. L. Drake

Hurt

Verwundetes Herz

Roman

LAGO

Bibliografische Information der Deutschen Nationalbibliothek:
Die Deutsche Nationalbibliothek verzeichnet diese Publikation in der Deutschen Nationalbibliografie; detaillierte bibliografische Daten sind im Internet über http://d-nb.de abrufbar.

Für Fragen und Anregungen:
info@lago-verlag.de

1. Auflage 2018

Nymphenburger Straße 86
D-80636 München
Tel.: 089 651285-0
Fax: 089 652096

Die englische Originalausgabe erschien 2016 bei Limitless Publishing, LLC unter dem Titel *Honor*.

Übersetzung: Alfons Winkelmann
Redaktion: Astrid Pfister
Umschlaggestaltung: Laura Osswald
Umschlagabbildung: Shutterstock/Viorel Sima
Satz: Röser MEDIA GmbH & Co. KG, Karlsruhe
Druck: CPI books GmbH, Leck
Printed in Germany

ISBN Print 978-3-95761-186-4
ISBN E-Book (PDF) 978-3-95762-109-2
ISBN E-Book (EPUB, Mobi) 978-3-95762-110-8

Weitere Informationen zum Verlag finden Sie unter

www.lago-verlag.de

Beachten Sie auch unsere weiteren Verlage unter www.m-vg.de.

Meinem *Street Team* »The Blackstone Girls« gewidmet, die sich in Mark verliebt und mir geduldig zur Seite gestanden haben, während ich in meinem Arbeitszimmer überwinterte und seine Geschichte zu Ende schrieb. Ich danke euch.

Die Hauptdarsteller

Savannah: Sieben Monate in Tijuana, Mexiko, als Geisel gefangen gehalten. Von Blackstone gerettet worden, hat sie sich später in Cole Logan verliebt. Lebt jetzt auf *Shadows*.

Cole: Besitzer des Safe Houses in Montana, das *Shadows* genannt wird. Hat sich in das Foto eines Opfers verliebt. Hat sie gefunden, gerettet und schließlich geheiratet. Anführer des Spezialteams Blackstone.

Olivia: Savannahs und Coles Tochter.

Mark: Cole Logans bester Freund. Ebenfalls Mitglied von Blackstone. Flüchtet immer mit Humor vor seiner schmerzlichen Vergangenheit.

Keith: Das neueste Mitglied von Blackstone. Savannahs »großer Bruder«.

Paul: Mitglied von Blackstone.

John: Mitglied von Blackstone.

Abigail: Marks »Adoptivmutter«, Coles Kindermädchen und jetzt Hausgehilfin. Ist mit dem Hausarzt liiert.

Doktor Roberts: Hausarzt, eine Seele von Mensch und in Abigail verliebt.

June: Abigails jüngere Schwester.

Mike: Agent auf *Shadows*. Wild aussehender gutmütiger Bär, von Kopf bis Fuß tätowiert.

Dell: Agent auf *Shadows*.

Davie: Agent auf *Shadows*.

Molly: Krankenschwester im North Dakota Hospital. Hat eine Geheimhaltungsverpflichtung unterzeichnet, um die Männer von Blackstone verarzten zu können, wenn sie eingeliefert werden.

Mia: Krankenschwester im North Dakota Hospital.

Scoot: Launischer Hauskater. Hat keinerlei Schamgefühl.

Prolog

Mark Lopez, sieben Jahre alt

Sie lag wie üblich am selben Platz, auf dem schmutzigen gelben Sofa, das so sehr nach Pisse stank. Ihr Kleid war mit Erbrochenem besudelt, und ihr Atem kam in flachen Stößen. Die meisten Kinder hätten Angst gehabt, ihre Mutter so zu sehen, aber ich nicht. Mir war sie so tatsächlich sogar viel lieber, denn so konnte ich ihre Schreie nicht hören, konnte ihren hasserfüllten Blick nicht sehen, und, was das Wichtigste war, ich konnte ihre Fäuste nicht spüren, wenn sie auf meinem schmächtigen, knochigen Körper einschlugen.

Momentan hatte ich schreckliche Bauchschmerzen. Die hatte ich eigentlich immerzu. Wir hatten es aufgegeben, morgens in die Küche zu gehen. Es hatte keinen Zweck, da Mom sowieso niemals vor zwölf Uhr aufstand. Die schlichte Wahrheit lautete, dass die Welt ohne sie eine bessere wäre. Mit zwei Fingern holte ich ein kleines Stück Kaugummi aus dem Seitenfach meiner Schultasche und steckte es mir in den Mund, weil ich hoffte, meinen Bauch dadurch davon überzeugen zu können, dass er voll sei.

Das war die traurige, kranke und abgedrehte Wirklichkeit meiner Kindheit ... meines Lebens.

Ich warf meiner Mutter noch einen letzten Blick zu und schloss dann die Tür hinter mir. Mir blieben jetzt noch mindestens fünf Stunden des Friedens, bevor ich wieder Mutters üblichen Katernachwirkungen ausgeliefert sein würde.

Kapitel eins

Ort: Mexiko

Koordinaten: Geheim

Mark

Ich rannte, so schnell ich nur konnte. Die Kugeln kamen immer näher, und eine davon peitschte gerade dicht an meinem Kopf vorbei. Meine Füße hämmerten auf den Boden und zogen eine kleine Staubfahne hinter sich her, die unweigerlich meinen Aufenthaltsort verraten würde. Ich sprang in eine Rinne, wo ich eilig meine Waffe nachlud und mich in eine bessere Position brachte. Die Sonne blendete mich. Ich holte jetzt eine Tube heraus und schmierte mir einen Klecks Farbe unter beide Augen, damit sie nicht so reflektierten.

»Raven One an Raven Two, wo bist du?«, tönte Coles befehlsgewohnte Stimme über den Sprechfunk.

Ich drückte den winzigen Knopf an meinem Halsmikro. »Raven Two an Raven One, nordwestlich, drei Meter vor der Scheune.«

»Verstanden, Raven Two. Fox One kommt zu dir. Gib ihm Deckung.«

»Verstanden, Raven One, gebe Fox One Deckung.«

Ich suchte den Horizont ab und klickte dann auf mein Funkgerät, um Paul Bescheid zu geben, dass hier alles in Ordnung war. Er tauchte daraufhin scheinbar aus dem Nichts auf und rannte geduckt über das Feld; die Waffe für den Fall einer Bedrohung in Höhe der Augen gehalten.

Dann sah ich es plötzlich – das Aufblitzen eines Gewehrlaufs. Anhand der Position erkannte ich sofort, dass es sich dabei um kein Mitglied von Blackstone handelte. Es musste einer von *ihnen* sein. Ich leckte mir die

Lippen, betätigte den Abzug und jagte etliche Kugeln in Richtung des Aufblitzens. Der Körper des Mannes kippte daraufhin nach hinten und fiel dann außer Sicht.

Paul ließ sich auf den Boden fallen und krümmte sich zu einem Ball zusammen. Dann rollte er sich vor meine Füße und lächelte mich dankbar an.

»Gut. Raven Two, ab zur nächsten Position«, wies mich Cole an.

»Verstanden, Raven One.« Ich bedeutete Paul, dass er als Erster gehen sollte.

Paul überprüfte zuerst seine Waffe, bevor er aufsprang und die restliche Entfernung zur Scheune in einem schnellen Lauf zurücklegte. Sobald Johns Klicken über Funk ertönte, das Zeichen, dass alles sicher war, blickte ich mich rasch um, stellte mich in Position und rannte ebenfalls los.

Ich konnte nichts mehr wahrnehmen. Nichts zählte, wenn man in dieser Situation war. Überlebe oder stirb bei dem Versuch.

Ich wusste genau, in welchem Augenblick sie mich traf. Leider konnte nichts diese Geschosse aufhalten. Auf der Straße hießen sie »Cop Killers« oder »Polizistenmörder«. Es war Hartkernmunition, diese durchdrang jede noch so dicke Panzerung, auch den Typ, den ich gerade trug. Ich spürte, wie mir die Kugel ins Fleisch drang und sich unmittelbar neben meiner Niere in mich hineinbohrte. Sie grub sich tief in einen Muskel ein.

Ich konnte jetzt lediglich versuchen, den Schmerz abzuschalten und so schnell wie möglich in Deckung zu rennen. Ich hörte Coles Gewehrfeuer in Richtung des Schützen.

Das Summen im Funk kam bei mir im Gehirn allerdings nicht mehr an. Ich war fast da, konnte aber nirgendwo in der Nähe den Hubschrauber entdecken. *Rennen, einfach nur weiterrennen.*

Paul erwartete mich bereits, und er packte mich, als ich nahe genug bei ihm war. Cole musste ihm offenbar gesagt haben, was geschehen war.

»Wo bist du getroffen worden?« Paul half mir, mich hinzulegen, und wälzte mich dann auf die Seite. »Oh Scheiße!«

Ich nahm einen schmerzhaften Atemzug. »Das ist nicht gerade das, was ich im Moment hören möchte, Mann!«

Paul verzog die Lippen zu einem winzigen Lächeln. »Na ja, dann lass dich eben nicht treffen.«

»Ich werd's im Hinterkopf behalten«, schnaufte ich gequält.

Paul holte sofort medizinische Notvorräte aus seiner Weste. »Das wird jetzt etwas kitzeln.«

»Verpiss dich!« Ich lachte, doch dann knurrte ich, als er ein Pulver zur Blutgerinnung direkt in die offene Wunde schüttete. Er machte sich nun daran, meinen Rücken zu verpflastern, wobei er die ganze Zeit vor sich hin brummte, was ich doch für ein verdammtes Weichei sei. Er half mir anschließend auf die Füße, da wir leider schon jede Menge Zeit vergeudet hatten.

»Kannst du rennen?«

»Klar, Mann, ist schließlich bloß ein Kratzer.« Schweiß rann mir in Strömen in meine Montur, und wir begaben uns hastig zur Rückseite der Scheune. Anschließend rannten wir, so schnell wir konnten, nach draußen auf die Baumreihe zu.

Jeder Schritt, jeder Atemzug und jedes Blinzeln war jetzt plötzlich eine Anstrengung für mich geworden. Mir tränten die Augen wegen des tief sitzenden Brennens, das mir gerade die Wirbelsäule hinaufloderte. Ich kotzte mitten im Laufen, blieb jedoch trotzdem in Bewegung, obwohl ich meine Schritte natürlich verlangsamen musste. Paul warf einen Blick zurück und nickte dann. Einen Augenblick später begriff ich, warum. Keith packte mich nun an meiner Weste und schleppte mich mit sich, bis wir tief genug im Wald waren, dass wir endlich anhalten konnten.

Ich fiel auf die Knie, weil ich außerstande war, auch nur noch eine Sekunde weiter zu stehen. Normalerweise konnte ich Schmerzen gut abblocken, aber das hier war einfach zu viel. Irgendetwas stimmte nicht.

»Bleib bei mir, Bruder«, sagte Cole nun besorgt.

Bilder blitzten vor mir auf, während ich hinauf in den dunkler werdenden Himmel starrte.

Das ist nicht gut. Scheißdreck, wo bin ich? Im einen Moment bin ich in Tijuana, im nächsten bin ich ein Kind, das unter den Küchentisch krabbelt.

»Mark!« Seine Stimme schickte mir einen Schauder bis in die Fingerspitzen. »Mark!« Cole schlug mir brutal auf die Wange, wodurch er mich wieder zurückholte. Sein Gesicht sprach Bände. Ich steckte offenbar in ernsthaften Schwierigkeiten.

»Er ist hier«, flüsterte ich verwirrt, weil ich nicht wusste, wo ich gerade war.

Cole musste nicht nachfragen. Er verstand es sofort. »Nein.« Er schüttelte energisch den Kopf. »Nein, er ist nicht hier. Bleib bei mir, Bruder!«

»Er ist hier. Ich höre ihn.« Mein Griff an seinem Arm wurde fester. »Cole.«

Cole senkte den Kopf und flüsterte etwas, während ich die Augen schloss und mich der Erleichterung hingab, den Schmerz endlich loslassen zu können.

Mia

»Komm schon, Mia.« Dr. Evans reichte mir einen Kaffee, während ich eine Patientenkarteikarte ausfüllte.

Ich gab mir gar nicht erst die Mühe aufzublicken. Seine Welpenaugen machten auf mich keinen Eindruck. »Wie ich Ihnen schon letzte Woche, gestern und heute gesagt habe, habe ich keine Zeit, mit Ihnen auszugehen.«

»Du arbeitest, du gehst nach Hause, und dann arbeitest du wieder, Mia.« Er seufzte. »Irgendwann wirst du aufwachen und erkennen, dass du dein ganzes Leben hier in diesem Krankenhaus vergeudet hast … um was zu tun?«

Mein Stift hielt mitten im Wort inne, und ich blickte auf. »Leben zu retten.«

»Du bist eine Krankenschwester und keine Ärztin. Obwohl du schlau genug bist, um eine sein zu können.« Dr. Evans zog mir die Karteikarte aus den Händen und steckte sie an ihren Platz zurück.

»Bitte?« *War dieser Nervtöter vielleicht aufdringlich!* Ich spürte bereits die Ader an meinem Hals pulsieren.

Aber er tat meine Wut mit einem Wedeln der Hand ab. »Sieh mal, ich schlage dir doch bloß vor, dass wir etwas Spaß zusammen haben sollen. Wann bist du das letzte Mal ausgegangen?«

Ich verschränkte die Arme vor der Brust, um den Drang zu unterdrücken, ihm mit einem Fausthieb die Nase zu brechen. »Gestern Abend, ins *Thirsty Duck*.«

»Ich meine, mit einem Mann. Ich meine ...«

Die Tür wurde aufgestoßen, und Sanitäter des Fahrzeugs 59 kamen mit einer Rolltrage hereingerannt, auf der ein Opfer mit Schussverletzungen lag. Drei Feuerwehrleute folgten ihm, dazu noch zwei weitere Männer, die aussahen, als kämen sie gerade direkt aus einem Kriegseinsatz.

»Ich brauche hier Hilfe«, rief Wyatt, der Sanitäter. Als er mich sah, gab er sogleich einen detaillierten Bericht ab. »Männlich, dreißig Jahre, eine Schussverletzung im unteren Rückenbereich.«

Ich sah mich um und überlegte, wo der Mann herkam. *Wo war die Polizei?* Normalerweise war sie immer sofort zur Stelle, wenn es eine Schießerei gegeben hatte. Gerade drehte Molly, die andere Schwester, den Mann auf die Seite, und ich erkannte seine Marke. Ich griff danach. Ah, er war von den Special Forces. Major Mark Lopez.

Molly hatte erwähnt, dass eine Spezialeinheit der Army, wenn es nötig wäre, hier hereinkäme, bevor sie zu ihrem Safe House weiterfahren würden. Ich sah sie an, und sie nickte, so, als hätte ich ihr eine Frage gestellt. Dann schüttelte sie allerdings den Kopf, um mich daran zu hindern, weitere Fragen zu stellen.

»Also gut«, sagte ich deshalb, nachdem ich seine Verletzung ausgiebig in Augenschein genommen hatte. »Bett vier ist gerade frei.« Ich zeigte in die Richtung und warf dann einen Blick auf die anderen Männer, die an der Wand lehnten, um den Weg frei zu halten.

Ich ging zu Ihnen hinüber, ließ mir jedoch Zeit dabei, da ich gerade versuchte, mir die richtigen Worte zurechtzulegen. Diese Männer sahen aus, als wären sie heute durch die Hölle gegangen und wieder von dort zurückgekehrt.

Ein großer Mann trat jetzt vor und streckte mir die Hand entgegen. »Schwester?«

»Harper, Mia Harper.« Ich schüttelte ihm die Hand.

»Colonel Logan.« Er räusperte sich. »Die Verletzung ist jetzt bereits über drei Stunden alt. Wir sind in einen Hinterhalt geraten, und Lopez hat eine Kugel in den Rücken abbekommen. Er glaubt nicht, dass seine Niere getroffen wurde, hat jedoch erwähnt, dass sein Rückgrat sehr brannte. Wir haben ihn so gut verarztet, wie wir konnten, aber er hat trotzdem viel Blut verloren.«

»In Ordnung.« Der andere Mann trat nun ebenfalls einen Schritt auf mich zu. Sein Namensschild besagte, dass er Agent Keith war.

»Er wird jetzt direkt in den OP gebracht. Ich bin ebenfalls dort drin, Colonel, und ich werde Sie sofort auf den neuesten Stand bringen, sobald ich kann.«

»Danke, Mia«, sagte Logan mit einem leisen Seufzer, dann holte er sein Handy heraus und rief jemanden an.

»Sind Sie neu hier?« Agent Keith lenkte meine Aufmerksamkeit nun auf sich.

»Allerdings«, bestätigte ich. »Aber ich werde mich gut um Ihren Freund kümmern. Zusammen eingetreten, zusammen verlassen, nicht wahr?« Logan wandte sich daraufhin zu mir, und Agent Keith kniff misstrauisch die Augen zusammen. Wie ich wusste, kannten nur wenige Auserwählte das Motto ihrer Einheit. Ich machte jetzt auf dem Absatz kehrt und hoffte, dass es wenigstens ein gewisser Trost für sie wäre.

Die Tür flog auf, und ich bekam einen Hauch von frischer Luft in die Lungen. Ich stützte mich auf einem Wäschekorb auf und nahm mir einen Augenblick, um wieder richtig zu mir zu kommen. Meine Güte, noch nie zuvor war ein Patient während einer Operation erwacht.

»Den Schwamm bitte, Mia«, bat mich Dr. Evans mit einem kleinen Leuchten in den Augen. »Also, hast du noch einmal über mein Angebot nachgedacht?« Der Raum war voller Schwestern, die sich alle auf ihre jeweiligen Tätigkeiten konzentrierten, aber ich wusste, dass sie unser Gespräch trotzdem belauschen würden.

Ich schüttelte den Kopf und prüfte die Sauerstoffsättigung des Patienten. Mollys Augen waren nur noch schmale Schlitze. Sie fand die Beharrlichkeit des Arztes sogar komisch. »Nein, Dr. Evans, ich war stattdessen damit beschäftigt, mich um das Opfer einer Schießerei zu kümmern.«

»Er ist doch jetzt stabil, hat eines der besten Teams um sich, also …«

Die Hand des Patienten schoss plötzlich vor, und seine Finger schlossen sich fest um mein Handgelenk. Ich blickte erschrocken hinab und entdeckte, dass seine dunkelbraunen Augen fest auf mich gerichtet waren.

»Hallo, Mark.« Meine Stimme war betont ruhig, als ich seine Hand fest drückte. Plötzlich registrierte sein Körper den Schmerz, und seine Halsmuskeln spannten sich an. »Sie sind ein Kämpfer, so viel ist sicher. Die meisten Leute sind mit diesem Zeug bewusstlos.« Ich lächelte und warf einen Blick zu Molly, die schon bereitstand, um ihm eine weitere Dosis zu verpassen. Mark wollte etwas sagen, doch der Intubationsschlauch in seinem Hals ließ ihn unwillkürlich würgen. »Ich weiß.« Ich zog einen Hocker heran, sodass ich mich neben ihn setzen konnte. »Wir sind schon fast fertig, aber Molly wird Sie wieder in Schlaf versetzen, sodass Sie keine Schmerzen haben.« Doch er schüttelte den Kopf. Ich konnte einfach nicht anders, ich musste ihm mit der Hand über das zerzauste Haar streichen. So intim war ich noch niemals zuvor mit einem Patienten umgegangen, aber er war so ein großer Mann und gerade so unglaublich verletzlich. Etwas an dieser Situation weckte offenbar meine Beschützerinstinkte.

Sein Blick wurde jetzt weicher, dann schloss er die Augen, allerdings nicht ohne mir zuvor noch leicht zugenickt zu haben. »Ich werde die ganze Zeit über hier sein«, flüsterte ich mit einem Blick zu Molly, die gerade eine weitere Dosis des Mittels in den Schlauch gab. Binnen Sekunden war er wieder bewusstlos.

Sein Griff lockerte sich, aber ich zog meine Hand dennoch nicht sogleich wieder zurück, sondern erst, nachdem ich mir ganz sicher war, dass er wieder vollkommen entspannt war.

»Du meine Güte«, schnaubte ich, und meine Schultern sackten herab. Dr. Evans hatte einen merkwürdigen Ausdruck auf dem Gesicht.

Molly brach schließlich das Schweigen. »Hui! Das war ja gerade echt ein bisschen gruselig.«

Nach ein paar weiteren Atemzügen verdrängte ich Marks Blick aus meinem Kopf und richtete mich wieder auf. Ich ließ den Wäschekorb los und machte mich daran, meine Runde zu beenden.

Nach einer heißen Dusche und nachdem ich mir saubere Schwesternkleidung übergestreift hatte, holte ich ein Buch aus meiner Tasche, machte mich auf den Weg zur Notaufnahme und setzte mich dort in die Ecke. Ich beobachtete die Leute gern, wenn sie hier hereinkamen. Man wusste irgendwie immer, wer wirklich verletzt war und wer nicht. Ich bewertete sie stets von eins bis zehn. Man lernte sehr viel, wenn man in diesem Bereich arbeitete.

»Mia?« Molly reichte mir einen Kaffee und setzte sich neben mich. »Wie geht's dir?«

Ich zuckte mit den Achseln und fuhr mit einem Finger durch den heißen Dampf über meinem Becher. »Gut, schätze ich.«

»Möchtest du über irgendetwas mit mir reden?«

Ich nickte, weil ich erkannte, dass sie ebenfalls über die ganze Sache nachdachte. »Ich habe schon Schlimmeres gesehen, Molly. Die Schussverletzung war nicht dramatisch.«

»Das habe ich auch nicht gesagt. Ich meinte eher, dass du gut damit umgegangen bist, als er auf einmal aufgewacht ist. Du hast ihn sofort beruhigen können. Mark ist ein großer Junge, ich war überrascht, dass er dich nicht sofort umgehauen hat und zur Tür gerannt ist.«

»Hmm ...« Ich überlegte einen kurzen Moment. »Kommt das Blackstone-Team oft hierher?«

»Blackstone?« Molly verzog erschrocken das Gesicht. »Woher kennst du ihren Namen?«

»Ich habe mitbekommen, was Logan gesagt hat.«

»Oh.« Ich merkte genau, dass sie mir nicht wirklich glaubte, aber sie ließ das Thema trotzdem fallen. »Ich war mal total verknallt in Logan, aber er ist verheiratet und hat ein Kind. Wirklich schade.« Sie lachte und trank einen Schluck Kaffee. »Dann ist da noch Mark. Mein Gott, dieser Mann schickt Funken direkt in mein tiefstes Inneres.« Sie blinzelte übertrieben.

Ich warf den Kopf zurück und lachte mich schlapp. Allerdings hatte Molly nicht so ganz unrecht.

»Also.« Sie rückte auf den Sitz direkt neben mir. »Möchtest du mir etwas von dir erzählen? Du arbeitest jetzt schon seit zwei Monaten hier, und ich weiß nicht einmal, woher du kommst oder wo du zuletzt gearbeitet hast.«

»Na, schauen wir mal.« Ich kramte eilig etwas Wahres hervor, das ich ihr mitteilen konnte. Die anderen Informationen blieben besser weiterhin im Dunkeln. »Ich bin in Arizona geboren und aufgewachsen und später nach Kalifornien gezogen, weil ich gern in der Nähe von Wasser leben wollte. Anschließend bin ich dort aufs College gegangen und später etwas umhergezogen. Meine Mutter sagt immer, ich hätte wahrscheinlich etwas vom fahrenden Volk in mir.«

»Stehst du deinen Eltern nahe?«

Ich warf einen Blick auf die Uhr an der Wand und stellte fest, dass ich wieder zurück an die Arbeit musste. Ich hielt mein Getränk in die Höhe, als ich aufstand. »Danke für den Kaffee, Molly. Das nächste Mal bin ich dran.« Ich wollte gerade losgehen, als sie noch einmal nach mir rief: »Mia?«

Ich drehte mich um und entdeckte, dass sie mich nun misstrauisch ansah. »Nur damit du es weißt: Sie erwähnen niemals auch nur ein Wort von sich, wenn sie hier sind.«

Ich zuckte mit den Achseln. »Dann habe ich offenbar gut geraten.« Ich hob die Hand über meinen Kopf und verschwand dann winkend auf dem langen Flur.

Mark

»Du hast Hunger?« Höhnisch grinsend schleuderte sie mir ein Stück altes Brot entgegen. »Du undankbares Stück Scheiße.«

»Aber mein Bauch tut so furchtbar weh, Momma.« Weinend streckte ich die Hand nach dem Brot aus, das jetzt unter dem Sofa lag. Alles war besser als der Schmerz in mir, der jeden meiner Gedanken auffraß.

»Los, dann bettele gefälligst wie ein guter kleiner Hund.« Sie zeigte mit dem Finger auf den Boden.

Mein Kinn zitterte, denn ich wusste genau, was sie von mir wollte. »I-i-ich k-k-kann n-n-nicht.« *Das Ganze war mir so peinlich.*

»Habe ich etwa gestottert, Bengel?«, kreischte sie und nahm einen weiteren Schluck aus der Wodkaflasche.

Mist.

Ich schnappte mir panisch meine Schuhe, deren Sohlen so durchgewetzt waren, dass ich jedes Steinchen und jeden Spalt spürte, und zog dann hastig meinen Kapuzenpulli über. Aber welchen Sinn hatte das schon? Draußen goss es gerade in Strömen. Ich würde sowieso in ein paar Minuten komplett durchnässt und zu Eis erstarrt sein.

»Komm ja erst wieder zurück, wenn du was für mich hast.«

Ich hörte jetzt auch seine Schritte und beeilte mich deshalb noch mehr. Ich griff nach einer Plastiktüte und rannte in die dunkle Nacht hinaus.

Zuerst klopfte ich an die Tür meines Nachbarn, doch der verpasste mir lediglich eine Kopfnuss, weil ich ihn um Essen anbettelte. Also lief ich weiter. Meine Schuhe quietschten, und meine Füße waren taub vor Kälte, während die Nacht sich dahinschleppte. Ich entschied mich, heute mal eine neue Richtung einzuschlagen, und wandte mich deshalb nach Süden in die wohlhabendere Nachbarschaft, obwohl ich wusste, dass dort ein wesentlich größeres Risiko bestand.

Lange Zeit ging ich einfach nur geradeaus, bis ich schließlich ein weit offen stehendes Gartentor entdeckte. Weiter vorn erkannte ich eine rote Eingangstür, und mir fiel plötzlich eine Geschichte ein, die ich damals von meinem Lehrer gehört hatte, nämlich dass eine rote Tür »Willkommen« bedeutete. Ich schlüpfte also durch das Gartentor und eilte die Zufahrt hinauf.

Dann hob ich meine kalten Fingerknöchel hoch zur Tür und klopfte so fest dagegen, wie ich nur konnte, wobei ich inständig hoffte, dass es noch nicht zu spät war, um etwas Essen zu erbitten.

Die Tür ging auf einmal auf, und eine lieb lächelnde Dame, die eine Teetasse mit Untertasse in der Hand hielt, stand im Türrahmen.

»Mein Lieber.« Ihre warmherzige Stimme brachte mich sofort den Tränen nahe. »Was um Himmels willen machst du denn so spät noch hier draußen?«

»I-ich …« Ich konnte nicht einmal mehr klar denken. Diese Dame hatte gerade »mein Lieber« zu mir gesagt. Niemand hatte mich jemals anders als »Bengel« genannt. »Ich habe mich gefragt, ob Sie vielleicht etwas zu essen für mich hätten?«

Sie bekam sofort große Augen, als ihr die Bedeutung meiner Worte klar wurde.

»Bitte. Ich bin so furchtbar hungrig, und wenn ich ohne Essen zurückkomme, wird mich meine Momma wieder verprügeln.«

Ohne eine Sekunde zu zögern, schlang sie ihre warmen Arme um mich und zog mich in die Behaglichkeit ihres großen Hauses. »Komm herein, und ich wärme erst einmal etwas Suppe für dich auf.«

»Wirklich?« Ich wäre vor Erleichterung fast über meine eigenen Füße gestolpert. Oh du meine Güte, war dieses Haus riesig und so unfassbar warm! Sie musste viel Geld für das Heizen bezahlen, weil Momma immer sagte, dass es viel zu teuer sei, unseren kleinen Trailer zu heizen.

»Sue!«, rief sie, als wir am Treppenhaus vorbeikamen. »Könntest du bitte kurz herunterkommen?«

Die Küche hatte sogar einen Kamin! Ich traute meinen Augen kaum, aber ich schoss dennoch sofort hinüber und suchte seine Wärme. Meine Knochen tauten schon bald darauf auf, aber ich zitterte in meinen nassen Kleidern weiterhin.

»Hier.« Die nette Dame reichte mir jetzt ein paar trockene Kleidungsstücke. Sie zeigte auf ein Badezimmer und forderte mich auf, mich erst einmal umzuziehen.

Der Junge im Spiegel sah mir anschließend nicht im Geringsten ähnlich. Ich hatte jemand vollkommen anderen vor mir. Einfach nur ein Junge in normaler, sauberer Kleidung. Mir gefiel es, wie sich der Stoff anfühlte. Ich rieb mir jetzt, so gut ich konnte, den Schmutz aus dem Gesicht und strich auch mit den Fingern durch meine nassen Haare, sodass sie glatt am Kopf lagen.

Danach kehrte ich in die Küche zurück, wo mein knurrender Magen mich unwillkürlich zu einem leckeren Duft führte. Die Dame rührte gerade in einem riesigen Topf Suppe.

»Komm, setz dich, mein Lieber.« Sie zeigte auf einen Hocker an der Küchentheke. Ich kletterte hinauf, und sie stellte kurz darauf eine dampfende Schüssel Suppe vor mich hin und legte dann noch ein Brötchen mit Butter daneben.

Oh du meine Güte, sogar Butter! Wow! Ich senkte den Kopf und sprach mein Gebet. Daheim beteten wir niemals, aber das hier war einfach etwas, wofür man auf jeden Fall ein Dankgebet sprechen musste.

»Wie heißt du?«, fragte sie und setzte sich auf den Hocker mir gegenüber.

»Mark, Ma'am«, nuschelte ich mit einem Bissen Brötchen im Mund. Oh du meine Güte, das schmeckte so verdammt gut!

»Schön, dich kennenzulernen, Mark. Ich heiße Abigail.« Sie lächelte mich warmherzig an. »Die Sachen passen dir sehr gut, genau so, wie ich es mir gedacht habe. Er hat nämlich in etwa deine Größe.«

»Er?« Ich überlegte, wer das sein könnte.

Sie füllte mein Glas nun erneut mit Milch. »Ja, der kleine Junge, der hier lebt, hat etwa dein Alter. Wie alt bist du denn, sieben oder acht?«

»Sieben, Ma'am.«

»Das ist ein gutes Alter.« Sie reichte mir ein weiteres Brötchen. »Wo wohnst du denn?«

Ich schluckte ein großes Stück Brötchen herunter und gab mir Mühe, mich an meine Manieren zu erinnern. »Ich wohne im Trailerpark an der Sixth Row.«

Ihre Züge wurden daraufhin weicher, und ich verstand, dass sie genau wusste, in welcher Gegend ich lebte.

»Du bist aber noch spät draußen.«

»Eigentlich nicht. Meine Momma mag es nicht, mich im Haus zu haben, wenn sie trinkt. Dann schickt sie mich immer raus, damit ich nach etwas zu essen suche, damit sie mich nicht zur Suppenküche mitnehmen muss.« Ich stellte meine leere Suppenschüssel auf den Tisch, und mir fiel plötzlich ein, dass ich ja nicht mit leeren Händen nach Hause kommen konnte, sonst würde ich wieder Schläge bekommen.

»Danke, Miss, für das Essen und auch für die Kleider. Meinen Sie, es wäre in Ordnung, wenn ich ein Brötchen mitnehme? Momma mag es nämlich nicht, wenn ich nach Hause zurückkomme, ohne etwas für sie mitzubringen.«

Sie legte ihre warme Hand auf meine. »Du isst erst mal in Ruhe zu Ende, Mark. Ich bereite in der Zeit etwas zu, das du mit nach Hause zu deiner Momma nehmen kannst.«

Echt? *»Okay.« Ich aß die nächste Portion Suppe, so schnell ich konnte, als plötzlich jemand anderes in die Küche kam.*

»Sue«, flüsterte Abigail, »wir haben einen späten Besucher.«

»Oh.« Sie musterte mich und schenkte mir dann ein großes Lächeln. »Bist du ein Freund meines Sohnes?«

»Ähm, nein, Miss.« Ich trank das ganze Glas Milch aus, und sobald ich es hingestellt hatte, füllte es Abigail erneut nach. »Danke sehr.«

»Jungen wie du brauchen viel Milch, damit sie groß und stark werden. Trinkst du immer viel Milch?« Ich schüttelte den Kopf. Ich glaubte, dass ich einmal Milch getrunken hatte. Sie schmeckte echt gut.

Nachdem sie mir eine ganze Box mit Essenssachen eingepackt hatte, führte sie mich nach draußen zu einer Garage.

Abigail fuhr mich heim, und das Auto sprang sogar beim ersten Versuch an! Die Sitze waren warm, und ich sank tief in sie hinein. Wow, sie musste echt viel Geld haben. Ich hatte schon lange wissen wollen, wie es sich anfühlte, in einem Auto zu fahren, besonders in einem, in dem die Heizung funktionierte.

»Ähm, vielen Dank für alles«, sagte ich nun nervös, als wir uns unserem Trailer näherten. »Momma könnte sauer werden ...« Ich wollte nicht darüber sprechen, dass sie mich oft vollkommen grundlos verprügelte. Ich öffnete hastig die Tür, und bevor ich hinaus in den Regen trat, wandte ich mich noch einmal zu der Dame um. »Vielen Dank für das Essen. Ich gebe Ihnen die Kleider morgen wieder zurück.«

Abigail legte mir nun eine Hand auf die Schulter. »Warum behältst du sie nicht einfach und kommst morgen stattdessen wieder zum Essen vorbei?«

Bei diesen Worten zog sich mein Magen wie verrückt zusammen. »Echt? Ah, okay. Vielen Dank.«

In diesem Moment konnte ich noch nicht ahnen, dass mir diese sauberen Kleider die Prügel meines Lebens bescheren würden.

Die warmen Sonnenstrahlen fielen auf meine schmerzenden Lider. Ein Schatten glitt über mich hinweg, und meine Sinne nahmen langsam wieder ihre Funktionen auf. Ich griff instinktiv nach meiner Waffe, aber sie war nicht da. *Oh, Scheiße! Wo bin ich?* Meine Gedanken rasten hektisch zurück, aber die Erinnerung war verschwommen. Jemand berührte auf einmal meinen Arm, und ich packte unwillkürlich die Hand und zog die Person zu mir herab.

»Oh!«, keuchte eine weibliche Stimme erschrocken auf.

Ich öffnete meine müden Augen und blickte in ein Paar tiefgrüne Augen, die meinen Blick erwiderten.

»Ist schon okay«, flüsterte sie. Ihr langes, braunes Haar fiel ihr dabei über die Taille. »Ich bin Krankenschwester, und Sie befinden sich gerade im North Dakota Hospital. Ich wollte jetzt Ihre Temperatur messen.«

Ich rief mir die wenigen Erinnerungen ins Gedächtnis zurück, die ich noch besaß, bevor ich ganz hinüber gewesen war. Ich lockerte meinen Griff, aber sie zog ihre Hand nicht sofort zurück.

»Können Sie mir bitte ein paar Fragen beantworten?« Ihre Stimme war ruhig, beschwichtigend und wirkte erleichternd auf den pochenden

Schmerz in meinem Kopf. Ich nickte vorsichtig, als der Schmerz wieder an die Oberfläche drang. »Wissen Sie, wie Sie heißen?«

Ich nickte.

Sie lächelte.

»Wissen Sie, welches Jahr wir haben?«

Ich nickte erneut.

Sie lächelte jetzt noch breiter, wodurch sich ihr Gesicht aufhellte. *Verdammt, sie war wirklich hübsch!*

»Welche Farbe haben meine Augen?«

Ich wollte automatisch nicken, hielt jedoch inne, als ich begriff, worauf sie hinauswollte. Sie wollte, dass ich ihr tatsächlich eine Antwort gab. Da musste ich einfach grinsen.

»Na ja, das war das Warten wert.« Sie lachte sanft. *Warten?* »Sie waren anderthalb Tage weggetreten.« Sie fummelte jetzt an meinem intravenösen Zugang herum. »Aber das ist in Anbetracht dessen, was Sie durchgemacht haben, vollkommen normal. Sie wissen noch, dass Sie eine Schussverletzung haben?«

Okay, sie musste offenbar denselben Vertrag unterschrieben haben wie Molly.

Sie warf einen Blick auf ihre leuchtend rote Armbanduhr. »Meine Schicht endet in zwanzig Minuten, also wird Alvin die nächsten zwölf Stunden Ihr zuständiger Pfleger sein.« *Alvin?*

Mir rutschte das Herz in die Hose. Sie war ein wirklich heißes kleines Ding. Ich beobachtete sie, während sie ihre Aufgaben erledigte und etwas auf einem Klemmbrett notierte. Sie hatte sexy grüne Augen, einen strammen Hintern und langes, braunes, leicht gewelltes Haar. Unter dem Kittel konnte ich ihre Sneakers erkennen, was mich zum Lächeln brachte. Immerhin trugen die meisten Schwestern praktische Schuhe. Ich dachte an diese schrecklichen Crocs, auf die manche standen. Sie gingen sogar so weit, die Löcher mit irgendwelchen Sachen zu dekorieren.

Sie kritzelte weiter auf ihrem Klemmbrett herum, dann schloss sie es. »Kann ich Ihnen vielleicht noch etwas bringen?«

Einen Augenblick lang starrte ich sie einfach nur an. Sie bewegte sich nicht unbehaglich hin und her, wie es so manche Frauen taten, wenn sie in Gesellschaft von Männern wie mir waren, sie erwiderte einfach nur stumm mit einem schwachen Grinsen meinen Blick.

Ich räusperte mich und brachte es fertig, grunzend das Wort »Wasser« auszustoßen.

»Natürlich.« Sie öffnete daraufhin einen kleinen Kühlschrank und kehrte mit einem gelben Becher und einem Strohhalm zurück. Sie hielt ihn mir an den Mund und wartete darauf, dass ich ihn zwischen die Lippen nahm. Ich kam mir vor wie ein Narr, also hob ich die Hand, aber sie schlug sie energisch beiseite. »Ich habe eben einen Sechzigjährigen mit dem Schwamm waschen müssen. Sie werden es wohl aushalten, dass ich mich ein paar Augenblicke auch um Sie kümmere.« Ich grinste, denn sie tat mir leid. Ich öffnete also die Lippen und trank das bisschen Wasser, das sie mir zugestand.

»Mehr«, krächzte ich, weil meine Kehle sich immer noch wie Sandpapier anfühlte.

Sie schüttelte mit einem traurigen Ausdruck auf dem Gesicht den Kopf. »Tut mir leid, aber mehr gibt's erst mal nicht, Major.«

Ich legte meine Hand auf ihre, damit sie bei mir blieb. »Bitte.«

»Sie könnten sich dann übergeben und Ihre Nähte beschädigen. Sie haben nämlich sehr viele Medikamente bekommen ...«

»Ich übergebe mich nicht. Versprochen.« Meine Hand spannte sich an. Ich brauchte dringend Wasser. »Versprochen.«

Sie schloss die Augen und stieß einen leisen Seufzer aus. »Nur noch ein ganz klein wenig mehr.« Ihr Lachen machte mich seltsam glücklich. Ich sah, dass sie gerade ihre eigenen Regeln brach, und das gefiel mir.

Wie zuvor leerte ich das ganze Ding binnen Sekunden, aber ich wollte mein Glück nicht weiter strapazieren.

»Kein Wort mehr.« Sie richtete den Finger auf mich, als sie zurücktrat. »Ich weiß schließlich, wo Sie wohnen.« Sie lachte und beschrieb das Zimmer mit ihren Händen. »Zimmer 2203.« Sie zog die Nase kraus und öffnete dann die Tür. »Schlafen Sie jetzt noch etwas, Major Lopez.«

Ich salutierte ihr, und sie trat hinaus in den hell erleuchteten Gang. Dieses Mädchen war wirklich komisch. Mit dem Dosiergerät für die Schmerzmittel in der Hand fiel ich bald darauf in einen tiefen Schlaf.

Manuel

Mit den angeschwollenen Lippen fiel es mir schwer, aus dem Glas zu trinken. Ich schlabberte herum, während ich mühsam drei Ibuprofen schluckte. *Was für eine beschissene Nacht!* Ich spuckte Blut zur Seite und strich mit der Zunge vorsichtig über meine Backenzähne. Scheiße. Der Molar war zerbrochen und die Hälfte davon verschwunden.

»Du siehst absolut beschissen aus«, meinte Billy und verließ den Umkleideraum.

Ich wartete, bis er gegangen war, bevor ich mein Hemd wechselte und meine Waffe ins Holster schob. Mein Handy vibrierte, und ich fluchte lautstark, als ich die Nachricht las.

Noah: Noch fünf Tage bis zur ersten Zahlung.

Ich wischte mit dem Daumen über das Display und scrollte die Seite hinab, um sie auf neue E-Mails zu checken. Aber nichts. Das alte Arschloch würde mich garantiert umbringen lassen.

Ich fing mein Bild im Spiegel der Umkleidekabine auf, der an der Tür hing. Wut brandete in meinen Eingeweiden auf und raste danach durch meine Haut. Ich hasste es, dass wir uns so sehr glichen. Ich kniff die Augen fest zusammen und versuchte, die Erinnerung abzuwehren, die unweigerlich hochkommen würde.

»Hallo, großer Junge, wie heißt du denn?« Sein Lächeln war schmierig, und ich wusste sofort, was dieser Mann von mir wollte. Ich wusste es, weil es nicht das erste Mal war, dass es geschah. Ich wurde plötzlich auf Marks rote Jacke aufmerksam, als er in die Freiheit hinauslief, während ich weiterhin in dieser beschissenen Hölle zurückbleiben musste.

Verdammt. Ich blickte mich um und sah, dass ich vollkommen allein war. Ich drehte die Verschlusskappe auf, öffnete die Saftflasche und trank dann die Hälfte mit einem Zug aus. Der Wodka war unheimlich stark. Ich hatte es schon lange aufgegeben, mich zu beschränken. Heutzutage war es bloß noch ein Spritzer Saft, und der Rest bestand aus allem Hochprozentigen, das ich in die Hände bekam.

Anschließend knallte ich meinen Spind zu und ging los, um mir das zu holen, was ich so dringend brauchte.

Kapitel zwei

Mark

Die folgenden achtundvierzig Stunden waren echt heftig. Pfleger Alvin war ein extremes Arschloch, der offenbar nicht einmal meine verdammte Patientenkarte lesen konnte. Dann gab es noch Schwester Dawn. Diese glaubte wohl, sie wäre in einem verdammten Quilt-Kurs, und stach mich die ganze Zeit mit ihren verdammten Nadeln. *Wie um alles in der Welt hatten diese Leute ihren Abschluss bekommen?*

Mein Kopf schmerzte, meine Seite schmerzte, und dieses gottverdammte Krankenhaus wollte mir einfach nichts zu essen geben.

Das Bettzeug sollte man am besten verbrennen, die Wände waren wahnsinnig grell, und ich brauchte verdammt noch mal endlich etwas Richtiges zu essen! *Ich kann nicht hier warten, bis sie mir meine Götterspeise liefern. Echt jetzt, Götterspeise?* Die sollte man ja wohl niemals als richtiges Nahrungsmittel betrachten. Sie haben sie reingebracht, und dann haben sie sie sofort wieder rausgebracht. *Kapiert es endlich! Ich hasse Götterspeise!*

»Was ist denn los, mein Sonnenschein?« Cole stand in der Tür und grinste breit. Ich sah ihm an, dass er mich schon eine ganze Weile beobachtet hatte.

»Verschwinde.«

»Nutzt du es immer noch schamlos aus?«

»Verpiss dich gefälligst.«

»Auweia, da ist aber anscheinend jemand so richtig angepisst. Was ist, geben sie dir hier nichts zu essen?« Ich zuckte leicht zusammen, aber er sah es trotzdem sofort. Seine Hand flog daraufhin an seine Brust. »Ach, Bruder, ich wünschte, du wärst gestern Abend da gewesen. Abby hat ein riesiges Ribeye-Steak gemacht, mit dieser speziellen Soße, die ...«

»Du bist für mich gestorben!«

Er lachte und machte einen Satz nach vorn, um jemandem Platz zu machen ... und da war sie auf einmal wieder.

»Hallo, Jungs.« Strahlend kam sie auf mich zu. »Na, Sie sehen ja schon viel besser aus.« Sie zwinkerte mir zu.

Cole warf mir einen Blick zu, während er sie weiterhin im Auge behielt.

»Savannah.« Ich formte lautlos den Namen seiner Ehefrau und erhielt dafür einen Mittelfinger von Cole.

Sie öffnete meine Patientenkarteikarte und fragte: »Wie geht's Ihnen denn, Colonel?«

»Sehr gut, danke ...« Er warf mir einen Blick zu. »... Mia.«

Echt, Arschloch, sind wir schon beim Vornamen?

»Gut.« Sie sah ihn an, und ich zeigte ihm den Mittelfinger zurück. »Freut mich zu hören.«

Coles Handy ertönte, er entschuldigte sich und verließ nun das Zimmer.

Ja, geh du nur.

Mia benötigte noch einen Moment, um den ganzen Papierkram zu erledigen, und strich dabei unbewusst ihre langen Ponyfransen aus den Augen.

»Tiefgrün.« Meine Stimme klang wie ein Knurren.

Sie blickte hoch. »Wie bitte?«

»Die Farbe Ihrer Augen. Sie sind tiefgrün.«

Fältchen bildeten sich daraufhin in den Winkeln dieser tiefgrünen Augen, und ihre Wangen färbten sich leicht rosa, sodass sie noch dunkler wirkten.

»Gut.« In ihrer Stimme schwang jetzt eine gewisse Leichtigkeit mit. Sie ließ die Karte in die Hülle am Fußende des Betts gleiten. »Welchen Tag haben wir heute?«

»Mittwoch.«

»Wie heißen Sie, Major?«

»Major Mark Lopez von der Army der Vereinigten Staaten.«

»Gut.«

»Jetzt bin ich dran«, meinte ich. »Wie heißen Sie?«

»Hm.« Sie kicherte, verschränkte die Arme vor der Brust und hob eine Augenbraue. »Mia Harper. Ich bin Krankenschwester im North Dakota Hospital.«

»Seit wann sind Sie schon hier?«

»Wie bitte ...?« Ihre Stimme wurde sofort leiser.

»Die letzten beiden dämlichen Pfleger, die ich hatte, wussten nicht einmal, wer Sie waren.«

»Sie haben sich über mich erkundigt?«

Scheiße. »Nein, natürlich nicht. Ich ...«

»*Warum* haben Sie sich über mich erkundigt?«

»Warten Sie. Wie ...« Ich warf die Hände in die Luft. »Wie habe ich bloß die Kontrolle hierüber verloren?«

Sie kicherte und schenkte mir etwas Wasser ein.

»Auuu!«, zischte ich plötzlich und beugte mich gequält zur Seite. »Scheiße, tut das weh ...«

»Oh mein Gott.« Sie eilte sofort an meine Seite und legte mir die Hände auf die Schultern, damit ich nicht aus dem Bett fiel. »Besser?«

»Sie riechen gut.« Ich schenkte ihr ein teuflisches Grinsen.

Sie schloss daraufhin die Augen und griff nach dem Alarmknopf. »Sie werden mir doch keine Schwierigkeiten machen, oder, Mark?«

»Ich? Nie im Leben.«

Sie drückte daraufhin den Knopf und wartete darauf, dass jemand reagierte. »Alvin, könntest du den Patienten Mark Lopez bitte waschen?« Mir entgleisten nun die Gesichtszüge. »Er erholt sich nämlich anscheinend ziemlich schnell.«

»Aber natürlich, Mia.« Alvin hörte sich in meinen Ohren etwas zu eifrig an.

»Niemand wird mich waschen!« Ich verschränkte nachdrücklich die Arme vor der Brust, zuckte aber vor Schmerz leicht zusammen.

»Ich bin schließlich ein erwachsener Mann und habe schon weitaus Schlimmeres durchgemacht als das hier. Geben Sie mir einfach etwas Seife und eine Schüssel mit Wasser, dann werde ich mich gern selbst waschen.«

Sie drückte mich sanft, aber energisch zurück auf das Kissen und steckte meine Decke wieder fest. »Nun, Mark, wir haben hier nun mal Vorschriften.«

Alvin kam nun fröhlich pfeifend herein.

»Raus hier!«, rief ich, aber Mias Gesicht brachte mich unwillkürlich zum Kichern.

Alvin sah sie hilfesuchend an. »Mia?«

»Okay, Mr. Lopez.«

Ein Arzt trat nun ein, hielt jedoch beim Anblick meiner verärgerten Gesellschaft sofort inne. »Hier treiben sich also meine Leute herum.« Er sah Mia auffällig an. Doch diese zuckte bloß mit den Achseln, zwinkerte mir allerdings noch einmal zu, während sie Alvin die Schulter tätschelte.

Alvin ging daraufhin weg, aber als Mia sich ebenfalls zum Gehen wandte, rief der Arzt sie noch einmal zurück.

»Bleib hier. Ich kann jemanden gebrauchen.« Er lächelte ihr zu, und sie drehte sich um, aber ich wusste nicht so recht, ob sie es tatsächlich wegen ihres Chefs tat.

»Ich bin Dr. Evans.« Er sah dabei nicht von meinem Patientenblatt auf. Ich glaubte fest an Blickkontakt und war deshalb ziemlich angepisst, weil er ihn mir, dem Patienten, nicht schenkte. »Mark, wie fühlen Sie sich heute?«

»Na ja, Doc, ich fühle mich, als wäre ich angeschossen worden.« Mia konnte ihre Belustigung über meine Bemerkung nicht verbergen.

»Also ist es schmerzhaft?«

»Ja. Schussverletzungen sind im Allgemeinen immer ziemlich schmerzhaft.«

»Das sollte man annehmen.« Er nickte, während er weiter durch meine Akte blätterte. »Ich bin überrascht, dass ich Ihnen zuvor noch niemals hier begegnet bin, wenn man bedenkt, dass das Ihre dritte Schussverletzung in den letzten fünf Jahren war. Du meine Güte.« Er hielt kurz inne, als ihm bewusst wurde, was er da gerade offenbart hatte.

»Nun ja, das war ja auch kaum das Ziel meines Lebens«, brummte ich verärgert und war stinkig. Offensichtlich kapierte der Typ noch nicht einmal mein beabsichtigtes Wortspiel. Es gefiel mir überhaupt nicht, wie still Mia nach dem Erscheinen des Arztes geworden war. Ich vermutete, dass die beiden eine gemeinsame Geschichte hatten.

Dr. Evans kam nun an meine Seite, zog die Decke zurück und tastete die Austrittswunde ab. »Sie stehen entweder gerade unter jeder Menge Schmerzmittel, oder Sie sind ein sehr schmerzresistenter Mensch.«

»Bei meiner Arbeit lernt man schnell, Schmerzen nicht zuzulassen, Doc«, gab ich müde zur Antwort. »Fünf.« Ich seufzte. »Das sind meine Schmerzen auf der Skala.«

Er lächelte und nickte. »Sie haben das alles ja schon mehrmals durchgemacht.«

»Ja.«

Mia reichte mir nun ein Glas kaltes Wasser, dann legte sie den Kopf schief und lauschte. Offenbar war das ihr Pager. »Entschuldigen Sie mich bitte.«

Dr. Evans drückte nun den Knopf der Gegensprechanlage. »Alvin, Sie können nun zurückkommen und Mr. Lopez waschen.«

»Danke, aber ich verzichte.«

»Also, Mark, nehmen Sie's nicht persönlich.« Er schloss die Akte. »Ich wünsche Ihnen einen guten Tag.«

»Oh ja, ich Ihnen auch, Doc.« Ich kicherte, als er ging.

Alvin trat jetzt grinsend ein. »Bereit, Mark?«

»Ich hoffe, dafür werden Sie einen langsamen und schmerzhaften Tod sterben.«

Mia

Zwölf Stunden, zwei Operationen und einen Beinahetodesfall später war ich verdammt müde. Die Woche war schnell vergangen, und es gab jede Menge Gerüchte über die kommende Freitagnacht unten bei *The Grid*. Es klang nach viel Spaß. Die Last meines Jobs hob sich jedoch nie von meinen Schultern, wenn meine Schicht zu Ende war. Ich benötigte immer Zeit, um alles verarbeiten zu können. Gesellschaftlicher Umgang mit dem Personal interessierte mich deshalb nicht sonderlich.

»Lopez hat nach einem weiteren Abendessen gefragt.« Eine der Schwestern schüttelte den Kopf. Mark war dem Personal in dieser Woche allmählich ans Herz gewachsen. Er flirtete nämlich schrecklich gern mit den älteren Schwestern, und auch Alvin hatte offensichtlich ein Auge auf ihn geworfen.

Ich hielt eine Hand in die Höhe, schnappte mir meine Tasche und mein Buch und eilte noch einmal in sein Zimmer.

»Ich hab's gewusst. Wenn ich mich nur genügend beklage, dann schicken die Sie.« Er ließ ein sexy Grinsen aufblitzen. Meine Güte, er sah mir dabei direkt in die Augen. Manchmal fühlte ich mich in seiner Gegenwart so unglaublich verletzlich.

»Meine Schicht ist jetzt vorüber, Major. Kann ich Ihnen trotzdem noch etwas besorgen?«

»Bitte etwas, das nicht in einer Kantinenküche hergestellt worden ist.« Er schob angeekelt das Fleisch mit Soße weg. »Ich habe zwar schon Schlimmeres gegessen, aber mir reicht es langsam trotzdem. Vor allem, wenn ich die ganze Zeit ein *Marie Callender's* von meinem Fenster aus sehen kann. Das ist schon ziemlich gemein, finden Sie nicht auch?«

Ich lachte laut, bevor ich meine Tasche öffnete und dann meinen Shepherd's Pie herausholte. »Hier für Sie.«

Seine Augen leuchteten freudig auf, als er einen Blick unter die Abdeckung warf. »Na, da soll mich doch …« Bei seinem Grinsen musste ich hastig wegsehen. Das Gefühl, das er in mir hervorrief, war ganz anders als alles, was ich kannte. »Haben Sie das etwa selbst zubereitet?« Ich nickte rasch, bevor ich meine Tasche schloss und zur Tür ging.

»Wohin gehen Sie denn jetzt?«

»Nach Hause.«

»Warum?«

»Ich bin müde.«

»Aber ich langweile mich hier so.« Ich drehte mich um, sah sein spielerisches Grinsen und verschränkte die Arme vor der Brust. »Ich habe auch etwas zu erzählen. Klatsch! Mädchen stehen doch auf so etwas, oder?«

»Ich bin leider noch nicht so lange hier, dass ich die anderen Schwestern richtig kenne.«

Er zog die Brauen zusammen, und ich sah ihm an, dass er gerade eine andere Herangehensweise überlegte. »Ich habe gehört, Sie lesen gern.«

Das brachte mich aus dem Konzept. »Woher wissen Sie …?« Ich schloss die Augen. »Warum reden Sie und Molly eigentlich über mich?«

»Ich wollte eben wissen, was Sie gern mögen.«

»Warum?«

Er ignorierte meine Frage und legte den Deckel des Behälters mit dem Shepherd's Pie auf den Schoß. Anschließend griff er nach einem Plastiklöffel vom Tablett und langte mächtig zu.

»Mia.« Dr. Evans steckte nun den Kopf zur Tür herein, hielt aber inne und sah uns beide argwöhnisch an. »Ziehen Sie heute um die Häuser?«

Ich wollte am liebsten laut seufzen, hielt mich jedoch zurück. Mir fiel auf, dass Mark mich genau beobachtete.

»Nein, ich gehe bloß nach Hause.«

»Typisch.« Er zuckte mit den Achseln und schloss dann die Tür. *Ich weiß, ich weiß, ich bin eine richtige Eigenbrötlerin.*

Mit einem aufgesetzten Lächeln wandte ich mich zu Mark. »Ich sollte jetzt gehen. Bis später.« Gerade als ich die Hand auf die Türklinke legte, ergriff er wieder das Wort.

»Danke für das Essen, es ist echt köstlich. Eine eindeutige Verbesserung zu dem Fraß hier.«

»Keine Ursache.«

Ich ging jetzt den Flur hinab und hoffte, dass mich niemand entdecken würde. Ich wollte einfach nur noch nach Hause.

Mit der Faust hämmerte ich auf die Tür meines Nachbarn unter mir ein, der mich jetzt mit seinem üblichen Zahnfleischlächeln begrüßte.

»Schicht?«

»Lang, aber gut.«

Er schob sich mit der Schulter in den Flur hinaus. »Du siehst irgendwie anders aus.« Er betrachtete mich mit schmalen Augen. »Du wirst mir aber nichts verraten, oder?«

Ich streckte die Hand aus. Er pfiff, und einen Augenblick später rannte Butters, unser Sibirischer Husky, auf mich zu, sprang an mir hoch und hätte mich fast umgeworfen vor Freude. Er war ein massiger Hund und wog nur etwas weniger als ich. Vor einer Weile war unser Nachbar, der seit über zwanzig Jahren hier gelebt hatte, verstorben. Irgendwie war der Hund übrig geblieben, also wechselten wir uns jetzt kurzerhand mit der Pflege für ihn ab. Butters hatte aber anscheinend eine gewisse Anhänglichkeit zu mir entwickelt. Seine riesige rosafarbene Zunge leckte mir nun erst einmal über das ganze Gesicht.

»Ich brauche bloß eine Menge Schlaf.« Ich rief Butters, damit er mir folgte. »Bis später, Ed.«

Die schwere Aufzugtür schloss sich hinter mir, und kurz darauf betrat ich meine Atelierwohnung. Kyle, mein bester Freund, und ich hatten sie gemeinsam gemietet. Vor zwei Monaten hatte er mich schließlich dazu überredet, hier einzuziehen. Vor einem Monat hatte er dann plötzlich die Nachricht erhalten, dass er einen Platz an einer größeren Kunstgalerie gewonnen hatte, um dort seine Werke auszustellen. Dass er mir mit seinem Weggang das Herz gebrochen hatte, war eine glatte Untertreibung.

Ich holte mir die Pizza vom vorherigen Abend und eine Flasche Wasser aus dem Kühlschrank, warf das Essen auf einen Teller und nahm Kurs aufs Sofa. Butters folgte mir und ließ sich dicht neben mir nieder. Normalerweise kochte ich mir abends etwas, aber diese Mammutschichten schafften mich allmählich. Ich hatte nämlich keine Pause eingelegt, als ich an der Reihe gewesen war, und mich auch noch freiwillig beim örtlichen Medizinzentrum gemeldet. Schlimmer Fehler. Ich warf meine Chucks auf den Boden, zog die Knie an die Brust und schaltete den Fernseher ein.

Ich wusste gar nicht genau, wie spät es war, als ich irgendwann zu Bett ging. Es war auf jeden Fall dunkel, und der Mond schien so hell, dass ich gar kein Licht einschalten musste. Sobald ich mich in meine Decken gekuschelt hatte, fiel ich auch schon auf die Matratze, und Butters ließ sich neben mir nieder. Ich legte ihm den Arm um die Brust und vergrub meinen Kopf an seinem.

»Ich hab dich lieb, mein Junge.« Ich küsste ihn auf sein Fell und schloss die Augen.

Manuel

Vier Asse hatte ich momentan zwischen meinen Fingern, also standen meine Chancen ziemlich gut. Big Joe, der bisher alles abgeräumt hatte, saß direkt neben mir und sah aus, als würde er jeden Moment einen Herzschlag bekommen und zur Seite sacken. Ich wünschte, ich würde ihm gegenübersitzen, damit ich sein Gesicht lesen konnte, aber so viel Glück hatte ich leider nicht. Stattdessen musste ich eben mit meinem Blatt bluffen.

Der Schweiß, der mir ständig am Hals hinablief, juckte wie verrückt. Ich musste diese Runde unbedingt gewinnen, denn sonst würde mir Noah wieder die Fresse polieren.

»Ich passe«, sagte nun der Hagere mir gegenüber und warf sein Blatt in die Tischmitte.

Die nackte Glühbirne, die an einem Kabel von der Decke hing, flackerte, und wir alle sahen unwillkürlich auf. Die Lagerhalle war eigentlich ein Fleischmarkt und stank dementsprechend penetrant danach, sogar noch hier hinten, wo die Pokerrunden stattfanden.

Ich rückte meinen Stuhl zurecht, und er quietschte leise unter mir. Ich wartete auf den nächsten Zug.

»Passe.« Der Mann seufzte, bevor er aufstand und zur Bar ging.

Die blonde Frau, die ich schon ein paar Mal hier gesehen hatte, drehte unablässig einen roten Chip zwischen ihren Fingern, während sie angestrengt überlegte.

»Ich erhöhe um tausend.« Sie warf einen schwarzen Chip auf den Haufen.

Ohne zu zögern setzte ich meine Chips ebenfalls. »Ich halte Ihre tausend und erhöhe um zweitausend.«

»Sehen!« Big Joe folgte mit seinen Chips und wartete, was als Nächstes geschehen würde.

Das Eis auf meiner Stirn fühlte sich gut an, aber ein Bett hörte sich noch besser an.

»Was ist denn mit dir passiert, zum Teufel?« Eines der Mädchen aus der Buchungsabteilung steckte den Kopf in mein Büro.

»Falscher Ort, falsche Zeit«, log ich und schob die Bilder von der Faust, die gegen meinen Kopf knallte, so weit weg, wie ich nur konnte. Ich konnte sogar immer noch das Geräusch heraufbeschwören, als mir das Rohr über den Schädel gezogen worden war. Die Erinnerungen an das Kartenspiel hingegen waren nur noch äußerst verschwommen.

»Vielleicht sollte da mal jemand einen Blick drauf werfen. Du meine Güte. Wirst du Anzeige erstatten?«

Ich hätte fast laut aufgelacht. Mein Leben war im Augenblick derart beschissen, dass das Letzte, was ich brauchte, weitere Leute waren, die ich mit in diese Scheiße hineinzog.

»Nö, ist den Papierkram nicht wert.«

Ich wartete, bis sie wieder weg war, bevor ich meinen E-Mail-Account öffnete. Nichts. *Willst du mich verarschen?*

Mark

Zwei Tage hatte ich Mia nun schon nicht mehr zu Gesicht bekommen. Sie hatten mich jetzt Pfleger Alvin und einer anderen Schwester zugeteilt, die die Persönlichkeit einer Türklinke hatte. Mit Langeweile war ich noch nie gut zurechtgekommen. Cole und Abigail hatten mich besuchen kommen wollen, aber ich hatte ihnen gesagt, dass sie lieber daheimbleiben sollten. Sie konnten schließlich auch nichts weiter tun, und sie wurden im Haus nötiger gebraucht.

Mit einem raschen Ruck am intravenösen Zugang befreite ich mich von dem gottverdammten Bett. Ich mochte es überhaupt nicht, gesagt zu bekommen, wann ich essen, wann ich schlafen und wann ich meine Medikamente zu nehmen hatte. Ich war schließlich ein erwachsener Mann und musste unbedingt, so schnell wie möglich, wieder in meinen Alltag zurückkehren.

»Ohh.« Ächzend schwang ich die Beine über die Bettkante. Ich setzte die Füße langsam auf den Boden und stellte mich dann mühsam hin. Den dumpfen Schmerz beiseiteschiebend, ging ich vorsichtig auf die Tür zu. Kurz bevor ich hinauswollte, erhaschte ich allerdings einen Blick auf mich selbst im Spiegel. Mein blanker Hintern stand gerade jedermann zur Besichtigung frei. *Huch!*

Im Flur war offenbar gerade viel los. Perfekt. Meine Füße fühlten sich immer noch an wie Blei, als ich zu einem freien Stuhl gegenüber von meinem Zimmer ging. Ich zerrte dabei mein lächerliches Hemd zwischen die Beine, lehnte mich zurück und sah zu, wie die Leute an mir vorbeihuschten.

Meine Freiheit währte ganze anderthalb Stunden, bevor mich Schwester Vikki Taylor entdeckte.

Sie verschränkte aufgebracht die Arme über der Brust ihrer hellgrünen Schwesternkleidung, und zwischen den Zehen ihrer *Crocs* klebten tatsächlich kleine Aufkleber. *Kein Kommentar*.

»Mr. Lopez.« Sie musterte mich mit zusammengekniffenen Augen. »Was um Himmels willen machen Sie außerhalb Ihres Betts?«

»Ich wollte Sie halt unbedingt wiedersehen.« Ich schenkte ihr ein betörendes Lächeln. »Spüren Sie sie etwa nicht?«

»Was?«, fragte sie verwirrt.

»Na das.« Ich griff vorsichtig nach ihrer Hand und sah sie erröten, als sie den anderen Frauen, die uns beobachteten, einen Blick zuwarf. »Die besondere Verbindung, die wir beide haben.« Sie verdrehte daraufhin die Augen, aber ich merkte dennoch, dass ich sie an der Angel hatte. »Oh, Schwester Taylor, was geht denn gerade in Ihrem hübschen kleinen Köpfchen vor sich?«

»Mr. Lopez.« Sie machte ein finsteres Gesicht, entzog mir ihre Hand jedoch nicht.

»Hegen Sie etwa gerade unangemessene Gedanken über mich?«

»Nein!« Ihre Stimme ging in die Höhe, aber dieser kleine Flirt gefiel ihr offenbar sehr.

»Sie sind eine ganz schön schmutzige kleine Krankenschwester, nicht wahr?« Ich erhob mich auf meine wackeligen Beine. »Sehen Sie, jetzt haben Sie die anderen Damen schon so weit gebracht, dass sie ganz rot werden.« Ich lachte, sah dann aber plötzlich Mia neben Dr. Evans vorübergehen, der zum Abschied winkte, bevor sie mich schließlich entdeckte.

»Mr. Lopez, sofort ab ins Bett!« Schwester Taylor zeigte auf meine Tür. »Los, los!«

»Okay, okay.« Ich hob meine Hand, drehte mich dann um und hörte sie angesichts meines bloßen Hinterns scharf die Luft einziehen. »Nur ein kleines Geschenk, damit ich Ihnen auch im Gedächtnis bleibe, meine Damen.«

Jemand lachte. »Oh, er ist einfach schrecklich.«

»Ich beiße gleich da rein«, warf jemand anderes ein.

Ich winkte über die Schulter und schloss dann die Tür meiner Gefängniszelle hinter mir.

Schwester Taylor kam kurz danach herein und schob den intravenösen Zugang wieder in meine Braunüle, dabei lachte sie die ganze Zeit und wurde rot. Sie spritzte mir außerdem noch ein Schmerzmittel und warnte mich, das Bett ja nicht noch einmal zu verlassen.

Es war unnötig zu sagen, wie schnell ich nach meinem Ausflug auf den Flur einschlief. Außerdem stellte sich die Wirkung der Medikamente ebenfalls rasch ein.

Ich hasste die Schule unglaublich, denn ich konnte mich einfach nicht anpassen. Mit ständigen Prügeleien hielt ich die Schulschlägertypen in Schach. Kinder waren echt gemein, und sie hatten sich auf mich eingeschossen, weil ich eine Trinkerin zur Mutter hatte … wegen meines Wohnorts und wegen meiner Kleidung. Anscheinend passte ich nirgendwohin. Tränen verschlimmerten diese Situationen allerdings bloß noch, und Angst war anscheinend das Einzige, was überhaupt bei ihnen funktionierte.

»Oh, seht mal, ich frage mich, ob da nicht vielleicht was zu trinken in der Tasche ist, für seine Mom. Kein Wunder, dass er keinen Vater hat. Wahrscheinlich hat der sich umgebracht, um von seiner betrunkenen Alten wegzukommen.«

Das war der kleine Scheißkerl Tommy, der mir am liebsten das Leben zur Hölle machte.

»Verpiss dich bloß!« Für einen Siebenjährigen spuckte ich ganz schön große Töne.

Wie aus dem Nichts tauchten jetzt plötzlich vier weitere Jungs auf, und Tommys höhnisches Grinsen wurde noch breiter. Ich ließ also meine

Büchertasche fallen und stellte mich in Position, um mir meine Arschtritte abzuholen.

»Bringen wir die Sache doch einfach hinter uns.« Meine Fäuste gingen in die Höhe, um mein Gesicht zu schützen.

Der größte Junge trat jetzt vor und schlug zu, aber ich duckte mich und eilte um ihn herum. Ich würde niemals als Erster zuschlagen, denn ich hatte immer noch eine gewisse Ethik und ein Ehrgefühl.

Bevor ich wusste, wie mir geschah, bildeten sämtliche Jungen einen Kreis um mich und verfielen in einen seltsamen Singsang.

»Trailermüll, Säufermüll ... tritt ihn in den Arsch.«

Jemand drehte jetzt einen der Jungen herum und trat ihn mit aller Kraft in die Eier. Hä? Ein Hieb in meinen Magen holte mich allerdings schnell wieder in die Realität zurück. Ich schwang die Fäuste und trat mit Knien und Füßen blindlings um mich. Ich tat alles, was nötig war, um mir diese Scheißkerle irgendwie vom Hals zu halten.

Als die Jungen plötzlich selber Prügel bezogen, beugte ich mich vor, um wieder zu Atem zu kommen. Blut tropfte aus meiner Nase auf mein Hemd. Der Junge, der mir geholfen hatte, kam jetzt herüber und klopfte mir mitfühlend auf die Schulter.

»Alles okay bei dir?«

»Ja, Danke.«

»Ich bin Cole.«

»Mark.«

»Ich weiß.« Er nickte und wischte sich die blutige Stirn ab. »Du hast vor Kurzem Abigail kennengelernt, mein Kindermädchen.«

Ich biss mir auf die Lippe und wünschte mir, ich könnte ihn ebenfalls zusammenschlagen. Es war mir so unglaublich peinlich, dass er wusste, dass ich an ihrer Haustür gebettelt hatte.

»Hast du Hunger?« Er reichte mir meinen Rucksack, als wäre es ihm vollkommen gleichgültig.

»Ja. Ich könnte schon etwas vertragen«, erwiderte ich nach einigem Zögern. Wir gingen daraufhin die Straße hinab. »Danke.«

»Das ist doch selbstverständlich. Das sind schließlich gottverdammte Arschlöcher.«

Ich lachte, anscheinend war ich nicht der Einzige, der wie ein Seemann fluchen konnte.

Wir hatten Coles Straße fast erreicht, als ich den grünen Pick-up auf uns zukommen sah. Ich wusste sofort, es war sein *Pick-up.*

Scheiße!

Cole spürte meinen Stimmungswechsel sofort und schlug deshalb eine Abkürzung vor. Wir waren gerade erst ein paar Meter im Unterholz, als der Truck langsamer wurde und das Fenster runterging. Cole zog mich sofort hinter einen Felsbrocken, um uns zu verstecken.

»Wer ist das?«

Ich schoss vor und nahm einen großen Atemzug. Ich war schweißgebadet und fühlte mich, als ob ich gleich platzen müsse, wenn ich nicht sofort dort herauskäme.

»Raus, raus!« Ich hämmerte wie verrückt auf meine Schläfen ein.

Mit einem weiteren Ruck befreite ich mich und stolperte zum Schrank hinüber. Ich ließ meine Tasche fallen und kämpfte, um meine Kleider anziehen zu können, was höllisch wehtat, aber ich nahm es kaum wahr.

Die Jeans hatte ich jetzt an, und ich fummelte gerade an den Knöpfen herum, als sich die Tür öffnete und Mia erschien. Sie blieb wie angewurzelt stehen, und ihr Blick fiel zuerst auf meinen nackten Bauch und dann auf meine offene Jeans.

»Was tun Sie denn da bitte schön?« Sie warf ihre Patientenkarteikarte aufgebracht auf den Tisch.

»Ich muss hier sofort raus!« Ich versuchte, die Arme über den Kopf zu heben, aber das ging nicht.

»Nein, Mark.« Sie legte mir die Hände sanft auf die Schultern, um mich daran zu hindern. »Was ist denn bloß passiert?«

Meine Gedanken wirbelten wie wild umher. »Ich muss gehen!«

»Nein, Sie können jetzt nicht gehen.« Ihre Hand glitt langsam zu meiner Brust und dann über mein wild schlagendes Herz. »Sie überstürzen das alles, Mark. Nehmen Sie sich bitte einen kurzen Moment, um sich wieder zu beruhigen.«

Ihre grünen Augen lagen unentwegt auf mir, als wenn sie mich herausfordern wollte, und ich stimmte mich langsam auf die Kühle ein, die ihre Handfläche verströmte. Wir waren jetzt Haut an Haut. Sie zuckte zusammen und wollte sie mir entziehen, aber zu meiner eigenen Überraschung landete meine Hand jetzt auf ihrer.

»Noch nicht«, flüsterte ich.

Sie unterbrach den Blickkontakt nicht eine Sekunde. »Okay.«

Zwischen uns lag vielleicht ein halber Meter, aber ihr Duft nach Vanille erreichte mich dennoch und half mir, den Sturm in meinem Innern wieder zu besänftigen. Im Geiste entzündete ich ein Streichholz, um die grausamen Erinnerungen zu verjagen. Wenn ich nicht absolut aggressiv gegen sie vorgehen würde, würden sie innerhalb einer Stunde zu mir zurückkehren und mich dann erneut verfolgen.

Ich trat beiseite und ließ den Kopf hängen. Es war lange her, dass dieser Gedanke zuletzt an die Oberfläche gekommen war.

»Keine Schmerzmittel mehr, okay? Anscheinend bringen die etwas in meinem Schädel durcheinander.« Ich versuchte es mit einem Grinsen, das mit einem kleinen Lächeln ihrerseits erwidert wurde.

»Nur noch ein paar Tage, dann werden Sie entlassen und können nach Hause zurück.« Sie wandte sich ab und nahm ihre Karte wieder zur Hand. »Ich hole jetzt den Arzt, damit er sich ansieht, was wir an den Medikamenten umstellen können. Einige Menschen reagieren anders auf …«

»Nein, gar keine Tabletten mehr, bitte, Mia. Ich mache einen Trip lieber auf meinen eigenen Füßen anstatt in meinem Kopf.«

»Okay.« Sie lächelte mich erneut an. »Kapiert, aber ziehen Sie sich trotzdem etwas an, bevor ich Alvin hole, damit er Ihnen den Schweiß abwäscht. Ich muss nämlich jetzt meine Runden drehen.« Ich streckte die Hand nach ihr aus und wollte ihr einen Klaps geben, aber sie lachte nur und schlug sie weg.

»Benehmen Sie sich gefälligst.« Kichernd verließ sie das Zimmer.

Ich kehrte, beruhigt von Mias Besuch, in mein Bett zurück und erwachte erst wieder, als etwas Weiches mein Gesicht berührte, doch ich war zu müde, um mich darum zu kümmern. Ich hatte nämlich den größten Teil der Nacht die Wand angestarrt, weil ich nicht wieder hatte einschlafen wollen. Erneut streifte mir etwas über die Wange. Flatternd öffneten sich meine Lider, und da grinste mich Keith an.

Na Klasse ...

»Guten Morgen, Sonnenschein.«

»Wer hat dich denn hier reingelassen?« Ich drückte den Knopf am Bett, damit ich aufrecht sitzen konnte.

Er schnaubte. »Oh, da ist aber jemand sauer. Geben sie dir hier nicht genug zu essen?«

»Apropos, sag bloß, du hast mir etwas ...« Keith hielt in der nächsten Sekunde eine Tüte von *Wendy's* in die Höhe. »*Wendy's*?«, knurrte ich. Normalerweise hasste ich Fast Food, aber im Augenblick hätte ich sogar das Kaugummi unter seinem Stuhl essen können, so hungrig war ich. »Gib her!« Ich riss ihm die Tüte aus der Hand und zog zwei Burger und eine extragroße Portion Fritten heraus.

»Was macht denn der Riss in deinem Muskel?« Keith legte die Füße auf mein Bett und nahm einen großen Bissen von seinem eigenen Burger.

»Nicht so schlimm wie das Messer im Knie.«

»Oder das Glas im Ohr.«

»Ohhh, ja.« Ich erschauderte unwillkürlich bei dem Gedanken daran. »Das waren echt ein paar raue Wochen.«

Die Tür schwang auf, und hereinspazierten Dr. Evans und Mia.

»Wie ich sehe, ist Ihr Appetit wieder zurückgekehrt.« Dr. Evans verzog angewidert das Gesicht.

»Der war niemals weg.« Ich stopfte mir noch mehr von dem Burger in den Mund. Keith lachte über meine zutreffende Feststellung.

»Ein schmieriger Burger wäre aber nicht meine erste Wahl, nachdem ich angeschossen worden wäre.« Dr. Evans überlegte einen Moment und sah dann betont Mia an. »Ich würde ein Filet Mignon, englisch gebraten, mit Spargel und Bratkartoffeln bevorzugen.« Mia verdrehte die Augen, als er sich umdrehte. Hui! Ich konnte mir ein höhnisches Grinsen nicht verkneifen.

»Ich sage Ihnen etwas, Doc. Wenn Sie angeschossen werden, sehen wir mal, ob ein Burger gut in Ihren Ohren klingt oder nicht.« Dr. Evans warf mir einen merkwürdigen Blick zu, bevor er etwas auf seiner Karteikarte vermerkte. »Sieht ganz so aus, als ob Sie morgen nach Hause entlassen werden können.«

»Na, da wird sich aber eine gewisse kleine Dame sehr freuen.« Keith knüllte seine Verpackung zusammen und machte sich über seinen zweiten Burger her. »Livy wird nämlich langsam echt unartig.«

»Sie ist halt zum Teil Savi.« Ich grinste. Ich vermisste meine kleine Kumpanin sehr. Savannah konnte nicht viel Zeit mit Cole verbringen, also versuchten Keith und ich auszuhelfen, wann immer wir konnten.

»Wann bekomme ich denn meine Arbeitserlaubnis, Doc?«

»Das dauert bestimmt noch ein paar Wochen ...«

»Wir werden aber im Feld benötigt«, schnitt ich ihm das Wort ab und warf Keith einen intensiven Blick zu.

»Das wird garantiert ein gewaltiger Ausflug.« Angesichts von Keith Aufregung war ich selbst schon ganz kribbelig geworden.

»Mark, Sie sind gerade erst angeschossen worden ...«

»Wo ist Dr. Flynn?« Ich hasste es zwar, dass ich mich wie ein Arschloch anhörte, aber ich wusste genau, dass er mir die Arbeitserlaubnis früher erteilen würde. Meine Verletzungen heilten schließlich rasch, und ich kam viel besser mit Schmerzen zurecht als ein Normalbürger. Den Auftrag wollte ich mir auf keinen Fall entgehen lassen.

Der Arzt schürzte daraufhin die Lippen, sodass seine Zähne zum Vorschein kamen. Es gefiel ihm offensichtlich gar nicht, dass ich ihn einfach übergehen wollte. Ich sah jedoch, dass er seine Entscheidung trotzdem sorgfältig abwägte.

»Schön. Wenn das bei Ihnen so funktioniert … vermutlich bleibt mir dann wohl keine andere Wahl, als Ihnen die Erlaubnis zu erteilen.«

Mias Blick fuhr zu ihm hinüber. »Dr. Evans, ich halte das nicht für …«

»Ich brauche keine zweite Meinung, Mia.« Mit einem Schnauben verließ er das Zimmer, während Mia weiterhin mit einem seltsamen Ausdruck auf dem Gesicht dastand.

Keith holte nun sein Handy hervor und schrieb schnell eine SMS. Wahrscheinlich an Cole.

Mia sank daraufhin in den leeren Stuhl neben Keith. »Mark, wenn Ihre Nähte reißen, kann es wirklich schlimm werden, und zwar schnell.«

»Wird schon schiefgehen. Ich habe schon Schlimmeres durchgemacht.«

»Ist es die Sache denn wirklich wert?«

Ich schob meinen Müll beiseite. »Ob es wert ist, jemanden zu erledigen, der es sich zum Sport gemacht hat, Kinder zu entführen und zu quälen? Ja, das ist es in der Tat.«

Keiths Kopf fuhr ruckartig hoch, zweifelsohne, weil ich einfach zu offen zu ihr gewesen war. Sie unterschrieben zwar eine Geheimhaltungsklausel, aber trotzdem.

Sie beugte sich daraufhin vor, nahm sich eine Fritte und knabberte an einem Ende. Keith grinste uns beide an.

»Das letzte Mädchen, das Mark das Essen geklaut hat, musste ihm anschließend Cookies backen.«

Darüber musste ich lachen. Savannah hatte ganz schön Mumm, und Mia offenbar ebenfalls.

»Er hat dafür mein Shepherd's Pie gegessen, also sind wir quitt.« Sie zwinkerte mir zu.

»Also, Mia, was gibt's denn von Ihnen zu berichten?«, fragte Keith, nachdem er sein Handy weggesteckt hatte.

»Nicht viel.« Sie stand auf, als über ihren Funk ein Ruf ertönte.

»Mia, der Patient in Zimmer 334 fragt nach dir ... wir brauchen dringend deine Hilfe«, rief eine Frau voller Panik.

Ihr Gesicht wirkte auf einmal sehr unglücklich, und Sorge breitete sich auf ihren Zügen aus. »Sag Kenny, dass ich schon unterwegs bin, aber berühre ihn auf keinen Fall am Arm.« Sie sah uns an. »Ich muss leider los.«

»Bis demnächst mal«, rief ihr Keith hinterher, als sie aus der Tür eilte. Er nahm sich Zeit, bis er sich mir wieder zuwandte. »Du hast sie deine Fritte essen lassen.«

»Verpiss dich.«

Er lachte laut, während er nach der Fernbedienung griff.

»Oh, du bleibst also?« Diese Bemerkung war zwar etwas sarkastisch, aber er wusste trotzdem genau, dass ich ihn bei mir haben wollte.

Mia

»Neeein! Rührt mich nicht an!«, schrie Kenny außer sich, während Schwester Taylor versuchte, ihn mit einer weiteren Nadel zu stechen. »Ich möchte sterben!«

»Kenny! Du musst dich beruhigen. Wir sind doch nur hier, damit du dich besser fühlst ...«

»Ich will aber nicht Ihr Versuchskaninchen sein!«

Ich drängte mich hastig durch das Meer der Krankenschwestern und sorgte dafür, dass er mich sehen konnte. Seine wilden Augen fanden sofort die meinen, und ich erkannte, dass die Schwestern ihm bereits viel zu heftig zugesetzt hatten, bevor sie mich gerufen hatten.

»Ich bin jetzt hier. Sieh mich an.« Ich senkte meine Stimme und setzte mich vorsichtig auf die Kante des Betts, was er, wie ich wusste, akzeptieren würde. »Niemand sonst außer dir und mir.«

Sein Griff war fest, und er trat jetzt langsam wieder von der Kante zurück.

»Wo warst du? Ich habe dich nicht finden können.« Ich drängte die Tränen zurück, die stets zu fließen drohten, wenn er dies sagte.

»Ich bin immer hier, Kenny, immer hier.« Ich küsste ihm sanft den Handrücken.

»Ich habe Angst«, gestand er mir, und dann begannen seine Lippen zu zittern. »Ich möchte einfach nur nach Hause.«

»Ich weiß.« Mir schnürte sich die Kehle zusammen. »Aber wir müssen dir jetzt erst deine Medikamente geben. Okay?« Er nickte ruckartig, während ich Vikki Taylor die Nadel abnahm.

Rasch entspannten sich Kennys Muskeln, und seine Lider wurden schwer. Ich kämpfte mühsam all die Gefühle zurück, die unbedingt an die Oberfläche wollten. Das Schicksal hatte echt verdrehte Methoden, zu zeigen, dass es stets alles beherrschte.

»Wow, okay, gut gemacht, ihr alle.« Dr. Evans tauchte an der Tür auf. »Machen wir jetzt mit unserer Visite weiter.«

Ein paar der Schwestern klopften mir im Weggehen auf die Schulter. Ich stopfte Kennys Decken um seine Arme herum fest, um ihn warm zu halten.

»Alles in Ordnung?«, fragte Dr. Evans und kam ins Zimmer.

»Ja.« Ich zeigte ihm weiterhin nur den Rücken.

»Mia, du darfst dich nicht an ihn binden.«

»Das tue ich doch gar nicht«, schoss ich aufgebracht zurück.

»Ich bin ja froh, dass du eine Verbindung zu Kenny hast, aber seine Zeit ist fast um.«

»Nein!« Ich fuhr aufgebracht auf meinen Zehen herum. »Wagen Sie es ja nicht, über jemanden so zu sprechen, als wäre der Betreffende gar nicht hier.«

Evans lehnte sich mit einem verwirrten Gesichtsausdruck an die Wand. Er würde niemals verstehen, wie viel mir meine Arbeit bedeutete.

»Kennys Gehirn macht langsam dicht. Er hält dich schon für seine Mutter.«

»Er ist fünfzehn Jahre alt! Ist es denn so schlimm, dass ich ihm damit einen gewissen Trost spenden kann?«

»Nein.« Er zuckte mit den Achseln. »Es macht mich nur nervös, dass du danach vielleicht nicht wieder zu deinem Alltag zurückkehren kannst. Es könnte jetzt jeden Tag so weit sein.«

»Ich muss jetzt gehen.« Ich drängte mich an ihm vorbei.

Seit ich in dieses Krankenhaus gekommen war, hatte Kenny mich für seine Mutter gehalten. Er hatte niemanden mehr, der sich um ihn kümmerte. Ja, ich hatte mich emotional an ihn gebunden, aber aus gutem Grund. Abgesehen davon war er doch noch ein Kind.

Ich stützte mich auf die Schwesterntheke und holte mehrmals tief Luft. Ich wollte am liebsten um mich treten und die ganze Welt anschreien.

Dr. Evans tauchte jetzt hinter mir auf und kam rasch auf mich zu, also wandte ich mich in die entgegengesetzte Richtung und eilte den stillen Flur hinab.

Als ich außer Sichtweite war, ließ ich mich auf den kühlen Fußboden sinken und legte den Kopf in den Nacken. Ich konnte die Tränen nicht mehr unterdrücken, die mir die Wangen hinabflossen.

Mein Handy läutete auf einmal, und ich zog es instinktiv heraus. Ich wollte den Anrufer zuerst wegdrücken, aber dann sah ich plötzlich die Kennung.

Mit fest geschlossenen Augen ließ ich ein wenig von dem Schmerz in meiner Brust entströmen. Er fuhr durch mich hindurch, und mein Körper zuckte unter einem Schluchzer zusammen. Manchmal war das Leben so verdammt unfair. Ich stieß einen kontrollierten Seufzer aus, damit ich mich nicht vollkommen in meinen Gefühlen verlor. Eine Methode, die ich immer wieder mal einsetzte. Niemand wollte schließlich eine Krankenschwester sehen, die komplett aus der Fassung geraten war. Dann verloren die Menschen nämlich ihre Hoffnung.

»Ist dieser Flur schon besetzt?« Mark stand plötzlich, in Jeans und einem T-Shirt, vor mir. Rasch trocknete ich mir die Wangen, aber es war zwecklos, da noch mehr Tränen flossen.

»Warum sind Sie nicht im Bett?« Meine Stimme brach.

»Oh, wissen Sie, ich wollte unbedingt etwas von dieser frischen Krankenhausluft schnuppern.« Er wedelte mit den Händen vor seinem Gesicht herum und tat so, als ob er tief Luft holen würde. Ich kicherte. Er war so unfassbar komisch. »Sie sehen vollkommen fertig aus.«

»Fertig beschreibt nicht im Entferntesten, wie ich mich gerade fühle.«

Er setzte sich vorsichtig neben mich.

»Mark, seien Sie bitte vorsichtig.«

»Oh, bitte, mir geht's gut.« Er tat meine Sorge mit einer Handbewegung ab. »Ich tue doch bloß so, als ob ich Schmerzen hätte, damit die Damen mich weiterhin besuchen kommen.« Er warf mir einen neckischen Blick zu.

»Sie sind einfach schrecklich.« Mit einem Seufzer versuchte ich, den Schmerz beiseitezuschieben. »Also gehen Sie morgen nach Hause?«

»Ja, sieht ganz so aus.« Er streckte das Bein ganz dicht an meinem aus.

»Wann haben Sie denn Ihren nächsten Auftrag?«

Er sah mich an, als ob er meinen Gesichtsausdruck studieren wollte. »In ein paar Tagen.«

»In ein *paar Tagen*?« Ich schüttelte den Kopf. »Wow, meinen Sie wirklich, Sie sind schon bereit dazu?«

Er grinste, und ich erkannte, dass er bereit war ... mental zumindest.

»Ist das Ganze nicht ziemlich gefährlich?« Ich musste das einfach fragen.

Er zuckte mit den Achseln. Vermutlich wurde ihm diese Frage häufig gestellt. »Das ist es immer.«

»Haben Sie denn gar keine Angst?«

»Nein, es ist mehr wie ein Rausch.«

»Ja, die Kugeln rauschen umher.« Ich hob meine Augenbrauen, wusste aber, dass ich bei diesem Thema nicht wirklich in meinem Element war. Kennys Zustand setzte mir momentan extrem zu.

Er kicherte. »Ganz zu schweigen von den ganzen Messerstechereien, den Geiselnahmen, den Drogenbaronen, Bomben und Landminen.«

Ich warf den Kopf zurück und schloss die Augen. »Du meine Güte. Warum tun Sie das denn bloß?«

Er gab mir keine Antwort, und ich öffnete die Augen wieder. Ich sah, wie er die Wand anstarrte.

»Tut mir leid. Da habe ich wohl eine Linie überschritten.«

»Nein, eigentlich nicht. Es ist halt alles, was ich kenne. Es ist immerhin mein ganzes Leben gewesen, seit ich siebzehn war.«

»Haben Sie eine Familie?« Die Worte entschlüpften mir, ohne es zu wollen.

»Allerdings.« Mir sank das Herz augenblicklich in die Hose. *Was um Himmels willen war nur los mit mir?*

Mark drehte sich zu mir. »Ich habe meine Brüder und meine Adoptivmutter. Mein Leben unterscheidet sich von dem der meisten, und Frauen finden immer sehr schnell heraus, dass es ihnen nicht gefällt, wenn ich einfach ohne Erklärung verschwinde. Es ist aber ein Kampf, den alle Teammitglieder kämpfen. Das Ganze ist ziemlich hart für eine Beziehung.«

»Muss schwer sein.« Ich sah ihm tief in die Augen. Sie schienen mich auf verrückte Weise festzuhalten. Seine Züge waren stark ausgeprägt, besaßen aber einen weichen Unterton. Er strahlte irgendwie Zuversicht aus.

»Es kann mitunter ganz schön einsam werden«, gab er zu. »Wenn die Freundin einem irgendwann zu viele Fragen stellt, nun ja, sagen wir mal, wenn wir diesen Punkt erreichen, muss man dem Ganzen gewöhnlich ein Ende setzen.« *Obwohl es hin und wieder auch funktionieren kann,* sagte ich mir innerlich und dachte dabei an Cole und Savi.

»Es tut mir leid, das zu hören.«

»Mhmm«, brummte er nur, und seine Augen suchten nach etwas, ich wusste nur nicht so recht, was.

»Ich sollte Sie jetzt auf Ihr Zimmer zurückbringen.«

»Arbeiten Sie morgen auch?« Seine Frage brachte mich ganz aus dem Konzept.

»Ja.«

»Gut.«

Mit einer raschen und fließenden Bewegung stand er auf und bot mir seine Hand an. Ich ergriff sie, und er hob mich fast vom Boden hoch. Seine braunen Augen ruhten fest auf meinen, und er fing jetzt mit dem Finger eine meiner Tränen auf. Ich musste mit aller Kraft gegen die Versuchung ankämpfen, mich an seine Berührung zu schmiegen.

»Es tut weh, ein so hübsches Mädchen weinen zu sehen«, flüsterte er dicht an meinem Ohr. Sein Atem roch wie *Red Starburst,* und mein Mund wurde feucht vor Begierde.

Wir sahen einander noch lange an, bevor sein Gesicht wieder einen spielerischen Ausdruck annahm. Er bot mir seinen Arm an, und ich schenkte ihm ein Lächeln.

»Was denn?«, neckte er mich. »Ich könnte schließlich hinfallen, Mia. Soll ich etwa hinfallen?«

»Oh, schon gut.« Ich versetzte ihm einen Klaps auf die Hand, nahm den angebotenen Arm jedoch in Anspruch. Himmel noch mal, seine Arme waren wirklich gewaltig und so hart wie Beton. »Hey, Sie fühlen sich aber ziemlich warm an, Mark.« Ich brachte ihn zum Stehen und legte ihm sofort eine Hand auf die Stirn.

»Wirklich, direkt hier, Mia?«, scherzte er. »Sie flirten so offen während der Arbeit mit mir?«

»Oh, hören Sie doch auf.« Ich verdrehte die Augen, aber er fühlte sich tatsächlich sehr warm an. Ich merkte, dass seine Augen darum kämpften, sich unter meiner Berührung nicht zu schließen.

»Schwester Taylor wird das aber gar nicht gefallen.« Seine Augen leuchteten während eines dramatischen Seufzers auf. »Tun Sie, was Sie tun müssen.« Er streckte die Arme zur Seite, als ob er mich dazu bringen wollte, seinen ganzen Körper abzutasten.

Ich musste unwillkürlich lachen. »Wie fühlen Sie sich gerade? Wirklich?«

»Wenn ich in Ihrer Gegenwart bin? Oder ganz im Allgemeinen?«

Meine Wangen wurden schon wieder warm. »Flirten Sie etwas immer mit allen Frauen in Ihrem Leben?«

»Die meisten Frauen in meinem Leben sind leider entweder meine Tanten oder meine Schwägerinnen, also nein, nicht übermäßig häufig.«

Ich versuchte, ein Lächeln zu unterdrücken, aber etwas in Marks Gegenwart war einfach ansteckend.

Er lenkte uns zu seinem Zimmer. »Allerdings ist da noch Livy. Diese Schönheit hat mich wirklich komplett um den kleinen Finger gewickelt. Sie ist meine kleine Nichte, und zu Hause hat sie das Kommando.«

»Livy ist ein wirklich süßer Name.« Mir gefiel es, dass er so warmherzig über sie sprach. Das offenbarte viel von seinem Charakter.

Seine Armmuskeln spannten sich an, als er fast stolperte, aber er ignorierte es und fing sich gleich wieder.

»Lassen Sie sich von ihrer Süße aber bloß nicht täuschen. Sie hat die Lebhaftigkeit ihrer Mutter und die Sturheit ihres Vaters geerbt. Die drei zusammen sind eine echt tödliche Truppe.«

»Klingt ganz so, als würden sie sich alle sehr nahestehen.« Ich half ihm zurück in sein Bett.

»Na ja, wir sind eben eine Familie, wissen Sie.«

Ich nickte leicht und schob ein weiteres schmerzvolles Gefühl beiseite.

»Was ist mit Ihnen?«

»Mit mir?«

»Ja, mit Ihnen.« Er lächelte, während ich die Bettdecke um ihn herum feststeckte.

»Meine beiden Elternteile leben noch zusammen, und ich habe einen Bruder.«

»Stehen Sie sich alle nahe?«

»So nahe, wie ich es möchte«, gab ich wahrheitsgemäß zur Antwort. Ich maß seine Temperatur, aber es war alles in Ordnung.

»Es ist doch normal, dass mir in Ihrer Nähe heiß wird.«

»Ich wünschte, es wäre auch bei mir so. Mir ist nämlich immer kalt.« Ich legte ihm die Hand auf den Arm. »Sehen Sie?«

Seine Hand berührte daraufhin meine. »Ich bin immer warm. Sehen Sie, wir passen einfach großartig zueinander.«

Ich wandte mich zum Gehen, aber er umklammerte wie beim letzten Mal meine Hand. »Werden Sie mir morgen auch auf Wiedersehen sagen?«

»Ja.« Ich wartete, bis der unerwartete Kloß in meiner Kehle hinabgerutscht war, bevor ich den Satz beendete: »Natürlich.«

Meine Wohnung fühlte sich nicht besonders heimisch an, als ich voll bekleidet auf das Bett fiel und bald darauf einschlief.

»Ich verstehe einfach nicht, warum du bloß Krankenschwester werden willst, Mia«, beklagte sich Mom vor meiner Tür.

»Ich liebe, was ich tue. Zählt das denn nicht auch irgendwie?«

»Nein, nicht, wenn du damit dein Talent vergeudest.« Die Stimme meines Vaters, der jetzt ebenfalls hereinkam, brachte mich dazu, nach der Klinke zu greifen.

»Es ist mein Leben und meine Lebensweise.« Ich schloss die Tür vor ihrer Nase, allerdings sehr sanft, um nicht respektlos zu erscheinen, aber so, dass ich meinen Standpunkt verdeutlichte. Es war immerhin mein Leben, und das Letzte, was ich brauchte, war, dass mein Vater seine Meinung auch noch mit ins Spiel brachte.

Heißer, stinkender Atem erfüllte plötzlich meine Nase und riss mich aus meiner üblichen nächtlichen Schleife. Zwei eisblaue Augen starrten mich an, dann fuhr mir seine Zunge über das ganze Gesicht. Das war anscheinend seine neueste Masche.

»Morgen, mein Junge.« Ich kraulte ihn hinter dem Ohr. »Du musst Hunger haben.«

Er bellte und sprang aufgeregt vom Bett, wobei er direkt einen Teil der Decken mitnahm. Ich stöhnte gequält und warf mich herum, um nach der Uhrzeit zu sehen. *Oh, Scheiße!*

Dreißig Minuten später rannte ich bereits durch den Vordereingang des Krankenhauses, wobei mir noch ein Bagel im Mund steckte. Die Schnürsenkel meiner Chucks waren noch nicht zugebunden, und meine Jeans und mein Pullover waren noch gar nicht richtig trocken, da ich sie zu früh aus dem Trockner geholt hatte.

»Ich weiß, ich weiß.« Ich winkte Dr. Evans zu, der vorwurfsvoll auf seine Uhr tippte. Mein Spind war direkt an der Tür, und nach zwei Versuchen bekam ich das Schloss auch endlich auf. Ich warf meine Sachen hektisch hinein und kämpfte mich in meine dunkelblaue Dienstkleidung.

Zuerst schaute ich kurz bei Kenny vorbei, aber er schien für den Augenblick stabil zu sein, obwohl er heute noch blasser als üblich wirkte. Ich fragte mich, welche Art von Gott einen so liebenswerten Jungen auf diesen Planeten brachte, nur um ihm dann alles zu nehmen, was er liebte, und ihn anschließend einen langsamen Tod erleiden zu lassen.

Ich steckte ihm den Lutscher, den ich gestern für ihn besorgt hatte, in die Tasche, wie es seine Mutter immer getan hatte, und gab ihm rasch einen Kuss auf den Kopf.

»Mia.« Schwester Taylor rief jetzt meinen Namen, aber ich hielt einen Finger in die Höhe und öffnete zuerst die Tür zu Marks Zimmer. Ich blieb verblüfft stehen, als ich sah, dass sein Zimmer bereits vollständig geräumt war.

Was?

»Ich wollte dir gerade sagen, dass er heute entlassen wurde und bereits gegangen ist.«

»Vor wie langer Zeit?« Ich spürte, wie sich mir ein schwerer Ring um die Brust legte, der sich langsam zusammenzog.

»Vor anderthalb Stunden ungefähr. Vermutlich sind sie zu einem Auftrag gerufen worden oder so etwas in der Art.«

Ich sank auf das Bett, dessen Wäsche bereits gewechselt war.

»Tut mir leid. Ich weiß, dass du dich mit ihm angefreundet hast.«

»Ja, allerdings.« Ich seufzte, und Vikki reichte mir einen Umschlag. »Er hat aber das für dich zurückgelassen.«

Ich wartete ab, bis sie gegangen war, bevor ich den Brief öffnete. Ich strich mit dem Finger über das Siegel und brach es auf.

Ich wollte mich eigentlich persönlich von dir verabschieden. Aber das müssen wir leider verschieben. Für den Augenblick sage ich deshalb: Bis später, Mia.

Mark

Ich bekam sofort ein flaues Gefühl im Magen. Ich hatte diesen Mann erst vor zwei Wochen kennengelernt. *Bedeutete es mir wirklich etwas, dass er mir eine Notiz hinterlassen hatte?* Ich steckte den Brief in meine Tasche und machte mich an meine Arbeit.

Kapitel drei

Ort: Mexiko

Koordinaten: Geheim

Mark

»Hier.« Cole reichte mir einen Kaffee, als er sich neben mich setzte. In zehn Minuten sollten wir in ein Haus eindringen, aber ich benötigte erst einmal einen kurzen Moment, um den Kopf freizubekommen.

Es war jetzt drei Wochen her, seit ich das Krankenhaus in North Dakota verlassen hatte, und ich hasste es, dass ich gegangen war, ohne mich verabschiedet zu haben.

»Was ist denn bloß los mit dir? Bist du dir sicher, dass du für diese Sache wirklich schon bereit bist? Ich habe Angst, es könnte vielleicht zu früh für dich sein«, sagte er und überprüfte dabei seinen Waffenclip.

»Es ist alles okay mit mir«, schnaubte ich, aber er sah mich lediglich bedeutsam an. »Ich denke bloß gerade über bestimmte Dinge nach.«

»Zum Beispiel?«

»Zum Beispiel an persönliche Dinge.«

»Ja, und ...« Cole warf sich ein Stück seines grässlichen Kaugummis in den Mund. »Es ist das Mädchen aus dem Krankenhaus, nicht wahr? Diese Magg...«

»Mia«, verbesserte ich ihn sofort, hielt dann jedoch inne, als mir klar wurde, dass ich ihm in die Falle gegangen war.

»Hast du denn ihre Nummer bekommen?«

»Nein.«

»Warum nicht?«

»Warum sollte ich? Was hat das denn für einen Sinn?« Ich leerte meinen Kaffee, während mich eine Woge des Jammers überrollte. »Das Ganze endet doch sowieso immer auf dieselbe Weise.«

»Na ja, aber sie ist ganz schön heiß, das muss ich ihr lassen.«

»Obwohl sie wesentlich mehr ist als das.«

Cole tastete einen Moment lang nach seinem nicht vorhandenen Ehering, bevor er weitersprach. Wir sollten nämlich nichts Persönliches bei uns tragen, falls wir einmal gefangen genommen werden würden. »Eines habe ich von Savi gelernt, nämlich dass unser Job nicht alles im Leben ist.« Er sah hoch. »Du hast doch schon genügend Scheiß in deinem Leben durchgemacht, Mark. Wenn du dieses Mädchen wirklich magst, dann mach dich ran, wenn's bloß etwas Körperliches ist, dann wirf sie aus deinem System. Niemand würde es dir übel nehmen, wenn du dich verliebst. Sie würden dir eher übel nehmen, wenn du es nicht tust.«

»Liebe ist ein zu starkes Wort, wenn man ein Mädchen erst knapp einen Monat kennt.«

»Vielleicht, aber sieh dir doch Savi an! Ich habe mich in ein *Foto* von ihr verliebt und kann von Glück reden, das Mädchen bekommen zu haben.«

»Ja«, entgegnete ich lachend. »Jemand, der dich bei der Stange hält.«

»Scheiß drauf. Gehen wir uns jetzt erst einmal diese Arschlöcher holen.«

Wir alle hatten sofort ein schlechtes Gefühl, als wir dieses Haus betraten. Etwas stimmte hier nicht. Die Tür quietschte und bebte beim Öffnen, Sonnenlicht schien durch die schwarzen Stäbe vor den Fenstern. Zigarettenrauch hing stechend in der Luft, und ich zwang mit aller Kraft die unangenehme Erinnerung zurück, die mir daraufhin das Rückgrat hinaufraste.

Vorsichtig gingen wir ganz hinein, einer nach dem anderen. Ein leckender Wasserhahn und eine Spüle voller halb abgewaschener Teller bewiesen, dass wir hier nicht allein waren. Einen Augenblick später erkannten wir auch, warum.

»Bewegt euch!«, schrie Cole, als plötzlich eine Handgranate auf den Boden prallte und uns vor die Füße rollte. Wir beide rannten um die Ecke und duckten uns sofort hinter ein Sofa, aber ich hörte nichts außer meinem eigenen Herzschlag.

Es gibt einen Augenblick zwischen dem Punkt, an dem man tatsächlich die Bedrohung registriert, und dem, in dem man die Gefahr spürt. Es ist ein Augenblick, in dem man sämtliche Chips vor sich liegen sieht und sich unwillkürlich fragt, ob dies das letzte Mal ist, dass man einen Atemzug macht. *Werde ich dem nächsten Tag lebend und mit intakten Gliedmaßen entgegensehen?*

Der Knall raste durch die Luft und traf meine Ohren, kurz bevor ich hochgeschleudert wurde und gegen eine Wand prallte. Ich landete hart auf der Seite, war jedoch bereits einen Moment später wieder auf den Beinen. Umherstolpernd wie ein orientierungsloser Betrunkener, blinzelte ich hektisch, um wieder eine klare Sicht zu bekommen. Das Haus war jetzt voller Rauch und Schutt, und der hölzerne Kaminsims war nur noch Kleinholz. Mit gezückter Waffe folgte ich meinen Spuren zu der Stelle, wo ich Cole zuletzt gesehen hatte.

Ich fand ihn bewusstlos unter einem zusammengebrochenen Tisch. Scheiße!

Mit zitternder Hand drückte ich den Mikro-Knopf an meinem Hals. »Raven Two an Fox One.«

»Fox One an Raven Two. Was ist da drin los, zum Teufel?«, brüllte Paul über den Funk.

»Raven One hat's erwischt. Wiederhole, Raven One hat's erwischt.«

Ich hörte jetzt plötzlich jemanden hinter mir, und in diesem Moment wurde auch schon ein Gewehrkolben geschwungen, der offenbar genau auf meine Luftröhre zielte. Ich warf mich unter Einsatz meines vollen Körpergewichts nach vorn, und es gelang mir auf diese Weise, das Arschloch von mir wegzudrängen. Hastig zog ich mich zurück und hämmerte ihm zwei Schläge gegen die Brust. Ich wollte mich gerade umdrehen, als mir etwas gegen den Kopf knallte. Ich fiel wie ein Stein zu Boden und sah Sterne vor mir, dann hörte ich einen Schuss.

Keiths Gesicht tauchte vor mir auf, während mein Angreifer neben mir leblos zu Boden stürzte. Seine weit geöffneten Augen zeigten immer noch einen schockierten Ausdruck.

»Alles in Ordnung?« Keith half mir auf die Füße und hielt mich fest. Ich fühlte mich ganz leicht im Kopf, und mir war schwindelig, aber ich bedeutete ihm trotzdem, dass er mich loslassen könne. Wir packten jetzt beide Cole und trugen ihn aus dem Haus. Seine Füße hinterließen eine Spur im Sand, also mussten wir ihn den längeren Weg durch das Gebüsch schleifen. Es war schließlich nicht nötig, dass wir Reklame für unsere Fluchtrichtung machten.

Der Helikopterflug war zwar schmerzhaft, aber Cole, der fest an eine Halterung geschnallt war, regte sich, und das war immer ein gutes Zeichen.

Wie schon so viele Male zuvor erwartete uns ein Rettungssanitäterteam bereits auf dem Landeplatz und rannte dann mit uns zu den Krankenhausaufzügen. Keith und ich blieben den ganzen Weg Seite an Seite, und John und Paul erledigten derweil den Schadensbericht im Haus. Außerdem musste unbedingt noch jemand Savannah daran hindern, hierhin zu jagen.

Molly war die Erste, die uns begrüßte, und sie brüllte den anderen sofort Anweisungen zu, während sie Dr. Flynn anpiepte.

»Was ist passiert?«, schrie Molly über den Lärm hinweg. Ich sah Mia ebenfalls zu uns laufen.

»Eine Granate.«

Mia erstarrte beinahe bei meinen Worten. Sie schüttelte den Kopf, dann ordnete sie an, Cole zu Bett sechs zu bringen.

Eilig kam sie zu mir und stellte sich genau vor mich. Sie hob die Hände an mein Gesicht und zog sie dann hastig wieder zurück, als sie begriff, was sie da gerade tat. »Alles in Ordnung mit Ihnen?«

Ich blickte auf meine schwarze Uniform hinab. Zwei Waffen hingen an meiner Hüfte, ein Messer an meinem Oberschenkel, und ich sah aus, als wäre ich ... na ja, als wäre ich gerade von einer Handgranate zerfetzt worden.

»Ja, mir geht's gut.«

Sanft berührte sie mich am Kopf. Ihre kalten Finger spendeten mir sofort Trost. »Sie brauchen dringend ein CT und ein paar Stiche.«

»Stiche?«, erwiderte ich. »Aber nur, wenn Sie die Näherin sind«, scherzte ich.

Ihre Brust sackte daraufhin zusammen, und sie schnaubte frustriert. »Na schön, kommen Sie mit.«

Sie führte mich nun in einen ruhigen Raum, wo sie mich anwies, mich auf das Bett zu setzen, und dann säuberte sie zunächst gründlich meinen Schnitt. Die Atmosphäre im Zimmer wurde daraufhin ganz anders. Anhand dessen, wie sich ihre Atmung verändert hatte, spürte ich instinktiv, dass sie wirklich bestürzt war.

Ich versuchte deshalb, ihre Stimmung aufzuhellen. »Wir müssen aufhören, uns so zu treffen.«

»Vermutlich war diese Handgranate kein Eigenbeschuss?«

»Eigenbeschuss?« Ich lachte über ihre Wortwahl.

»Ich arbeite an einem Ort, an dem ich viele Spezialausdrücke mitbekomme. Sie wären überrascht, was alles durch diese Doppeltüren dringt.« Sie senkte nun den Kopf und stieß einen leisen Seufzer aus.

»Hey.« Ich hob ihr Kinn nach oben, sodass sie mich ansehen musste. »Was ist los?«

Ihr Mundwinkel ging nun auf einer Seite hoch, aber ich sah genau, dass sie immer noch nicht ihr übliches fröhliches Selbst zurückgewonnen hatte. »Sind bloß lange Wochen gewesen.« Mit einem Kopfschütteln zwang sie sich ein Lächeln ins Gesicht. »Also haben Sie die bösen Buben denn wenigstens erwischt?«

Ich setzte mich gerade hin. Das war die natürliche Reaktion meines Körpers, wenn ich an die Männer dachte, die wir schon getötet hatten. Ich war nicht stolz auf die Zahl der Männer, an deren Tod ich beteiligt war, aber ich ließ mir deswegen auch keine grauen Haare wachsen. Die Kerle, die wir getötet hatten, hatten schließlich guten Menschen schreckliche Dinge angetan.

»Ja, so könnte man es ausdrücken.«

Sie schob sich zwischen meine Beine und hielt meinen Kopf fest, sodass ich auf sie herabsah. »Was macht denn Ihre Sehfähigkeit?«

Sie leckte sich die Unterlippe. Insgeheim konnte ich nur daran denken, wie sie wohl schmeckte.

»Keine weiteren Klagen.«

Ihr Lächeln erreichte jetzt endlich ihre Augen, und sie funkelten daraufhin strahlend. Ihre Nase machte einen perfekten Bogen nach unten, sodass ihre rosigen Lippen noch deutlicher hervortraten. Ihr langes, glänzendes Haar roch frisch gewaschen, und ein weicher, süßer Duft lag auf ihrer Haut. Sie war wahrscheinlich die schönste Frau, die ich jemals in meinem Leben gesehen hatte. Sie erweckte unweigerlich den Wunsch in mir, sie zu berühren ...

»Ich möchte gern ein CT für Sie ansetzen«, sagte sie nun und unterbrach damit meine Gedanken.

»Mir geht's gut.« Ich überlegte kurz, welche Stelle ich zuerst küssen würde.

»Was, wenn nicht?« Sie ließ mich los und trat einen Schritt zurück.

»Würde es Ihnen denn etwas ausmachen?«

»Ja«, platzte sie heraus, versuchte dann aber hastig, ihren Ausrutscher zu kaschieren. »Ich meine, natürlich, Sie sind schließlich einer meiner Patienten, und mir sind all diese Menschen wichtig.«

»*Diese Menschen*?« Ich grinste, denn die ganze Situation gefiel mir sehr.

»Wissen Sie was … wenn ich es mir genau überlege, geht's Ihnen bestimmt doch gut.« Sie bewegte sich, und ich erhob mich.

»Ähh ...« *Verdammt, meine Seite.*

»Genau das meinte ich. Ziehen Sie sofort Ihre furchterregende Uniform aus.«

»Echt, es ist nicht …«

»Mark, bitte.« Sie bettelte mich jetzt fast an. »Lassen Sie mich bitte meine Arbeit tun.«

Ich stand auf, wobei meine Brust fast ihre berührte, und begann vorsichtig, meine Weste auszuziehen. Mein T-Shirt war durchgeschwitzt, und etwas Blut war an meiner Schulter durchgesickert. Sie half mir nun, den Stoff von meinem verletzten Rumpf abzuschälen. Ihr langes Haar streifte dabei meinen Bauch, und ich schluckte ein Stöhnen hinunter. Es fühlte sich so unglaublich weich an.

Wiederum musterte sie meinen Körper, und überall dort, wohin ihr Blick fiel, spürte ich eine leichte Anziehung zu ihr.

»Warum bin ich in Ihrer Gegenwart eigentlich immer nackt?«

»Die Vorteile meines Jobs«, neckte sie mich, und ich erkannte, dass sie mir langsam erlag.

»Dieser Vorteil könnte sich bei dem alten Knaben auf der anderen Seite des Flurs aber rasch als Fluch erweisen.«

Sie lachte leise und betastete sorgfältig meinen Bauch.

»Also, werde ich es überleben?«

»Heute wohl schon. Heben Sie jetzt bitte die Arme über den Kopf.«

»Jawohl, Ma'am.«

Sie sah unter ihrem langen Pony zu mir auf. Ihre kühlen weichen Hände glitten dabei weiter überallhin. »Tut's irgendwo weh?«

»Nicht, solange Sie das tun.« Ich stöhnte bei ihrer Berührung leise auf. Ich wollte dasselbe so gern auch bei ihr tun.

»Ich glaube, wir haben hier zwei gebrochene Rippen und …«, ihre Finger spazierten jetzt langsam meine Seite entlang, »ein paar ziemlich heftige Schrammen. Ich hole Ihnen mal schnell ein paar Pflaster, und sehe dabei auch gleich mal nach, wie es Ihrem Freund geht, in Ordnung?«

»Aber keine Schmerzmittel.«

Sie blieb stehen und drehte sich zu mir um. »Nicht vergessen«, sagte ich.

Nachdem Mia gegangen war, kam Pfleger Alvin herein und verpflasterte mich unter Dr. Evans' Anweisungen. Ich erkannte nun, dass ich einen kleinen Mitstreiter hatte. Nachdem ich etwas länger als nötig verarztet worden war, zog ich mich wieder an und kehrte ins Wartezimmer zurück, wo sich der Rest des Teams aufhielt.

Schwester Taylor kam nun zu uns herüber und brachte uns auf den neuesten Stand.

»Mr. Logan hat einen ziemlich heftigen Schlag auf den Kopf bekommen. Er ist aber stabil und wird in achtundvierzig Stunden wieder entlassen werden.« Sie schenkte mir ein schüchternes Lächeln.

»Ziehen Sie mich etwa gerade erneut mit Ihrem Blick aus, Schwester Taylor?« Sie wurde sofort rot, lachte und ging weg.

»Okay, ich geh dann mal.« Keith stand auf und nickte mit dem Kopf zu den anderen hinüber. »Mark ist ja hier offenbar langsam zu Hause, also kann er auch genauso gut den Babysitter spielen.«

Ich winkte, und sie machten sich daraufhin auf den Weg zum Truck. Nachdem ich eine Stunde lang die Wand angestarrt hatte, entschloss ich mich, ein wenig herumzuwandern. Ich brauchte nicht lange, um Mia zu finden. Ich trat etwas zurück und hörte ihrem Gespräch von der Tür aus zu.

Sie hatte mir den Rücken zugewandt und hielt gerade einem Jungen die Hand. Sie waren sich anscheinend sehr nahe. Sie lächelte und strich ihm mehrmals sanft mit der Hand durch das Haar.

»Du bist etwas ganz Besonderes, Kenny.« Sie küsste seine Hand.

»Ich liebe dich, Mom.« Mir sank augenblicklich das Herz in die Hose. *Was?*

»Und ich liebe dich. Jetzt ist es aber Zeit für ein Schläfchen, okay?«

Er nickte und schloss die Augen. Mia sang ihm leise »Sittin' on the Dock of the Bay« von Otis Redding vor. Ich musste mich einfach weiter vorbeugen und ihrer Stimme lauschen. Mit Savannahs Können am Klavier und Mias Stimme hätten wir bald eine richtig geniale Band zusammen.

Bei diesem Gedanken grinste ich, hauptsächlich, weil ich noch niemals so an eine Frau gedacht hatte. Melanie war zwar klasse gewesen, aber ... ich schob die dunkle Wolke mit Gewalt beiseite. Ich liebte meinen Job, aber er konnte manchmal auch sehr deprimierend sein, wenn man an die Zukunft dachte.

Ich war komplett in ihren Worten verloren, als sie plötzlich aufhörte zu singen. Ich fuhr erschrocken aus meinem Nebel hoch und sah, dass sie mich anstarrte. Ihr Gesicht war blass und ihre Augen glasig.

Sie stand auf, steckte die Decke um den Jungen herum fest und huschte dann an mir vorbei zur Schwesternstation.

»Hey, Mia.« Ich rannte ihr hinterher. »Wer ist das?«

»Nur ein Patient.«

»Ist das Ihr Sohn?«

»Wie bitte?«

»Ich habe gehört, was er zu Ihnen gesagt hat.«

»Das war privat.« Tränen traten ihr nun in die Augen.

»Mia!« Dr. Evans' Stimme durchbrach den angespannten Moment. »Ich könnte deine Hilfe benötigen, wenn du einen Augenblick erübrigen kannst.« Er sah zu mir hinüber. »Ihr Freund ist in Zimmer 346.« Ich verstand den Wink mit dem Zaunpfahl durchaus.

»Entschuldigen Sie mich bitte.« Mia ging hinüber, den Kopf gesenkt und die Schultern hängen lassend.

»Vorsicht, Mark.« Schwester Taylor gab vor, ihren Papierkram zu erledigen, während sie mit mir redete. »Das ist ein ganz heikles Thema für sie.«

»Ist er denn ihr Sohn?«

»Nein.« Sie wandte sich hastig ab, als ein anderer Arzt eintrat und ihr einen Stapel Patientenblätter reichte.

»Mr. Lopez.« Dr. Evans tauchte neben mir auf. »Ich verstehe ja, dass Sie wegen Ihres Freundes hier sind, aber er liegt in Zimmer 346.«

»Das haben Sie bereits erwähnt.« Ich merkte genau, dass er sich über mich ärgerte.

»Ich muss leider darauf bestehen, dass Sie mein Personal in Ruhe lassen.«

»Sie meinen Mia?« Ich straffte die Schultern. Wir waren etwa gleich groß, aber ich hatte ihm annähernd fünfzig Kilo voraus.

Schwester Taylor blickte erst zu ihm und verdrehte dann die Augen. Ich verstand, dass sie auch schon ihre Erfahrungen mit ihm gemacht hatte.

»Ich meine alle.«

Mit einem Zwinkern schlug ich ihm kumpelhaft auf die Schulter. »Sie wissen bestimmt, dass die Logans viel in dieses Krankenhaus investieren. Wir verbringen immerhin viel Zeit hier.«

»Worauf wollen Sie hinaus, Mr. Lopez?«

»Ich will darauf hinaus, dass Sie mich und meine Männer noch häufig zu Gesicht bekommen werden.« Ich grinste ihn an. »Außerdem heißt es *Major* Lopez.«

Ich schritt an ihm vorbei und machte mich auf den Weg zu Coles Zimmer.

»Da ist ja mein Sonnenschein.«

»Stirb doch!« Cole starrte missmutig die grüne Götterspeise an, die heftig wackelte, als ich die Füße auf sein Bett legte.

»Schon keine Lust mehr, so zu tun als ob?« Ich zog einen Proteinriegel heraus, weil ich wusste, dass Cole sie gern mochte.

»Ich möchte auch einen.«

»Nichts da.« Ich verdrehte die Augen. »Nicht genug da zum Teilen.«

»Verpiss dich doch.«

»Oh, hier ist aber jemand sauer. Geben sie dir etwa nicht genug zu essen?« Es machte mir unheimlich großen Spaß, seine Worte jetzt gegen ihn verwenden zu können.

Er schob die Götterspeise angewidert beiseite. »Wann komme ich denn endlich hier raus?«

»In achtundvierzig Stunden.«

»Mist.« Sein Kopf fiel zurück auf das Kissen.

»Es heißt Mistress«, murmelte ich durch einen Mundvoll Riegel. Cole warf mir einen wütenden Blick zu.

»Sag mir jetzt bitte nicht, dass du …«

»… die Mistress angerufen hast«, unterbrach ich ihn. »Na ja, ich hätte meine Eier halt gern noch etwas länger da, wo sie hingehören.«

Cole lachte und kniff dann die Augen zusammen, als der Schmerz erneut zuschlug. »Meine Güte, ich liebe diese Frau.«

»Und wir sind alle dankbar dafür, aber wenn ihr beide endlich aufhören könntet, euch in deinem Büro wie die Karnickel aufzuführen, wäre das auch sehr nett.«

Er zuckte schamlos grinsend mit den Achseln. Cole machte es verständlicherweise überhaupt nichts aus, dass er und Savannah stets Heißhunger auf den anderen verspürten und diesen wo sie konnten auslebten.

»Apropos heiß und hungrig, wie findest du eigentlich deine sexy Krankenschwester? Wie hieß sie noch gleich … Maya?«

»Mia!«

»Ja.« Er grinste höhnisch, als ich ihren Namen sofort verbesserte. »Mia.«

»Ich habe anscheinend in Dr. Evans einen Mitbewerber.«

»Der hübsche Doktor?« Cole lachte. »Ich glaube, der lässt sich seine Augenbrauen mit Wachs behandeln.«

Bei dieser Bemerkung verzog ich angewidert das Gesicht. »Der Tag, an dem du mich in so einem Wellnessladen erwischst, ist der Tag meines Todes.«

»Dein Wort in Gottes Ohr, Bruder.«

Ich unterhielt mich weiter mit Cole, bis dieser ungefähr um sechs Uhr einschlief, dann sah ich mir *The Killing* an, bis ich ihm in den Schlaf folgte.

Gegen vier Uhr in der Frühe hatte mich der fiese kleine Vinylstuhl fast umgebracht. Ich war einfach viel zu groß für einen so winzigen Sitz. Mein

Versuch, mich still zu verhalten, schlug erbärmlich fehl, da ich nun so fest gegen den Tisch stieß, dass die gläserne Flasche *Snapple* umkippte und klirrend am Boden zerschellte.

»Raus, sofort!« Cole zeigte in Richtung Tür, ohne auch nur die Augen zu öffnen.

»Mir geht's gut, danke der Nachfrage. Du kannst gern meine Physiotherapie bezahlen, wenn ich dir sage, was diese Armlehne zuvor mit mir angestellt hat.« Grinsend schlenderte ich aus dem Zimmer.

Der Flur war nur schwach erleuchtet, und lediglich zwei Schwestern waren momentan auf der Station anwesend. Ich entschloss mich, mich auf die Suche nach etwas Kaffee oder vielleicht sogar einem freien Bett zu begeben.

Ich hatte genügend Fernsehfilme gesehen, um zu wissen, dass es hier irgendwo einen Raum für die Schwestern in Rufbereitschaft gab, den sie benutzten, wenn sie eine Pause machten.

Drei Gänge und zwölf Türen später fand ich endlich einen offenen Raum für die Angestellten. Nach einem kurzen Blick über die Schulter schlüpfte ich hinein.

»Oh ja«, sagte ich stöhnend, rollte mich gemütlich auf der ziemlich großen Liege zusammen und schlief binnen Sekunden ein.

Mia

Die letzte Operation war absolut schrecklich verlaufen. Ich hatte dabei zusehen müssen, wie ein zehnjähriges Mädchen um ihr Leben gekämpft hatte, nur dass sie uns entglitten war, als wir sie zunähten. Das Auto ihrer Mutter war von einem leeren Schulbus angefahren worden, und sie hatte auf dem Beifahrersitz gesessen. Ihre Mutter war sofort tot gewesen, aber die Tochter hatte eine sechzigprozentige Überlebenschance gehabt. Seit ich angefangen hatte, als Krankenschwester zu arbeiten, hatte ich schon vier Kinder – nun ja, jetzt fünf – verloren und neun Erwachsene. Einen

Kinderpatienten zu verlieren hinterließ allerdings ein Gefühl in einem, das man niemandem erklären konnte.

Ich schaltete das Licht ein und machte einen erschrockenen Satz, denn Mark lag in dem Bett, das ich immer während meiner Rufbereitschaft nutzte. Mit einem raschen Blick den Flur hinab schloss ich die Tür hinter mir. Ich war so unfassbar müde, und dieses Bett mit seiner Pillow-Top-Matratze war so gemütlich.

Ich setzte mich behutsam auf die Bettkante und rüttelte vorsichtig an seiner Schulter.

»Mark«, flüsterte ich. »Mark?«

Er öffnete verschlafen die Augen und sah mich verwirrt an. »Oh, Scheiße, tut mir leid.« Er wollte sich aufrichten, aber ich hinderte ihn daran. »Hey.« Er hob die Hand und berührte meine Wange. »Haben Sie geweint?«

Ich senkte den Kopf und sah weg. »Es war eine harte Nacht. Ich bin vielleicht eine Krankenschwester … weine bei fast jedem Patienten.«

»Hört sich ganz so an, als würden Sie das Bett hier mehr brauchen als ich.«

»Nein.« Ich versuchte, ein Lächeln zustande zu bringen. »Ist schon okay. Ich glaube, ich kann sowieso nicht schlafen.«

Er rutschte hoch, lehnte sich mit dem Rücken an die Wand und klopfte neben sein Bein. »Warum setzen Sie sich dann nicht einfach eine Weile zu mir?«

Es war lange her, seit ich mir etwas Gesellschaft zugestanden hatte. Schaden konnte es vermutlich nicht.

Mit einer Drehung ließ ich mich neben ihm nieder. Sein Körper war viel größer als meiner, und die Wärme, die er ausstrahlte, war gerade unheimlich tröstlich.

»Sie frieren ja.« Er zog mir fürsorglich die Decke über den Schoß. Ich wusste nicht so recht, warum ich ihm das erlaubte, aber die Tatsache, dass er sich offenbar gern um mich kümmerte, war irgendwie … nett.

»Ich werde anscheinend nie richtig warm.« Ich gähnte und hob die Hand vor den Mund, als ich begriff, dass ich vielleicht unmanierlich erscheinen könnte. »Entschuldigung.«

Er bedachte mich mit einem sexy Lächeln. »Wofür denn?«

»Für das Gähnen. Das war vielleicht ein Tag.«

»Das haben Sie bereits erwähnt.«

Ich nickte, während meine Lider immer schwerer wurden. »Wir haben heute ein kleines Mädchen verloren.«

»Das tut mir sehr leid, Mia.« Er legte mir einen Arm um die Schultern und drückte mich fest an sich. »Wenn es irgendwie hilft: Ich weiß genau, wie sich so etwas anfühlt.« Er zog den Arm wieder zurück, und ich verspürte sofort ein jähes Frösteln.

»Es hilft tatsächlich, danke.« Ich zitterte und rückte kurzerhand noch näher an ihn heran. Er bewegte den Arm so, dass er nun einen größeren Teil meines Körpers bedeckte.

An viel mehr erinnerte ich mich nicht mehr, aber ich wusste genau, dass dies das erste Mal seit langer Zeit war, dass ich mit einem behaglichen Gefühl zu Bett ging.

Beim Klicken der Tür, die mit einem Ruck aufging, öffnete ich die Augen. Es war die Putzkolonne, die sofort zurückwich, als sie sah, dass der Raum nicht leer war. Mir war immer noch sehr behaglich zumute, und mein Gehirn benötigte etwa dreißig Sekunden, bis es begriff, dass ich nicht allein war. Ich setzte mich hin und blickte zu Mark hinüber, der sich in die Ecke gedrängt hatte. Ich hatte offensichtlich seine Schulter als Kissen benutzt.

Oh mein Gott! Ich fragte mich unwillkürlich, wer uns sonst noch so gesehen hatte. Das war absolut nicht in Ordnung. Mitarbeiter konnten sofort gefeuert werden, wenn sie mit einem Patienten geschlafen hatten. Den flüchtigen Gedanken, dass er ja eigentlich gar kein Patient war, schob ich verärgert beiseite und schlüpfte hastig aus dem Bett. *Was hatte ich mir nur dabei gedacht?* Bei einem Blick über die Schulter sah ich, dass Mark noch immer schlief. Ein Teil von mir wollte gern zurückschleichen und weitere zwölf Stunden an seiner Seite schlafen. Stattdessen glättete ich meine Haare, so gut ich konnte, und warf einen Blick auf meine Armbanduhr.

Scheiße! Ich war schon spät dran, um mich auf meine nächste Operation vorzubereiten. Dr. Evans wollte nämlich, dass ich bei jeder seiner Operationen dabei war. Er meinte, dass wir ein gutes Team wären, aber ich vermutete eher, dass er mir bloß an die Wäsche wollte. Er war ja ganz nett, aber wie die meisten Ärzte leider sehr von sich überzeugt und außerdem einfach nicht mein Typ.

So sehr ich es ja eigentlich nicht wollte, rüttelte ich Mark dennoch an der Schulter, bis sich seine Augen flatternd öffneten. Ein träges Grinsen erschien auf seinem Gesicht, und meine Knie gaben beinahe nach.

»Sie müssen jetzt leider gehen. Bald wird das übrige Personal hier sein.«

»Okay.« Er sprang sofort auf und rieb sich über das Gesicht. »Haben Sie schlafen können?«

»Wie ein Stein, aber ich könnte locker noch weitere vierundzwanzig Stunden vertragen.«

»Wann haben Sie denn Dienstschluss?«

Ich hielt inne dabei, meine Schwesternkleidung überzustreifen. »Äh, in fünf Stunden.« Er nickte. »Ich muss jetzt leider los. Ich habe eine OP.« Bevor ich die Tür öffnete, wandte ich mich jedoch noch einmal zu ihm um. »Wann kehren Sie zurück?«

»Morgen, denke ich.« Er bekam meinen Gesichtsausdruck mit, aber ich erholte mich rasch wieder.

»Vermutlich sehe ich Sie dann.« Ich ging, weil mir der Knoten, den ich bei dem Gedanken daran, dass er weggehen würde, im Magen verspürte, überhaupt nicht gefiel.

»Gute Arbeit da drin.« Dr. Evans folgte mir, als ich auf die Schwesterstation zueilte. »Wir sind ein klasse Team.«

»Ja.« Mehr wollte mir als Erwiderung einfach nicht einfallen. Vier OPs in einer Schicht … ich war vollkommen erledigt.

»Mia.« Schwester Taylor – Vikki – tauchte hinter der Station auf. »Das da ist für dich.« Sie schenkte mir ein Lächeln und machte dann ein finsteres Gesicht angesichts des Schattens von Dr. Evans hinter mir.

»Was ist das denn?« Ich warf einen Blick in den Beutel hinein, und sie stellte daraufhin noch einen dampfenden Becher Kaffee vor mich. Mir wurde sofort der Mund wässerig, während sie mir eine Notiz dazu reichte.

Essen Sie etwas, dann fühlen Sie sich gleich besser.

Mark

Grinsend holte ich ein Frühstückssandwich heraus und nahm sofort einen gewaltigen Bissen davon.

»Oh, ist das gut«, rief ich stöhnend und hatte ganz vergessen, dass Leute um mich herum waren. Normalerweise aß ich nur ein Mal, hin und wieder auch zwei Mal, während meiner Schicht.

»Von wem ist das?«, fragte Dr. Evans, der mir über die Schulter spähte und die Notiz entdeckte.

»Von einem Freund.« Ich schnappte mir meinen Kaffee und eilte schnell den Gang zu Coles Zimmer hinab, wo ich Mark zu finden hoffte.

Als ich den Raum erreicht hatte, erholte sich mein Körper bereits durch das zu mir genommene Protein. Der Kaffee war noch das Sahnehäubchen auf dem Kuchen gewesen. Ich öffnete die Tür und bekam eine prächtige Frau zu sehen, die sich gerade über Coles Bett beugte.

»Guten Morgen.« Ich zog Coles Patientenkarteikarte heraus, um nachzusehen, wie die Nacht verlaufen war.

»Oh, Mia.« Cole lenkte meine Aufmerksamkeit jetzt auf sich. »Das ist meine Frau, Savannah.«

»Schön, Sie kennenzulernen.« Savannah reichte mir die Hand, und ich ergriff sie, jedoch nicht, bevor sie mich komisch angesehen hatte.

»Die Freude ist ganz meinerseits.«

Sie lächelte Cole an, der daraufhin den Kopf schüttelte. *Was ging denn hier vor sich?*

»Also, Mia …« Savannah kam zu mir herüber. Sie sah wirklich toll aus in ihren schwarzen Leggins und ihrem weiten Pullover. Dazu trug sie goldene Ohrringe und Armreifen. Meine Füße wurden ganz neidisch angesichts ihrer eleganten schwarzen High Heels. »Sagen Sie mir doch, Mia, sind Sie Single?«

Fast hätte ich mich an meinem Kaffee verschluckt. »Für einen Dreier habe ich nichts übrig, das soll aber keine Beleidigung sein.«

»Oh, Scheiße«, rief Cole und lachte sich in sein Kissen schlapp.

»Das habe ich auch nicht so empfunden.« Savannah tat meine letzte Bemerkung fröhlich ab. »Ich habe bloß aus Neugier gefragt.«

Die Tür flog plötzlich auf. »Schwester Taylor ist eine schmutzige …« Bei meinem Anblick hielt Mark sofort inne. »Wie ich sehe, haben Sie mein Geschenk erhalten.«

»Allerdings, und vielen Dank dafür.« Ich lächelte breit, musste dann jedoch den Blick senken, da ich spürte, dass meine Wangen schon wieder rot wurden. »Ich fühle mich schon wesentlich besser.«

»Das ist schön zu hören. Wie war denn Ihre OP?«

»Besser als die gestrige.« Ich bekam sein Grinsen mit, und seine Zähne blitzten weiß in seinem braun gebrannten Gesicht auf.

»Das freut mich zu hören.«

»Also, Mia, wann kann ich diesen Burschen denn endlich nach Hause holen? Wir müssen nämlich so einiges nachholen.« Savannah hielt Coles Hand, als sie sich neben ihn setzte. Die Liebe, die aus beiden hervorquoll, war praktisch mit den Händen zu greifen.

»Ähm …« Ich musste den Blick jetzt mit aller Gewalt abwenden. »Ich werde mich gleich bei Dr. Evans erkundigen, aber ich glaube, er wird Sie heute am späteren Nachmittag entlassen oder morgen früh.«

»Okay.« Savannah beugte sich herab und gab Cole einen langen Kuss.

Mark beobachtete mich währenddessen.

»Dann lasse ich Sie drei mal allein.«

»Ja, danke.« Mark kicherte. »Warten Sie.« Er öffnete die Tür für mich und schloss sie dann hinter sich. Er trug jetzt eine grüne Armeehose und ein schwarzes T-Shirt. Meine Güte, er war überall so durchtrainiert!

»Kann ich Sie heute Abend vielleicht zum Essen einladen?« Ich antwortete nicht, weil ich gerade Dr. Evans um die Ecke kommen sah. »Nur damit Sie es wissen: Eine Abweisung würde ich überhaupt nicht gut aufnehmen.«

Das brachte mich unwillkürlich zum Lachen. »Das sehe ich.«

»Also?«

»Mia«, rief Dr. Evans nun und kam auf uns zu.

»Hat er Sie ausgenutzt?«, fragte Mark auf einmal verärgert.

»Äh, wann?«

Er grinste und überlegte einen Augenblick. »Um sechs Uhr.« Er reichte mir eine Karte. »Schreiben Sie mir Ihre Adresse auf, und ich hole Sie ab.«

»Okay.«

»Mia!« Dr. Evans rief erneut meinen Namen, und ein paar Schwestern blieben stehen und starrten mich an. »Ich habe Sie bereits mehrmals angepiept.«

»Tut mir leid. Ich habe keine ...« Ich überprüfte meinen Pager, und da war tatsächlich keine Nachricht von ihm.

Dr. Evans sah nun Mark an und dann wieder mich. »Vergiss nicht, Mia, dass du hier arbeitest und nicht nur abhängst.«

»Wow«, zischte Mark daraufhin.

»Entschuldigung, wird nicht wieder vorkommen.« Ich gab mir alle Mühe, den Sturm zu besänftigen, der sich hier gerade zusammenbraute. »Ich sollte jetzt gehen.« Ich wandte mich noch einmal Mark zu und hielt seine Karte in die Höhe, damit er wusste, dass ich heute Abend immer noch mit ihm ausgehen wollte.

Mein ganzer Kleiderschrank lag gerade auf meinem Bett verteilt, während ich versuchte, etwas auszuwählen, dass ich anziehen wollte. Butters, der sich auf meinem Kissen ausgebreitet hatte, sah mir ungerührt dabei zu. Er spürte wohl, dass es heute Abend keine Pizza geben würde.

Schließlich gab ich es auf und kramte mein Handy unter dem Kleiderstapel hervor.

Mia: Hi, auch auf das Risiko hin, mich wie ein graues Mäuschen anzuhören – aber was ziehe ich heute Abend denn bloß an?

Schon einen Augenblick später summte mein Handy.

Mark: Ich habe einen Tisch im The Toasty Ties *reserviert. Entschuldigung. Savi wird mich jetzt bestimmt ganz schön herunterputzen, weil ich es Ihnen nicht schon früher verraten habe.*

Ich brach in Gelächter aus. Irgendetwas sagte mir, dass Savannah und ich wirklich gut miteinander auskommen würden.

Mia: Kein Problem. (Ich sage das allerdings nur, weil Savannah Sie dann herunterputzt, sodass ich es nicht tun muss.) Danke. :-)

Nachdem ich das Restaurant kurz gegoogelt und drei weitere Outfits ausprobiert hatte, entschied ich mich letzten Endes für ein schwarzes, knapp knielanges Wickelkleid. Ich wollte sexy erscheinen, jedoch nicht zu sehr. In meinen roten High Heels und mit meinen offenen, welligen Haaren starrte ich mich schließlich im Spiegel an. Sein Gesicht erschien unwillkürlich vor mir, und ich schloss die Augen.

Ich räumte auf, gab Butters frisches Wasser und nahm mir einen Augenblick zum Luftholen. Wow, ich war echt nervös. Es war immerhin schon ganz schön lange her, dass ich ein Date gehabt hatte.

Brrrrr. Brrrr. Meine Gegensprechanlage surrte. Ich eilte hinüber und drückte den kleinen rechteckigen Knopf.

»Hallo?«

»Hallo, schöne Dame.« Seine Stimme war etwas heiser, wodurch er noch erotischer klang.

Scheiße, plötzlich traf mich ein Gedanke wie ein Vorschlaghammer … *Hatte ich ihn gebeten hochzukommen? Oder sollte ich einfach runtergehen? Scheiße, Scheiße, Scheiße!* Ich warf einen schnellen Blick auf die Uhr und sah, dass noch dreißig Minuten Zeit waren. Ich folgte also meinem Bauchgefühl.

»Ich bin gleich unten«, rief ich durch die Gegensprechanlage. Ich schloss die Augen und hoffte, dass ihm das recht war. Ich drückte erneut den Knopf, um etwas zu sagen, als ich hörte, dass er mit jemandem sprach. Verdammt. Ich gab Butters einen Kuss, ignorierte seinen bemitleidenswerten Ausdruck und rannte dann zum Aufzug.

In der Eingangshalle blieb ich bei seinem Anblick unwillkürlich stehen. Ich bekam sofort ein flaues Gefühl in der Magengrube, während ich den Mann von oben bis unten betrachtete. Sein dunkelblaues Hemd steckte in einer schwarzen Anzughose. Das Haar hatte er vorn etwas gestylt, und seine Haut wirkte absolut makellos. *Oh mein Gott, war ich imstande, das tatsächlich durchzustehen?* Nur zwei winzige Kratzer direkt am Haaransatz waren noch von seiner Begegnung mit der Handgranate zu erkennen.

Ich wäre fast geflüchtet, als er sich umdrehte und mich ansah. Dieses erstaunliche, tiefe, sexy Lächeln breitete sich auf seinem Gesicht aus, und er schlug sich mit der Hand auf die Brust, als wenn sein Herz bei meinem Anblick einen Satz machen würde. Er richtete sich noch gerader auf und griff nach dem Türknauf.

»Hallo.« Er hielt mir die Tür auf. »Sie sehen ... erstaunlich aus.«

»Danke sehr.«

Er führte mich zu seinem Leihwagen, öffnete die Beifahrertür, und ich ließ mich so anmutig wie nur möglich auf die Ledersitze sinken. Ich bemerkte lächelnd, dass er die Sitzheizung für mich eingeschaltet hatte. Sanfte Musik strömte aus den Lautsprechern, als er losfuhr.

»Eine hübsche Wohngegend haben Sie.«

»Danke« war alles, was mir darauf einfiel. *Idiotin.* »Was macht denn Cole?«

Er kicherte. »Savannah hat ihn dazu gebracht, ehrlich zu dem Arzt zu sein, und jetzt behalten sie ihn mit Sicherheit auch noch über Nacht da.«

»Ich mag sie.«

Er betrachtete mich von der Seite. »Ja, sie ist schon eine ganz Wilde.«

Ich wollte mich gern nach dem Safe House erkundigen, aber das würde nur zu weiteren Fragen führen, also ließ ich das ganze Thema lieber bleiben.

»Wie war denn der Rest Ihrer Schicht?«

»Na ja.« Ich grinste leicht. »Abgesehen von einem Anschiss von Dr. Evans hätte es schlimmer sein können.«

»Was ist denn überhaupt los mit ihm?«

»Keine Ahnung.« Es hätte mir, ehrlich gesagt, auch gar nicht gleichgültiger sein können.

Sobald wir auf der Veranda des Restaurants saßen, entspannte ich mich allmählich. Wir bestellten uns Wein und Fischtacos. Das Restaurant war sauber, schick, aber dennoch zwanglos. Das Gespräch ging sogar noch leichter vonstatten nach unserem zweiten Glas Wein. Ich genoss seine Gesellschaft wirklich. Er hatte nämlich einen großartigen Sinn für Humor. So, wie er mich ansah, verschaffte er mir irgendwie das Gefühl, als ob wir die einzigen Menschen hier im Restaurant wären.

»Was denken Sie?«, fragte er, und mir wurde auf einmal klar, dass ich ihn angestarrt hatte. Er beugte sich vor. »Denken Sie daran, ich weiß genau, wann Sie lügen.« Er zwinkerte. »Einer der Vorteile meines Jobs.«

»Das ist aber doch etwas unfair, meinen Sie nicht?«

»Kaum.«

»Aber ich bin hier deutlich im Nachteil.«

Er lehnte sich zurück. »Nein, das sind Sie wirklich nicht.«

Ich hielt kurz inne und überlegte, was er mir gesagt hatte. Ich räusperte mich. »Ich bin in letzter Zeit nicht viel ausgegangen. Es überrascht mich nur, wie sehr ich Ihre Gesellschaft genieße.«

»Warum?«

Ich zuckte mit den Achseln und trank einen Schluck Wein. »In Ihrer Gegenwart fühlt man sich unglaublich wohl.«

»Nein.« Er kicherte erneut. »Ich habe gemeint, warum Sie nicht viel ausgegangen sind?«

Oh, ja. Meine Wangen wurden daraufhin so heiß, dass es fast schmerzte. Er grinste, wies mich jedoch galanterweise nicht darauf hin.

»Ich hatte einfach nicht die Zeit dafür.«

»Das ist doch eine faule Ausrede.«

Mein Mund zuckte, und ich wusste, dass er mir diese Lüge angesehen hatte. »Meine letzte Beziehung war wirklich heftig. Ich glaube, er hat meine Eltern letzten Endes mehr gemocht als mich.«

»Und?«, fragte er kühn, aber seine Frage klang durchaus ernst gemeint.

»Als ich ihn schließlich mit unserer Nachbarin im Bett erwischt habe, habe ich die ganze Sache beendet.«

»Oh, das tut mir leid.«

»Danke, aber ich war in gewisser Hinsicht eigentlich sogar fast erleichtert. Ich bin nicht glücklich gewesen in dieser Beziehung. Er hat es gewusst, aber es war ihm egal.«

»Aber warum waren Sie erleichtert?«

Obwohl die Frage sehr persönlich war, fühlte es sich irgendwie gut an, mit ihm darüber zu sprechen. »Ich habe ihn nicht geliebt, und ich habe überhaupt nicht gewusst, wie ich damit umgehen sollte. Dass er mich betrogen hat, hat mich verletzt, aber in gewisser Weise habe ich dadurch auch verstanden, warum es überhaupt so weit gekommen ist. Ich habe immer viel gearbeitet, und er war noch auf der Schule. Er hat tagsüber gearbeitet, ich viele Nächte hindurch. Da passte der Deckel wohl einfach nicht auf den Topf.« Ich hielt inne, weil ich plötzlich bemerkte, dass wir tatsächlich die letzten Gäste im Restaurant waren. »Tut mir leid, das ist für Sie bestimmt überhaupt nicht interessant.«

»Aber ich habe doch gefragt.«

»Und ich habe als Dankeschön geschwafelt.«

»Es hat mir aber gefallen.«

»Warum?« Jetzt war er an der Reihe, etwas zu offenbaren.

»Weil ich dich mag, Mia.«

Ich lächelte ihn an, während er mich intensiv musterte.

Da war er wieder, der dicke Kloß in meiner Kehle.

Das ist ein schlechter Charakterzug, Mia. Sei entweder komplett ehrlich zu ihm oder lass ihn direkt sausen. Als ich wieder das Wort ergriff, ignorierte ich diese innere Warnung jedoch.

»Ich mag dich auch, Mark.«

Er stand daraufhin auf und bot mir die Hand an. Sobald ich auf den Beinen war, verschränkte er seine Finger mit meinen. Ich konnte einfach nicht leugnen, wie gut sich das anfühlte.

»Ein kleiner Spaziergang?«

»Gern.«

Nach meiner arbeitsreichen Woche schmerzten mir zwar die Füße, doch ich schob den Schmerz beiseite. Wir gingen nun die Hauptstraße hinunter, und als die Sonne verschwand, verschwand auch ihre Wärme. Mark blieb jetzt am Wagen stehen und legte mir seine Anzugjacke um die Schultern.

»Danke.«

Er lächelte mich an und ergriff erneut meine Hand. Es fühlte sich so natürlich an, neben ihm herzugehen. Er war mir zwar immer noch fremd, aber ich ertappte mich trotzdem dabei, dass ich mich vollkommen in seine Hände begeben wollte.

Musik erklang jetzt aus einem kleinen Pub, dessen Metalldach die Klänge noch verstärkte. Mark sah auf mich herab, und ich nickte, da ich genau wusste, was er fragen wollte. Wir traten ein.

Manuel

Meine Nase sah doppelt so groß aus wie sonst, und ich blutete wie ein Schwein. Das Eis in meinem Glas vergrößerte gerade den Kondensring auf dem Tisch. Qualvolle Schmerzen tanzten in meinen Nebenhöhlen und erinnerten mich unweigerlich daran, was vor einer Stunde alles den Bach runtergegangen war. Ich lehnte mich zurück, legte mir den Gefrierbeutel mit Erbsen auf das Gesicht und räumte eine Stelle auf dem Tisch für meine Füße frei. Meine Waffe lag geladen auf meinem Oberschenkel, falls mir doch irgendwer gefolgt war.

Ich riss die Augen auf, um mich zu vergewissern, dass das Geld immer noch da war. Neunzehntausend Dollar in fünf Bündeln auf meinem Wohnzimmertisch. Es war schmutziges Geld, das ich einem Zuhälter in Manhattan abgeknöpft hatte. Drei Monate lang hatte es in einem Schließfach gelegen, bis ich mir sicher gewesen war, dass es dokumentiert war. Ich loggte mich daraufhin in die Asservatenkammer ein, um eine Waffe wegen eines Falls zu überprüfen. Ich kannte den Tagesablauf des neuen Kollegen ganz genau. Pünktlich alle zwei Stunden legte er eine Raucherpause ein. Ich wartete also ab, bis er rausgegangen war, bevor ich seinen Schlüssel klaute und das Gitter auf der Rückseite öffnete. Ich war nicht zum ersten Mal dort hinten, und ich wusste deshalb genau um die Risiken, aber welche andere Wahl blieb mir sonst?

Ich steckte den Beutel daraufhin unter meine Weste, aber er war wirklich dick und auffällig. Ich beugte mich nach vorn und sah nach, ob die Luft noch rein war. Anschließend riss ich das Siegel auf, warf das ganze Geld auf den Tisch und steckte mir kurzerhand die Geldscheinbündel in mein Hemd. Die ganze Zeit über hielt ich die Ohren auf und lauschte nach jedem auffälligen Geräusch.

Als ich alle Bündel eingesteckt und das Hemd wieder zugeknöpft hatte, fiel mir plötzlich auf, dass die Bündel reichlich dünn waren. Die Geldsumme unterschied sich also offenbar beträchtlich von der, wegen der wir den Zuhälter ursprünglich eingelocht hatten.

Was sollte das, verdammte Scheiße?

Die Kennkarte des Neulings surrte auf einmal, mir schlug das Herz sofort bis zum Hals, und ich stopfte hastig den leeren Beutel in meine Tasche. Ich zwang mich dazu, mich ganz normal zu bewegen, und schloss die Tür langsam hinter mir, dann wandte ich mich um.

»Was machst du denn da?«

Ich zog meine kleine Bleistiftlampe heraus und kam um die Theke herum, hinter der ich eigentlich hätte sitzen sollen. »Tut mir leid.« Ich zeigte auf die Taschenlampe. »Die ist mir beim Rausgehen rausgefallen und dann dort hinten hingerollt.«

Er sah mich zwar seltsam an, nickte aber und begab sich hinter die Theke. Der Schlüssel zum Schließfach brannte mir förmlich ein Loch in die Hand. *Verdammt, ich muss ihn unbedingt zurücklegen.*

»Spielst du heute Nacht wieder Basketball?« Betont träge lehnte ich mich über die Theke.

»Nö, der Sergeant hat mich zu einer Doppelschicht verdonnert. Ich weiß echt nicht, was ich dem getan habe, dass der so sauer auf mich ist.« Er sah auf sein Handy, drehte sich jedoch immer noch nicht um.

»Scheiß Sache.« Nun entdeckte ich seine Colaflasche. »Oh, was ist denn das?« Ich griff hinüber und stieß dabei absichtlich mit dem Arm gegen die Flasche. Sie kippte um, und der gesamte Inhalt ergoss sich über seinen Papierkram.

»Verdammt!« Er sprang auf, suchte hektisch nach einem Papierhandtuch, und in diesem Augenblick hakte ich den Schlüssel schnell wieder unter die Schreibtischkante.

»Tut mir echt leid.« Eilig verschwand ich.

Draußen schrieb ich dann Noah eine SMS und bekam von ihm die Adresse für das nächste Spiel. Meine Hände zitterten vor Aufregung.

Mia

Ich freute mich diebisch.

»Oh! Major, ist der echt danebengegangen?« Ich lachte über die lautstarke Musik hinweg, »Old Time Rock and Roll« von Bob Seger and der Silver Bullet Band.

In der letzten Stunde hatten wir Poolbillard gespielt, und ich machte ihn gerade nach Strich und Faden fertig.

»Das da lenkt mich ein wenig ab.« Er zeigte auf meine Brüste.

Absichtlich beugte ich mich noch etwas weiter vor, während ich mich auf meinen nächsten Stoß vorbereitete. »Links.« Ich spielte die weiße Kugel und versenkte meine vorletzte Kugel im Loch. Dann erhob ich mich und grinste ihn spielerisch an. »Du kannst stoßen.«

Er hob die Augenbraue auf eine Weise, die aus meiner letzten Bemerkung eine schmutzige machte. Ich verdrehte nur die Augen und lachte.

»Hör gefälligst auf, Zeit zu schinden. Du hast nämlich sowieso verloren.«

»Mhm.« Er beugte sich hinab, und ich tat es ihm gleich. »Du spielst ja auch dreckig.«

»Warum, Mark? Hast du etwa Angst, ich könnte dieses Spiel tatsächlich gewinnen?«

»Warum machen wir nicht einen größeren Spaß daraus?« Er rieb seinen Queue mit Kreide ein. »Wenn du gewinnst, trage ich dich zum Wagen zurück.« Er zeigte auf meine High Heels, da er genau wusste, dass diese mich allmählich umbrachten.

»Und wenn du gewinnst?«

Er stellte sich genau vor mich. »Dann darf ich dir einen Gutenachtkuss geben.«

Abgemacht!

»Ich weiß nicht, Mark.« Erneut grinste ich spielerisch und brachte es dabei irgendwie fertig, nicht komplett die Fassung zu verlieren. »Kannst du denn so gut küssen, wie du spielst? Wenn das nämlich ein Hinweis darauf ist ...«

Er beugte sich daraufhin zur Seite und versenkte locker zwei Kugeln in zwei verschiedenen Löchern. Binnen weniger Minuten lochte er jede einzelne Kugel ein. Bei der achten sah er mir tief in die Augen und versenkte diese Kugel ebenfalls mühelos, ohne zu zögern.

Ich fühlte mich plötzlich unglaublich von ihm angezogen. Noch nie zuvor hatte ich mir die Kleider vom Leib reißen und mit jemandem in aller Öffentlichkeit Sex haben wollen, so wie jetzt.

Er schlenderte jetzt langsam auf mich zu, bis wir Brust an Brust dastanden. Ich musste mich einfach noch etwas dichter an ihn herandrängen.

»Ich gewinne.« In seinen Augen blitzte jetzt noch etwas anderes auf, das mich fast sprachlos machte.

»Schande.«

Sein Lächeln kehrte zurück, als er mir den Queue aus der Hand nahm. »Ich glaube, wir sollten jetzt gehen.«

Ich könnte kaum mehr einer Meinung mit ihm sein.

Er nahm sein Jackett vom Stuhl, ergriff meine Hand, und wir eilten in den vorderen Raum der Bar.

Als wir aus dem Lokal hinaustraten, regnete es in Strömen. Mark schirmte mich mit seinem Jackett ab, und wir rannten den Bürgersteig hinunter. Dabei hüpften wir ausgelassen und übersprangen und umgingen die großen Pfützen, die sich gebildet hatten. An einer roten Ampel, an der wir warten mussten, kam plötzlich ein Laster vorbei und spritzte uns von oben bis unten nass.

Ich warf den Kopf in den Nacken und lachte lauthals. Mark sah mich an, als wäre ich jetzt vollkommen durchgedreht, stimmte dann jedoch in das Gelächter mit ein. Es hatte keinen Zweck, wir waren jetzt nass von Kopf bis Fuß. Wir konnten es also ebenso gut lustig finden.

Wir überquerten nun die Straße und eilten unter die Markise eines kleinen Bistros, um eine kurze Pause einzulegen.

Mark klebte das nasse Hemd an seinem festen Körper, weshalb es mir schwerfiel, mich zu konzentrieren.

»Ist dir kalt?«, fragte er mich und rückte noch näher an mich heran. Er strich mir das feuchte Haar aus dem Gesicht. »Du frierst!«

»Mir geht's gut.«

Er beugte sich vor und hob mich kurzerhand hoch.

»Was tust du da?«

»Dich tragen.«

»Das sehe ich, aber warum?«

Der Regen prasselte auf uns herab, während wir uns zu seinem Wagen begaben. »Du bist schließlich den ganzen Tag auf den Beinen gewesen.«

»Wirklich, Mark, mir geht's gut.«

»Vielleicht möchte ich dich ja einfach nur festhalten.«

Das machte mich augenblicklich sprachlos. Er konnte zugleich so dreist und doch so süß sein. Ich drückte meine kalte Wange an seine warme Schulter und ließ mir von seiner Hitze das Gesicht wärmen.

Auf dem Weg nach Hause fühlte ich mich tatsächlich wie ein Eisklumpen. Mark drehte die Heizung hoch, aber es war zwecklos. Seine Hand hielt meine, aber als ich sie auf meinen Oberschenkel legte, hätte er fast einen Satz gemacht, so kalt war ich. Er schüttelte seine Hand und legte sie mir auf die bloße Haut.

»Du meine Güte, Mia.« Er schob seine Hand hin und her im Versuch, Reibung zu erzeugen.

Liebe Mutter der Lust, wie erstaunlich fantastisch sich das anfühlte! Meine unteren Regionen bettelten mich förmlich an, dasselbe auch bei ihm zu tun.

In Rekordzeit kamen wir bei meinem Wohngebäude an. Gott sei Dank, weil ich nämlich mittlerweile vollkommen durcheinander war.

Doch im Aufzug wurde die sexuelle Anziehungskraft zwischen uns immer stärker. Meine Hände zitterten, als ich die Wohnungstür aufschließen wollte. Es war eine wunderbare Mischung aus Lust und Kälte.

»Wow«, sagte Mark beim Betreten meiner Wohnung. »Das ist aber eine erstaunliche Aussicht.« Er stellte sich ans Fenster und blickte hinaus über die Stadt, während der Regen gegen die Scheiben prasselte, sodass es in meiner ganzen Wohnung wie von Trommeln dröhnte.

»Kann ich dir etwas zu trinken anbieten?« Ich öffnete meinen Kühlschrank. Zum Glück hatte mein Nachbar ein paar Einkäufe vorbeigebracht, so, wie er es gewöhnlich immer tat.

»Nein, nichts zu trinken«, sagte er hinter mir. Sein Körper schob sich langsam gegen meinen Rücken. Er schloss den Kühlschrank und wirbelte mich dann herum. Seine Hände legten sich um mein Gesicht, und er sah mir tief in die Augen.

»Ich möchte dich jetzt viel lieber küssen.« Ich nickte, während er sich Zeit ließ, um seinen Mund auf meinen herabzusenken. Sobald unsere Lippen aufeinandertrafen, war ich rettungslos verloren.

Er presste seinen Körper so heftig gegen meinen, dass die Behälter auf dem Kühlschrank leise klapperten, dann hob er mich hoch und setzte mich sanft auf die Küchentheke. Während er mir weiterhin in die Augen sah, zog er mein nasses Kleid hoch und schob sich zwischen meine Beine.

Mit einem Keuchen zog er sich hastig wieder zurück. »Tut mir leid, ich kann mich anscheinend in deiner Gegenwart einfach nicht beherrschen.«

Ich zog am Band des Kleids und öffnete es aufreizend. »Anscheinend sind wir uns da sehr ähnlich.«

»Ich habe aber keinen Sex beim ersten Date, Mia.« Seine Worte waren bemüht ruhig. »Ich habe auch nichts für One-Night-Stands übrig.«

Ich legte ihm den Arm um den Hals und schlang meine Beine fest um seine Hüfte. »Ich auch nicht, aber dann heißt es heute entweder du oder mein Vibrator.« *Oh, das war unverblümt gewesen.*

»*Verdammt.*« Sein rauer Atem strich über mein Gesicht. »Ich weiß, wenn ich dich jetzt küsse, dann geht das gefährlich nah an den Abgrund.«

Bestimmt war das als Kompliment gemeint, aber ich bekam dennoch das Gefühl, als würde ich betteln, und das war seltsam. Ich ließ deshalb seine Hüften los und wickelte das Kleid wieder um meinen Körper.

»Vielleicht solltest du jetzt gehen.«

Was tue ich denn da, zum Teufel?

Er zog mich von der Küchentheke, führte mich auf die andere Seite des Raums und stellte mich dann vor das Fenster. Unter uns funkelte die Stadt in der Nacht.

»Sieh dich an.« Er stand hinter mir, die Arme um meine Körpermitte gelegt. »Du bist klatschnass, dein Kleid klebt dir an der Haut, und dein Haar duftet die ganze Zeit betörend nach Vanille.« Er beugte sich zu mir hinab und küsste mich sanft auf den Hals. »Du bist wunderschön, Mia.« Mit den Fingern strich er mir behutsam über das Kinn. »Nicht nur hier«, er zeigte auf unser Spiegelbild, »sondern auch hier.« Seine starke Hand legte sich nun auf mein Herz. »Wenn ich heute Nacht mit dir schlafen und dann einfach gehen würde, wie würde sich das für dich anfühlen?«

Mein Herz verkrampfte sich. Er hatte ja recht. Es würde sich nicht richtig anfühlen, nicht mit ihm.

»Meinst du nicht, wir verdienen etwas Besseres als das hier? Etwas Besseres als einen One-Night-Stand?« Er knabberte aufreizend an meinem Ohr. »Wenn wir Sex haben, dann möchte ich am nächsten Morgen auch mit dir in meinen Armen aufwachen und dich genau hier küssen.« Seine Lippen strichen jetzt an meinem Hals hinab und hielten am Schulteransatz inne. Dort übten sie dann stärkeren Druck aus.

Ich schluckte heftig und kämpfte gegen den Drang an, wohlig zu stöhnen.

»Das gefällt mir«, flüsterte er.

Ich war komplett durcheinander. »*Was*?«

»Dass ich diesen Ausdruck in deinen Augen hervorrufen kann.« Ich warf einen Blick auf das Fenster. »Hunger, vermischt mit Wärme.«

Er saugte jetzt an meiner Schulter. »Ich mag dich wirklich sehr.«

Ich wollte etwas erwidern, aber er schob einen Finger unter mein Kinn und drängte mich dazu, zu ihm aufzuschauen.

»Ich mag dich, Mia. Das ist jetzt das dritte Mal, dass ich es heute Abend zu dir gesagt habe. Ich bin sehr konservativ. Abigail hat mich ordentlich erzogen, und ich möchte diese großartige Sache, die wir hier haben, auf keinen Fall ruinieren.« Sein Blick bohrte sich jetzt in meinen. »Aber versteh mich nicht falsch. Ich möchte das Ganze ebenso sehr wie du, wenn nicht sogar noch mehr.«

Seine Lippen tauchten nun zu mir hinab und bedeckten meine vollkommen. Ich konnte nicht mehr denken, ich konnte kaum noch stehen. Noch nie zuvor in meinem Leben hatte jemand so etwas zu mir gesagt. So viele Gefühle kamen dadurch an die Oberfläche. Ich konnte mich nur noch festhalten, als meine Beine unter mir nachgaben und ich zu Boden sank. Er hob mich daraufhin hoch und legte mich sanft auf das Bett. Vorsichtig half er mir, das nasse Kleid auszuziehen, sodass ich schließlich nur noch in BH und Slip vor ihm lag.

Er selbst zog sich auch aus, und zwar alles bis auf die schwarze Unterhose, und kroch dann neben mich. Sein heißer Körper war einfach nur himmlisch neben meinem.

»Ich möchte dich spüren.«

Seine glatte Brust presste sich daraufhin gegen meinen Rücken, er umschlang mich mit seinen starken Armen, und sein heißer Atem strich kribbelnd über meinen Körper.

»Vollkommen«, flüsterte er, bevor seine Lippen meinen Nacken berührten. »Einfach nur vollkommen.«

Das war alles, woran ich mich noch erinnerte, bevor ich in einem Netz aus wunderbarer Wärme in den Schlaf sank.

Mark

Was zum Teufel ist das? Was ist das für ein widerlicher Geruch, verdammt? Ich war vollkommen erschöpft, fand jedoch irgendwo in mir den Willen, die Augen zu öffnen, und erblickte daraufhin ein paar leuchtend blaue Augen, die mich anstarrten.

Oh, Scheiße!

Meine Gedanken rasten zur vergangenen Nacht zurück. Nein, da war kein Hund gewesen.

Einen Moment lang starrte er mich noch an, und im nächsten leckte er mich schon mit seiner rosigen Zunge vom Kinn bis zum Haaransatz ab.

»Guten Morgen ...« Seine grüne Hundemarke baumelte vor meinem Gesicht. Ich grinste, weil ich unweigerlich an *South Park* denken musste. »... Butters.«

Butters hatte sich in der Nacht irgendwie zwischen mich und Mia gequetscht. *Klasse, offenbar ein echter Anstandswauwau.* Sein Kopf neigte sich zur Seite, so, als ob er sich gerade überlegte, warum zum Teufel ich in *seinem* Bett lag. Ich rieb ihm über das weiche Fell.

»Schön, dich kennenzulernen. Ich bin Mark.« Er leckte mir daraufhin die Hand und legte sich ächzend wieder hin.

Mein Handy vibrierte jetzt in meiner Hose, und ich ahmte sein Ächzen nach, als ich mich aufrichtete.

»Butters«, flüsterte ich, »los, hol mir mein Handy.«

Doch er gähnte nur und legte Mia den Kopf auf die Schulter.

»Ich kann's dir ehrlich gesagt nicht verübeln.« Ich warf die Bettdecke beiseite und kletterte um die beiden herum, bis ich an mein Handy kam.

Echt jetzt?

»Das sollte besser etwas verdammt Gutes bedeuten, Cole«, zischte ich und ging murrend in die Küche.

»Du musst sofort nach Hause kommen.«

»Warum?«

Schweigen.

»Cole?«

»*Er* möchte mit dir reden.«

»Wer?«

Dann traf es mich wie ein Blitzschlag. Ärger loderte in mir auf, weshalb es mich schmerzte, gerade in meiner eigenen Haut zu stecken. *Nicht schon wieder.* Ich warf Mia einen sehnsüchtigen Blick zu, die jetzt einen Butters als Schal trug.

»Wie viel Zeit habe ich denn noch?«

»Gar keine. Ich bin schon unten.« Cole legte auf.

Fuck.

Ich eilte in das Schlafzimmer zurück und warf mich dort auf den Boden, um auf Augenhöhe mit ihr sein zu können.

»Mia?« Ich rüttelte sie sanft an der Schulter. Sie öffnete verschlafen die Augen, aber ich konnte sehen, dass sie noch nicht richtig wach war. »Ich muss leider los.«

»Äh, ja«, murmelte sie stöhnend.

Ich schnappte mir meine Kleider und schrieb ihr rasch noch eine Notiz.

Willkommen in meinem Leben.

Mark

Dann verließ ich schweren Herzens die Wohnung.

Niemand sagte ein Wort, als wir zum Helipad fuhren, nach *Shadows* flogen und dann zum Haus hinabliefen.

Cole bedeutete mir, ihm in sein Büro zu folgen, während Savannah auf der Suche nach Olivia davonrannte.

»Hier ist die E-Mail.« Er reichte sie mir. »Sie ist schon vorgestern eingegangen.«

Rasch überflog ich die Worte und spürte sofort wieder diesen vertrauten Felsbrocken mitten in meinem Bauch. Als Kind hatte ich ihn die ganze Zeit über dort gespürt.

Mark,

ich bin in Schwierigkeiten. Wenn du nicht bald reagierst, werde ich dich selbst suchen müssen.

Manuel

»Okay.« Ich zuckte mit den Achseln. Ich wollte am liebsten nicht das Geringste damit zu tun haben. »Ich würde sagen, wir ignorieren das Ganze einfach.«

»Er hat bereits mit Frank Kontakt aufgenommen.«

»*Was*?« Ich schoss wütend aus meinem Stuhl hoch. »Wie?«

»Er hat Verbindungen, das weißt du doch.«

»Verdammt!« Ich hieb mit der Faust auf den Schreibtisch ein. »Das kriege ich einfach nicht hin. Ich will nicht wieder in diese Grube fallen, Cole.«

Cole lehnte sich daraufhin in seinem Bürostuhl zurück und stieß einen langen Seufzer aus. »Ich werde Frank herholen, und dann sprechen wir darüber.«

»Jedes gottverdammte Mal!« Ich raufte mir die Haare. Ich hasste das. »Ich muss jetzt laufen gehen oder so was, diese Scheiße irgendwie abarbeiten.« Ich verließ den Raum. Halb den Flur hinunter lief ich in Savannah hinein.

»Hey, Onkel Mark.« Sie hielt Olivia hoch, damit die Kleine mich ansehen konnte. »Sie hat dich unheimlich vermisst. Hast du eigentlich jemals rausgefunden, wer Keiths Date auf meiner Hochzeit war?«

In Sekundenschnelle hatte ich den kleinen Wirbelwind in den Armen und kuschelte mit ihr. Sie lächelte und blies mir eine Speichelblase entgegen. »Nein. Onkel Keith plaudert nicht gern persönliche Dinge aus.« Ich blies meine Wangen auf und machte große Augen – das war ein Gesicht, auf das sie gern patschte. »Du bist ein wirklich glückliches kleines Mädchen, Livy.«

Savannahs Ausdruck verfinsterte sich nun. »Was ist? Ist etwas nicht in Ordnung mit dir?«

»Nein«, sagte ich mit einem Lächeln. Ich rieb meine Nase über Livys Nase, während sie mit offenem Mund auf meine Brust sabberte.

»Weißt du, ich hasse es echt, wenn ihr Knaben etwas vor mir zurückhaltet.« Sie hob das Kinn, und ich wusste, dass sie ziemlich aufgebracht war.

»Nur immer derselbe alte Mist.« Ich zwinkerte ihr zu, erkannte jedoch, dass sie ehrlich bestürzt war.

»Wirklich?« Sie schob sich an mir vorbei und riss mit einem Ruck die Bürotür auf.

»Hallo, Babe.«

»Erspare dir das Babe gefälligst. Was ist mit Mark los?« Sie stützte die Hände aufgebracht in die Hüften. Ich folgte ihr. Livy drehte und wand sich beim Anblick ihres Daddys in meinen Armen.

Cole nahm schnell zwei Tabletten, bevor er sich erhob. »Manuel sucht ihn wieder.«

Savannah fuhr herum und sah mich sprachlos an, dann presste sie sich die Hand vor den Mund.

»Na, mein Mädchen?« Cole nahm Livy auf den Arm und küsste sie liebevoll auf das flaumige Haar. »Daddy hat dich vermisst.«

»Mark.« Savannah berührte mich an der Schulter. »Was will er denn von dir, was meinst du?«

Ich schüttelte den Kopf. »Vermutlich hat er sich mal wieder so richtig in die Scheiße geritten.«

»Aber er ist doch Polizeibeamter. Kann er sich nicht jemand anderen suchen, der die Sache für ihn bereinigt?«

»Warum sollte er denn seinen Job aufs Spiel setzen, wenn er mich hat?« Ich lächelte sie gequält an. »Mach dir keine Sorgen, Savi. Ich komme schon damit klar.« Ich strich mit der Zunge über meine Zähne. Mein Mund war auf einmal unglaublich trocken. »Obwohl ich unbedingt etwas Dampf ablassen muss.«

»Mario ist hier.« Savannah verzog das Gesicht, als ihr klar wurde, was sie gerade gesagt hatte.

»Und woher weißt du das bitte schön?« Coles Tonfall passte so gar nicht zu seinem Gesichtsausdruck. Wir alle gaben uns nämlich große Mühe, allen Stress aus Livys Leben herauszuhalten, so gut wir konnten.

»Weil ich an ihm vorbeigekommen bin.« Sie schaute uns schuldbewusst an.

»Mark, nimm dir bitte den Nachmittag frei«, befahl Cole und wandte sich dann Savannah zu. »Ich glaube, Mommy und ich müssen kurz miteinander reden, meine Kleine. Onkel Mark bringt dich deshalb für eine Weile zu Abigail.«

Livy und ich verließen daraufhin eilig den Raum, bevor ihr Streit und ihre Wiedergutmachungssitzung voll in Schwung gekommen waren. »Wer weiß, Livy, vielleicht schenken sie dir ja einen kleinen Bruder, wenn

Mommy sich immer wieder in diesen Boxring begibt.« Sie schenkte mir ein Zahnfleischlächeln und zog lachend am Kragen meines Pullovers.

»Du bist zu Hause!« Abigail nahm mich fest in die Arme und drückte mich liebevoll. Livy zog dabei an ihren Haaren und schrie entzückt. *Kleines Miststück.* »Ich bin gerade dabei, Essen zu machen, aber im Kühlschrank steht auch noch eine Quiche, und Savannah hat Cookies gebacken, bevor sie zu dir ins Krankenhaus gefahren ist.«

Ich setzte Livy in ihren Wippstuhl, sank auf den Hocker und beugte mich über die Küchentheke.

»Probleme, mein Schatz?«

»Er möchte mich sehen«, flüsterte ich.

Sie goss mir etwas Milch ein. »Wer?«

Als ich keine Antwort gab, erstarrte sie augenblicklich, und die Milch floss über den Rand des Glases und über die Küchentheke. Ich nahm ihr den Karton ab.

»Wa...« Sie räusperte sich. »Warum will er dich sehen?«

»Das weiß ich noch nicht genau.«

Sie sank auf den Sitz neben mir. »Okay, okay, wir werden schon damit zurechtkommen. Genau wie beim letzten Mal.«

Ich ließ meinen Kopf auf die Theke fallen und schloss die Augen.

»Warum legst du dich nicht etwas hin?«

»In Ordnung.« Ich hob meinen erschöpften Körper vom Hocker und machte mich auf den Weg nach oben, wo ich tatsächlich bis zum Morgen durchschlief.

Ich stürzte mich auf das frühmorgendliche Training und arbeitete noch härter als gewöhnlich an mir. Wenn meine Muskeln mich nicht anschrien, dann war es Manuel. So verbrachte ich die nächsten zwölf Tage.

Training.

Kiloweise Kohlenhydrate essen.

Schlafen.

Und alles wieder von vorn.

Manuel

Der Mann vor mir in der Bank verströmte einen unglaublich schlechten Körpergeruch. Ich versuchte, mich damit abzulenken, dass ich den Gestank zuordnete. Er schien ein Obdachloser zu sein, der komplett mit Tomatensoße bedeckt war, nachdem ihn ein Stinktier bespritzt hatte. Ich war offenbar nicht der Einzige, dem sein Geruch zusetzte. Die Dame hinter mir räusperte sich unentwegt und sah ihn aufmerksam an.

Ich warf einen Blick auf das Papier in meiner Hand. Wir hatten gerade einen Idioten verhaftet, der eine falsche Anzeige gegen einen Kunden aufgegeben hatte, der ihn in einem kleinen Eckgeschäft verärgert hatte. Ich entschloss mich, mir sein Scheckbuch unter den Nagel zu reißen, weil ich gerade dringend etwas Bargeld benötigte und er mich verärgert hatte.

»Der Nächste bitte«, sagte der Kassierer nun hinter seiner Scheibe. Der menschliche Müll entfernte sich daraufhin, und ich war endlich in der Lage, wieder einen tiefen Atemzug frischer Luft zu nehmen.

Ich beobachtete die Kassierer, wie sie das Geld zählten, es herausgaben und verschiedene Geldbeträge erhielten. Der Anblick dieser vielen Hände, die Geld hin und her schoben, machte mich ganz kribbelig. Vielleicht sollte ich ja mal in Erwägung ziehen, eine Bank auszurauben.

Ich löste den Scheck ein, den ich auf fünfhundert Kröten ausgestellt hatte, und folgte dem beleidigend stinkenden Mann dann auf den Parkplatz. Ich wartete, bis er hinter einem Laster verschwunden war, bevor ich meine Kennmarke herausholte.

»Geld her, und zwar sofort«, verlangte ich und ließ die Hand dabei auffällig auf meiner Waffe ruhen.

»Wie bitte?«

»Geben Sie mir Ihr Geld.« Ich sagte es betont langsam, damit er nicht noch einmal nachfragte. Ich hasste dumme Menschen. *Erlaube ihnen keine Zeit zu überlegen, denn so wird man bloß gekillt.*

Vorsichtig griff er nach seiner Brieftasche, machte dann jedoch einen Satz nach vorn und griff mich an. Ich stieß ihm daraufhin den Ellbogen gegen den Kopf, und er fiel genau vor meine Füßen.

»Echt jetzt?« Ich schüttelte angewidert den Kopf. »Nimm gefälligst ein Bad, um Gottes willen! Du stinkst ja wie ein verdammter Mülleimer.« Ich spuckte auf ihn, während ich das Geld aus seiner Brieftasche nahm. Die leere Börse ließ ich neben seinen Kopf fallen und eilte dann davon, wobei ich mir überlegte, dass er es verdient hatte, ausgeraubt zu werden, verdammt noch mal.

Mark

Frank war die letzten Tage nicht hier gewesen, also hielt ich mich weiterhin beschäftigt. Cole schaute oft vorbei. Ich wusste, dass sich das ganze Haus wegen mir Sorgen machte, aber mir ging es eigentlich ganz gut, solange ich an meinem durchstrukturierten Tagesablauf festhielt. Mich verlangte es allerdings langsam nach einem weiteren Auftrag in Mexiko, damit ich etwas Dampf ablassen konnte, ohne gleich in Schwierigkeiten zu geraten.

Mein morgendlicher Lauf in die Berge fühlte sich zwar wirklich großartig an, aber nichts konnte die Bedrohung abschütteln, die aus meiner Vergangenheit stammte. Wir alle hatten Geheimnisse, aber meine wurzelten wirklich tief. Da half es auch nicht, dass Manuel der Einzige an diesem Tag dort gewesen war.

»Hör endlich auf«, knurrte ich. »Ich will jetzt nicht dorthin.«

Ich setzte mich auf einen kühlen Felsen, blickte über den See hinaus und versuchte dabei, den Kopf klar zu bekommen. Ich aß einen Proteinriegel und trank eine Menge Wasser. Dabei dachte ich über mein Leben nach und wie gut es in letzter Zeit gewesen war. *Warum musste er sich unbedingt jetzt wieder zeigen und es zerstören?* Ich benötigte dringend eine Ablenkung.

Mark: Hallo, hier ist es in letzter Zeit etwas wild zugegangen. Wollte mich trotzdem mal kurz melden.

Wenige Augenblicke später vibrierte das Handy in meiner Hand.

Mia: Hier war es auch verrückt. Tut mir leid, dass mir deine letzten beiden Anrufe entgangen sind. Habe aber an dich gedacht.

Ich spürte, wie ein Lächeln in meine Mundwinkel kroch.

Mark: Also vermisst du mich?

Mia: Gewissermaßen. Obwohl, ich glaube, dass ich langsam vergesse, wie du überhaupt aussiehst.

Ich grinste und machte dann, wie ein Zwölfjähriger, ein Selfie, das ich an die nächste SMS anhing.

Mark: Ich möchte, dass du dir das ausdruckst und über dein Bett hängst. Am besten in einem braunen Rahmen, damit es auch gut zu meinen Augen passt.

Mia: Verdammt, du hast ja ganz schön zugenommen. Vielleicht erkenne ich dich bei unserem nächsten Treffen gar nicht mehr wieder.

Einen Augenblick später schickte sie mir ein Foto von sich in ihrer blauen Schwesternkleidung aus dem Ruheraum. Ihr zerzaustes Haar hatte sie zu einem Knoten hochgesteckt, und ihr Lächeln brachte mich sofort zum Strahlen ... ich war froh, in diesem Moment allein zu sein.

Mein Handy meldete jetzt den Eingang einer weiteren SMS. Ich öffnete sie, um nachzusehen, was sie mir noch zu sagen hatte, und schon verkrampfte sich mein Magen.

Cole: Frank, in dreißig Minuten, Konferenzraum.

Mark: Verstanden.

Ich schaltete wieder zu Mias Kontaktinformationen um.

Mark: Tut mir leid, ich muss jetzt los, aber ich werde versuchen, dich später anzurufen.

Mia: Kein Problem. Pass auf dich auf.

Ich schüttete mir das restliche Wasser in den Mund und ließ es die Kehle hinabrinnen, bevor ich den Berg hinunterrannte ... Mia weiterhin in meinen Gedanken. Ich vermisste sie wirklich unheimlich.

»Wow, Lopez, du hast ja ganz schön hart trainiert.« Frank betrachtete mich aufmerksam. Ich war tatsächlich etwas stämmiger geworden, glaubte jedoch, dass es gar nicht auffiel.

»Ha! Irgendjemand hier muss ja schließlich in Form bleiben. Wie geht's dir, Frank?«

Wir nahmen jetzt alle an dem langen Holztisch Platz, während Savannah Kaffee und Plätzchen vor uns hinstellte. Sie drückte mir noch leicht die Schulter, bevor sie ging.

»Okay.« Frank öffnete daraufhin einen Ordner und kam wie üblich gleich zur Sache. »Manuel hat mich vor zwei Wochen zu fassen gekriegt und sofort nach deiner Nummer gefragt, Mark.« Ich rutschte unruhig auf meinem Stuhl hin und her. »Keine Sorge, ich habe sie ihm natürlich nicht gegeben, aber ich habe ihm stattdessen deine E-Mail-Adresse mitgeteilt, da ich wusste, dass er diese bereits hatte. Er hat zu mir gesagt, dass es ein großer Notfall wäre.« Er schob jetzt einen Klebezettel über den Tisch. »Rufen wir den Beamten Lopez doch einfach mal an und schauen, was er will.«

Cole nickte mir zu und strich sich dann mit dem Finger über die Lippen – das war unser ganz spezieller Code. Es bedeutete, dass er mir den Rücken stärkte, ungeachtet dessen, was passieren würde.

Ich wischte mir die schweißnassen Hände an der Jeans ab und wählte die Nummer seines Bürotelefons. Es läutete drei Mal, dann erklang seine lautstarke Stimme durch den Apparat.

»Manuel!«, sagte er zur Begrüßung.

»Ist eine ganze Weile her.«

Ich hörte, dass er eine Tür schloss und seine Schritte laut hallten.

»Du hast ja ganz schön lange gebraucht.«

»Ich hatte zu tun, Manuel.«

»Wie ist's dir denn so ergangen in letzter Zeit?«

»Ich habe gehört, dass du meinen Kommandanten belästigt hast. Jetzt bin ich ganz Ohr. Was willst du von mir?«

»Typisch Marine, nicht wahr? Nichts von wegen Freund, immer ganz Geschäft. Kannst du nicht vielleicht mal etwas Zeit für mich erübrigen?«

Meine Wut wollte sich allmählich an die Oberfläche drängen. »Drei Minuten!«

»Sieh mal, ich ... äh, bin da wohl etwas in Schwierigkeiten geraten.«

»Schockierend ...«

»Ich musste den Asservatenschrank plündern. Ein Geschäft, das schiefgelaufen ist.«

»Poker?«

»Ja.«

Frank griff nach einem Stift und schrieb etwas auf einen Notizzettel.

Wie viel?

»Wie viel?«

»Fünfundfünfzigtausend.«

Verdammt und verflucht!

Ich wollte etwas sagen, doch er kam mir zuvor.

»Das war das erste Mal.« Ich schloss die Augen. »Es wurde ein Problem. Wie dem auch sei, ich wusste nicht, dass der Sergeant Verdacht geschöpft hat, und jetzt haben sie mich irgendwie auf dem Kieker.«

»Und wie soll ich dir da helfen?«

»Mark.« Seine Stimme klang jetzt so, wie ich sie aus unseren dunklen Tagen in Erinnerung hatte. »Vergiss nicht, dass ich alles gesehen habe. Ich habe dir damals aus der Patsche geholfen … du bist mir etwas schuldig.«

»Das Ganze ist jetzt vierundzwanzig Jahre her, Manuel. Du kannst nicht einfach Scheiße bauen und dann von mir erwarten, dass ich deinen Dreck wegwische. Diese Wolke, die du da über mir schweben lassen willst, hängt auch über dir, vergiss das nicht.«

Manuel räusperte sich. »Ich habe dich auf Video.«

»Alles, was da zu sehen ist, ist ein traumatisierter kleiner Junge, der vollkommen durchgedreht ist. Es ist mehr als unwahrscheinlich, dass sie mich deswegen jetzt noch drankriegen könnten.«

»Vielleicht, aber möchtest du wirklich, dass die ganze Wahrheit ans Tageslicht kommt? Abgesehen davon bist du nicht der Einzige, der gewisse Verbindungen hat.«

»Dann nutze deine doch.«

Frank bedeutete mir, dass ich entspannt bleiben sollte.

»Du machst doch noch immer Abstecher nach North Dakota oder?«

Cole machte daraufhin einen Satz und stellte den Apparat rechtzeitig auf stumm, bevor ich brüllend von meinem Stuhl aufsprang.

»Ich bring dich um, du Arsch, wenn du sie auch nur anschaust!«

»Okay.« Cole hielt die Hände in die Höhe. »Das ändert die Spielregeln, Mark.« Er sah Frank an. »Was schlägst du vor?«

»Ich möchte gar nicht wissen, wer in North Dakota ist. Sag ihm einfach, du wirst zusehen, was du für ihn tun kannst. Einfach nur, um uns etwas Zeit zu verschaffen.«

Ich schaltete die Verbindung wieder ein und holte tief Luft. »Lass mir etwas Zeit, und ich sehe, was ich tun kann.«

»Na, es geht doch.« Manuel lachte, und ich ballte meine Hand zur Faust. »Sie ist wirklich sehr hübsch.«

Ich beugte den Kopf zur Sprechmuschel hinab und sagte ganz ruhig: »Wenn du sie anrührst, ist unsere Abmachung sofort hinfällig, kapiert?«

Mia

»Warum planst du denn nicht einmal einen Besuch ein, Liebes?«

»Weil ich gerade überhaupt keine Zeit habe wegzufahren, Mom.« Ich ging in einem ruhigen Raum des Krankenhauses auf und ab.

»Das sagst du immer.«

»Weil es stimmt. Ich habe Patienten, die mich brauchen.«

»Liebling, du bist eine Krankenschwester und keine Ärztin. Du kannst dir ruhig mal ein Wochenende freinehmen und deine Familie besuchen. Wir vermissen dich.« Ich drückte den Kopf an die Wand. »Seit du nach

Minnesota gezogen bist, hast du uns nicht ein einziges Mal besucht. Vielleicht sollten wir stattdessen mal zu dir kommen.«

»Nein.« Ich schnitt ihr sofort das Wort ab. Ich hasste es, dass ich meine Eltern hinsichtlich der Stelle anlog, die ich tatsächlich angenommen hatte. »Ich schau mal, dass ich es dieses Wochenende schaffe, euch zu besuchen.«

»Fantastisch.«

Wird Dad wohl an diesem Wochenende auch da sein?

»Ist Dad da?«

»Nein, Liebes. Der ist gerade unterwegs. Irgendetwas mit einer Jagd. Gott weiß, was genau. Aber wenn er hört, dass du kommst, dann wird er seine Termine bestimmt entsprechend legen.«

Mein Pager vibrierte. »Hey, bleib einen Moment dran, Mom.« Ich drückte den Kopf auf meinem Funk und rief ins Mikrofon: »Was gibt's?«

»Mia, wir brauchen unbedingt deine Hilfe bei Kenny.«

»Bin gleich bei euch.« Ins Telefon sagte ich: »Mom ...«

»Ich weiß, du musst los. Ich liebe dich, Mia.«

»Ich liebe dich auch, Mom.« Ich rannte den Flur hinab.

»Kenny!« Dr. Evans schrie fast. »Du musst dich endlich beruhigen, und du musst deine Medikamente nehmen.«

»Raus hier!«, kreischte Kenny hysterisch weinend. *»Rührt mich nicht an!«*

Ich wollte am liebsten in die entgegengesetzte Richtung laufen. Mit Kenny wurde es immer schlimmer. Ich hasste es, dass sie alle recht gehabt hatten. Ich war in meiner Liebe zu dem Jungen vollkommen blind gewesen.

»Wo ist Mia?«, rief Schwester Taylor jetzt.

»Wir haben sie bereits angepiept!«, sagte eine andere Stimme.

Mir standen die Tränen bereits in den Augen. *Wie lange konnte ich das noch aushalten?*

»Nein, ihr habt Gift an euren Händen!« Kenny trat panisch gegen das Tablett auf dem Tisch, und kurz darauf hörte ich alles umherfliegen. »Wo ist meine Mom?«

Scheiße. Ich trat um die Ecke und eilte an seine Seite.

»Kenny.« Ich nahm seinen Kopf in meine Hände. »Sieh mich an. Ich bin hier, gleich an deiner Seite.«

Seine Blicke schossen wild umher, während er in seinem Gehirn versuchte, unsere Verbindung herzustellen.

»Mom?« Seine Brust hob und senkte sich aufgeregt, während er sich panisch umschaute. »Die wollten mich umbringen.«

»Nein.« Ich hielt meinen Blick fest auf ihn gerichtet. »Sie müssen dir nur die Medikamente geben, damit es dir besser geht. Möchtest du nicht bald wieder nach Hause und Lacrosse spielen?« Ich zeigte nach draußen, wo gerade die Sonne über den Bergen schwebte. »Du kannst nur dann hier raus, wenn du auf Dr. Evans hörst und alles tust, was die Schwestern dir sagen.«

Kurz darauf lockerte sich sein Griff um meinen Arm, er lehnte sich zurück und starrte zur Decke hoch, wie er es normalerweise immer dann tat, wenn er wusste, dass ich recht hatte.

Dr. Evans warf mir einen verärgerten Blick zu, während er die Nadel in den intravenösen Zugang schob. Ich blieb nicht dort, um den Grund dafür herauszufinden.

Ich eilte zu den Dachluken hinaus, weil ich dringend ein bisschen frische Luft brauchte. Als meine Hände auf dem kühlen Metallgeländer landeten, stieß ich den lautesten Schrei aus, den ich zustande brachte. Es war einfach nicht fair! Ich wusste nicht, wie lange ich damit noch umgehen konnte. Ich schloss die Augen und dachte unwillkürlich an ihr liebliches Gesicht.

»Ich vermisse dich so sehr, Kiley.«

Ich war froh, dass ich einen Fensterplatz ergattert hatte. Sofort griff ich zu meinen Kopfhörern, damit ich die Welt um mich herum ausblenden konnte. Hozier war ein echt gutes Mittel gegen Stress und half mir, wieder herunterzukommen.

Mein Handy vibrierte auf einmal auf meinem Schoß.

Mom: Welche Flugnummer hast du?

Mia: Ich musste zuerst nach ND fliegen. AA768.

Mom: Gute Reise. Xo

Gleich nach der Landung nahm ich mein Gepäck und eilte zur Tür hinaus.

»Mia!«, rief Mom und kam mit weit ausgebreiteten Armen auf mich zu. Ich rannte zu ihr und hätte sie fast umgeworfen. »Oh, Liebes, wie gut du aussiehst!«

»Hi, Mom.« Ich schmiegte meinen Kopf in ihr Haar und roch den Trost, nach dem es mich im Moment so sehr verlangte.

Sie wich jetzt ein Stück zurück, um mich genauer zu betrachten. »Alles in Ordnung mit dir?«

Nein, aber ich wollte unsere Stimmung auf keinen Fall trüben.

Ich hakte mich bei ihr unter. »Ja, ich bin bloß müde. Verschwinden wir von hier.«

Unser Zuhause war genau so, wie ich es in Erinnerung hatte. Weit offen mit einem Hauch Seeluft. Das letzte Mal, als wir uns gemeinsam getroffen hatten, waren wir draußen in unserem Cottage in New York gewesen, und davor in Arizona.

Ich öffnete die Verandatüren und beugte mich über das Geländer. Der Ozean funkelte und erinnerte mich sofort daran, wie sehr er mir fehlte.

»Mia«, rief Mom von der Tür aus, »möchtest du vielleicht spazieren gehen oder etwas essen?«

»Wo ist Dad?«

Ihre Miene verdüsterte sich etwas. »Er hofft, dass er Sonntag zurück sein wird.«

Natürlich. Wahrscheinlich war es aber sowieso am besten so.

»Ein Spaziergang hört sich perfekt an.«

Einige Zeit später folgten wir unseren Fußabdrücken zum Haus zurück und entschlossen uns dann, uns etwas hinzusetzen. Wir brachten einander bei allem und jedem auf den neuesten Stand, und ich erfuhr auf diese Weise, dass mein Cousin Gabe eine meiner besten Freundinnen von der Highschool geheiratet hatte. Das war in Anbetracht dessen, dass er schon immer in das Mädchen verknallt gewesen war, allerdings kaum überraschend.

»Also.« Mom stieß mich mit der Schulter an. »Wann wirst du uns endlich erzählen, dass du die Stelle in North Dakota angenommen hast?«

Ich zog beschämt den Kopf ein. »Wie lange weißt du das schon?«

»Ich habe dir Blumen schicken wollen, und als ich im Blumengeschäft des Krankenhauses angerufen habe, sagten sie mir, dass niemand dieses Namens dort arbeitete. Also habe ich nach einigen weiteren Anrufen erfahren, dass meine Tochter es nicht für nötig befunden hat, uns mitzuteilen, dass sie in Wirklichkeit das andere Angebot angenommen hat.«

»Tut mir leid, dass ich dich angelogen habe, Mom, aber ich musste diese Stelle einfach annehmen.«

Sie zuckte mit den Achseln. »Vermutlich. Ich habe mir einfach nur Sorgen um dich gemacht. So oder so wird das Ganze nicht gut enden.«

»Das weiß ich ja.« Ich bohrte die Zehen in den Sand. »Es ist trotzdem etwas, das ich tun muss.«

»Du bist aber nicht seine Mutter, Mia.«

»Aber ich bin alles, was er noch hat, und ich könnte es gut und gerne sein. Mom, du bist wie seine Großmutter. Du könntest ihn doch wenigstens irgendwann einmal besuchen.«

Mom räusperte sich. »Er kennt mich doch gar nicht mehr.«

Ich tat ihre Bemerkung ab. Ich wusste genau, dass Kennys Zustand allen wehtat, aber das bedeutete doch noch lange nicht, dass wir ihn deshalb einfach aufgeben durften.

»Vielleicht nicht, aber ich bringe ihm Trost, das weiß ich.« Ich blinzelte die Tränen zurück. »Abgesehen davon sieht es ganz so aus, als wäre es vielleicht bloß noch eine Sache von Wochen.«

Mom ergriff daraufhin meine Hand. »Das Leben kann häufig sehr unfair sein.«

»Weiß Dad auch, dass ich die Stelle angenommen habe?«

»Nein. Ich habe mir gedacht, dass du es uns schon sagen wirst, wenn du dafür bereit bist.«

Ich legte meinen Kopf auf ihre Schulter. »Danke.«

Wir verbrachten den Rest des Tages damit, uns zu entspannen und Versäumtes nachzuholen. Ich stand meinen Eltern eigentlich ziemlich nahe, aber sobald ich mich einmal dazu entschlossen hatte, auf die Krankenschwesternschule zu gehen, wollte mein Vater einfach nicht verstehen, warum ich keine Ärztin werden wollte. Es gab ein paar Dinge, da waren mein Vater und ich einfach ganz und gar nicht auf einer Wellenlänge.

»Du hast häufig auf dein Handy geschaut«, meinte Mom, als sie den Lachs auf den Tisch stellte. Ich machte mich sofort über ihren berühmten grünen Salat aus ihrem Treibhaus her. »Erwartest du einen Anruf?« Ich schenkte mir hastig etwas Wein ein, was sie unwillkürlich zum Lachen brachte. »Oh, also ein Junge?«

Mein Grinsen wurde breiter. »Ein Junge?«

»Entschuldige ... ein Mann.«

»Nein. Ich meine ja, ich habe jemanden getroffen, aber es ist nichts Ernstes.«

»Ha!« Sie hob eine Augenbraue. »Du meinst, damit kommst du durch? Spuck's schon aus, junge Dame.«

»Okay, okay. Er ist nett, lieb, und wenn er lächelt, dann werde ich auf der Stelle rot.« Mein Haar fiel nach vorn, als ich den Kopf schüttelte. »Er hat mich beim Billard fast gewinnen lassen.« Mom lachte. »Ich fühle mich einfach unglaublich gut in seiner Gegenwart, weißt du? Alles geschieht ganz natürlich, nichts ist krampfhaft oder gespielt.«

»Wow, Süße, das ist schon etwas ganz Besonderes.«

»Ja, ist es wohl, aber wegen seines Jobs kommt und geht er sehr häufig. Also weiß ich nicht genau, wie leicht es sein würde, falls er überhaupt eine Beziehung will.«

»Warum sagst du das? Ist etwas passiert?«

»Es ist jetzt einen Monat her, seit ich ihn zuletzt gesehen habe.«

»Einen Monat? Was macht er denn?«

Äh …

Ich griff nervös nach dem Ranch-Dressing, aber sie stellte es außerhalb meiner Reichweite.

»Mia?«

»Er ist beim Militär.« Ihre Miene wurde daraufhin nicht sofort düster, aber sie hellte sich auch nicht auf. »Ich weiß, Mom, bitte erspare mir jetzt die Ratschläge zum Leben mit einem Militärangehörigen. Aber …«

»Nein, meine Liebe.« Sie berührte sanft meine Hand. »Du missverstehst meine Reaktion. Ich muss wohl eher die Tatsache verarbeiten, dass du tatsächlich jemanden an dich herangelassen hast, nach dem, was du mit …«

»Ich weiß. Ich hätte auch nicht gedacht, dass ich je wieder an jemandem so interessiert sein könnte. Es ist bloß so, dass Mark …«

»Ohhh, eine Silbe.« Sie zwinkerte.

»Oh Gott, nein, nicht schon wieder Schlafzimmergespräche.« Lachend schlug ich mir gegen den Kopf. Meine Mutter konnte hinsichtlich ihres Sexuallebens manchmal doch allzu sehr ins Detail gehen. Ich hasste es auf einmal, dass mein Vater auch einen einsilbigen Vornamen hatte.

»Ich sage ja bloß, der ist leicht zu schreien …«

»La-la-la …« Ich bedeckte wie ein Kind meine Ohren mit den Händen. »Mom, bitte, wir haben hier eine köstliche Mahlzeit. Bleiben wir doch auf dem Teppich, okay?«

»Na schön.« Sie nahm einen Schluck Wein. »Wie sieht er denn aus?«

Ich hasste es, dass mein Gesicht ständig so viel preisgab. »Er ist groß, hat braunes Haar, perfekte Zähne und einen Körper, der jeden Ausbilder in den Schatten stellt.«

Mom fächelte sich theatralisch Luft zu. »Lieber Gott im Himmel, da fängt ja mein Blut in gewissen Körperteilen direkt an zu kochen.«

»Ja, meins auch«, brummte ich in mein Glas hinein.

»Also«, fuhr Mom, das Thema wechselnd, fort, »hast du häufig mit deinem Bruder gesprochen?«

Ich legte sofort meine Gabel hin, denn mein Bruder und ich waren wie Feuer und Wasser. »Nein!«

»Mia, er ist jetzt seit drei Wochen zurück. Du hättest ihn wenigstens mal anrufen können.«

»Das Telefon funktioniert in beide Richtungen, Mom.« Nett zu erfahren, dass er Afghanistan überlebt hatte.

»Er hat sich dort den Rücken verletzt, also haben sie ihn vorzeitig nach Hause geschickt.«

Ich stocherte auf einem Pfefferkorn herum. »Glück gehabt.« Mein Bruder Ray war noch zehn Mal schlimmer als mein Vater mit seinen Ansichten. Seit er zehn Jahre alt war, waren wir nicht mehr gut miteinander ausgekommen.

Der Ausflug war wirklich erstaunlich. Ich sollte häufiger nur mit meiner Mutter zusammen sein. Es machte mir Sorgen, dass sie so oft allein sein musste. Denn Dad arbeitete viel zu viel, aber um ihm gegenüber fair zu bleiben, er hatte sie vor ihrer Hochzeit deshalb gewarnt.

Mein Rückflug war pünktlich, und wir landeten um halb fünf in North Dakota, sodass mir noch genau zweieinhalb Stunden bis zum Beginn meiner Schicht blieben.

Das Bett rief mich verlockend, aber ich musste zurück, duschen, mich umziehen und dann zum Krankenhaus, bevor ich auch nur daran denken konnte, ein bisschen abzuschalten.

»Mia.« Mein Kopf prallte von etwas Hartem ab. »Mia, du musst aufwachen.« Ich öffnete die Augen und sah Molly direkt vor mir. »Dr. Evans sucht dich schon überall.«

Allmählich erkannte ich meine Umgebung wieder, und ich nahm rasch die Beine von der Bank in der Notaufnahme herunter.

»Okay.« Mein Kopf bettelte zwar darum, wieder weiterzuschlafen, aber ich ignorierte ihn, weil ich meine Stelle nicht verlieren wollte. Ich schaltete auf Autopilot, weil ich wusste, dass ich jetzt wieder an die Arbeit musste.

»Er hat dich etwa zehn Minuten lang angepiept.« Sie wirkte verärgert.

Sie setzte sich mit mir zusammen in Bewegung und blieb dicht bei mir, als ich mich zur Station begab.

»Du erwirbst dir hier langsam einen gewissen Ruf, Mia.«

»*Was*?«, murmelte ich über die Schulter hinweg. »Welchen denn?«

»Dass du mit den Patienten flirtest.«

Ich schüttelte den Kopf und war nicht einmal sicher, dass ich sie tatsächlich richtig verstanden hatte. Sie folgte mir dicht auf den Fersen und schnaubte an jeder Ecke.

»Es geht außerdem das Gerücht um, dass du im Bereitschaftszimmer gevögelt haben sollst ...«

Ich bohrte die Hacken in den quietschen Boden und fuhr aufgebracht herum. Sobald sie mein Gesicht sah, schlug sie sich mit der Hand auf den Mund. »Oh, Mia«, quietschte sie, »es tut mir leid.«

»Wow.« Ich vergrub die Finger in meinem Haar und ballte es fest in meiner Handfläche. Ich war weit über angepisst hinaus, wahrte jedoch trotzdem die Fassung. Ich trat einen Schritt auf sie zu und flüsterte: »Mark und ich haben niemals miteinander geschlafen.« Nett zu wissen, dass das Personal glaubte, dass wir es hätten. Ich schwöre, ich hörte sie vor Erleichterung aufseufzen. »Nicht, dass es irgendwen etwas anginge, mit wem ich schlafe oder mit wem nicht.«

Sie nickte leicht, aber ich vertraute ihr dennoch nicht, was ein ziemlich beschissenes Gefühl war. Molly hingegen mochte ich sehr.

Ich dachte, dass ich jetzt lieber gehen sollte, falls sie noch etwas zu sagen hätte, weil ich ihr in diesem Fall eine langen würde, und das wäre dann endgültig das Ende meiner Karriere. Wow, das wäre dann zwei Mal an einem Tag. Evans und Molly. Das Schicksal prüfte mich echt heftig heute.

Einem verärgerten Arzt in einem Krankenhaus aus dem Weg zu gehen war dasselbe wie der Versuch, einem Elefanten in einem winzigen Zimmer aus dem Weg zu gehen. Es würde nicht lange dauern, bis er mich entdeckte.

Ich kam mir vor dem Personal langsam wie ein kompletter Idiot vor, weil ich mich jedes Mal, wenn ich einen weißen Kittel sah, hastig duckte, um eine Begegnung mit Dr. Evans zu vermeiden. Einmal glaubte ich sogar, seine Stimme in der Cafeteria zu hören, und rannte wie ein Vollidiot auf den Flur hinaus.

Als ich nach Feierabend gerade zur Tür hinausging, bekam ich den Arzt dann doch noch zu Gesicht.

»Mia. Wo bist du die ganze Zeit gewesen?«

Ich rückte meine Tasche auf der Schulter zurecht. »Runden gedreht und in der Notaufnahme geholfen.«

»Wir hatten eine Herztransplantation, und ich wollte, dass du mit dabei bist.«

Also warst du gar nicht sauer, dass ich auf der Arbeit eingeschlafen bin?

»Oh, wow.«

»Ja, wow.« Er zuckte mit den Achseln. »Ich weiß schließlich, wie gern du einmal bei einer dabei gewesen wärst.«

»Es tut mir leid. Ich bin bloß ...«

Er sah auf sein Telefon. »Nun, Mia, ich muss jetzt wieder los. Meine Schwester und ich wollen uns zum Abendessen treffen.«

»Ja, ja, natürlich.« Ich wich zurück und wusste nicht, was ich jetzt tun sollte. Das war nämlich so ungewöhnlich wie sein sonstiges Verhalten. »Ah, ja.« Ich entschloss mich, ihn beim Vornamen anzusprechen. »Francis.« Er drehte sich daraufhin zu mir um. »Danke.«

Mit einem knappen Lächeln nickte er mir zu und eilte dann davon. Ich dachte den gesamten Heimweg über sein Verhalten nach. Dr. Evans hatte die ganze Zeit mit mir geflirtet und kannte offenbar keine Grenzen, wenn es um mein Privatleben ging. Das hier war jedoch eine ganz merkwürdige Seite an ihm gewesen. Das war anders. Ich würde dennoch nicht weiter darüber nachdenken.

Nach einem zehnstündigen Schlaf, einer heißen Dusche und einer richtigen Mahlzeit fühlte ich mich schon wieder wesentlich besser. Ich rollte mich mit Butters auf dem Sofa ein, und wir sahen uns mehrere Folgen *Homeland* an, bis mein Handy neben mir vibrierte.

Dr. Evans: Sehe ich dich morgen? Oder wirst du dich dann wieder in der Notaufnahme verstecken?

»Ich habe gar nicht gewusst, dass wir uns neuerdings auch SMS schreiben«, brummte ich und wusste nicht so recht, was ich von der ganzen Sache halten sollte.

Mia: Ich glaube, Sie werden mich sehen.

Dr. Evans: Gut.

»*Gut?*«, wiederholte ich verwirrt. »Was soll denn das schon wieder heißen, um Himmels willen?«

Kapitel vier

Der Kaffee wärmte mir die Hände, als ich die Stufen zum Krankenhaus hinaufging. Der kühle Hauch in der Luft war ein erstes Anzeichen des herannahenden Herbstes. Es war meine liebste Jahreszeit, weil sie Ferien bedeutete, und das bedeutete zugleich Wein, ausgiebige Mahlzeiten und Pasteten. Ungeachtet dessen, welcher Schwachkopf das Kartoffelpüree oder die Möhren vergessen hatte, Pastete gab es immer, wie es so schön hieß.

»Jemand hat Bagels mitgebracht.« Vikki Taylor zeigte in den Raum hinein. Bevor ich mir einen krallen konnte, trat mir Dr. Evans in den Weg.

»Guten Morgen. Du hättest fast etwas Wichtiges versäumt.« Er hielt einen weiteren Bagel hoch. Ich wollte gerade danach greifen, aber er zog ihn rasch wieder zurück. »Wirst du heute auf mein Anpiepen reagieren?«

Ich verschränkte genervt die Arme vor der Brust. »Ja.«

»Okay.« Er gab mir den Bagel.

»Okay?«

»Ja, okay.«

»Okay ...«

»Das hast du bereits gesagt.«

Ich verdrehte die Augen, hob jedoch zum Dank das noch warme Gebäck in die Höhe.

So vergingen die nächsten beiden Tage – er war freundlich, aber immer in meiner Nähe.

Ich stieß die Tür auf und bemühte mich um ein warmes Lächeln.

»Hallo, Kenny.« Ich rieb ihm sanft das Handgelenk. »Wie fühlst du dich heute?«

»Es tut weh.« Er ließ die Zunge über seine blassen Lippen fahren. »Ich habe Dad heute gesehen. Er hat gesagt, er vermisst dich.«

»Ja? Das ist aber nett.«

Sein Blick schoss unstet im Zimmer umher. »Mom?«

»Ja, Kenny?«

»Ich muss jetzt die Augen schließen.«

»Natürlich.« Ich zog ihm die Decke bis unter das Kinn und schlüpfte dann wieder hinaus. Ich versuchte, die schwere Wolke beiseitezuschieben, die tief über diesem Zimmer hing.

»Alles in Ordnung mit dir?«, fragte Dr. Evans von der gegenüberliegenden Wand aus, die Hände in den Taschen vergraben und einen besorgten Ausdruck auf dem Gesicht.

»Ja.«

»Okay, möchtest du mir vielleicht bei einer Patellafraktur um halb drei assistieren?«

»Zählen Sie auf mich.«

»OP 4. Nicht zu spät kommen.«

Pfleger Alvin rannte auf einmal, mit einer erhobenen Handfläche und der anderen Faust im Magen, auf mich zu.

»Auf drei, für Zimmer 33.«

»Schlau.« Ich warf einen Blick über seine Schulter.

»Zustand?«

»Heiß, absolut zum Anbeten, riesige Titten, und eine davon geplatzt. Ist fast wie bei *American Horror Story* da oben.«

»Ich hole eine Schere.« Purer Sarkasmus tropfte mir aus dem Mund.

Er grinste. »Ich wusste, dich habe ich am liebsten. Vermutlich hatte ich recht.«

Und ich habe dich immer für schwul gehalten, also sind wir quitt.

Ich drehte mich um und blieb abrupt stehen. Mark stand im Flur und telefonierte. Er schaute hinüber und entdeckte mich sofort. Ich winkte ihm aufgeregt zu, kam mir dann aber bescheuert vor. *Was, wenn er mich nicht mehr mochte?* Sehr viel hatte ich in der vergangenen Zeit schließlich nicht von ihm gehört.

Ich zog die erste Patientenkarteikarte heraus, die mir in die Hände fiel, und ging zu dem entsprechenden Zimmer.

»Was liegt denn heute an?« Rasch überflog ich die Karte, und gerade in dem Augenblick, als ich den kleinen roten Punkt sah, der andeutete, wer er war, öffnete sich auch schon die Tür.

»Oh, Paul geht's gut«, verkündete Mark hinter mir.

»Das ist schön.«

»Mia, können wir …?«

Paul sah erst mich an, dann Mark. »Bin aus dem Land Rover gefallen, habe mir die Schulter ausgekugelt und das Rückgrat angeknackst.«

»Also gut, dann untersuchen wir erst einmal Ihre Vitalfunktionen, bevor wir mit etwas anderem anfangen.«

Ich legte ihm die Manschette über den gewaltigen Arm und zog sie fest.

»Du meine Güte, Liebling, hast du aber kalte Hände«, rief Paul mit einem Lachen.

»Tut mir leid, ich werde irgendwie nie richtig warm.«

»Was für ein Glück.«

»Nicht wirklich, wenn man an einem Ort lebt, wo es ständig Schnee gibt. Anscheinend bin ich ein hoffnungsloser Fall.«

Ich horchte ihn aufmerksam ab und maß dann seinen Blutdruck. »Wie hoch ist Ihr derzeitiger Schmerzlevel auf einer Skala von eins bis zehn?«

»Eins Komma fünf.«

»Ihm geht's gut.« Mark schnaubte erneut, als er zu Paul trat und ihn an Schulter und Arm packte. »Hol mal tief Luft!«

»Mark!« Voller Panik keuchte ich auf.

Er riss ruckartig an Pauls Ellbogen, verdrehte ihn, und Pauls Schulter schnappte daraufhin hörbar wieder ein. Ich presste mir erschrocken die Hand auf den Mund und wartete fassungslos auf Pauls Reaktion.

»Danke, Mann.« Paul lehnte sich entspannt zurück und seufzte leise, bevor er mich ansah. »Jetzt geht's mir sogar noch besser.«

»Ähm ...« Mir fehlten komplett die Worte. »Du hättest damit sein Rückgrat noch weiter beschädigen können, Mark.«

»Nein, das war doch alles geflunkert.« Paul grinste. »Der Junge hier hat doch nur versucht, mir wehzutun, damit er eine Ausrede hatte, dich wiederzusehen.«

Oh wirklich? Nicht grinsen, nicht grinsen.

»Danke, Mann«, brummte Mark.

»Gern geschehen.« Paul machte es sich in seinem Bett gemütlich. »Kann ich vielleicht etwas von diesem grünen Wackelpudding bekommen? Du weißt schon, der in dem kleinen Becher mit dem Minilöffel.« Er tat so, als würde er essen. »Ist nämlich meine Lieblingsspeise.«

Ich war immer noch verblüfft über das Ganze. »Ich werde mal den Arzt holen.«

Mark

Paul zeigte mit dem Finger auf Mia, und ich rannte ihr hinterher.

»Hey.« Ich erwischte sie noch am Arm. »Was ist denn los?« Sie wollte etwas sagen, verschluckte jedoch ihre Worte wieder. »Was?«

»Wie ist es dir in letzter Zeit ergangen?« Ihre Stimme passte irgendwie gar nicht zu ihrem Gesicht.

»Viel zu tun gehabt, viel Stress. Und dir?«

Sie schaute sich um, als ob sie nicht gesehen werden wollte, während sie mit mir sprach. »Genauso.«

»Gehst du heute Abend mit mir essen?«

Ihr Blick schoss zu mir hoch. »Äh, ich habe schon etwas vor.«

»Oh.« Mir sank das Herz in die Hose. »Kannst du das nicht absagen?«

»Mark, ich habe nicht gewusst, wann und ob ich dich überhaupt je wiedersehen würde, also nein, das kann ich nicht.«

»Vermutlich habe ich das verdient.«

»Hast du meine SMS bekommen?«

Scheiße, sie hatte mir ja vor ein paar Tagen eine SMS geschickt, aber ich hatte ganz vergessen zu antworten. »Ja, aber ich habe mit so etwas wie …«

Sie trat einen Schritt zurück. »Ich habe schon kapiert. Eine Geheimoperation. Wie dem auch sei, ich muss jetzt den Arzt erwischen.«

Molly ging gerade vorüber. »Hallo, Mark.« Sie sah strahlend zu mir auf. »Sie sehen irgendwie noch größer aus als beim letzten Mal, als ich Sie gesehen habe.«

Mia drehte sich um und ging eilig davon.

»Warte.« Ich ging an Molly vorbei. »Warte! Bist du etwa sauer auf mich, weil ich nicht angerufen habe?«

Mia stieß einen tiefen Seufzer aus, während sie sich das lange, glänzende Haar aus dem Gesicht schleuderte.

»Vertrau mir, Mark, wenn ich dir sage, dass ich es wirklich verstehe, dass dein Job ganz unter dem Geheimhaltungsmantel gehalten werden muss. Ich kann mir nicht mal im Entferntesten vorstellen, wie dein Leben sein muss.« Sie senkte nun die Stimme, damit Molly sie nicht verstehen konnte. »Du sagst mir, du magst mich, aber ich habe danach kaum etwas von dir gehört. Ich habe gedacht, du bist weitergezogen.«

»Nein, du meine Güte, nein.« Ich wollte einen Schritt auf sie zu machen, aber sie wich mit einem Blick auf Molly zurück, die uns von der Schwesternstation aus beobachtete. »Tut mir leid, aber ich muss gerade mit etwas Persönlichem fertigwerden.«

»Mia?« Dr. Evans kam sofort heran, während er eine Karte in die Höhe hielt. Bei meinem Anblick zog er die Augenbrauen zusammen. »Mark, ich habe gar nicht gewusst, dass Sie wieder im Krankenhaus sind.«

»Ein Kumpel hat sich verletzt.«

Er ignorierte mich und sah stattdessen Mia an. »Wir treffen uns doch nach wie vor heute Abend oder?«

Du verarschst mich doch gerade, oder?

Sie schluckte heftig, nickte ihm dann aber zu.

»Klasse, dann bis um acht Uhr.«

Sobald er verschwunden war, wollte sie weggehen, aber ich hielt sie auf. »Echt? Mit dem Doktor?«

»Er ist ein Freund.«

»Weiß er denn, dass er nur das für dich ist?« Der Ausdruck auf ihrem Gesicht sagte mir, dass ich gerade eine Grenze überschritten hatte. »Tut mir leid.«

»Nein.« Sie schüttelte den Kopf. »Die Leute haben mir heute offenbar so allerhand zu sagen.«

»Wann kann ich dich wiedersehen?«

»Ich weiß es nicht.« Sie drehte sich um und ging erneut weg.

Fuck.

»Das hast du aber voll verkackt«, murmelte Paul mit einem Mund voller grässlicher grüner Götterspeise. »Also bring's gefälligst wieder in Ordnung.«

»Wie denn?«

Er lachte. »Das fragst du ausgerechnet mich?«

»Du hast immerhin eine Schwester.«

»Über so etwas sprechen wir aber nicht. Frag doch mal June oder Abby.«

Ich holte mein Handy heraus und rief rasch June an.

»Hallo, Mark. Wie geht's dir, mein Lieber?« Innerhalb von zehn Minuten war ein Plan geboren, und ich hatte die schmutzige kleine Schwester Vikki Taylor mit an Bord. Ich eilte zur Eingangshalle und sah, was ich finden konnte.

Ich wartete außerhalb des Blickfelds der Schwesternstation und sah zu, wie Vikki Mia zu sich hinüberrief.

»Hallo, Süße, die sind für dich.«

Mia lächelte. »Wirklich?« Sie berührte sanft die Blüte einer der Rosen. »Wer hat sie denn geschickt?«

»Das weiß ich nicht, aber es ist eine Karte dabei.«

Sie zog die Karte heraus und las meine Notiz. »Wo ist er?« Sie musterte die Flure mit zusammengekniffenen Augen.

»Wer denn?« Schwester Taylor schüttelte den Kopf über Mia, die wütend das Gesicht verzog. »Trotzdem ist es süß.«

»Mmmhmm.« Sie steckte die Karte in ihre Tasche und berührte dann die Blumen ein weiteres Mal, bevor sie ging.

Schwester Taylor wandte sich daraufhin zu mir und zuckte mit den Achseln.

Manuel

Ich wippte nervös mit dem Bein unter dem Tisch, während ich ungeduldig darauf wartete, dass mich der Sergeant hereinrief. Ich wollte so gern eine rauchen, aber mir war nicht danach, hinauszugehen und mich dann von ihm suchen lassen zu müssen. Stattdessen drehte ich die lange Marlboro zwischen den Fingern wie ein Trommler seinen Stock.

Meinem Partner war gesagt worden, er solle so lange in einem anderen Raum warten. Warum wir getrennt worden waren, ging über mein Verständnis hinaus. Schließlich öffnete sich endlich die Tür, und der Sergeant und zwei Leute, die ich nicht kannte, kamen herein. Wenn ich hätte raten sollen, hätte ich gesagt, sie waren von der *Firma*.

»Mr. Lopez, mein Name ist Connie Wilson. Ich bin von der internen Untersuchungskommission.« Eine große, breitschultrige Frau nahm mir gegenüber Platz. Ihr Hosenanzug sah aus, als wenn er für einen Mann geschneidert worden wäre. »Wissen Sie, warum wir Sie heute hierherbestellt haben?«

Ich schüttelte den Kopf. »Nein.«

»Wohnen Sie hier im Ort, Mr. Lopez?« Ich gab keine Antwort. Ich wusste schließlich genau, dass sie meine Akte gelesen hatte. Sie zog eine Brille mit rechteckigem Gestell aus ihrer Tasche und setzte sie auf, während sie aufmerksam ein Dokument studierte. »Sie sind jetzt wie lange im Dienst?« Ich behielt meinen Kurs bei und schwieg. »Würden Sie sagen, Ihr

Partner und Sie stehen sich recht nahe?« Mit einem Seufzer knöpfte sie ihre Jacke auf, lehnte sich zurück und musterte mich. »Okay.«

Sie warf dem Mann neben sich einen Blick zu, und er nickte ihr knapp zu. Daraufhin öffnete sie die Akte und reichte mir ein Foto.

Verdammte und verfluchte Scheiße, das konnte doch echt nicht wahr sein!

»Möchten Sie sich gern dazu äußern?«

Ich gab ihr das Foto zurück und kratzte mir den Zweitagebart, den ich gerade trug. »Ich will einen Anwalt!«

Fast wäre ihr ein Grinsen entglitten, als sie sich erhob. »Das könnte durchaus eine kluge Idee sein.«

Mark

Ich wartete an Ort und Stelle, beobachtete alles und hielt mich für den zweiten Anlauf bereit. Meine morgendlichen Bemühungen waren ein ziemlicher Schlag ins Wasser gewesen, aber heute Nachmittag war ich bereit für die nächste Runde.

Mia kam jetzt um die Ecke. Sie wirkte müde. Als sie die rote Schachtel entdeckte, musterte sie diese vorsichtig.

»Schwester Taylor?«, rief sie.

»Das ist vor zehn Minuten angekommen.«

Sie öffnete mit einem leisen Seufzer die Karte. Die feste Linie ihrer zusammengepressten Lippen lockerte sich etwas und zeigte den Beginn eines Lächelns. Ihre Finger strichen sanft über den Deckel, und sie öffnete die Schachtel mit den Godiva-Pralinen.

»Wo ist er?«, fragte sie erneut. Dieses Mal trat ich um die Ecke, und sie sah mich aufgebracht an. »Du musst aufhören, mir Geschenke zu schicken.«

»Warum denn?«

Sie sah sich um, bevor sie sich eine lose Strähne ihres Haars hinter das Ohr strich.

»Weil die Leute hier schon glauben, dass wir miteinander schlafen.«

»Und?« Ich verstand nicht, was daran so falsch sein sollte.

Sie nahm mich bei der Hand und führte mich um die Ecke in einen leeren Flur. »Mark, wir sind nur einmal miteinander ausgegangen.«

»Ich erinnere mich noch gut daran.«

»Wir haben nicht einmal miteinander geschlafen ...«

»Nein.« Ich trat näher, sodass sie mit dem Rücken gegen die Wand gedrückt wurde. »Es kommt mir so vor, als wären meine Lippen mit anderen Dingen beschäftigt gewesen.« Sie blinzelte mehrmals nervös, als ob auch sie gerade die Erinnerungen durchzuckten. Ich richtete mich noch gerader auf. Sie musste unbedingt erfahren, dass sie nicht nur ein einfacher Flirt für mich war. »Es tut mir leid, Mia, es tut mir echt leid. Wirst du mir bitte noch eine zweite Chance gewähren?«

Sie legte mir die Hand auf die Brust, um mich zurückzuhalten. »Du bringst mich noch in Schwierigkeiten, Mark.«

»Dann geh heute Abend mit mir essen.« Meine Finger spielten mit einer Strähne ihres seidigen Haars. »Komm schon, Mia, du weißt, dass da etwas Besonderes zwischen uns ist.«

»Ehrlich, ich möchte nicht bloß eine sein, mit der du spielst, während du hier bist.«

Bei ihrer Anschuldigung fuhr mein Kopf fassungslos zurück. »Du glaubst, das tue ich?«

»Ja, allerdings.«

»Oh, Mia.« Ich neigte den Kopf, weil ich ein wenig aus der Fassung geraten war von dem Gedanken, dass ich sie tatsächlich so behandeln würde. »Das ist so, so weit entfernt von der Wahrheit.«

»Ich muss mich heute Abend leider bei einer Sache blicken lassen. Ich bin schließlich hier angestellt, und dazu gehören gewisse Verpflichtungen.« Sie seufzte. »Aber ich rufe dich an, wenn ich dort fertig bin.«

»Ich danke dir.« Ich beugte mich zu ihr hinab und küsste sie sanft auf die Wange. Mein Handy meldete sich jetzt, also trat ich zurück und ließ sie schweren Herzens los. Sie lächelte mich zaghaft an, bevor sie um die Ecke huschte.

»Lopez«, brummte ich ins Handy, während ich ihr beim Weggehen zusah. Sie hatte wirklich einen prächtigen Hüftschwung.

»Er ist jetzt vom Dienst suspendiert worden. Sie haben einen Tipp von einem anderen Cop bekommen, dass er etwas vorhätte, sodass sie daraufhin die Überwachungsvideos überprüft haben. Ziemlich sicher ...« Frank schwafelte herum wie üblich. »Du weißt, was das bedeutet ...«

Ein Kloß setzte sich in meiner Kehle fest. »Ja.« Ich legte auf und drückte sofort die Eins auf meiner Kurzwahl.

»Cole, ich brauche jemanden zum Beschatten von Manuel.«

»Betrachte es als erledigt. Wann bist du wieder zurück?«

»Das weiß ich noch nicht genau.«

»Tu, was du tun musst.«

»Danke.«

Bei meiner Rückkehr in Pauls Zimmer war Molly gerade zu Besuch. Ich schüttelte unauffällig den Kopf, damit Paul wusste, dass er Mia nicht erwähnen sollte.

»Hallo, Mark.« Molly lächelte mich an, während sie einen Plastiklöffel in die Höhe hielt. »Möchtest du auch etwas?« Sie zeigte auf die Götterspeise.

»Nein, um Gottes willen, bloß nicht.« Ich verzog das Gesicht und gab mir Mühe, das Geglibber in ihrer Hand zu übersehen.

»Der Mann hört einfach nie auf zu essen, aber wenn du ihm Götterspeise zeigst, möchte er nichts damit zu tun haben.«

»Das liegt daran, dass die noch nicht einmal in irgendeiner Nahrungsgruppe verzeichnet ist.« Ich sank erschöpft auf einen Stuhl. Ich stand ziemlich unter Stress und wusste nicht so recht, wie ich damit umgehen sollte.

»Hast du heute Abend schon etwas vor?« Molly schob sich den letzten Löffel Götterspeise in den Mund.

»Erst später.«

»Wir treffen uns nämlich alle um halb neun in *The Blue Room*. Du solltest auch hinkommen.«

Ein Grinsen breitete sich auf meinem Gesicht aus. »Weißt du was, das könnte echt spaßig werden.«

Sie strahlte mich an. »Wirklich?«

»Ja.« Ich sah Paul bedeutungsvoll an. »Möchtest du heute Abend ausgehen?«

»Ich bin gerade entlassen worden, also ja. Ich könnte echt einen Drink vertragen.«

Paul und ich trafen uns also um neun in der Hotelhalle. Wir nahmen daraufhin ein Taxi zum *Blue Room* und schritten gegen Viertel nach neun durch die Türen.

Mia saß direkt neben Dr. Evans, und sie verstanden sich offenbar sehr gut. Sie lachte ausgelassen, und sein Arm lag locker auf ihrer Stuhllehne.

»Hallo, Jungs!«, rief Molly und sprang winkend auf.

Mia drehte sich um, und die Kinnlade fiel ihr fast bis auf den Tisch.

»Du könntest dich vielleicht mal einmischen«, brummte ich Paul zu, der wusste, dass Molly für uns beide etwas übrighatte. Sie war echt nicht besonders wählerisch. Sie wollte bloß jemanden von den Blackstones. Sie war zwar klasse, aber bei Weitem nicht mein Typ.

»Hallo, ich bin Mark.« Ich stellte mich den wenigen Leuten vor, die ich nicht kannte, dann zwinkerte ich Schwester Taylor zu. »Werden Sie sich heute Abend auch benehmen?«

»Oh, Mark«, sagte sie errötend. »Sie sind ja so ein schlimmer Finger.«

»Molly, ich habe gar nicht gewusst, dass du Gäste eingeladen hast«, brummte Dr. Evans in sein Bier hinein.

»Sie waren gerade in der Stadt und hatten nichts zu tun, da habe ich sie einfach auch eingeladen.«

Mia sah mich an, und ihr Blick glitt an mir herab. Ich tat dasselbe bei ihr, konzentrierte mich auf ihr rotes rückenfreies Kleid und blieb an ihrem Ausschnitt hängen. *Oh, wie ich diesen Ausschnitt vermisste!*

»Mia, du siehst heute Abend wirklich sehr hübsch aus.« Ich lächelte, und es war mir vollkommen gleichgültig, dass mich der hübsche Doktor böse anfunkelte.

»Du auch.«

»Ich habe gehört, was Sie heute getan haben«, sagte Dr. Evans und unterbrach damit abrupt unseren kleinen Augenblick. »Das war äußerst gefährlich. Wenn dieser Patient tatsächlich eine Rückenverletzung gehabt hätte, hätten Sie damit vielleicht einen schweren Schaden angerichtet.«

»Aber er hatte keine!«

Er bekam daraufhin große Augen. Seiner Reaktion entnahm ich, dass offenbar nicht viele Leute ihm widersprachen. »Und woher haben Sie das so genau gewusst?«

Paul grinste nun höhnisch.

»Wo haben Sie Ihre Ausbildung absolviert?«, fragte ich daraufhin.

Dr. Evans warf einen kurzen Blick zu Mia, bevor er mir eine Antwort gab: »Boston.«

»Mussten Sie jemals entscheiden, ob Sie jemandem das Bein abnehmen oder nicht, während gerade aus drei verschiedenen Richtungen auf Sie geschossen wurde? Oder Ihrem Kumpel die inneren Organe zurück in den Bauchraum stecken und hoffen, dass die Wunde, die Sie gerade geflickt haben, halten wird, bis Sie Ihren Hubschrauber erreicht haben?«

Er gab keine Antwort.

»Ich war vielleicht nicht in Boston, aber ich habe schon jede Menge Leute zusammengeflickt. Pauls Rückgrat war gerade, es gab keine Schwellung, keine verrutschten Bandscheiben, bloß eine ausgekugelte Schulter.«

»Sie hätten sich dennoch irren können.« Eine bemitleidenswerte Herausforderung.

»Unwahrscheinlich«, fügte Paul hinzu, »weil er nämlich derjenige war, der sie mir überhaupt erst ausgekugelt hat.«

»*Was*?« Mia wirkte verwirrt. »Etwa absichtlich?« Paul grinste und nahm einen Schluck von seinem Bier. »Warum hättest du denn so etwas tun sollen?«, fragte sie entsetzt.

Ich sah sie direkt an. »Du kennst den Grund.«

»Das ist doch Wahnsinn!«, platzte Dr. Evans heraus.

»Nö.« Paul kicherte. »Eigentlich sind wir jetzt sogar quitt.«

Ich beugte mich zu ihm hinüber und stieß mit meiner Flasche gegen seine.

»Ich glaube, den Rest der Geschichte möchte ich gar nicht hören.« Sie hielt die Hände in die Höhe, und ein kleines Lächeln bildete sich an ihren Mundwinkeln. »Komm schon, Francis, warum besorgen Sie mir nicht noch etwas zu trinken?« Mia ging mit dem Doktor zur Bar, wobei ihr das höhnische Grinsen nicht entging, das Paul und ich daraufhin wechselten.

Francis!

Schwester Taylor erzählte nun ein paar Geschichten aus der Notaufnahme, deshalb entschloss ich mich, mich unter ein paar der anderen Angestellten zu mischen. Sie alle wirkten ziemlich nett.

Nach einer gewissen Zeit sah ich, dass sich die Frauen immer mehr auf die Musik einstimmten, es war also nur eine Sache der Zeit, bis ...

»Wer möchte tanzen?« Schwester Taylor klatschte ausgelassen in die Hände.

»Ich!«, rief Molly sofort.

Dr. Evans flüsterte Mia jetzt etwas ins Ohr, und sie schüttelte den Kopf, als er aufstand und wieder zur Bar hinüberging.

»Oh, ich liebe diesen Song«, quietschte Molly jetzt. »Komm schon, Mia, tanz mit mir.«

Mias Gesichtsausdruck wurde sofort düster. »Oh, ich möchte wirklich nicht ...«

»Na, das ist aber jetzt rundheraus gelogen.« Schwester Taylor hob sie geradezu aus ihrem Stuhl. »Wir wissen schließlich alle, wie du deinen Körper bewegen kannst.«

Ich drehte mich in meinem Stuhl, sodass ich die Tanzfläche besser im Blick hatte. Justin Timberlakes »Rock Your Body« dröhnte gerade durch die Lautsprecher.

Mia bewegte sich zum Beat. Schwester Taylor zeigte jetzt auf den Bildschirm, wo das Video lief. Ich fragte mich gerade nach dem Grund, aber da begann Mia plötzlich, JTs Tanzbewegungen exakt nachzuahmen. Paul lachte und schlug mir auf die Schulter, als sie ihre Hüften so bewegte, wie man es nur auf einem professionellen Tanzvideo zu sehen bekam. Ich konnte meine Belustigung nicht verbergen.

»Wo sind sie denn alle abgeblieben?«, fragte Dr. Evans eines der anderen Mädchen.

»Tanzen.«

»Oh, da soll mich doch …«, brummte er, bevor er sich einen großen Schluck Tequila genehmigte.

Paul hingegen wirkte nicht sonderlich beeindruckt.

»Was ist denn los, *Francis,* tanzen Sie nicht?«, fragte ich nun. Er gab mir keine Antwort, deshalb leerte ich mein Bierglas und stand auf.

Es war eine dicht gedrängte Menge, aber ich bewegte mich trotzdem leicht über die Tanzfläche. Molly entdeckte mich als Erste und kreischte.

Ich bewegte mich gerade unmittelbar hinter Mia, als der nächste Song begann, »Imma Be« von The Black Eyed Peas. Ich beobachtete, welche Geschwindigkeit ihre Hüften aufnehmen würden, und passte mich ihr dann an, bevor ich ihr meine Hand um den Leib legte.

»Mark«, formte Molly mit den Lippen und hatte dabei einen merkwürdigen Ausdruck im Gesicht.

Mia streckte die Hände nach hinten aus und packte meinen Schenkel, während sie ihren Hintern gegen meine fast schon schmerzhafte Erektion presste. Ich musste einfach die nackte Haut betrachten, die ihr rückenfreies Kleid offenbarte, als sie sich vorbeugte. Meine Hände fuhren sanft über ihren Bauch und tauchten hin und wieder auch etwas tiefer. Ihren Kopf lehnte sie an meine Schulter, aber sobald der Song an Tempo aufnahm, schob sie sich von mir weg und tanzte. Dann zeigte sie auf mich, damit ich ihr meine Tanzbewegungen vorführte.

Oh, Mia, eine gute Herausforderung habe ich schon immer geliebt.

Ich holte die besten Schritte hervor, die mir zur Verfügung standen, und bewegte meinen Körper zur Musik. Anschließend wirbelte ich auf den Zehen herum und ließ mich zu Boden fallen, wobei mein ganzes Gewicht auf einem Handgelenk ruhte, dann sprang ich mühelos wieder hoch. Als ich mich wieder herabbeugte, schickte ich eine Woge durch meinen Körper. Ich kam direkt vor Mia wieder hoch. Mit einem sexy Lächeln schaute sie zu mir auf.

»Ich bin tief beeindruckt«, sagte sie nun lachend.

Ich legte den Arm um ihre Taille, drückte das Knie zwischen ihre Beine, und wir tanzten den »Dirty Dancing«.

Die Musik wechselte jetzt zu Tove Lo, »Talking Body«. Beim Refrain packte ich sie noch fester.

Erst als der Song zu Ende war, merkten wir, dass zwischenzeitlich wohl alle anderen zum Tisch zurückgekehrt waren.

»Möchtest du etwas zu trinken?« Ich zeigte zur Bar. Mia nickte, und ich nahm sie an die Hand und führte sie zur Theke. Ich musste sie vor mir herschieben, weil es nur ausreichend Platz für einen gab. Ich umschloss ihren Körper mit beiden Armen und drückte ihr meine verschwitzte Vorderseite in den Rücken.

»Bier?« Sie schaute über ihre Schulter. Ich beugte mich zu ihr hinab und streifte fast mit meinen Lippen über ihre.

»Longboard.« Ich reichte dem Barkeeper meine Kreditkarte.

»Longboard!«, rief sie, aber der Typ verstand sie nicht. Sie hüpfte hoch und beugte sich über die Theke.

Ich musste hastig all die schmutzigen Gedanken wegblinzeln und zwang meine Hände, unten zu bleiben. Als sie sich wieder umdrehte, half ich ihr zurück auf die Füße, wirbelte sie herum und näherte meinen Mund zu ihrem Ohr.

»Ich möchte hier raus. Ich weiß nämlich nicht, wie lange ich mich noch in der Öffentlichkeit benehmen kann.«

Die Aufregung in ihren Augen sagte mir, dass sie gerade ähnlich empfand.

»Trinken wir aus, und dann gehen wir getrennt.«

Ich schüttelte den Kopf. »Zusammen.«

»Mark.« Ihre Hände wanderten zu ihren Hüften. »Ich arbeite mit diesen Leuten. Sie wissen sowieso schon viel zu viel von mir. Ich möchte bestimmt nicht auf der schwarzen Liste von Francis stehen.«

»Dafür könnte es bereits zu spät sein.« Ich nickte mit dem Kopf in die Richtung, von wo aus uns der Arzt verärgert anstarrte.

»Scheiße.« Sie schloss die Augen.

Das war doch lächerlich. Ich fuhr mit den Händen durch ihr Haar und presste dann meine Lippen auf ihre. Ich wartete darauf, dass sie meinen Kuss erwiderte, denn ich würde mich ihr niemals aufdrängen.

»Küss mich, Mia«, murmelte ich an ihren Lippen. Mein Herz pochte wie eine Trommel. Ich wollte mich unbedingt wieder so fühlen wie zuvor schon einmal mit ihr.

Sie stützte sich mit den Händen an meinem Bauch ab, als sie auf die Zehenspitzen ging und mir mit derselben Intensität begegnete, wie sie mich gerade durchfloss.

Ich spürte, wie ein Stöhnen über ihre Lippen kam und sich mit dem meinen vermischte. Meine Güte, dieses Mädchen würde mich noch umbringen! Meine Hand wanderte jetzt unter ihr Kleid und glitt über ihre glatte Haut. Sie zog sich sofort zurück. »Wir sollten jetzt gehen.«

Ich zahlte die Rechnung, und wir eilten zum Tisch hinüber.

»Wo wart ihr denn die ganze Zeit?« Paul grinste. Ich zeigte ihm den Stinkefinger, jedoch so, dass Mia es nicht mitbekam.

»Ich muss leider gehen.« Mia nahm hastig ihre Jacke vom Stuhl neben Dr. Evans.

Er legte daraufhin seine Hand auf ihre. »Kann ich vielleicht vorher noch einen Moment mit dir reden?« Sie warf mir einen Blick zu, bevor sie kurz nickte.

Mia

Ich war so unglaublich aufgeputscht vor Lustgefühlen, dass ich kaum laufen konnte. Meine Schenkel schrien förmlich danach, gespreizt zu werden, aber ich musste stattdessen krampfhaft versuchen, mich ganz normal und beherrscht zu verhalten, während ich mit einem meiner Vorgesetzten sprach.

Wir gingen hinaus an die frische nächtliche Luft.

Dr. Evans blieb dicht vor mir stehen und drehte sich dann mit einem seltsamen Gesichtsausdruck zu mir um.

»Nenn mich verrückt, Mia, aber ich dachte, wir hätten hier etwas am Laufen.«

»Oh! Ich ...« Ich spürte, wie mein Gesicht heiß wurde. *Warum war es immer so, dass wenn eine Frau einen Mann fand, mit dem sie sich anfreundete, einer von beiden die ganze Sache unwillkürlich mit Gefühlen versauen musste? Wann würden wir das Ganze endlich lernen? Vermutlich könnten wir jetzt keine Freunde mehr bleiben.*

»Vielleicht muss ich ganz offen mit dir sprechen.« Seine Lippen verzogen sich zu einer Seite. »Ich mag dich, Mia. Ich finde dich lustig und sehr schlau. Ich bin der festen Überzeugung, dass du deine Fähigkeiten vergeudest, wenn du nur eine Krankenschwester ...«

... jetzt kam es ...

Ich brachte sein Geplapper sofort zum Schweigen. »Dr. Evans, äh, Francis. Da mir nichts Besseres einfällt, sage ich, dass ich mich sehr geschmeichelt fühle, und wenn wir ein paar Monate zurückdenken, hätte vielleicht tatsächlich mehr zwischen uns geschehen können. Aber unser größtes Problem liegt wohl darin, dass ich unheimlich gern nur eine Krankenschwester bin.«

»Aber …«

»Bitte lassen Sie mich ausreden.« Er nickte und hielt tatsächlich den Mund. »Ich bin außerdem Mark begegnet, und wir verstehen uns wirklich gut.«

Er wartete einen Herzschlag lang, bevor er wieder etwas sagte: »Welche Zukunft hast du denn, wenn du mit jemandem zusammen bist, der Tage, nein, Monate, einfach von der Bildfläche verschwindet, und das ohne irgendeine Erklärung? Woher weißt du denn, dass er nicht viele von deiner Sorte in verschiedenen Ländern hat?«

Aua. Ich hasse Zweifel.

»Das weiß ich nicht.« Ich zuckte mit den Achseln. »Aber das ist etwas, das wir miteinander besprechen werden, wenn sich die ganze Sache noch weiter entwickelt.«

»Nun gut.« Er seufzte leise. »Vermutlich gibt es dann wohl nichts mehr zu sagen.«

»Es tut mir leid, Francis. Wirklich.«

»Mir auch. Ich hoffe, dass du nicht verletzt wirst, Mia.« Er beugte sich zu mir hinab, gab mir einen Kuss auf die Wange und ging.

Ich sackte gegen das Fenster und flüsterte: »Ich auch.«

»Hey!«, rief Mark nun leise. Ich sah hinüber und entdeckte ihn, wie er mit den Händen in den Hosentaschen vergraben ganz in meiner Nähe stand. »Alles in Ordnung?«

»Ja.« Ich stieß mich von der Scheibe ab. »Gehen wir.«

Während der ganzen Fahrt im Taxi und im Aufzug verhielten wir uns vollkommen still. Dr. Evans' Worte gingen mir die ganze Zeit im Kopf umher und sorgten dafür, dass ich plötzlich Dinge infrage stellte, die ich gar nicht infrage stellen wollte.

Mark hielt meine Hand, und ich ertappte ihn mehrmals dabei, wie er mich unauffällig musterte.

Ich verschloss die Tür hinter uns und warf meine Handtasche auf den Tisch. »Möchtest du etwas trinken?«

»Wasser, bitte.« Er ließ sich auf dem Hocker nieder und stützte die Ellbogen auf der Küchentheke auf, während er mich beim Umhergehen beobachtete. »Weißt du, ich spreche fließend fünf Sprachen, kann Lippen lesen und einen erwachsenen Mann auf die Knie zwingen, indem ich ihm bloß hart auf die Seite des Halses klopfe.« Er hielt einen Moment lang inne. »Aber selbst wenn es um mein Leben ginge, könnte ich mir nicht vorstellen, warum du mir gegenüber plötzlich so dichtgemacht hast.« Er nahm mir die Flasche Wasser aus der Hand.

»Tut mir leid, ich ...«

»Ich will keine Entschuldigung.«

Ich versuchte, meine Gedanken zu ordnen. *Was war jetzt das Richtige? Wahrheit oder Lüge?* »Dr. Evans hat mich bloß auf ein paar Dinge hingewiesen, die es mir schwer machen könnten ... oder uns.«

»Zum Beispiel?«

»Du verschwindest oft mehrere Monate lang wortlos.«

Er schraubte den Verschluss der Flasche ab und nahm einen langen Schluck. Jetzt wünschte ich mir, ich könnte *seine* Gedanken lesen.

»Ich werde nicht einfach monatelang verschwinden, sondern vielleicht hier und da mal für eine Woche. Es tut mir leid, dass ich in letzter Zeit so still gewesen bin. Da sind momentan ein paar Dinge am Laufen, die meine gesamte Aufmerksamkeit erfordern. Ich werde dich nicht anlügen, Mia: Das Zusammensein mit mir wird bestimmt nicht einfach sein. Ich habe mir auch noch nicht alles ganz genau überlegt, aber ich weiß, dass ich gern mit dir zusammen bin. Können wir es nicht zumindest miteinander versuchen?«

Versuchen? Ich analysierte meine Gefühle, um zu sehen, ob das etwas war, das ich hinbekommen könnte.

»Ich glaube ...« Es klopfte plötzlich an der Tür, und ich hielt einen Finger in die Höhe.

»Entschuldige bitte, Mia.« Mein Nachbar Ed stand in der Uniform seines Sicherheitsdienstes vor der Tür. »Ich hätte ja nicht vorbeigeschaut, aber ich habe dich heimkommen gehört. Ich habe gerade einen Anruf erhalten und soll spontan eine Schicht übernehmen.«

Butters schob sich bereits an seinen Beinen vorüber, und seine riesigen, pelzigen Pfoten landeten direkt auf meiner Brust. Ich musste einen Schritt zurücktreten, um sein Gewicht auffangen zu können. »Hey, Junge!«

»Er hat an meiner Tür gekratzt, seit du nach Hause gekommen bist.«

»Kein Problem. Ich arbeite morgen nicht, also können wir es uns hier gemütlich machen. Oh, und danke dir für die Lebensmittel. Lass mich wissen, was ich dir dafür schuldig bin.«

»Okay.« Er sah neugierig über meine Schulter. »Hey, tut mir leid.« Er winkte Mark zu. »Ich schau später noch mal bei dir vorbei.«

»Aber sicher.« Ich nahm ihm die Leine ab. »Komm schon rein.«

Die Leine wurde mir aus der Hand gerissen, als Butters schwanzwedelnd zu Mark hinüberlief, der ihn mit offenen Armen empfing.

»Hey, Butters.« Er kraulte ihn hinter den Ohren.

»Ihr beide kennt euch?« Ich nahm den Flaschenverschluss zur Hand und drehte ihn zwischen den Fingern hin und her.

»Ja.« Mark beugte sich hinunter und gab ihm einen Kuss auf den fellbedeckten Kopf. »Beim letzten Mal, als ich hier war, bin ich mit einem heißen Atem in meinem Gesicht und einem ziemlich langen Lecken über mein Gesicht aufgewacht. Ich hätte mich fast entschlossen zu bleiben.« Er sah mich mit erhobenen Augenbrauen an.

»Oh, wirklich?« Lachend beugte ich mich über die Theke. »Er ist der Nachbarschaftshund. Wir alle kümmern uns abwechselnd um ihn, obwohl ich ihn irgendwie am häufigsten bekomme.«

»Das liegt daran, dass er in dich vernarrt ist. Offenbar habe ich einen Nebenbuhler.«

Seine Bemerkung brachte mich unwillkürlich zum Lächeln. Er konnte so süß sein, ohne es überhaupt zu wollen. Nach einem weiteren Ohrenkraulen warf er mir einen auffordernden Blick zu, dann griff er nach meiner Hand und zog mich um die Theke herum zu sich.

»Du wolltest gerade etwas sagen.«

Ich strich mit den Händen über seine starken Schultern, und er schloss genießerisch die Augen. Meine Finger bewegten sich tiefer und glitten über seine Muskeln.

»Ich würde es gern versuchen«, flüsterte ich und riss dann die Augen auf. Doch anstatt zu lächeln, wurde sein Blick fast düster.

Er stand auf und behielt mich im Blick, als seine Hände an meinen Hals glitten. Er bog meinen Kopf nach hinten und gab mir mit geschlossenen Lippen einen Kuss. Dieser war sanft, doch es steckte viel dahinter, fast so, als würde er meine Entscheidung mit seinem Kuss besiegeln wollen.

Meine Brust hob sich und glitt an seiner entlang, die Reibung verschaffte mir vorübergehend etwas Erleichterung. Seine Finger rutschten nun zentimeterweise vor, bevor die Schnüre meines Kleids nach unten fielen. Ich trat einen Schritt zurück und ließ es zu Boden gleiten.

»Wow ...« Sein Blick glitt über meinen Körper, aber auf eine Weise, dass ich mich wertgeschätzt fühlte. Mark hatte eine unglaubliche Art, die mir das Gefühl gab, ganz ihm zu gehören, und das war mir vollkommen recht.

Locker zog er sich das Hemd aus und warf es auf mein Kleid. Mit einem Schritt nach vorn hob ich die Hand und ließ sie langsam über einer seiner Narben schweben. Ich sah kurz zu ihm auf, um mich zu vergewissern, dass es für ihn in Ordnung war. Er nickte rasch, zuckte dann aber vor meinen kalten Fingerspitzen zurück, entspannte sich jedoch bald wieder. Die Haut war größtenteils glatt, einige Höcker waren jedoch zu erkennen.

»Haben sie wehgetan?«, flüsterte ich und musterte seinen Körper noch weiter. Seine Haut war wie eine menschliche Leinwand seines Lebens. Jede Narbe erzählte eine besondere Geschichte.

»Einige davon ja.«

Meine Finger glitten jetzt an seiner Seite herab und hielten an einer tiefen Furche inne. Seine Hand griff nach meiner, und ich bekam seinen ersten Gesichtsausdruck mit, bevor er mich angrinste.

»Kitzlig«, brummte er, aber ich erkannte, dass es mehr war als das. Er nahm meine Finger hoch und küsste sie sanft. »Komm jetzt.« Er nickte zu meinem Bett hinüber.

Sobald wir am Fuß meines Betts standen, streifte er mein Haar von meiner bloßen Brust, sodass diese frei lag. Er fuhr mit den Fingern sanft über die Wölbung meiner Brüste und hielt dann kurz inne, um deren Gewicht zu spüren. Seine Vorgehensweise war absolut berauschend. Seine langsamen Bewegungen trieben mich fast in den Wahnsinn, aber ich brachte es dennoch fertig, stillzuhalten. Ich konnte mich nicht daran erinnern, jemals auf diese besondere Art und Weise berührt worden zu sein. Zart rollte er meine Brustwarze zwischen Daumen und Fingerknöchel.

Seine freie Hand fuhr jetzt an meinem Bauch hinab.

Ich spürte, wie sich sein Oberkörper rasch hob und senkte, war jedoch selber viel zu aufgeregt, weil ich unbedingt sehen wollte, was mich unter seiner Jeans erwartete. Rasch entledigte ich ihn deshalb dieses Kleidungsstücks.

Nun standen wir beide nackt in der Dunkelheit da, und nur ein wenig Licht drang von der Stadt unter uns herein.

Normalerweise hätte ich mich schamhaft bedeckt und hastig unter die Decken kriechen wollen, um mich in meiner Unsicherheit zu verstecken, aber nicht bei ihm. Bei Mark fühlte ich mich irgendwie zugleich ... sexy und zuversichtlich.

Er drängte sich jetzt dicht an mich, nahm mein Gesicht in beide Hände und küsste mich so heftig, dass ich sogar vergaß, wer ich war.

Eine Hand glitt jetzt unter meine Beine, und er hob mich mühelos hoch und legte mich vorsichtig auf das Bett. Anschließend streifte er sich ein Kondom über, wobei er mich die ganze Zeit über anschaute. Sein Körper schwebte jetzt über mir, und er lächelte sanft. Seine Augen funkelten in dem wenigen Licht, das hereinströmte.

»Wie?« Seine Worte waren kaum mehr als ein Flüstern.

Ich zog verwirrt meine Augenbrauen zusammen.

Er streifte mir das Haar vom Hals und fuhr dann mit den Fingerspitzen bis zu meinem Schlüsselbein.

»Wie bin ich nur so lange zurechtgekommen, ohne dich zu kennen?« Er küsste meinen Augenwinkel. »… ohne deine Berührungen zu kennen?« Er verschränkte seine Finger mit den meinen. »… ohne deinen Herzschlag zu kennen?« Seine Lippen streiften über meine Brust. Er hob seine Hüften, bevor er kraftvoll zustieß. »… ohne zu wissen, wie du dich im Innern anfühlst?« Ich bog den Rücken durch, als er sich in mich hineinschob, und er stieß stöhnend die angehaltene Luft aus, nachdem er vollkommen in mich eingedrungen war.

Er spannte die Kinnmuskeln an und öffnete die Augen. »Alles in Ordnung?«

Ich nickte, musste mir jedoch auf die Unterlippe beißen, weil ich Angst hatte, vor Glück zu platzen. Seine Worte kreisten nach wie vor in meinem Kopf herum. *Wie konnte jemand einen im Innern so sehr erwärmen?*

Er stützte sein Gewicht auf einen Arm, bevor er rhythmisch in mich zu stoßen begann. Er sah sich selbst dabei zu, wie er in mich hinein- und wieder hinausglitt. Ich war ganz und gar von seinem Körper gefangen. Die Bewegungen seiner geschmeidigen Muskeln waren einfach nur hypnotisierend. Ich schloss die Augen und ließ mich von der Euphorie überschwemmen. Der Wirrwarr in meinem Innern festigte sich, und anstatt über alles nachzugrübeln, wie ich es sonst immer tat, gab ich mich ihm völlig hin.

Mark liebkoste mich hinter meinem Ohr. »Du lässt mich alles vergessen, wenn ich bei dir bin.« Ich wollte ihn fragen, was er damit genau meinte, aber er hielt mich fest und küsste mich, während er immer schneller zustieß. Er hatte mich vollkommen übernommen … meine Gedanken, meinen Körper und auch mein Herz. Ich schob alle Furcht beiseite, öffnete die Arme und überließ mich ganz dem Rausch.

Farben – ich sah nur noch ein spektakuläres Meer aus Farben, die an mir vorübertrieben.

Sein Körper fiel neben mir auf die Matratze, und wir beide kämpften darum, wieder zu Atem zu kommen. Er schlang jetzt den Arm um meine Körpermitte und zog mich an seine Brust. Mit einem tiefen Seufzer küsste er mein Haar.

»Mia.« Er liebkoste meine Schulter.

Ich küsste seinen Arm und spürte, wie meine Lider schwer wurden. Vage erinnerte ich mich daran, dass er ins Bad ging, bevor ich in einen sehr angenehmen Schlaf fiel.

Kapitel fünf

Sonnenlicht fiel durch meine Fenster, und ich wälzte mich zu der leeren Bettseite hinüber. Meine Lider hoben sich flatternd, während die Geschehnisse der vergangenen Nacht wieder auf mich einstürzten. Rasch streifte ich mir einen Slip und ein Hemd über, bevor ich um den Raumteiler herumging und mit einem Grinsen im Gesicht stehen blieb.

Mark und Butters saßen auf dem Sofa und sahen sich die Nachrichten an. Mark redete mit dem Hund, während er dabei eine Schüssel Müsli aß.

Ich schnappte mir leise meine Kamera und schoss rasch ein Foto von den beiden. Bei dem Geräusch des Verschlusses drehten sich beide zu mir um.

Marks Gesichtsausdruck reichte aus, damit ich für eine zweite Runde zum Bett zurückeilte.

»Guten Morgen.« Seine Stimme war etwas heiser. »Hoffentlich macht es dir nichts aus. Wir haben Hunger gehabt.« Er hielt die Schüssel in die Höhe.

»Nicht im Geringsten.« Es freute mich, dass er sich bei mir wohl genug fühlte, um sich selbst zu bedienen. »Komm schon, Butters. Lass uns nach draußen gehen.«

Aber Butters rührte sich nicht.

»Wir waren schon draußen.« Mark rieb dem großen Hund liebevoll den Kopf.

»Oh.« Ich grinste. »Danke sehr.«

»Gern geschehen.« Er sah dabei zu, wie ich mir etwas Kaffee einschenkte, dann lagen seine warmen Arme wieder um mir. »Weißt du, du bist sehr anziehend, wenn du schläfst.«

»Tatsächlich?« Ich lehnte mich zurück und gab ihm einen Kuss.

»Ja, es war fast wie Folter.«

Ich drehte mich in seinem Griff zu ihm herum. »Na ja, dann erteile ich dir hiermit die Erlaubnis, mich zu wecken, wenn das Gefühl das nächste Mal zurückkehrt.«

Er beugte sich zu mir hinab, hob mich über die Schulter und machte sich auf den Weg zurück ins Bett.

»Mark!«, kreischte ich, was mir allerdings lediglich einen Klaps auf den Hintern einbrachte.

Sein Handy klingelte plötzlich, und die Nachricht, dass er gegen vier Uhr gehen musste, holte uns abrupt in die Wirklichkeit zurück.

Er duschte und zog sich an, während ich vom Bett aus zuschaute. Ich wollte mir meine Enttäuschung, dass er gehen musste, nicht anmerken lassen, denn ich wusste, dass es in Zukunft immer wieder solche Situationen geben würde.

Als er in seine Schuhe schlüpfte, kroch ich zum Rand der Matratze, schlang meine Arme um seinen Hals und küsste ihn sanft auf die Wange. Mein Haar fiel ihm ins Gesicht.

»Ruf mich an, wenn du kannst.«

Er drehte seinen Körper zur Seite, packte mich und zog mich auf seinen Schoß, sodass ich breitbeinig auf ihm saß. Seine Hände umfassten mein Hinterteil und drückten es.

»Ich kann in aller Aufrichtigkeit sagen, dass es mir noch niemals so schwergefallen ist, jemanden zu verlassen.« Er rieb mit seinem Finger behutsam über meine Wange. »Ich würde dich am liebsten mitnehmen.«

Ich lächelte. »Hast du denn schon eine Ahnung, wann du wieder zurück bist?«

Da sah ich es wieder … das verräterische Zucken in seinem Gesicht. *Warum habe ich denn bloß nicht den Mund gehalten?* Bevor er mir eine Antwort geben konnte, war ich schon von seinem Schoß heruntergerutscht und versuchte, etwas anderes zu finden, was ich sagen konnte. Ich öffnete hastig ein kleines silbernes Kästchen auf meinem Nachttisch.

»Nun, wann immer es auch sein mag«, ich hielt zwei Schlüssel in die Höhe, bevor ich sie ihm zuwarf, »du weißt ja, wo du mich finden kannst.«

»Schlüssel?« Er lächelte breit, als er sie betrachtete. »Was habe ich nur für ein Glück!«

Ich zog mich an, da Butters schon an der Tür stand und anfing zu jaulen. Mark hielt meine Hand, während wir gemeinsam auf den Aufzug warteten, und auch noch draußen vor dem Gebäude.

Er musterte kurz mein Gesicht, bevor er mich für einen leidenschaftlichen Kuss zu sich zog.

»Ich rufe dich an, sobald ich angekommen bin. Halt dich warm in meiner Abwesenheit.« Dann überdachte er seine Worte noch einmal und lächelte hinterlistig. »Vergiss es, du musst eisig bleiben, solange ich nicht da bin.« Er küsste mich noch ein letztes Mal, bevor er in seinen Wagen stieg und losfuhr.

Zurück blieb ein seltsames Gefühl der Leere in mir, aber ich schob es rasch beiseite. Ich war schließlich mit der ganzen Sache einverstanden gewesen.

Butters zerrte jetzt an seiner Leine. Ich öffnete das Tor zum privaten Innenhof unseres Gebäudes und ließ ihn dort laufen.

»Hallo.« Ein Mann winkte mir von einer Bank hinter mir zu. »Schöner Nachmittag, nicht wahr?« Er lehnte sich zurück, wobei sein schwerer Strickpulli über seinem Brustkorb spannte, und stark abgenutzte Boots wurden sichtbar, als er die Knie streckte.

Ich erwiderte das Lächeln, sah zum Himmel hinauf und erblickte dort dunkelgraue Wolken, die sich heranwälzten. »Im Augenblick ja, aber es sieht ganz so aus, als würden wir bald einen heftigen Sturm bekommen.«

»Dann sollte man vermutlich sagen, dass es gerade die Ruhe vor dem Sturm ist.« Er lächelte, aber irgendwie verursachte mir dieses Lächeln Unbehagen. Außerdem starrte er mich für meinen Geschmack viel zu lange und intensiv an.

»Vielleicht.« Ich warf Butters, der eine Pfütze gefunden hatte, aus der er saufen konnte, einen kurzen Blick zu.

»Ich heiße übrigens Chris.« Der Mann bot mir seine Hand an, und mir fiel ein umgekehrtes Kreuz auf, das auf seine Finger tätowiert war. »Ich bin gerade erst eingezogen.«

»Nett, Sie kennenzulernen«, sagte ich über die Schulter hinweg und tat so, als würde ich seine ausgestreckte Hand gar nicht sehen.

»Ich werde eine Zeit lang Larrys Stelle übernehmen.«

Wie bitte? Ich drehte mich zu ihm um. »Larrys Stelle? Warum?«

»Irgendeine Familienangelegenheit.« Er kratzte sich rasch hinter dem Ohr. »Wie heißen Sie?«

Mit einem Seufzer wandte ich meinem neuen Nachbarn das Gesicht zu. »Mia.«

»Schön, Sie kennenzulernen, Mia. 3D, nicht wahr?«

Ich nickte kurz, bevor ich nach Butters rief. Dieser Mann hat eine echt seltsame Art, einen anzusehen … so, als würde er etwas suchen. Butters war wie ein Blitz wieder an meiner Seite.

»Ein wirklich schöner Hund.« Chris ließ seine Hand sinken, damit Butters daran riechen konnte, aber der wollte nicht. Ich konnte es ihm ehrlich gesagt nicht verdenken.

Ein Regentropfen traf jetzt mit einem leichten Platschen meine Wange, danach ein weiterer und dann noch einer.

»Ich sollte jetzt gehen. Komm, Butters.«

»Bis dann mal.« Chris blieb zurück, während ich ins Haus zurückrannte.

Mark

Ich war jetzt seit vier Tagen wieder zu Hause, hatte Mias Anrufe aber irgendwie trotzdem immer verpasst. Bei unserem hektischen Tagesablauf war es schwer gewesen, in ständiger Verbindung zu bleiben.

Wenn ich tatsächlich einmal innehielt, summte mein Körper allerdings sofort vor Verlangen, bei ihr zu sein. Wenn ich nachts die Augen schloss, konnte ich sie unter mir liegen sehen, und bei dem Ausdruck auf ihrem Gesicht, bevor sie sich mir ganz hingab, zog sich mir augenblicklich der Magen zusammen.

»Hey, Mann.« Cole kam in mein Zimmer und setzte sich mit einem Satz auf meinen Schreibtisch. »Fertig?«

»Ja.« Ich legte gerade eine gefaltete Hose in Tarnfarben in meine Tasche und zog den Reißverschluss zu.

»Wie geht's Mia?«

»Gut.« Bei ihrem Namen pulsierte sofort alles in mir.

»Bist du in dieser Sache voll dabei?«

Ich drehte mich zu ihm um und entdeckte dabei einen seltsamen Ausdruck auf seinem Gesicht. »Natürlich.«

»Dann ist ja gut.« Er sprang wieder vom Schreibtisch und verließ das Zimmer. Ich hielt kurz inne und dachte darüber nach, dass irgendetwas bei mir ganz und gar nicht in Ordnung war, wenn Cole schon etwas spürte.

Reiß dich gefälligst zusammen!

Der kurze Abstecher nach New York verschaffte mir die Zeit, meinen Kopf wieder klar zu bekommen und mich auf die vor mir liegende Aufgabe konzentrieren zu können.

Kaum waren wir gelandet, schrieb ich Mia sofort eine SMS.

Mark: Bin eine Weile außer Reichweite, ruf dich später aber an.

Ich wartete einen Augenblick lang und fuhr dann mit dem fort, was mir wirklich auf der Seele lag.

Mark: Ich muss dich unbedingt wiedersehen.

Bei ihr war es jetzt kurz nach sechs Uhr. Wahrscheinlich drehte sie gerade ihre Runden im Krankenhaus.

»Bist du fertig?« Keith löste seinen Sicherheitsgurt und griff nach seinem Seesack.

Keith und Cole hatten sich entschlossen, ebenfalls nach New York mitzukommen, um Frank und mir dabei zu helfen, mit dieser beschissenen Situation fertigzuwerden. Manuel hatte ein Treffen gewollt, aber wir mussten äußerst vorsichtig mit der ganzen Sache umgehen.

Wir nahmen ein Taxi zu dem Hotel, wo wir uns mit Frank treffen wollten, und benutzten dann sein Zimmer als Büro.

Frank begrüßte uns bereits an der Tür. »Männer.« Er war immer ein Mann weniger Worte gewesen. »Kommt rein.«

Wir saßen anschließend an einem Tisch, und zu meiner Überraschung bot er uns ein Bier an. Selbst Cole warf mir einen verwirrten Blick zu, denn so ein Verhalten sah Frank ganz und gar nicht ähnlich.

»Also, erzählt mir mal, was ihr herausgefunden habt.« Er sah uns der Reihe nach an.

Ich hinderte Cole am Sprechen, denn das war eindeutig meine Sache. »Nachdem Manuel zur Polizei gegangen ist, hat er hier in New York angefangen, im *Dark Horse Casino* zu spielen, bis er Hausverbot bekam, weil er Karten zählte.« Ich öffnete daraufhin einen Ordner mit sämtlichen Informationen über ihn. Andere mochten das vielleicht seltsam finden, ich hingegen überhaupt nicht, denn ich war daran gewöhnt. »Zwei Jahre später fing er dann an, bei einer Untergrundgruppe mitzuspielen. Zu dieser Zeit hat er auch damit begonnen, Geld aus der Asservatenkammer abzuschöpfen.«

»Wie viel?« Frank drehte seinen Stift, um die Spitze zu verlängern.

»Zuerst waren es nur kleinere Summen, fünfhundert bis tausend Dollar, aber dann ist er immer tiefer in die Sache hineingeraten, und es wurden schließlich fünfzig- bis hunderttausend Dollar, und das mehrmals im Monat.« Ich überflog jetzt das Blatt und drehte es um. »Vermutlich hat sein Partner irgendwann etwas geahnt, es daraufhin ihrem Sergeant gemeldet, und sie haben schließlich Kameras in der Asservatenkammer aufgestellt. Garantiert konnte man darauf sehen, wie er sich das Geld in den Hosenbund oder unter das Hemd gestopft hat.«

Frank seufzte leise und sah dann aus dem Fenster, während er offenbar über etwas nachdachte.

»Okay.« Er räusperte sich. »Lopez, hast du je mit irgendwem darüber gesprochen, was damals geschehen ist?«

Mir drehte sich bei diesen Worten sofort der Magen um. »Nein, niemals.«

»Auch nicht während der Untersuchung?«

»Nein.« Ich bewegte den Hals hin und her, bis es knackte, um ein wenig die Spannung darin zu lösen. Über dieses Thema sprach ich nämlich nicht oft. »Es wurden nicht viele Beweise gefunden.«

»Das stimmt.« Frank kritzelte daraufhin auf seinem gelben Klebezettel herum, und ich wusste es sehr zu schätzen, dass er meine Antworten nicht infrage stellte. »Gut.«

Ich musterte Cole jetzt mit zusammengekniffenen Augen und fragte mich, was hier eigentlich los war, aber er schüttelte lediglich kurz den Kopf, um mir zu bedeuten, dass wir bei der Sache bleiben sollten. Keith und ich standen uns zwar jetzt viel näher, seit er auch bei Blackstone war, aber es gab offenbar immer noch eine andere Seite an ihm, die er vor uns ... nun ja, vielleicht auch nur vor mir verborgen hielt. Cole hingegen wusste alles. Als mir das bewusst wurde, schnürte sich mir der Hals zu. Cole wusste wirklich alles – sogar mein Geheimnis –, und er urteilte niemals über einen Menschen. Nie.

»Also gut.« Frank sah mich jetzt wieder an. »Du triffst dich in dreißig Minuten mit Manuel im Central Park. Willst du dabei verdrahtet sein?«

»Nein, das wird er garantiert überprüfen.«

Frank nickte knapp. »Dann lass aber wenigstens dein Handy eingeschaltet.«

»Ich würde lieber komplett sauber hingehen«, erwiderte ich. Denn Drähte und Wanzen waren bestimmt nichts, was ich an mir haben wollte, wenn ich Manuel das erste Mal seit fast fünf Jahren wiedersah. Er war ein wandelndes Pulverfass, und ich hatte Angst, was dieser Monat ergeben könnte.

Cole ergriff nun das Wort. »Ich habe nichts dagegen.« Er hielt mir zum Glück immer den Rücken frei. »Wir bleiben aber in Sichtkontakt. Ich bin mit Lopez einer Meinung, Manuel würde sofort Verdacht schöpfen. Ich kenne ihn gut genug, um sagen zu können, dass er so etwas erwarten würde.«

»Na schön«, bestätigte Frank, aber ich sah ihm an, dass er unser Gespräch im Park lieber mithören wollte. »Stell ihm einfach die Fragen, die wir für dich vorbereitet haben, und wenn du Hilfe benötigst, hol dein Handy heraus und heb es ans rechte Ohr. Dann wissen wir Bescheid«

»Mark.« Cole zog mich auf den Balkon hinaus, wo er eine glänzende schwarze Schachtel hervorholte. »Die hier habe ich für das Team zu Weihnachten besorgt, aber du sollst deine jetzt schon tragen.« Er hielt mir die Schachtel entgegen, als wolle er mir einen Heiratsantrag machen.

»Ich stehe aber leider eher auf Mädels, Mann.« Ich lachte, und er drückte mir die Schachtel fest in die Hand.

»Du bist überhaupt nicht mein Typ.«

»Das tut jetzt aber echt weh.«

Er verdrehte die Augen. »Du wirst schon darüber hinwegkommen.«

Ich öffnete den Deckel mit dem Daumen, denn meine Neugier war durchaus angestachelt.

»Verdammt, Junge.« Ich holte eine schwarze Armbanduhr heraus, um sie mir genauer anzusehen.

»Ein Paar, dem ich vor ein paar Jahren in L. A. begegnet bin, hat sie angefertigt. Es ist die erste Reihe Armbanduhren, die sie jemals entworfen haben. Ich hielt sie für genau richtig für Blackstone.«

Ich las den Namen der Uhr. »Joogii.« Der schwarze Lederriemen ging direkt in das schwarze Zifferblatt über. Die Zeiger erinnerten mich irgendwie an einen Schwalbenschwanz mit einem schwarzen Körper und einer weißen Spitze, aber der lange, dünne Sekundenzeiger war es, der meinen Blick unweigerlich auf sich zog, denn er war leuchtend gelb. Alles an dieser Uhr war klar, sauber und attraktiv.

»Sieh her.« Cole drehte die Uhr herum und zeigte auf einen winzigen Pin, der in der Versteppung steckte. »Ein militärerprobter Spürer. Frank hat mir ausreichend für alle unsere Agenten im Feld besorgt. Nach dem, was mir damals zugestoßen ist ...« Er räusperte sich. Ich wusste ziemlich viel von dem, was letztes Jahr geschehen war, und dass es ihm immer noch zu schaffen machte. »Na ja, die sind zumindest nicht zu entdecken.«

»Danke.« Ich schlang sie mir sofort um das Handgelenk und befestigte das Band. »Ich sollte wirklich häufiger Uhren tragen.«

Cole schüttelte den Kopf, bevor er in das Hotelzimmer zurückging. »Setzen wir uns in Bewegung.«

Ich betrat jetzt den Park an der fünfundachtzigsten Straße und der Museumsmeile und machte mich auf den Weg zum Wasser. Genau unter einer riesigen Eiche stand eine rote Bank, die über und über mit den Handabdrücken von Kindern bedeckt war. Ich setzte mich darauf und wartete. Ich wusste sowieso schon, dass er sich verspäten würde. Wahrscheinlich beobachtete er mich zuerst eine Weile, um zu sehen, ob ich meinem Team irgendwelche Zeichen geben würde. Ich achtete darauf, nichts Auffälliges zu tun, sondern einfach nur still dazusitzen.

Hinter mir knackte auf einmal ein Zweig, und ich spürte fast, wie der Wind sich drehte. Ich wusste instinktiv, dass er es war.

»Du bist reichlich spät.«

»Ist das etwa die Art und Weise, seinen Bruder zu begrüßen?« Er öffnete die Arme zu einer Umarmung, aber ich wartete bloß darauf, dass er sich ebenfalls hinsetzte. »Verdammt, Junge, du hast aber in letzter Zeit gut trainiert.«

»Vielleicht möchtest du das ja auch mal ausprobieren.« Ich registrierte den abgezehrten Ausdruck auf seinem Gesicht.

»Hey.« Er zündete sich eine Zigarette an und nahm einen tiefen Zug. »Ich bin sieben Jahre älter und hatte schließlich nicht den Luxus, den du bei der US Army hattest.«

»Das hast du dir aber doch selbst so ausgesucht.«

Seine matten grünen Augen wurden schmal, als er weiteren Rauch einzog. Da war er wieder! Das war der Ausdruck, der mich immer dann verfolgte, wenn es mir total schlecht ging. »Wohl kaum.« Seine Stimme wurde nun leise und hatte eine scharfe Note angenommen. Dieses Mal jedoch würde ich mich nicht davon beeindrucken lassen – nicht, wenn Mia Teil seiner Drohung war. »Wirst du mir jetzt helfen oder nicht?«

»Was erwartest du denn von mir, dass ich tun soll, Manuel? Du bist schließlich deutlich auf dem Video zu sehen.«

Er beugte sich nach vorn und stützte die Ellbogen auf die Knie, bevor er mich wieder ansah. »Ich möchte, dass du ihnen sagst, dass ich es für dich getan habe.«

»*Willst du mich verarschen*?«

Er warf seine Zigarette zu Boden und trat sie aus. »Nein.« Sofort zündete er sich eine weitere an. »Vergiss nicht, was ich für dich getan habe, Mark.«

»Wie könnte ich es je vergessen? Jedes verdammte Mal, wenn ich glaube, du liegst wahrscheinlich schon irgendwo tot in einem Graben, taucht dein gottverdammter Kopf aus dem Grab auf, um mich daran zu erinnern.«

Er zuckte leicht zusammen, bevor er einen weiteren tiefen Zug von der Zigarette nahm. »Bei der Armee hast du aber ganz schön Eier bekommen.«

»Ja, und was für welche.« Ich hielt seinem Blick bewusst stand. »Du hast dich in diese Scheiße reingeritten, also hol dich gefälligst auch selber wieder da raus.«

»Du wirst mir also nicht helfen?«

»Verpiss dich, Manuel!« Ich stand auf und schob die Hände in die Taschen meiner langen Jacke.

»Das Mädchen ist wirklich hübsch.« Er grinste und ließ die Zigarette lässig in seinem Mundwinkel baumeln.

Ich hatte mir schon gedacht, dass er das irgendwann zur Sprache bringen würde, deshalb war ich auf diesen Tiefschlag vorbereitet.

»Ja, das ist sie.« Ich machte auf dem Absatz kehrt und ging langsam zurück zum Parkplatz. Jeder Schritt erforderte unglaubliche Anstrengung. Ich wusste nicht, ob ich die richtige Entscheidung getroffen hatte, das würde die Zeit zeigen.

Franks schwarzer Escalade fuhr nun heran, und die Tür öffnete sich. Ich sprang sofort hinein, und Cole stieß einen langen Seufzer aus.

»Alles in Ordnung?« Er hob die Faust, und ich stieß meine dagegen.

»Ja.«

Als wir schließlich wieder in unserem Hotel waren, ließ ich die Drinks an der Bar sausen und ging stattdessen auf mein Zimmer. Ich wollte im Moment nur allein sein. Nein, eigentlich stimmte das nicht, eigentlich wollte ich mit Mia zusammen sein.

Ich hängte mein Handy an den Strom, da unterwegs der Akku den Geist aufgegeben hatte, und ging duschen.

Mein Körper fiel schwer auf die Matratze. Ich war einfach zu müde, um mir irgendetwas anzuziehen, und hüllte mich deshalb bloß in ein Badetuch, dann griff ich nach meinem Handy und fragte mich, wann die Penguins heute Abend wohl spielten.

Ich fuhr erschrocken hoch und stützte mich auf den Ellbogen auf, als ich eine Anzahl SMS von Mia sah, die mir komplett entgangen waren.

Mia: Hallo, du, ich möchte dich jetzt auch gern hier haben.

Mia: Etwas, das helfen sollte ;)

Es waren drei Fotos. Ich lud die Bilder herunter, da die WLAN-Verbindung hier nicht sonderlich gut war. Ich erstarrte, als ich sah, dass sie ein Selfie im strömenden Regen gemacht hatte. Das nächste Foto war eines von ihr im Krankenhaus, mit einem unglücklichen Gesichtsausdruck wegen der ganzen Arbeit, die sie noch zu erledigen hatte. Beim dritten Bild hingegen musste ich ins Kissen grinsen wie ein verliebter Siebzehnjähriger, denn sie lag im Bett und blickte mit einem schläfrigen Lächeln in die Kamera. Diesem Foto war ein Text beigefügt.

Mia: Gute Nacht und angenehme Träume.

Ich drehte die Kamera zu meinem Gesicht und nahm meine eigene Variante ihres letzten Fotos auf.

Mark: Gute Nacht, Mia. Dir auch angenehme Träume.

Ich schaltete nun den Fernseher ein und zappte lustlos durch die Programme. Mein Handy meldete sich, und ich fürchtete mich fast davor, nachzusehen, wer mich um diese Uhrzeit anrief. Ich schloss gequält die Augen und meldete mich.

»Lopez«, murmelte ich, da ich das Gefühl hatte, dass es wahrscheinlich Frank mit irgendwelchen schlechten Neuigkeiten war.

»Hallo.« Ihre Stimme war leise und drang direkt in meine Brust.

»Wow.« Ich lachte entspannt. »Ich musste deine Stimme wirklich hören.«

Ich vernahm, wie sie hin und her rückte. »Alles in Ordnung bei dir?«

»Ja, nur viel Arbeit.«

»Oh.« Sie gähnte.

»Was macht deine Arbeit?«

»Sie ist interessant.«

»Belästigt dich der geschniegelte Dr. Francis immer noch?« Seltsam, ich hatte eigentlich überhaupt keinen Hang zur Eifersucht, aber bei ihr trat sie plötzlich zutage. Es machte mir zu schaffen, dass er sie jeden Tag sehen konnte und ich nicht. Sie zögerte nun etwas zu lang für meinen Geschmack. »Mia?«

»Nein, er ist ziemlich vernünftig.«

»Ist etwas passiert?«

»Nein! Du meine Güte, nein, Mark.« Sie räusperte sich. »Ich würde nie …«

»Ich meine, es wäre schon verständlich, er ist schließlich jeden Tag da.«

»Mark!«

Ich kam mir plötzlich wie ein Trottel vor. »Entschuldige bitte.« Ich musste mich echt zusammenreißen. »Das war vielleicht ein Tag.«

Ich vernahm nur noch Schweigen am anderen Ende der Leitung.

»Mia, es tut mir leid. Ich bin ein Trottel.«

»Kann ich dich etwas fragen, ohne dass du dich sofort aufregst?«

Ich bekam augenblicklich ein flaues Gefühl im Magen und war mir nicht sicher, ob ich das Folgende tatsächlich hören wollte. »Natürlich.«

Sie seufzte ins Telefon. »Wann werde ich dich das nächste Mal sehen können?«

Mir fiel ein Stein vom Herzen, und ich war unfassbar glücklich, dass sie mich offenbar genauso sehr wollte wie ich sie.

»Das weiß ich leider noch nicht so genau. Bald, hoffe ich.«

»Das hoffe ich auch.« Erneut gähnte sie.

»Du musst jetzt dringend etwas schlafen, wir reden später weiter.« Ich hörte jetzt Butters ins Telefon stöhnen. »Du passt auf sie auf, während ich weg bin, okay, mein Junge?«

»Ja, das tut er, nicht wahr, Butters? Okay, dann ruf mich später wieder an, wenn du kannst.«

»Das werde ich. Tschüss, mein Schatz.«

»Tschüss.«

In der folgenden Woche absolvierte ich meine Übungen mit dem Team. Ich trainierte hart, spielte mit Livy, und ansonsten wartete ich. Zwei weitere Tage vergingen, und noch immer kein Wort von Manuel.

»Hallo.« Keith ließ seine Tasche vor meiner Tür fallen. »Bist du fertig?«

»Ja.« Ich nahm mein Jackett und überprüfte alles ein letztes Mal, bevor wir gingen.

Keith schaute noch einmal auf sein Handy, kurz bevor es läutete. »Carlos.« Seine Stimme war jetzt vollkommen anders. Er wandte sich zu mir und sah mich ernst an, dann legte er einen Finger an den Mund, damit ich still blieb. »Oh, Scheiße, dieses Wochenende? Nein, Mann, da kann ich nicht, aber ich werde versuchen, zum nächsten Treffen zu kommen.« Er schaltete das Handy aus und stieg dann rasch die Treppe hinunter.

»Viel Glück, Jungs.« Savannah stand lächelnd in der Tür. »Passt auf euch auf.« Als sie seinen Gesichtsausdruck sah, hielt sie Keith auf. »Was ist los?«

»Er hat offenbar noch andere Freunde außer uns«, scherzte ich und eilte zum Hubschrauber. Wir mussten unbedingt bald über der Grenze sein, wenn wir unseren nächsten Hausgast noch erwischen wollten.

»Alles in Ordnung.« Ich hörte, wie Keith ihr einen Kuss auf die Wange gab, bevor er mir folgte. »Hey, Lopez«, rief er leise. »Du hast nichts gehört, okay?«

»Was denn gehört?«

Er nickte mir leicht zu. »Danke.«

Ich wartete auf den Moment, dass der Hubschrauber abhob, denn dann stieg mein Adrenalinpegel immer unweigerlich in die Höhe.

Ort: Mexiko
Koordinaten: Geheim

»Hier könnte ich niemals leben.« Cole fuhr stöhnend mit dem Finger über die Innenseite seines Hemds. »Viel zu heiß.«

»Ja.« Wir befanden uns jetzt seit viereinhalb Stunden in diesem Erdloch, ohne dass sich im Haus drüben auch nur das Geringste gerührt hatte.

»Warum sorgst du nicht mal für ein bisschen Unterhaltung?« Cole öffnete seine Wasserflasche. »Hallo?«

»Ich denke gerade nach.«

»Worüber denn?«

»Über Manuel.«

»Und über was noch?«

Ich verdrehte die Augen. »Und über Mia.«

Er stützte sich auf seine andere Schulter auf. »Seit du dieses Mädchen kennengelernt hast, wirkst du ganz anders.«

»Ja, das stimmt.« Er wartete, dass ich weitersprach. »Es macht ihr nichts aus, dass ich immer wieder verschwinden muss. Ich meine, es gefällt ihr natürlich nicht, aber sie versteht anscheinend, wie die ganze Sache funktioniert. Ich könnte mir vorstellen, dass sie eine Ahnung von unserem Job hat, seit sie die Geheimhaltungsklausel unterschrieben hat.«

»Okay.«

Ich wusste, dass jetzt nichts mehr kommen würde.

»Ich wollte nur wissen, wo du mit deinen Gedanken bist, wenn es zwischen euch beiden ernst wird.«

Da war wieder dieses Gefühl der Schwere, das stets über meine Brust kroch, wenn dieses Thema zur Sprache kam.

»Ehrlich, ich habe keine Ahnung, aber mir wäre jeder Vorschlag willkommen.«

Cole rieb sich über den Kopf, während er gründlich überlegte. »Na ja, ich will dich nicht verlieren, also überlasse es mir, und ich sehe, ob mir was einfällt.«

»Das klingt gut.« Wir verfielen nun wieder in Schweigen, aber kurz darauf grinste ich. »Du kannst Savannah sagen, dass mit mir alles in Ordnung ist.«

Er lachte daraufhin leise und schüttelte den Kopf. Savannah sorgte sich nämlich stets um uns, und jetzt benutzte sie Cole dazu, um etwas über meine Gemütslage herauszufinden. Es war so süß, dass sie sich so sehr um uns sorgte.

»Hey, was ist eigentlich mit Keith los?«

Cole warf stöhnend den Kopf gegen die Erdwand. »Etwas Persönliches.«

»Na ja, dass Keith uns nichts von sich erzählt, hilft da nicht gerade. Ist denn alles in Ordnung bei ihm?«

»Er muss gerade ein paar große Entscheidungen treffen. Seine Vergangenheit holt ihn langsam ein.«

»Das habe ich gehört.«

»Ja.« Ich wusste es besser, deshalb bedrängte ich Cole nicht. Er behielt nämlich die Geheimnisse von allen für sich. Alles beruhte bei ihm nämlich auf dem Need-to-know-Prinzip. Was ich selbst sehr wohl zu schätzen wusste.

In der Ferne ertönten nun Schüsse, und wir gingen sofort auf die Knie und dann in Position.

»In Sicht?«, fragte ich Cole, während ich meine Wange an den heißen Stahl legte und die Vordertür ins Visier nahm. Ruhig und gleichmäßig atmend suchte ich die Vorderseite des Hauses ab.

»Negativ.«

Mein Finger spannte sich um den Abzug. Diesen Teil liebte ich am meisten. Das Unbekannte. *Welchen Weg würde diese Situation nun einschlagen?*

»Am Osttor«, murmelte Cole nun, als er den Hahn seiner Waffe spannte.

Ich teilte dem restlichen Team gerade die Einzelheiten mit, als Cole anfing zu feuern. Innerhalb von fünf Sekunden hatte es fünf Kartellmitglieder erwischt.

»Los, los.« Er kam hastig auf die Beine.

Wir rannten jetzt den Hügel hinab und über ein Feld, wo wir uns hinter eine kleine Mauer fallen ließen. Cole stellte das Team auf, bevor wir das Gebäude stürmten.

Mit dem Rücken zum Haus warf ich einen raschen Blick durch das Fenster, aber irgendetwas versperrte mir die Sicht.

Ich stellte mich direkt neben Cole, der sich gerade darauf vorbereitete, die Eingangstür einzuschlagen. Paul ließ eine Rauchbombe hineinrollen, bevor wir eintraten. Nach der Explosion bildeten wir eine Linie und bewegten uns langsam vorwärts.

Innerhalb von Sekunden erwarteten uns Rauch, Hitze und ein fürchterlicher Gestank.

»Alle sofort runter!«, schrie ich durch den blendenden Nebel. Ich stolperte auf einmal über etwas Schweres und prallte dann von etwas

Gummiartigem ab. Ich streckte suchend die Hände aus und landete auf einem ...

»Oh Scheiße!«, brüllte ich, als Keith die Blenden von den Fenstern herunterriss.

In allen Richtungen verteilt lagen Leichen auf dem Boden. Meine Hand drückte gerade auf das leblose Gesicht einer Frau. Ich fuhr erschrocken zurück, als hätte ich mich gerade verbrannt.

»Was ist das, verdammt?« John war fast grün im Gesicht, brachte es aber trotzdem fertig, sich zusammenzureißen. Keith bot mir einen Arm an, und ich zog mich daran hoch, sodass ich nicht noch mehr von den Leichen berühren musste.

Cole trat nach draußen und rief uns zurück.

»Wie viele?« John legte fassungslos die Hand über den Mund.

»Müssen um die achtzig sein.« Keith schüttelte entsetzt den Kopf. »Und zwar nur in diesem Raum.«

»Es gibt noch mehr Leichen?« John hustete bei dem Gestank und wedelte wild mit dem Arm, um die Fliegen zu verscheuchen.

Keith zeigte die Treppe hinauf, wo weitere Leichen über den Boden verstreut lagen.

»Bringen wir es hinter uns.« Ich wischte mir angewidert die Hand an der Hose ab, bevor ich mir Gummihandschuhe überstreifte, die ich glücklicherweise bei Einsätzen immer bei mir trug.

Wir fingen an einem Ende an und nahmen uns eine Leiche nach der anderen vor, um zu sehen, ob unser Zielobjekt ebenfalls Opfer des Massakers geworden war.

John hatte mit der Situation deutlich zu kämpfen, also wies ich ihn kurzerhand an, Späher zu sein. Wir alle hatten unsere Stärken. Das hier war nicht seine, und das war vollkommen in Ordnung so.

Etwa nach der zwölften Leiche war es bloß noch ein Job. Ich schaltete meine Emotionen ab und erledigte monoton meine Aufgabe. Das ging auch so lange gut, bis ich schließlich auf den Leichnam eines kleinen

Jungen stieß, dem in den Bauch und ins Auge geschossen worden war. Jetzt brauchte ich auch einen kleinen Moment.

So eine verdammte Scheiße!

Ich zog den Jungen unter den anderen Leichen hervor, wiegte ihn sanft in den Armen und trug ihn anschließend nach draußen, wo ich ihn behutsam neben ein Gebüsch legte. Sein verbliebenes Auge starrte blicklos zum Himmel hinauf.

Ich beugte mich hinab und richtete sein T-Shirt. Als ich es hinunterzog, fiel ein winziges Spielzeugauto aus seiner Tasche.

»Fuck«, knurrte ich und spürte einen dicken Knoten in der Brust. Ich hob das Auto hoch und untersuchte es. Es hatte gelbe Türen mit einem schwarzen Streifen obendrauf. Es war offenbar selbst gemacht und trug den Namen Felipe auf der Stoßstange. Ich verbarg es in meiner Faust und hielt es mir an den Mund, um einen Schluchzer zu unterdrücken. Das war einfach nicht richtig. Wir kämpften jeden gottverdammten Tag in einem schier endlosen Krieg. Das war so unfassbar traurig. *Was wäre, bei dieser Geschwindigkeit, denn überhaupt noch übrig, wenn wir irgendwann tatsächlich Frieden gefunden hätten?* Nichts mehr außer bloßer Zerstörung. »Wozu auch immer es noch gut sein mag, kleiner Bursche«, flüsterte ich dann, »aber es tut mir aufrichtig leid.« Sogleich erhob ich mich und blickte an mir herab. Ich fühlte mich vollkommen losgelöst. Ich drehte mich um und entdeckte, dass die anderen mich beobachteten.

Cole trat mir in den Weg. »Alles in Ordnung bei dir?«

Ich ging einfach an ihm vorbei. »Nein.«

So war es eben. Jedes Mal, wenn einer von uns auf diese Weise ein Kind fand, entfernten wir den kleinen Leichnam vom Tatort, legten ihn unter den freien Himmel und schenkten ihm danach einen Augenblick unserer Zeit. Wir sagten später nicht viel zu dem Betreffenden, der den Leichnam gefunden hatte. Meistens berührten wir ihn lediglich am Arm und ließen ihn mit dieser kleinen Geste des Trostes weitermachen. Das war allerdings mit Abstand der schlimmste Auftrag, an dem ich bisher teilgenommen hatte.

Drei Stunden später zählten und untersuchten wir dreiundsechzig Erwachsene und siebzehn Kinder. Die mexikanische Polizei traf irgendwann ein und übernahm.

»Logan.« Keith stand oben an der Treppe. »Ich habe unser Ziel gefunden.«

»Und?«

»Tot.«

»Wie bitte?«

»Hing von der Decke herab, der Bauch aufgeschlitzt. Er ist verblutet.«

»Fuck!«

Mia

»Oh, lassen Sie sich doch von mir helfen.« Chris, der neue Hausmeister, öffnete mir die Haustür.

Ich versuchte, meine Einkäufe auf den Armen zu balancieren. »Danke.«

Er rannte voraus und drückte auf den Rufknopf des Aufzugs. »Brauchen Sie vielleicht Hilfe?«

»Äh, nein. Ich glaube, es geht schon.«

»Okay.« Er lächelte mich freundlich an, bevor er einen Schritt zurücktrat, sodass sich die Tür zwischen uns schließen konnte.

Du meine Güte, war das ein seltsamer Typ. Ich versuchte, das schlechte Gefühl abzuschütteln. Ich konnte es gar nicht erwarten, meinen Wodka zu öffnen und mir einen starken Cosmo zu mixen.

Meine Schlüssel hatte ich zwischen den Fingern stecken. Ich schob einen in das kleine Loch und öffnete die Tür zu meiner Wohnung. Gleich darauf vollführte mein Herz einen heftigen Satz.

Mark saß zusammengesunken, den Kopf in den Händen vergraben, auf meinem gemütlichen Sessel.

»Hallo.« Ich wollte aufgeregt zu ihm rennen, doch seine Körpersprache machte mich nervös. Ich stellte meine Tüten auf die Küchentheke. Ich hatte nicht den Eindruck, dass er mich hörte, aber als ich etwas sagte, stand er abrupt auf und kam schnurstracks auf mich zu. Mit einem gewaltigen Seufzer drückte er mich fest an sich. »Oh!«

Er beugte seinen Kopf zurück, umfasste mein Gesicht mit seinen großen Händen und sah mir tief in die Augen, bevor er sich zu mir hinabbeugte und mich leidenschaftlich küsste. Ich merkte, dass es genau das war, was er momentan brauchte, also machte ich mit und behielt alle meine Fragen für mich.

Ich trat jetzt einen Schritt zurück und zog mir stumm das T-Shirt über den Kopf. Er tat dasselbe, und dann waren seine Hände plötzlich überall auf meinem Körper. Umfassend, knetend, reibend … es war noch viel intensiver als üblich.

Wir schafften es kaum ins Bett, bevor er sich schon ein Kondom überstreifte.

»Ich brauche dich jetzt.« Ich legte mich auf den Rücken, und er kroch über mich. In seinen Augen zeichnete sich sein innerer Kampf ab, und als ich die Hand auf seine Wange legte, schmiegte er sich seufzend hinein. »Mia«, flüsterte er, und dabei brach seine Stimme. »Du musst mir helfen zu vergessen.«

Ich wusste, dass er in Gedanken gerade vollkommen woanders war, aber ich wusste auch, dass er mich brauchte, um ihn von dort zurückzuholen. Obwohl er gedanklich komplett abwesend war, war er doch nach wie vor lieb und vorsichtig zu mir. Ich zog meine Fingernägel sanft über seinen Rücken, hielt jedoch an der inzwischen vertrauten Furche an seiner Seite inne. Langsam, jedoch unmissverständlich schob er meine Hand von dort weg.

Ich nahm sein Gesicht daraufhin in meine Hände, damit er mich ansah. »Ich bin hier, Mark.« Er schloss die Augen, und seine Halsmuskeln spannten sich an. »Hey!« Ich fuhr ihm mit den Fingerspitzen über die Wangen. »Lass dir von mir helfen.«

Nach einem kurzen Moment stieg ich auf ihn und ließ mich auf seinen Körper sinken. Seine Hände landeten auf meinen Hüften und bestimmten sofort das Tempo. Während sich mein Körper immer schneller bewegte, beugte ich mich nach vorn, küsste die Narben auf seiner Brust, seinem Schlüsselbein und seinen Hals.

»Ich bin hier.« Meine Lippen vibrierten an seinen Rippen.

Er vergrub seine Finger in meinem Haar und zog mich sanft an seine Lippen. In dem Moment, als wir uns berührten, knurrte er. Der Kuss war wild, jedoch nicht rasend, eher wie ein Hunger, der den ganzen Leib verzehrte. Ich klammerte mich an ihn.

Sobald er mich wieder losgelassen hatte, lehnte ich mich zurück, nahm seine Hände in die meinen und wiegte mich sanft in einem Takt, der anscheinend entspannend auf ihn wirkte. Keiner von uns beiden sprach ein Wort. Wir mussten es nicht.

Als ich mitbekam, dass er wegdriftete, hielt ich inne und nahm erneut seine Wangen in meine Hände. »Hey.« Er schloss die Augen, und ich begriff, dass er dies immer dann tat, wenn er seine Gedanken sortieren wollte. Seine Hände glitten wieder zu meinen Hüften, bevor er die Augen öffnete. »Ich habe einige schreckliche Dinge gesehen.« Sein Kinn spannte sich an. Er weinte nicht, aber die Rauheit seiner Stimme reichte, um seinen Schmerz spüren zu können. »Ich brauche dich jetzt, damit du mich von dort zurückbringst – wieder hierher.«

»Oh, Mark.« Ich schlang ihm die Arme um den Hals und hielt ihn so gut fest, wie ich nur konnte. Nach einer Weile rückte er mich so zurecht, dass ich eng an seiner Seite lag. Mit der Hand rieb er leicht von meiner Schulter bis zu meinem Ellbogen. Es war beruhigend, aber ich war viel zu besorgt, um mich entspannen zu können.

»Erzähl mir etwas von dir.« Ich wollte ihn wirklich besser kennenlernen. Ich wollte keine Grenzen überschreiten, bloß wissen, wer er war.

»Was zum Beispiel?«

Ich überlegte einen Augenblick lang und lachte dann auf.

»Was ist?«, fragte er neugierig.

»Versteh das bitte nicht falsch, aber warum riechst du manchmal wie eine Fünfzehnjährige?«

Er richtete sich auf, setzte sich gerade hin und legte mit einer dramatischen Geste seine Hände auf die Brust. »Entschuldige bitte?«

»Es ist dann immer, als hätte ich gerade ein Déjà-vu-Erlebnis … wie ich damals als Siebenjährige mit dem rosa Glitzerfahrrad herumgefahren bin.« Ich stand auf und hob seine Jeans auf.

»Oh, wenn das mal nicht abartig ist. Na gut, schnuppere mal an meiner Hose.« Sein Sarkasmus brachte mich zum Lächeln, und dann spürte ich plötzlich etwas Langes und Hartes. »Okay, du musst nicht …«

»Ohhh.« Ich lachte schallend, als er mir die halb leere Packung Hubba Bubba präsentierte. »Oh, Gott sei Dank.« Ich lachte noch lauter. »Ich hatte schon jede Menge andere Vorstellungen, warum das vielleicht so sein könnte.«

Mark lächelte leicht, dann brach er ebenfalls in Gelächter aus. »Vermutlich ist das etwas Tröstliches für mich.«

»Ich finde es unheimlich süß.« Grinsend schob ich die Kaugummipackung wieder in seine Hosentasche zurück. »Wirst du mir noch etwas von dir erzählen?«

Er schob seinen Körper nach unten, sodass er flach auf dem Bett lag, und drehte sich anschließend in meine Richtung. Ich tat dasselbe, und wir beobachteten daraufhin den Glanz der Stadt durch die gewaltigen Fenster. Ich liebte diese Wohnung wirklich unglaublich.

»Etwas Persönliches, das etwas über dich aussagt. Etwas Echtes.«

Er presste nun die Lippen zu einer dünnen Linie zusammen, während er intensiv überlegte. Dann gab er mir eine Antwort: »Ich bin schon seit so langer Zeit allein, dass ich tatsächlich auch die andere Seite des Betts vollkommen zerwühle, damit beim Aufwachen am folgenden Morgen nicht Enttäuschung das erste Gefühl ist, das ich verspüre.« Er grinste mich an.

Ich benötigte einen kurzen Moment, um zu verarbeiten, was er da gerade gesagt hatte. »Das ist ...« Ich kämpfte um den richtigen Ausdruck dafür.

»Traurig. Ich weiß.« Er zuckte mit den Achseln. »Aber wahr.« Er beugte sich vor und gab mir einen sanften Kuss, bevor er sich wieder zurücklegte. »Ich habe dir ganz schön viel erzählt, also bist du jetzt dran.«

Sein Gesicht tauchte sofort vor mir auf, aber ich konnte nicht … noch nicht, denn das würde unweigerlich alles ändern.

»Äh.« Meine Gedanken rasten. »Nachdem die Sache mit meinem Ex den Bach hinuntergegangen ist, habe ich mir das Versprechen gegeben, dass ich drei Jahre lang warten würde, bevor ich wieder mit jemandem ausgehen würde.«

»Und wie lange ist das jetzt her?«

»Dreizehn Monate.«

Er sah mich forschend an. »Bist du dir sicher, dass du für eine andere Beziehung schon bereit bist?«

»Zuerst war ich mir nicht sicher ...«

»Und jetzt?«, unterbrach er mich nervös.

Ich sah ihn einen Augenblick lang intensiv an. »Was, wenn ich's nicht bin?«

Er schob seinen Arm um meine Taille, zog mich eng an sich heran und schwebte dann wieder über mir.

»Vermutlich muss ich dann lauter neue und einfallsreiche Methoden finden, um dich zu überzeugen.« Seine Lippen legten sich jetzt auf meine. Ich vergaß sogar meinen eigenen Namen, wenn er das tat.

Als wir wieder hochkamen, um Luft zu holen, riss ich mich los und ging ins Badezimmer.

Ich putzte mir gerade die Zähne, als er hereinkam. Er lehnte sich gegen den Türrahmen und sah mir dabei zu.

Ich beugte mich gerade vor, um meinen Mund auszuspülen, als ich spürte, wie er mir die Zahnbürste aus der Hand nahm. Ich kam wieder hoch und sah, dass er tatsächlich meine Zahnbürste benutzte. Ich grinste glücklich, weil er schon so heimisch bei mir war.

Das Bett fühlte sich unheimlich gut an, aber das Wissen darum, dass er neben mir liegen würde, war sogar ein noch besseres Gefühl. Der Fußboden war eiskalt, also huschte ich schnell unter die Decken und zitterte, bis meine Körperwärme die Stelle erwärmt hatte, an der ich lag.

Ich war schon fast eingeschlafen, als er sich zu mir legte. Seine Hand strich langsam über meine Hüfte, meinen Bauch und legte sich anschließend um meine Taille. Mit einem kleinen Ruck zog er meinen Rücken an seine Brust.

»Ich habe dich doch sehr vermisst«, flüsterte er in mein Haar. Etwas an seiner Stimme bereitete mir erneut Sorgen.

Ich drehte mich deshalb um und sah ihm prüfend ins Gesicht. »Warum habe ich das Gefühl, dass du mir in Kürze sagen wirst, dass du bald wieder gehst?«

Als er mir keine Antwort gab, drehte ich mich wieder zurück und trug den unausgesprochenen Kampf in meinem Kopf aus.

Ich konnte mich einfach des Eindrucks nicht erwehren, dass ich seine Erlösung war, wenn er Stress oder innere Dämonen loswerden musste.

Ein Uhr.

Zwei Uhr.

Drei Uhr.

Die Uhrzeit tickte quälend langsam dahin, aber ich war viel zu nervös, um die Augen schließen zu können, weil ich Angst hatte, dass er dann gehen würde. Gegen halb vier ertrug ich es schließlich nicht mehr. Ich schlüpfte aus dem Bett, hüllte mich in meinen seidenen Morgenmantel und ging ins Wohnzimmer.

Vorsichtig kletterte ich auf das Fensterbrett. Das war mein Lieblingsort in der Wohnung. Ich konnte mich dort zurücklehnen und einfach so tun, als ob alles in Ordnung wäre, und es gab nichts außer mir und den Sternen, die meine Gedanken hörten.

Regentropfen wirbelten in unterschiedlichen Mustern umher, und ein Hauch von Frost lag in der Luft, der ein weißes Pulver auf jedem Fensterbrett draußen zurückließ.

Ich zog mir die Decke bis zum Kinn hoch und machte es mir noch bequemer. Die Stimme meiner Mutter erklang jetzt auf einmal in meinem Kopf.

»Wenn dein Körper beim Anblick des Menschen, mit dem du zusammen bist, ganz natürlich zu lächeln beginnt, ist das ein sehr gutes Zeichen.«

Aber was geschah, wenn man zwei komplett verschiedene Leben führte? Wie sollte das funktionieren?

Ich trat die Decke von mir. Es war zwecklos, ich würde heute Nacht keinen Schlaf mehr finden. Ich zog mich an und hinterließ eine Notiz für Mark:

Bin schon zur Arbeit gefahren. Sehe dich dann irgendwann.

Mia

Ich starrte die Worte noch einmal an und überlegte, ob das nicht vielleicht zu heftig war. Denn das wollte ich bestimmt nicht damit bezwecken. Ich warf den Zettel also in den Müll und versuchte es noch einmal.

Bin schon zur Arbeit gefahren. Rede später mit dir.

Mia

Mit einem Blick über die Schulter überzeugte ich mich davon, dass er noch immer schlief, dann machte ich mich auf den Weg zum Krankenhaus.

Kapitel sechs

»Was machst du denn hier?«, fragte Molly erstaunt, als sie gerade am Wartezimmer der Notaufnahme vorbeirannte, wo ich es mir mit einem guten Buch gemütlich gemacht hatte.

»Ich konnte nicht schlafen.«

»Da bist du aber die Einzige, die ich kenne, die dann in eine Notaufnahme kommt, um sich zu beruhigen.« Sie lachte, bevor sie sich wieder auf den Weg machte.

Gegen zehn Uhr besuchte ich Kenny, dem es heute noch wesentlich schlechter als sonst ging. Er konnte kaum den Kopf heben, und sein Blick wirkte weit entfernt.

»Hallo, mein Schatz.« Ich drückte ihm aufmunternd den rechten Arm, damit er wusste, dass ich es war. »Was siehst du dir denn heute an?«

Er gab keine Antwort, also öffnete ich die Jalousien vor dem Fenster.

»Es regnet … unser Lieblingswetter.«

Wieder sagte er nichts.

»Ist dir vielleicht kalt?« Ich seufzte. Als ich mich bewegte, stieß ich aus Versehen gegen seinen linken Arm, und seine Hand schoss sofort vor und legte sich um meinen Hals.

»Rühr mich nicht an!«, kreischte er hysterisch und drückte noch fester zu. »Keine Medikamente mehr!« Seine Augen waren eiskalt, und ich merkte, dass er jetzt ganz in seiner anderen Welt verloren war.

Ich versuchte, Luft zu bekommen, aber nichts drang durch. Je mehr ich kämpfte, desto fester wurde sein Griff.

Wild fuhr ich mit der Hand umher und fand schließlich endlich den Notrufknopf an seinem Bett. Ich drückte panisch darauf.

»Ahhh!«, kreischte Kenny die ganze Zeit. »Lass mich in Ruhe!«

Die Tür flog auf, und Vikki schoss auf uns zu.

»Wache!«, schrie sie den Flur hinab. »Ich brauche hier Hilfe. Sofort!«

Es tanzten bereits Flecken vor meinen Augen, als sein unentwegter Würgegriff mir nach und nach das Leben nahm.

»Kenny! Sofort loslassen!« Vikki musste ihm tatsächlich den Arm brechen, damit er mich freiließ.

Ich fiel rücklings vom Bett auf den Boden. Ich keuchte und hustete hektisch, während die Luft langsam wieder in meine Lungen strömte.

Dr. Evans kam nun ebenfalls herein und rannte an meine Seite. »Mia, was ist denn passiert?«

Vikki hielt Kenny mit vollem Körpereinsatz fest, bis eine weitere Schwester ihn endlich sedieren konnte.

»Er hat sie gewürgt«, erklärte Vikki.

Nachdem er mir aufgeholfen und mich aus dem Zimmer geführt hatte, setzte mich Dr. Evans auf einen Stuhl und kniete sich vor mich hin.

»Mir geht's gut«, flüsterte ich keuchend, aber ich stand kurz davor, in Tränen auszubrechen. Er griff nach meiner Hand, und ich stellte mich auf meine zitternden Beine. »Ich brauche bloß einen kurzen Moment für mich allein.«

»Mia.«

»Bitte.«

Bei jedem weiteren Schritt fühlten sich meine Beine schwer wie Blei an, und ich hatte ein flaues Gefühl im Magen, als ich nach dem Türknauf eines leeren Zimmers tastete. Dort rollte ich mich am Ende eines Betts zu einem Ball zusammen. Jeder Atemzug schmerzte, mein Puls raste, und meine Gefühle waren so von der Rolle, dass ich gar nicht wusste, wo ich anfangen sollte, alles zu verarbeiten. Eins, zwei, drei, vier ... ich versuchte, langsam zu zählen, um mich zu beruhigen, aber es war absolut zwecklos. Kennys Zustand ließ sich nun nicht mehr länger leugnen, und mir brach wegen ihm das Herz.

Ich ließ meinen Körper tun, was er wollte ... nämlich zusammenbrechen. Die Schluchzer wurden immer heftiger. Zumeist erfolgten sie lautlos, aber sie erschütterten mich bis ins Innerste hinein, als sie an die Oberfläche brachen.

Ich hielt den Kopf zwischen den Knien vergraben und versuchte dadurch, die Welt auszusperren. Ich gab nach und ließ sämtlichen Schmerz hinein.

»Wo ist sie?« Ich hörte die Worte kaum durch meinen eigenen privaten Kampf.

Die Tür flog auf, und warme Hände schlangen sich um meinen Körper.

»Scheiße«, fluchte Mark, hob mich hoch und barg mich in seinen Armen. Er presste meinen bebenden Körper an sich und hielt mich ganz fest. »Schon okay, Mia. Ich bin hier.«

Ich schluchzte immer heftiger. Ich schluchzte wegen der Tatsache, dass Kenny jetzt ganz weg war … ich schluchzte, weil ich wollte, dass meine Mutter hier wäre, um ihn zu unterstützen … und ich schluchzte, weil Mark immer wieder in mein Leben trat und wieder daraus verschwand, wo ich doch nur wollte, dass er bei mir blieb.

Nach einer Weile fühlte ich mich schließlich unendlich müde, ausgelaugt und verletzt. Mark rührte sich weder, noch beklagte er sich – er war einfach nur für mich da.

»Kann ich mir deinen Hals ansehen?«

Ich löste mich aus dem Sicherheitsnetz, in dem er mich die ganze Zeit hielt, und sah in sein besorgtes Gesicht.

Er schob mein Haar behutsam zur Seite. Mit dem Daumen trocknete er meine Wangen ab, dann bog er sanft meinen Kopf zurück.

»Autsch! Mia, Kenny ist aber trotz seines Zustands ziemlich stark.«

Ich schloss die Augen und ließ ihnen weitere Tränen entschlüpfen. Ich hörte, wie er sich bewegte.

»Dann lass dich doch einmal anschauen.« Er half mir auf die Beine und auf das Bett hinauf. Ich kam mir vor wie ein Stein; vollkommen entleert. Ich wollte einfach nur noch schlafen.

Mark ging zur Tür und gab nun jemandem ein Zeichen. Vikki kam als Erste herein.

»Oh, Mädchen.« Angesichts meines Zustands schlug sie eine Hand auf den Mund. »Du hast verdammt Glück gehabt, dass du den Notrufknopf drücken konntest. Tut's sehr weh?«

Ich nickte, sagte jedoch nichts. Ich wusste nicht, was ich hätte sagen können.

Mark blieb dicht an meiner Seite und rieb mir sanft über den Rücken. Vikki warf ihm einen Blick zu.

»Ich weiß nicht, wie lange er sie so im Würgegriff hatte.« Ihre Stimme brach, als würde sie sich wirklich darum Sorgen machen, was mir zugestoßen war. »Du meine Güte, Mark, ich konnte ihn einfach nicht dazu bringen, sie loszulassen. Ich musste ihm sogar den Arm brechen.«

»Du liebes bisschen«, erwiderte er beklommen. »Ich bin wirklich froh, dass du rechtzeitig zur Stelle warst.«

Sie legte ihre Hand nun auf meine. »Mia, du solltest dir besser ein paar Tage freinehmen.«

»Ganz meiner Meinung«, verkündete Dr. Evans von der Tür aus. »Deine Schicht hat noch nicht einmal angefangen. Was hast du überhaupt um diese Zeit im Krankenhaus gemacht?«

Ich zuckte mit den Achseln. Der Schmerz, der in meinem Hals pulsierte, weckte nicht gerade den Wunsch in mir, zu sprechen.

»Na, dann sehen wir uns das Ganze doch mal an.«

Mark blieb die ganze Zeit über an meiner Seite. Er sagte nicht viel, sondern zuckte nur mitfühlend zusammen, wenn ich es tat.

Gott sei Dank war, abgesehen von den deutlichen Druckstellen, kein sonstiger Schaden entstanden. Ich sollte mir aber dennoch eine Woche freinehmen. Darüber war ich zwar nicht sehr glücklich, aber ich traf ja hier keine Entscheidungen, das tat der Chef.

Sie stellten außerdem eine neue Regel auf, dass mir ab sofort nicht mehr erlaubt wurde, allein bei Kenny zu sein. Das war das Allerschlimmste, denn ich wusste ganz genau, dass Kenny nicht mehr viel Zeit blieb.

Nachdem ich ein paar Schmerzmittel erhalten hatte, versuchten sie, mich nach Hause zu schicken.

Aber ich hielt Evans zurück, bevor er wieder ging. »Ich möchte vorher noch nach Kenny sehen.«

»Nein.«

Ich blickte zu Mark hinüber, der sich bemühte, seine Gefühle zurückzuhalten. Ich sprang vom Tisch und ging mit weichen Knien zur Tür. »Er hat es doch nicht so gemeint. Sie wissen genau, dass er momentan immer zwischen zwei Welten hin und her springt.«

»Geh jetzt nach Hause, Mia.« Dr. Evans stieß einen leisen Seufzer aus, als er sah, dass ich nicht gehen würde. »Du kannst ihn morgen sehen, aber nicht heute.«

»Na schön«, flüsterte ich, und Mark nahm mich bei der Hand. Evans blickte über meine Schulter, den Mund ganz verkniffen vor Ärger.

»Gehen wir nach Hause.« Mark schob mich sanft hinaus in den Flur.

Draußen öffnete er einen Schirm und half mit über die Pfützen hinweg bis zu seinem Wagen.

»Ist dir auch warm genug?« Er drehte die Düsen in meine Richtung und drückte dann auch noch den Knopf für die Sitzheizung.

»Ja«, krächzte ich. Ich war vollkommen erschöpft.

Zu Hause zog ich mir die nasse Schwesternkleidung aus und streifte eine Yogahose und ein Tanktop über. Daheim hatte ich es gern leger.

Mark werkelte in der Küche herum, während ich mir ein gemütliches Nest auf dem dick gepolsterten ausklappbaren Sofa machte.

Dann stand ich kurz auf, ging schnurstracks zu meinem Festplattenrecorder hinüber und schaltete *True Detective* ein. Von dieser Serie war ich vollkommen besessen. Je dunkler, desto besser.

Mark stellte nun ein Tablett mit Hühnersuppe und warmem Brot vor mich hin. »Mit diesen ganzen Schmerzmitteln im Magen musst du unbedingt etwas essen.«

»Danke.« Ich war angenehm überrascht, dass er das für mich tat. Einen Augenblick später kehrte er mit seinem eigenen Tablett zurück und setzte sich neben mich. Verwirrt starrte ich ihn an.

Er trank einen Schluck von seinem Wasser. »Ist etwas?«

»Du bleibst hier?«

»Ja.« Er tunkte sein Brot in die Suppe.

»Aber ich dachte, du hättest letzte Nacht gesagt, du müsstest bald gehen.«

»Das stimmt, ich habe einen neuen Trip.«

Erneut verspürte ich dieses niederschmetternde Gefühl. »Also, wann gehst du?«

Mark setzte seine Schüssel ab und streifte sich die Krümel von den Fingern. Er lehnte sich zurück und legte den Arm auf die Sofalehne. »Ich habe mich entschieden, den Auftrag nicht anzunehmen.«

Ich schüttelte den Kopf, weil ich ihm nicht so ganz folgen konnte.

»Das ist das erste Mal überhaupt.« Er grinste.

»Warum?« Ich weiß, es hörte sich blöd an, aber er musste es unbedingt aussprechen.

Er drehte sich zu mir, sah mich an, und seine Finger streiften mir das Haar aus dem Gesicht. »Vor einer Weile hatte es Savannah wirklich schwer, weil Cole zu einem Auftrag wollte und sie gerade erst herausgefunden hatte, dass sie schwanger war. Als er es hörte, ist er geblieben. Cole hatte bis dahin noch niemals einen Auftrag nicht wahrgenommen. Ich habe schon gesehen, wie er Männer mit seinen bloßen Händen ins Jenseits befördert hat, obwohl er gerade eine Lungenentzündung hatte. Wir sind darauf trainiert, allen Widrigkeiten zum Trotz zu kämpfen.« Er hielt inne. »Allen Widrigkeiten, bis auf diese eine.«

»Aber welche?«

Er zeigte jetzt ein Lächeln, eines, bei dem sich mir die Kehle zuschnürte. »Du.« Als ich nichts sagte, fuhr er fort: »Ich wusste, dass Cole verliebt war. Wir alle haben es gesehen. Ich konnte zuerst nicht glauben, dass er einen Trip nicht antrat und so die Möglichkeit verpasste, ein paar böse Buben auszuschalten, als ich jedoch heute früh aufgewacht bin und gesehen habe, dass du weg warst, bin ich zu dem Entschluss gelangt, zum Krankenhaus zu fahren und mich persönlich von dir zu verabschieden. Dort berichtete mir dann eine der Krankenschwestern plötzlich, was geschehen war, und danach hat plötzlich nichts mehr gezählt außer dir. Ich habe Cole sofort eine SMS geschickt, und möchtest du wissen, was er geantwortet hat?«

»Was?« Das Wort kam mir kaum über die Lippen.

»Er hat lediglich geschrieben: In Ordnung.« Er kicherte. »Ich schätze mal, es war offensichtlicher, als ich dachte.«

»Was?«

»Mia ...« Er fuhr mit dem Finger mein Kinn entlang und dann über meine Unterlippe. »Ich hatte schon früher feste Freundinnen, aber keine wie dich. Normalerweise mag ich meinen Freiraum; meine Zeit für mich. Es reichte mir, meine Freundinnen am Wochenende zu treffen oder für eine Nacht pro Woche oder wann immer sonst. Aber bei dir ist es so, dass ich nur noch an dich denken kann. Mein letzter Auftrag war«, er räusperte sich, »wirklich heftig. Das Einzige, was ich wollte, war, dich in den Armen zu halten und neben dir einzuschlafen. Ich bin dir komplett verfallen, Mia, und ehrlich gesagt, das jagt mir eine Scheißangst ein. Ich habe, glaube ich, vielleicht sogar ... meinen Sinn für Humor verloren.«

Ich lächelte angesichts seines Versuchs, in einem so ernsten Augenblick Witze zu reißen. Ich schob die Decke beiseite und setzte mich breitbeinig auf seinen Schoß, dann legte ich die Hände zu beiden Seiten seines Gesichts und sah ihm tief in die schokoladenbraunen Augen.

»Ich bin heute Morgen gegangen, damit du nicht der Erste sein musstest«, gab ich nun flüsternd zu. »Ich weiß, dass das mit uns so sein wird, aber ich habe das Gefühl beim letzten Mal, als es so war, derartig heftig gehasst, dass ...«

Er schloss die Augen, während seine Brust sich hektisch hob und senkte.

»Schon okay, Mark, jetzt, da ich weiß, dass ich mit meinen Gefühlen nicht allein bin …« Er öffnete die Augen. »… tut es nicht mehr so weh.«

»Willst du damit etwa sagen, du *magst*-magst mich?« Er grinste spielerisch.

»Ja.« Ich beugte mich vor. »Ich *mag*-mag dich.« Ich küsste ihn sanft auf die Lippen, während seine Hände über meine Schenkel strichen. »Wie lange darf ich dich denn jetzt behalten?«

»Eine ganze Woche.« Er küsste mich erneut, bevor er mich zum Sofa führte. »Du musst dich jetzt aber unbedingt ausruhen.« Er erwischte mich dabei, wie ich seine Erregung betrachtete, und schüttelte drohend den Finger. »Ausruhen habe ich gesagt.«

Mit viel leichterer Brust als zuvor legte ich meinen Kopf auf seinen Schoß und schlief ein, während seine Finger sanft mein Haar streichelten.

Während der nächsten beiden Tage schlief ich größtenteils den Schmerz weg und genoss Marks Gesellschaft. Er trieb sich immer in der Nähe herum, kochte, machte sauber und half mir mit Butters. Ich musste zugeben, dass sich Schlafen und allgemeines Herumlümmeln wirklich wunderbar anfühlten. Es war eine ganz schöne Zeit her, seit ich mir gestattet hatte, mich einfach nur auszuruhen.

Ein lauter Donnerschlag weckte mich abrupt. Ich schoss erschrocken hoch, weil ein Blitz gerade die gesamte Wohnung erhellte.

»Mark?«, rief ich, als mir klar wurde, dass ich allein im Bett lag. »Aua.« Meine Kehle war immer noch wund.

Die Fenster vibrierten bei jedem weiteren Donnerschlag. Das Gewitter war unmittelbar über uns, und es war wirklich heftig. Klick, klick. Der Knopf an meiner Lampe bewirkte rein gar nichts. Verdammt, der Strom war also auch ausgefallen.

Ich schlüpfte hastig in meinen Morgenmantel und ging ins Wohnzimmer, aber es war ebenfalls leer. Ein Ast kratzte, vom Wind getrieben, über die Scheibe, sodass sich die Nacht noch unheimlicher anfühlte. Einen Augenblick später schreckte ich erneut hoch, als sich die Wohnungstür öffnete und ein triefend nasser Mark samt Butters hereinkam.

»Hallo.« Er ließ Butters von der Leine, bevor er zu mir hinüberkam. »Wie lang bist du schon wach?«

»Erst ein paar Minuten.«

»Entschuldige, Butters musste dringend sein Geschäft erledigen, und Junge, dieser Bursche versteht sein Geschäft.« Er hing seine Jacke über die Stuhllehne. »Komm schon, bringen wir dich wieder ins Bett.«

Sobald wir es uns dort gemütlich gemacht hatten, wandte er sich mir zu, ein Kissen an die Brust gedrückt. Das Kerzenlicht flackerte sanft auf seinem Gesicht.

»Erzähle mir etwas von dir«, murmelte ich und drückte meine kalten Zehen an seine warme Wade. »Wo bist du aufgewachsen?«

Er strich mir eine Haarsträhne hinter das Ohr. »Ich bin in Kalifornien groß geworden. Mein Vater war Drehbuchautor, und er hat für *Love Boat* geschrieben.«

»Echt?« *Wie interessant.*

»Nein, natürlich nicht echt«, erwiderte er lachend.

»Mark!« Ich boxte ihm empört gegen die Schulter.

»Also gut. Meine Familie ist wegen des Jobs meiner Mutter immer viel herumgereist.«

Ich nickte und wartete, dass er fortfuhr.

»Sie war eine lesbische Stripperin.«

Ich warf mich auf den Rücken, als er immer lauter lachte. »Ach, vergiss es.«

»Nein, nein, nein.« Er wälzte mich auf die Seite und holte tief Luft, während er die Augen schloss. »Hinsichtlich von Gefühlen bin ich niemals besonders gut gewesen, wenn es um mich selbst geht.«

»Ich hätte dir das fast abgenommen.« Ich warf ihm einen verärgerten Blick zu.

»Oh, wie ich sehe, hat noch jemand etwas für ein bisschen Sarkasmus übrig.«

»Wenn es nötig ist«, schoss ich zurück.

»Okay.« Er schüttelte den Kopf. »Mein Vater hat uns bei meiner Geburt verlassen. Ich wurde daraufhin von meiner Mutter großgezogen, bis ich sieben Jahre alt war. Danach hat mich Coles Kindermädchen in Obhut genommen.«

»Echt?«

Er grinste. »Ja, echt.«

»Erzähl weiter.«

»Ich hatte keinen leichten Start ins Leben, Mia. Es war nicht nett. Meine Mutter trank zu viel und rauchte jede Menge Pot. Sie gab mir oft tagelang nichts zu essen. In dem Trailer neben uns lebte eine alte Dame, und die war ziemlich nett. Wie dem auch sei, ihr Mann arbeitete bei Hubba Bubba, und sie hat mir eine Packung pro Woche als Leckerbissen geschenkt.«

»Oh, das erklärt deine ungewöhnliche Vorliebe.«

Er zuckte mit den Achseln, aber ich sah ihm an, dass es ihm etwas bedeutete. »Ich lernte irgendwann, dass ich meinen hungrigen Magen so weit täuschen konnte, dass ich glaubte, er sei ganz und gar mit diesem Kaugummi gefüllt.« *Wie unfassbar traurig.* »Mom hat irgendwann mitgekriegt, dass die Leute mich mochten, und hat mich daraufhin in der Gegend rumgeschickt, um nach etwas zu essen zu fragen. So bin ich schließlich den Logans und Abigail begegnet.«

»Was hat Cole von der ganzen Sache gehalten?«

»Cole? Er war ... nun ja, eben Cole. Er wurde schnell mein bester Freund, nachdem er gesehen hatte, wie man eines Tages nach der Schule auf mich losgegangen ist. Es stellte sich heraus, dass wir beide ziemlich gute Kämpfer waren, und bald darauf bin ich nach der Schule immer dorthin gegangen. Meiner Mutter ist das kaum aufgefallen. Solange ich alle paar Tage etwas zu essen nach Hause brachte, ließ sie mich in Ruhe.«

»Hast du irgendwelche Geschwister?«

»Ja, einen Bruder. Er ist sieben Jahre älter als ich.«

»Steht ihr euch nahe?«

»Nein.«

»Das ist schlimm.«

»Nein, ist es nicht.«

Ich rückte näher an ihn heran, um noch etwas Wärme von ihm zu stehlen. »Wo war er denn, als du groß geworden bist?«

»Wenn er mich nicht gerade verprügelt hat, hat er in irgendeinem Hinterhof gezockt. Er reitet sich deswegen immer noch regelmäßig in die Scheiße. Er ist süchtig.«

»Oh, das tut mir leid.«

»Es ist eben so.« Er zuckte mit den Achseln. »Manuel ist wirklich gefährlich.«

»Seht ihr euch denn noch öfter?«

Er leckte sich die Lippen. »Leider ja.«

Ich wollte weitere Fragen stellen, entschied mich dann jedoch dagegen. Ich musste nicht extra noch auf einem Thema herumreiten, das für ihn offensichtlich etwas heikel war.

»Wo ist deine Mom jetzt?«

»Was ist mit dir?« Er wich meiner Frage aus.

Oh, Junge.

»Ähm, geboren und aufgewachsen, nun ja, irgendwie überall in den USA.«

»Armeeangehörige?« Ich nickte. »Das erklärt, warum du so häufig meinen Rang benutzt hast.« Ich lächelte, weil mir selbst das nicht einmal aufgefallen war.

»Einen Bruder, aber er ist oft nicht da, und meinen Eltern stehe ich nicht mehr sonderlich nahe. Sie waren nicht so recht glücklich darüber, dass ich auf die Krankenschwesternschule gegangen bin. Ich wollte sogar als Krankenschwester zur Armee gehen, aber mein Vater hat es verboten.

Er sagt, das ist kein Platz für eine Frau.« Ich zuckte mit den Achseln. »Ich glaube, er hatte einfach Angst davor, was ich dort zu sehen bekommen würde. Um ehrlich zu sein, hatte ich auch Angst davor. Aber ich wollte bloß, dass er endlich aufhörte, sich darum zu sorgen, ob ich nun Ärztin werden würde oder nicht. Das ist allerdings gründlich nach hinten losgegangen. Er hat nie verstanden, warum ich Krankenschwester sein wollte.«

Er küsste daraufhin jeden einzelnen meiner Finger. »Was hat dich nach North Dakota verschlagen?«

»Kenny«, flüsterte ich wahrheitsgemäß.

»In welcher Beziehung steht er zu dir?«

Ich drängte den Schmerz zurück, der sich bei diesem Thema sofort unweigerlich einstellte. Ein erneuter Donnerschlag ertönte, und ich packte Marks Arm.

»Hört sich erschreckender an, als es in Wirklichkeit ist.« Er küsste mich auf den Kopf und zog mich näher zu sich. Der Regen schlug gegen die Fenster, und das Geräusch hallte im Raum wider. »Erinnert mich irgendwie an ein Gewitter vor einigen Jahren«, begann er. »Cole und ich hockten dabei in einem Graben in Mexiko. Wir mussten ein Haus überwachen, das unser Ziel beherbergte. Gegen sechs Uhr abends fing es schließlich an zu schütten, und nach einer Stunde lagen wir buchstäblich in einem Teich aus Schlamm. Das Gewitter tobte so heftig, dass wir einander kaum verstehen konnten, obwohl wir Seite an Seite lagen. Wir konnten nicht einmal den Knall unserer eigenen Kugeln hören. Wir hockten ganze neun Stunden dort, bevor wir uns wieder in Bewegung setzen konnten.«

Ich küsste ihn sanft auf die Brust. Ich wusste, dass er mir eigentlich nichts erzählen durfte, dennoch tat er es. Das verlieh mir das Gefühl, etwas Besonderes für ihn zu sein, aber zugleich fühlte ich mich auch ein wenig schuldig.

»War euer Ziel denn in Ordnung?«

Er hielt einen Herzschlag lang inne. »Ja, dieses schon.«

»Tut mir leid, dass dein letzter Auftrag so schrecklich war.«

Ich spürte, wie er heftig schluckte. »Dieser wird mir noch eine ganze Weile nachhängen.«

Butters sprang jetzt auf das Bett und legte sich über unsere Füße.

Mark nahm mich wieder in die Arme. »Es ist wirklich nett hier.«

»Auch auf das Risiko hin, dich zu sehr zu bedrängen, darf ich dir noch eine weitere Frage stellen?«

Sein Seufzer entging mir nicht. »Okay.«

Ich rückte ein wenig von ihm weg und zog an der Decke. Er ließ zu, dass ich mit meinem Finger über die tiefe Furche strich.

»Woher ...«

Sein Gesichtsausdruck wurde düster und kalt, aber dieses Mal verbarg er ihn nicht vor mir. »Meine Mutter hatte viele Freunde. Ich war fünf Jahre alt, als der erste Typ Annäherungsversuche bei mir machte.«

Ich hielt erschrocken den Atem an.

»Einmal hatte ich ein altes Jagdmesser im Wald gefunden, und ich bewahrte es zum Schutz auf meinem Nachtschränkchen auf. Du kennst doch bestimmt die Redensart, dass die Wahrscheinlichkeit, dich selbst zu erschießen, wesentlich größer ist, wenn du eine Waffe im Haus hast, oder? Nun ja, beim ersten Mal konnte ich ihn tatsächlich abwehren, aber beim zweiten Mal, als er zu mir kam, hatte er sich offenbar entschlossen, mir stattdessen lieber Schmerzen zuzufügen, während ich mich gegen ihn wehrte.«

»Hat einer von denen je ...« Ich konnte den Satz noch nicht einmal zu Ende sprechen.

»Nein«, antwortete er knapp, obwohl er sich anhörte, als wäre er gerade Millionen von Meilen von mir entfernt. »Wenn sie zu meiner Mutter kamen, fand ich stets irgendwo anders einen Ort, wo ich in dieser Zeit bleiben konnte. Sagen wir mal, Abigail hat weitaus mehr getan, als mich einfach nur vor meiner Mutter zu schützen.«

Ich ließ meinen Kopf auf seiner Brust ruhen und hielt ihn ganz fest. »Das tut mir so leid, Mark.«

Nach einiger Zeit umfasste er meine Hand mit seiner. »Mir auch.«

Mark

»Aufstehen, und setz dich endlich in Bewegung.« Manuel trat mich grob in die Seite. Ich öffnete die Augen und sah ihn genau über mir stehen, die Arme vor der Brust verschränkt. »Geh uns gefälligst was zu essen besorgen.«

»Aber ich bin so müde«, beklagte ich mich, während ich mich dennoch bemühte aufzustehen. Meine schmutzige Matratze auf dem Fußboden war komplett durchgelegen, sodass ich jedes Mal Rückenschmerzen darauf bekam.

»Habe ich dich etwa gefragt, wie du dich fühlst? Du hast fünf Minuten, um rauszugehen, bevor Mom aufwacht und dich immer noch hier sieht.«

Meine Boots waren nach wie vor nass, weil ich letzten Abend draußen im Schnee gewesen war. Meine Jacke hielt kaum den Wind ab und war nicht für den Schnee gedacht, der immer mehr fiel. Mit den Händen in den Taschen sah ich zu meiner Mom, die vollkommen hinüber an ihrer üblichen Stelle lag.

Die Schneewehen reichten mir bis zu den Knien hinauf. Sofort bildete sich Eis um meine Knöchel, aber das machte mir nichts. Es feuerte mich nur dabei an, rasch von Tür zu Tür zu gehen.

Meine Muskeln brannten, meine Fingerspitzen waren taub, und in meinen Ohren pochte ein heftiger Schmerz.

Ich musste nicht raten, wer in dem schwarzen SUV saß, als das Fenster herabgelassen wurde.

»Mark?«, rief Abigail und lehnte sich über Coles Körper hinweg. »Was tust du denn in einer solchen Nacht hier draußen, mein Schatz?«

Ich zuckte verlegen mit den Achseln, weil sie mich schon wieder mitten in der Nacht hier draußen erwischte.

Ihr Gesichtsausdruck wurde düster. »Rein mit dir. Ein Sturm naht.«

Später setzte mich Abigail mit frischer Kleidung, Boots, einem Topf voll heißer Suppe und Brötchen an unserem Trailerpark ab.

Der Schnee fiel immer heftiger, und ich hatte Mühe, den Weg zurück zu unserem Trailer zu finden. Nach mehreren Minuten rüttelte ich schließlich am Türknauf, aber die Tür war abgesperrt.

»Momma?« Ich klopfte an die Tür. »Bist du da?«

Nichts.

»Manuel!«, rief ich. »Ich habe etwas zu essen dabei, aber die Tür ist abgeschlossen.«

Immer noch nichts.

Ich stellte den Topf ab und zog die Handschuhe aus. »Momma! Manuel!« Ich wischte den Schnee vom Fenster und spähte durch die Scheibe. Aber Mom lag nicht auf dem Sofa, und Manuels Tür war geschlossen.

Ich watete durch den Schnee zur Rückseite des Trailers und kletterte dort auf den Propangastank.

Dann schob ich mich nach vorn und sah in Manuels Zimmer hinein. Ja, da lag er auf seinem Bett, vollkommen weggetreten nach einem Joint, der ihm immer noch zwischen den Fingern steckte.

Ich klopfte laut, aber er rührte sich nicht. »Manuel!«

Ich stieß mich ab, sprang in einen Schneehaufen und arbeitete mich dann wieder nach vorn zurück. Wo war denn bloß Mom?

Der Wind frischte immer mehr auf und fegte alles um mich herum weg. Ich schnappte mir den heißen Topf mit Suppe und verkroch mich kurzerhand unter dem Trailer.

Meinen Körper eng um den inzwischen warmen Stahl gelegt, harrte ich den Sturm über dort aus. Noch nie zuvor war mir kälter gewesen, und noch nie hatte ich mich einsamer gefühlt als in diesem Augenblick.

Wie konnte man den eigenen Sohn denn einfach so vergessen und ihn draußen in einem Schneesturm lassen?

Meine Hand strich suchend über die kalten Laken, bis ich Mia fand. Ich umarmte sie und rutschte zu ihr hinüber. Sie regte sich leicht, wachte jedoch nicht auf.

Eine weitere Stunde Schlaf fühlte sich gut an, und als ich erwachte, lag sie immer noch neben mir. Ich zog die Decken herab, als wäre es das erste Mal, dass ich den Blick auf ihr ruhen ließ. Ihre Haut war hell und zeigte nur ein paar Sommersprossen an ihrem Halsansatz. Sie hatte mir den Rücken zugewandt, und ich konnte sehen, wie sich das Morgenlicht über ihren Rundungen ergoss.

Ich liebte es, dass sie immer nackt schlief. Das gab mir die Zeit, sie ausgiebig zu studieren.

Ich legte ihr eine Hand ins Kreuz und fuhr damit an ihrem Rückgrat hinauf bis über ihre Schultern. Sie stöhnte leise, als ich mich daranmachte, ihre Muskeln zu massieren.

»Ohh«, schnurrte sie, »du bist ja noch gar nicht weg.«

Ich kicherte und ließ die Daumen weiter kreisen. »Tut's immer noch weh?«

Sie zuckte mit den Achseln, und ich ließ das Thema wieder fallen. »Du sprichst übrigens im Schlaf.« Sie reckte den Hals, sodass ich mich weiter hocharbeiten konnte.

»Oh, wirklich?«

»Etwas davon, allein zu sein.«

Meine Hände hielten sofort inne. Sie wandte sich meinem Gesicht zu. Ich stützte mich auf einen Arm auf und sah auf sie herab.

Ihr Blick wurde augenblicklich weicher. »Tut mir leid.«

Ich schüttelte das dunkle Gefühl hastig ab, aber ich wusste genau, dass sie es in meinem Gesicht erkannt hatte. Sie strich liebevoll mit der Hand über meine morgendlichen Stoppeln.

»Du bist nicht allein, Mark.« Ihre Stimme war leise, und ich merkte, dass sie sorgfältig auf ihre Worte achtete. »Du hast doch deine Familie – Cole, Abigail und Savannah.«

»Und?«

Ihre Mundwinkel hoben sich. »Und *mich*.«

»Wirklich?«

Ihr Lächeln verblasste, während sie mich intensiv musterte. »Ja, wirklich.«

Ich beugte mich zu ihr hinab und küsste sie zärtlich auf die Lippen. »Gut.« Ihre Lippen waren warm, und mein Kuss wurde tiefer. »Habe ich dir eigentlich je mein Geheimnis verraten?«

Ihre Augen leuchteten sofort auf.

»Das habe ich nämlich noch nie jemandem verraten.«

»Okay.«

Ich rückte sie zurecht, sodass sie flach auf dem Rücken lag, und sah dann auf ihre schläfrigen Augen hinab, anschließend wartete ich einen Herzschlag lang, bevor ich ihr die Decke wegriss.

»Mark!«, rief sie entrüstet und rollte sich zu einem winzigen Ball zusammen. »Du bist so gemein!« Sie schlug mich weg, als ich kalte Luft über ihren Körper blies. »Dafür wirst du bezahlen.«

»Versuch's doch, Schätzchen«, rief ich grinsend, und sie stapfte nun aufgebracht zur Dusche. »Du bist so sexy, wenn du wütend bist.«

Sie zeigte mir nur einen Vogel und schloss die Tür lautstark hinter sich. Natürlich lachte ich darüber noch lauter.

Ich ging jetzt in die Küche, um Kaffee zu kochen. Butters schlängelte sich zwischen meinen Beinen hindurch, und seine großen blauen Augen bettelten mich an, ihn für sein Geschäft nach draußen zu bringen. Die Dusche lief noch, also nahm ich kurzerhand die Leine und eilte mit ihm zum Aufzug hinaus.

»Komm schon, Junge, da ist doch ein absolut perfekter Baum gleich dort drüben.« Ich zeigte auf den eisbedeckten Stamm. »Heb das Bein und erleichtere dich.« Seit gestern war die Temperatur ziemlich gefallen, und ich war dankbar dafür, dass ich meinen dicken Pullover mitgebracht hatte. »Erledige endlich dein Geschäft, damit wir wieder hochgehen können.« Doch Butters hatte die Nase unter eine Parkbank gesteckt und beschnüffelte neugierig etwas. »Der Countdown läuft, Junge.«

Aber er wollte immer noch nicht hören, also ging ich hinüber, um nachzusehen, was ihn denn bloß so beschäftigte. Gerade als er die Zunge herausstreckte, um die gelbe Flüssigkeit aufzulecken, beugte ich mich hinunter.

»Wow.« Ich fasste ihn schnell um die Taille, damit er sie nicht berühren konnte. »Was soll denn das, zum Teufel?« Ich tupfte vorsichtig mit dem Finger etwas von dem Zeug auf und roch daran. »Scheiße.« Es gab absolut keinen Grund für Frostschutzmittel in diesem kleinen Park eines Wohngebäudes unter einer Bank. Rasch nahm ich den Wasserschlauch in der Nähe zur Hand und löste es so gut auf, wie ich konnte. Butters bewegte sich nun endlich zum Baum, und wir kehrten so schnell wie möglich nach drinnen zurück.

»Butters hat dich echt zum Gassigehen überreden können?«, fragte Mia. Ihr purpurfarbenes Höschen und das Top ohne BH waren ein absoluter Blickfang.

Sie jaulte auf, als ich ihr mit meinen kalten Händen über den Bauch strich.

»Mark!« Sie versuchte, mir zu entkommen, aber vergeblich.

»Wenn du das trägst«, meine Hand glitt zu ihrer warmen Brust hinauf, »bin ich für meine Taten einfach nicht mehr verantwortlich.« Ich blieb abrupt stehen und starrte an, was sie in den Händen hielt. »Woher hast du die?«

»Oh.« Sie beugte sich hinunter und öffnete die Ofenklappe. »Mein neuer Nachbar – Schrägstrich – Hausmeister hat sie vorbeigebracht. Die sehen gut aus, nicht wahr?«

»Ich möchte keine.«

Sie drehte sich zu mir um. »Warum denn nicht?«

Beim Anblick der Schokomakronen wurde mein Mund sofort trocken. Das waren genau dieselben, die meine Mutter immer gemacht hatte, dieselben, die sie an meinem Geburtstag »versehentlich« mit Pot gewürzt hatte.

»Ich habe keinen Hunger.«

Sie verzog das Gesicht. »Warum lügst du mich an?«

Ich räusperte mich und lehnte mich dann an die Theke. »Sie wecken ein paar hässliche Erinnerungen in mir, okay?«

»Okay.« Sie nahm das Tablett und warf den ganzen Behälter kurzerhand in den Müll. »Keine schlechten Erinnerungen mehr.«

Ich nahm ihre Hand und zog Mia eng an mich. »Danke.«

»Hast du Hunger?« Sie hob wissend eine Augenbraue.

»Ich sterbe sogar gleich vor Hunger.«

»Gut.« Sie lachte und ging zu ihrem Schminktisch. »Weil ich nach dem Training von letzter Nacht nämlich dringend ein paar Kohlenhydrate benötige.«

»Leg dir besser ein paar Vorräte an, mein Schatz«, warnte ich sie.

Wir gingen zu einem gemütlichen Imbiss weiter die Straße runter, wo ein kleiner Tisch direkt vor dem Fenster frei war. Ich bemerkte, dass Mia ihr Halstuch anbehielt, nachdem sie ihren Mantel abgelegt hatte.

»Guten Morgen«, begrüßte uns die Kellnerin freundlich. »Kann ich Ihnen Kaffee oder Saft bringen?«

»Beides«, antworteten wir wie aus einem Mund.

Mit einem raschen Blick zum Fenster hinaus fragte ich: »Sag mal, arbeitet irgendwer in der Nähe des Parks von deinem Gebäude eigentlich an seinem Auto?«

»Nein, nicht dass ich wüsste.«

»Hmm.« Ich dankte der Kellnerin für den Kaffee. »Als ich heute Morgen mit Butters rausgegangen bin, hat er Frostschutzmittel unter der Bank gefunden.«

Ihr Kopf fuhr erschrocken von ihrer Mahlzeit hoch. »Hat er etwas davon aufgeleckt?«

»Nein, ich konnte ihn gerade noch daran hindern.«

»Du meine Güte.« Sie schleuderte sich das Haar aus dem Gesicht. »Das ist doch völliger Unsinn. Durch den Parkeingang kriegt man doch überhaupt kein Auto rein.«

»Das war auch mein erster Gedanke. Ich werde später mal mit deinem Vermieter sprechen.«

»Okay.« Sie nickte und sah dann wieder hinaus. »Der Winter kommt jetzt wirklich schnell.« Ich bemerkte, dass ihre Hand an ihren Hals ging.

»Wirst du Kenny heute besuchen?«

Ihr Blick traf meinen. »Das weiß ich noch nicht so genau.«

»Für deine Patienten tust du wirklich immer alles und sogar noch mehr, Mia.« Sie sagte nichts dazu. »Hat Dr. Evans keine Zeit, nach Kenny zu sehen? Was fehlt dem Jungen eigentlich überhaupt? So weit sind wir letzte Nacht gar nicht gekommen.«

Ihre Halsmuskeln traten hervor, als sie die Hand auf den Mund presste. Ich nahm sie sanft weg, um sie wissen zu lassen, dass sie mit mir über alles reden konnte.

»Er hat Creutzfeldt-Jakob.«

»Oh, Scheiße.« Ich hatte schon davon gehört. Mit der freien Hand rieb ich mir über die Stirn. Die Creutzfeldt-Jakob-Krankheit war wirklich eine schreckliche Art zu sterben. Der Rinderwahn sorgte dafür, dass das Gehirn irgendwann wie ein Schwamm aussah, wenn die Nerven nach und nach abstarben.

»Aber ich dachte, Creutzfeldt-Jakob betrifft meist ältere Menschen.«

»Vererbung. Wie sich herausstellte, ist sein Großvater positiv auf die genetische Mutation getestet worden. Aber Kennys Fall ist besonders extrem. Sie sagten, sie hätten es noch nie bei jemandem, der so jung ist wie er, gesehen und noch nie erlebt, dass es so rasch voranschreitet.«

»Du meine Güte.«

»Er ist jetzt erst seit fünf Monaten erkrankt, und seine Halluzinationen sind schon unglaublich heftig.« Sie starrte beim Sprechen zum Fenster hinaus. »Seine Mutter, Kiley, war meine beste Freundin. Sie ist vor anderthalb Jahren an einer Kopfverletzung gestorben. Kennys Vater hat sich nie blicken lassen, und ihre Eltern wollten nie etwas mit ihm zu tun haben.« Sie hielt inne und wischte sich die Tränen aus den Augenwinkeln. »Ich war immer alles, was sie hatte, und sie nahm mir deshalb eines Tages das Versprechen ab, mich um ihn zu kümmern, wenn sie nicht mehr da wäre. Sie war die beste Freundin, die ich auf der Welt hatte.« Ihre Kehle schnürte sich bei dieser Erinnerung zu. »Und jetzt kann ich mein Versprechen ihr gegenüber nicht halten.«

»Hey.« Ich umklammerte ihre Hand noch fester. »Du hättest es nicht verhindern können, dass ihn die Krankheit befällt.«

Sie nickte, aber ich sah ihr an, dass das Schuldgefühl sie dennoch niederdrückte.

»Das macht es trotzdem nicht einfacher.«

»Nein, allerdings nicht.« Die Kellnerin schaute jetzt zu mir hinüber, und ich schüttelte den Kopf. »Also nennt er dich deswegen Mom?«

»Er sieht eigentlich sie. Wir haben uns sehr ähnlich gesehen, und wir waren die besten Freundinnen, seit wir sechs Jahre alt waren. Deshalb haben wir immer viel Zeit im Haus der jeweils anderen verbracht. Ich habe sie wie eine Schwester geliebt. Ich kann sie doch jetzt nicht im Stich lassen. Wenn es ihren Sohn auch nur ein wenig glücklicher macht bis zu seinem Ende, werde ich mein restliches Leben um seinetwillen gern hinausschieben.«

»Warum ist er denn nicht irgendwo, wo man sich richtig um ihn kümmern kann?«

Sie lächelte mich traurig an. »Ich habe leider nicht die Vormundschaft für ihn, die hat ihr Bruder. Edison sieht in ihm allerdings lediglich eine Melkkuh vom Staat. Jedes Mal, wenn es Kenny mal wieder richtig schlecht geht, lädt er ihn einfach im Krankenhaus ab. Sobald er wieder stabil ist, nimmt er ihn mit nach Hause, aber ich bezweifele, dass er ihm auch nur ein bisschen wert ist. Er besucht ihn ja nicht einmal.«

»Bist du deshalb hierhergezogen?«

Sie stieß einen lang gezogenen Seufzer aus und nickte. »Ja. Als ich herausfand, wo Edison lebte, und dass es in der Nachbarstadt eine offene Stelle als Krankenschwester gab, habe ich sie sofort angenommen, um ein Auge auf Kenny haben zu können.«

»Was halten deine Eltern denn von der ganzen Situation?«

Sie drehte den Becher in ihren Händen. »Sie kennen Kenny, seit er ein Baby war, und sie wissen auch, was ihm zugestoßen ist, aber sie glauben, ich würde mein Leben mit der Sorge um ihn vergeuden.« Ihr Kinn bebte, und sie presste hastig die Hand auf den Mund. »Er ist doch nur ein hilfloser Junge, der seine Mutter verloren hat und der nun seines Lebens beraubt wird. Wie kann man so jemanden denn bitte schön im Stich lassen? Wie kann man dann einfach weggehen? Wenn ich an seiner Stelle wäre, würde ich auch nicht wollen, dass die Menschen wegen mir alles aufgeben. Ich weiß, es gibt immer noch einen Teil von ihm, der wahrnimmt, was los ist.« Sie sah meinen Gesichtsausdruck. Mir war nicht klar gewesen, dass ich ihn so offen gezeigt hatte. »Was ist?«

»Es tut mir leid.« Ich küsste ihre Hand, bevor ich sie losließ. »Du bist ein wirklich guter Mensch.«

»Ich würde alles dafür geben, wenn Kenny dafür sein Leben zurückbekommen könnte.«

»Ich weiß.« Ich winkte der Kellnerin, damit sie uns die Rechnung brachte.

An diesem Abend tauschten wir nach einem langen Spaziergang noch weitere Geschichten aus und ließen uns in einem winzigen Restaurant ein Abendessen schmecken.

Es war bereits dunkel, und der Wind wirbelte den frisch gefallenen Schnee zu einem glitzernden Sturm auf. Hand in Hand gingen wir die Straße zu ihrer Wohnung hinab. Der Tag hatte wirklich großen Spaß gemacht, aber ich merkte, dass sie jetzt müde und erschöpft war. Sie nahm schließlich auch noch ihre Schmerztabletten, nachdem ich sie darauf hingewiesen hatte, dass ihr das Reden offenbar noch immer Schmerzen bereitete. Sie machte einen Witz darüber, dass die Tabletten, die ich ihr reichte, voller Fusseln aus meiner Hosentasche waren, aber sie nahm sie trotzdem und brachte es fertig, sie ohne Wasser hinunterzuschlucken.

Als ich sah, dass das Tor immer noch offen stand und die Straße leer war, zog ich sie am Arm, damit sie mir folgte.

»Wohin gehen wir, Mark?«

»Hier drüben.« Ich ließ ihr den Vortritt. Der Park war leer, abgesehen von einem Mann mit seinem Hund, und er ging gerade. Nachdem wir unter den Bäumen angekommen waren, blieb ich stehen. »Sieh mal hoch!«

Sie legte daraufhin den Kopf in den Nacken und sah jetzt die eisüberzogenen Baumkronen im Licht des Mondes glitzern.

»Wow.« Sie grinste. »Das ist wunderschön.«

Ich schlang ihr meine Arme um die Taille und hielt sie ganz dicht bei mir, dann beugte ich mich hinab und flüsterte: »Schließ die Augen.«

»Okay.« Sie wand sich etwas.

Meine Lippen berührten jetzt ihre kalte Wange. »Hörst du das?«

Ihr Kopf zuckte leicht. »Nein.«

»Genau.« Ich seufzte wohlig. »Es ist einfach nur perfekt.«

Sie legte ihre Arme nun auf meine, und wir standen einfach still dort und genossen einen der seltenen Augenblicke, an denen nichts anderes zählte außer wir beide.

Ich legte meine Wange an ihr Haar und summte leise eines meiner Lieblingsweihnachtslieder, eines, das Abigail Cole und mir immer vorgesungen hatte, wenn sie uns zur Weihnachtszeit ins Bett gesteckt hatte. »O Holy Night.« Mia drehte sich in meinen Armen um, steckte einen Arm in meine Jacke und hielt mit der anderen meine Hand. Sie wiegte sich sanft in der Musik und ließ den Kopf dabei mit einem glücklichen Seufzer an meine Brust fallen.

Genau deswegen … genau aus diesem Grund kämpfte ich so hart darum, die Dunkelheit draußen zu halten, denn ich wollte mich nicht von meiner Vergangenheit müde machen lassen.

Ich ging einen Schritt zurück, hob ihre Hand und wirbelte sie herum.. Ich ließ sie tief zu Boden sinken und zog sie dann mühelos wieder hoch, hielt jedoch vorher kurz inne, um ihr einen Kuss zu geben.

»Gefällt dir euer Safe House?«, fragte mich Mia mit schläfriger Stimme. Wir waren inzwischen seit einer Stunde im Bett, und jetzt hatten wir zum ersten Mal damit aufgehört, einander zu berühren.

Ich drückte mir das Kissen gegen die Brust und sah sie intensiv an.

»Ja. Es ist jetzt schon so lange mein Heim, dass mir allein schon der Gedanke schwerfällt, woanders zu leben.« Beim Anblick ihres Gesichts sank mir das Herz augenblicklich in die Hose. Ich strich ihr mit dem Finger zärtlich über die Augenbraue.

»Was ist?« Sie senkte den Blick auf meine Brust. »Hey.«

Sie setzte zum Reden an, hielt dann jedoch wieder inne und richtete sich auf. Anschließend zog sie sich das weiße Laken über die Brust. »Wir kennen uns jetzt seit … was … grob geschätzt drei Monaten?« Ich nickte und war neugierig, worauf sie hinauswollte, aber sie sagte nichts weiter.

»Was ist?«

Ihr Mund öffnete und schloss sich wieder. »Nichts.«

»Los, sag's mir.« Ich versuchte, sie dazu zu drängen, aber sie machte einfach dicht. Statt sie weiter zu bedrängen, zog ich sie einfach unter mein Kinn, und wir beide schliefen kurze Zeit später ein.

Mein Handy läutete gegen elf Uhr am folgenden Abend. Mia war schon eingeschlafen, nachdem wir uns einen Film angesehen hatten. Sobald ich den Namen sah, eilte ich in den Flur und meldete mich.

»Woher hast du diese Nummer?«

Manuel lachte humorlos auf. »Du wärst überrascht, was ich alles herausfinden kann.«

Ich biss bewusst nicht an. »Was willst du?«

»Triff mich an der Autowaschanlage unten an der Straße.«

»Warte.« Meine Haut kribbelte. »Du bist hier?«

»In zehn Minuten, kleiner Bruder.« Er legte einfach auf.

Ich rief rasch Cole an und brachte ihn auf den neuesten Stand. Er wies mich an, vorsichtig zu sein, aber trotzdem hinzugehen, damit Manuel nicht in Mias Wohnung auftauchte.

Scheiße, Scheiße, Scheiße.

Ich legte ihr eine Decke über die schmalen Schultern und schrieb ihr einen Zettel, dass ich gleich wieder zurück wäre.

Draußen fror es bereits. Eine dünne Schicht Eis lag auf der Windschutzscheibe meines Wagens. Ich streifte mir die Handschuhe über und entschloss mich, zu Fuß zu gehen, da die Waschanlage nur zwei Häuserblocks entfernt war.

Ich versuchte, nicht daran zu denken, wie er hierhergekommen war und warum. Ich war nur froh, dass er mich nicht bei Mia treffen wollte.

An der Autowaschanlage angekommen, blieb ich unter einer Lampe stehen, damit er mich leicht finden konnte. Es herrschte gähnende Leere, abgesehen von einem Jungen, der, mit Stöpseln in den Ohren, an der Kasse saß.

»Mark.« Seine Stimme kam irgendwo vom Rand des Platzes. Ich hätte fast einen Satz gemacht, als er urplötzlich aus den Schatten auftauchte. »Du bist tatsächlich gekommen.«

»Blieb mir denn eine andere Wahl?«

Er zuckte mit den Achseln. »Sieh mal, ich brauche Bares, und zwar jetzt gleich.«

»Und?«

Er kam auf mich zu. »Die werden mich umbringen!«

»Wie man sich bettet, so liegt man.«

»Du würdest es also zulassen, dass dein eigener Bruder ermordet wird, und dass nur wegen ein paar Kröten?«

»Nein.« Zum Beweis, dass ich nicht mehr der kleine Junge von einst war, richtete ich mich noch gerader auf. »Schiebe mir gefälligst nicht deine Fehler in die Schuhe.«

»Du hast ebenfalls ein paar davon gemacht, nicht wahr, kleiner Bruder?«

Ich hob meine Faust, hielt mich jedoch zurück. »Ich war sieben Jahre alt, Manuel, und an einem schlimmen Ort ohne Hilfe von irgendwem von euch gefangen. Was geschehen ist, war ein Unfall, mehr nicht.«

»Du hättest ins Gefängnis gehen sollen.«

»Glaub mir«, ich schrie es fast, »das bin ich.«

Mia

Ich erwachte von einem fauligen Gestank, der mich unweigerlich vom Sofa zum Abfalleimer hinüberzog, wobei ich mich fragte, was um Himmels willen das war. Ich hob den Deckel und sah hinein, fand jedoch bloß Verpackungen und eine Bananenschale. Ich suchte sogar unter dem Tisch, in der Wäschekammer und in meinem Schrank. Ich fiel schließlich auf die Knie und schob den Arm unter das Sofa. Da spürte ich plötzlich etwas und legte die Finger um etwas Feuchtes und Hartes.

»Oh du meine Güte!« Beim Anblick dessen, was ich da auf einmal in der Hand hielt, drehte sich mir sofort der Magen um – es war ein blutiger Knochen mit etwas Fleisch an der Spitze. Ich würgte, rannte zum Abfalleimer und warf ihn, so schnell ich konnte, hinein. Dann wusch ich mir ausgiebig die Hände und verschnürte den Beutel augenblicklich mit einem großen Knoten.

»Verdammt, Butters«, fluchte ich und schlüpfte in meine Fellboots. Ich sah auf meine enge Yogahose und das übergroße T-Shirt hinab. »Ach, was soll's.« Ich schnappte mir die Schlüssel, rannte hinaus in den Flur und dann zum Abfallschacht in der Ecke.

»Du willst mich doch wohl verarschen.« Ich zerrte mit aller Kraft am Griff, aber dieser rührte sich keinen Millimeter. Beim Gedanken an den Knochen, der unter einem Haufen Verpackungen vergraben lag, überlief mich direkt wieder eine Gänsehaut. Das Einzige, was uns voneinander trennte, war eine dünne Schicht Plastik.

Die schwere Tür des Treppenhauses schloss sich jetzt hinter mir. Ich schaute hinab und ärgerte mich darüber, wie viel Mühe mir das Ganze machen würde.

Ich war erst eine Treppe hinuntergegangen, als plötzlich ein Schatten über mir meine Aufmerksamkeit erregte. Ich legte den Kopf in den Nacken und versuchte zu erkennen, wer es war. Ein blaues Licht blitzte über die Kante herab, fuhr jedoch sofort zurück, als ich den Abfallbeutel auf den Boden stellte.

»Hallo?« Ich krallte die Finger um das Geländer und beugte mich hinüber, um nach oben sehen zu können. Ich hasste dieses alte Gebäude, alles hier war unheimlich, sogar bis hin zum Geruch. Wie ein altes muffiges Theater, und dazu kam noch das ewige Summen der Neonröhren.

Nun ja, wer auch immer es gewesen sein mochte, schien jetzt wieder weg zu sein. Eine Tür schloss sich jetzt leise, was meine Theorie bestätigte. Ich begab mich also weiter nach unten, wobei ich den widerlichen Abfallbeutel hinter mir herschleifte.

Ich hatte gerade die untere Etage erreicht, als plötzlich die Lichter ausgingen.

»Scheiße.« Ich holte mein Handy heraus, fummelte am Display herum und schaffte es nach einiger Zeit endlich, die Taschenlampe anzuschalten. Ich ließ den Strahl gerade über die Wand neben mir gleiten, als mich auf einmal etwas so fest am Arm traf, dass mein Handy davonflog und über den Boden schlitterte.

»Ahhh!«, kreischte ich, bevor mir jemand die Hand auf den Mund presste. Ich brachte es fertig, mich loszureißen, und sprang sofort auf die Treppe zu, aber ich war erst drei Stufen hochgestiegen, als derjenige mich am Knöchel packte und mir brutal die Füße unter dem Leib wegriss. Ich warf instinktiv die Arme nach vorn, um meinen Kopf zu schützen, und meine Handgelenke fingen die größte Wucht des Aufpralls ab. Ein scharfer Schmerz schoss mir bis zu den Ellbogen hinauf. »Aufhören! Hilfe, hört mich irgendwer, bitte!«

Er versuchte nun, mich mit seinem Körper festzunageln, aber ich wehrte mich verzweifelt und trat um mich. Irgendwie schaffte ich es, mich loszureißen, und kroch zu meinem Handy. Als ich gerade danach greifen wollte, trat er mir mit aller Kraft in die Rippen, und ich fiel mit einem Aufschrei auf den Bauch. Mein Adrenalin trieb mich zwar weiter, doch der Schmerz war so schlimm, dass ich mir sicher war, dass der Kerl mir eine Rippe gebrochen hatte. Ich konnte überhaupt nichts erkennen, alles um mich herum war pechschwarz. Er konnte buchstäblich überall sein.

Er beugte sich offenbar zum Boden hinunter, wodurch sich seine Jeans spannten, was ein leises knarzendes Geräusch verursachte. Er schob mir die von meinen Tränen nassen Haare weg. Ich presste voller Entsetzen die Augen zu und fragte mich, was wohl als Nächstes käme.

»Es ist wirklich schade, eine so schöne Frau verletzen zu müssen«, sagte er einschmeichelnd, wobei seine Finger über meinen wunden Hals strichen. »Aber wie ich sehe, bin ich da wohl nicht der Einzige.«

»Bitte«, rief ich schluchzend in die Dunkelheit hinein.

Er schloss die Hand jetzt um mein Kinn, und ich erstarrte. Seine Lippen drückten sich nun plötzlich auf meine. Ich versuchte, gegen ihn anzukämpfen, aber er knallte meine Arme einfach auf den Boden. Als ich spürte, wie seine Hand meine Hose berührte, wünschte ich mir, meinen Körper verlassen zu können.

»Ist da unten irgendwer?«, rief auf einmal jemand von der obersten Etage aus. Der Strahl einer Taschenlampe fuhr suchend umher.

Ich versuchte zu schreien, aber seine Hand bedeckte meinen Mund vollständig.

»Richte deinem Freund aus, er soll zahlen.« Er ließ mich jetzt los. »Wohnung 5G«, flüsterte er noch, bevor ich hörte, wie seine Schritte zurückwichen. Ich warf panisch den Kopf hin und her, um dem Geräusch folgen zu können. Er trat jetzt vor die Lampe meines Handys, und ich erkannte eine schwarze Jeans über weißen Turnschuhen.

Mit letzter Kraft rutschte ich zu meinem Handy hinüber, umklammerte es mit zitterigen Fingern und rief meine letzte gewählte Nummer auf.

Ich schluchzte verzweifelt, als nur seine Mailbox ranging. »Hier ist Mark Lopez. Hinterlassen Sie eine Nachricht.«

»Mark«, quietschte ich kaum hörbar. »Ich ... äh ...« Ich ließ das Handy fallen, vergrub mein Gesicht in meinen Händen und schluchzte unkontrollierbar.

»Hallo?«, rief der Typ von oben jetzt erneut. »Der Strom müsste gleich wieder da sein.«

Ich rappelte mich hastig auf und rannte dann die Treppe hinauf, wobei mein Handy mir den Weg beleuchtete. Meine Seite schmerzte, aber das war mir vollkommen egal. Ich wollte nur wieder in meiner Wohnung sein, mit einem Schloss an der Tür. Der Strahl der anderen Taschenlampe fand mich jetzt und erhellte meinen ganzen Körper. »Hey, Miss, ist alles in Ordnung bei Ihnen?«

Beeilung, Beeilung, Beeilung. Das Adrenalin pochte in meinem Schädel.

Ich warf mich durch meinen Wohnungseingang, schlug die Tür hinter mir zu und schob sofort den Riegel vor. *Bleib ruhig. Du bist jetzt in Sicherheit. Er hat dich schließlich nicht vergewaltigt. Du. Bist. In. Ordnung.*

»Heilige Scheiße.« Ich hob meine zitternden Hände an die Stirn und drückte sie mir fest auf die Schläfen. Scharf sog ich die Luft ein. *Das war Wahnsinn.* Meine Beine waren unfassbar wackelig, als ich die Hand nach der Küchentheke ausstreckte. *Mir ist in diesem Monat bereits wehgetan worden. Warum passiert mir das zwei Mal?* Noch ein paar Schritte, und ich war an der Ecke angekommen und sank kraftlos auf die Knie. *Ist Mark tatsächlich in diese Sache verstrickt?* Das Gewicht der ganzen Situation erdrückte mich.

Mit einem Seufzer brach ich zusammen und fiel kurz darauf auf dem Boden in einen tiefen und erschöpften Schlaf. Ich hoffte, dass ich hier in Sicherheit war.

Er packte meine Hand, und ich bereitete mich auf seinen nächsten Schritt vor. Ich wich seinem Kuss aus, aber er traf trotzdem noch meine

Wange. »Richte ihm aus, er soll zahlen!« Seine Worte trafen mein Ohr wie eine Sirene.

Voller Schrecken erwachte ich und schrie vor Schmerz auf. Verdammt. Mein Handy blinkte, und ich sah, dass zwei Sprachnachrichten und drei SMS von Mark eingegangen waren. Mit verschwommenem Blick drückte ich den SMS-Icon.

Mark: Ich habe den Rest deiner Sprachnachricht nicht verstanden. Ist alles in Ordnung mit dir?

Zehn Minuten später.

Mark: Es tut mir echt leid, Mia, ich musste mich mit einem Mitarbeiter treffen. Ich bin morgen früh zurück, okay?

Drei Stunden später.

Mark: Kann nicht einschlafen, da ich nichts von dir gehört habe. Ruf mich bitte an, wann immer du kannst. Xo.

Das Handy landete auf meinem Bett, als ich vorsichtig mein dunkelgraues Kapuzenshirt und meine Chucks überstreifte. Gott sei Dank waren sie bereits eingelaufen, und ich musste sie nicht zuschnüren. Meine Rippen schmerzten derart heftig, dass ich sie nicht einmal vorsichtig berühren konnte.

Ich nahm meine Handtasche und das Handy und machte mich dann auf den Weg zum Krankenhaus.

Tief Luft holen. Ich schob mich zentimeterweise nach rechts und warf vorsichtig einen Blick um die Ecke, dann zog ich mich hastig wieder zurück. *Komm schon.* Noch einmal beugte ich mich vor und entdeckte Vikki Taylor, die gerade mit Molly sprach. *Scheiße.* Ich tippte mit dem Finger gegen mein Bein und zählte langsam bis zehn.

»Mia? Bist du das?«

Mist, Alvin.

»Hey.« Ich winkte leicht.

»Alles in Ordnung mit dir?« Er sah sich verwirrt um und kam dann auf mich zu.

»Eigentlich nicht.« Bei dem Versuch, mich gerader aufzurichten, zuckte ich schmerzerfüllt zusammen. Er warf einen Blick über meine Schulter, und ich räusperte mich nervös. »Meinst du, du könntest mir kurz helfen? Du weißt schon, so in aller Stille?«

Er starrte mich noch einen Moment lang verwirrt an, dann bedeutete er mir, ihm zu folgen.

»Zum Teufel noch mal, Mia, man kann sogar noch den Abdruck sehen, wo er dich getreten hat.« Nach einem kurzen Blick in mein Gesicht schüttelte er den Kopf. Ich ärgerte mich darüber, dass er es geschafft hatte, die Wahrheit aus mir herauszukitzeln. »Ich würde sagen, Größe 43, Boots.«

»Sneakers«, korrigierte ich seine Bemerkung.

»Unglaublich, verdammt.«

»Erzähl das mal meiner Seite.«

Ich sah ihm an, dass er besorgt war, und ich war ihm dankbar deswegen. Es war nett, die Sorge im Gesicht von jemandem zu sehen, den ich so gut nun auch wieder nicht kannte. »Alles in Ordnung?«

Ich sah beschämt zu Boden. »Ehrlich gesagt, weiß ich es nicht.«

Er legte mir unbeholfen die Hand auf die Schulter. »Soll ich vielleicht Mark anrufen?«

»Nein.« Ich lächelte ihn schwach an. »Das habe ich schon getan.«

»Okay.«

»Dennoch ... danke.«

Er ließ jetzt ein Lächeln aufblitzen, bevor sein ernster Gesichtsausdruck zurückkehrte. »Wir müssen das unbedingt zur Anzeige bringen.«

Mein Blutdruck sackte bei diesen Worten sofort in den Keller, genauso wie meine Fähigkeit zu atmen. »Nein!«

»Mia, du bist in deinem eigenen Wohngebäude überfallen worden. Gott weiß, wer der Mann war.«

Mir wurde auf einmal schlecht. »Meinst du etwa, ich ziehe mich in der Öffentlichkeit immer so an oder gehe so zur Arbeit? Nein! Ich bin in der Hoffnung hergekommen, dass ein Freund mir ohne zu fragen helfen würde.«

»Mia.« Bei meinem Ausbruch waren seine Augen immer größer geworden. »Ich sorge mich doch bloß um dich.«

»Das weiß ich ja.« Ich rutschte vorsichtig vom Untersuchungstisch herunter und zog mir die Jacke über den schmerzenden Brustkorb. »Aber was ich jetzt am Allerdringendsten von dir brauche, ist Freundschaft.« Nach diesen Worten rannte ich hinaus und dann den Flur hinab.

Bevor sich die Aufzugtüren auch nur geöffnet hatten, hörte ich von unten Geschrei.

»Das ist ja einfach ungeheuerlich!«

Die Türen öffneten sich, und mir sank das Herz in die Hose. Denn als ich hinaustrat, entdeckte ich einen Mark, der aufgeregt im Wartezimmer der Notaufnahme hin und her schritt und dabei aussah, als wolle er gleich explodieren.

»Mark.« Die Rezeptionistin nickte in meine Richtung.

Sein Blick fuhr zu mir hinüber, und sein Gesichtsausdruck wurde ernst.. Mit drei großen Schritten war er bei mir. Er wollte mich berühren, hielt jedoch mitten in der Bewegung inne.

»Que se joda mi vida! Odio que estoy siendo perseguido por una sombra codicioso.« Er schüttelte den Kopf angesichts meiner verständnislosen Miene, denn ich hatte keine Ahnung, was er da gerade gesagt hatte.

Ich öffnete den Mund und wollte etwas erwidern, schloss ihn dann jedoch wieder, als er auf mich zukam und mich sanft auf die Wange küsste.

»Entschuldige.« Er schloss die Augen. »Das passiert immer wieder, wenn ich sehr sehr wütend werde. Darf ich dich nach Hause bringen?«

Ich nickte und nahm seine angebotene Hand.

Sobald wir im Aufzug waren, legte er mir einen Arm um die Hüfte, verhielt sich ansonsten jedoch sehr still. Er blieb so seltsam, bis wir fast zu Hause waren.

»Mia, ich muss wissen, was genau passiert ist.«

Ich seufzte und zog meinen Kapuzenpulli noch weiter nach unten. »Ich wollte den Müll rausbringen, und als ich unten war ...«

»Unten?«

»Ja, die Mülltonnen stehen im Erdgeschoss.«

»Was war denn mit dem Abfallschacht?«

»Der ließ sich nicht öffnen.«

Er sah mit schmalen zusammengekniffenen Augen auf die Straße. »Okay.«

»Wie dem auch sei, ich musste auf jeden Fall runter ins Erdgeschoss gehen.«

»Warum bist du nicht mit dem Aufzug gefahren?«, unterbrach er mich sofort wieder.

»Sag mal, bin ich vielleicht eine Zeugin bei irgendetwas, Mark? Was sollen diese ganzen Fragen?«

Er schloss kurz die Augen. »Entschuldige bitte.«

»Ich bin nicht mit dem Aufzug gefahren, weil gerade neue Nachbarn eingezogen sind und den Aufzug den ganzen Tag benutzt haben. Sie haben ihn im obersten Geschoss blockiert, während sie ihn be- und entladen haben. Direkt nachdem ich im Treppenhaus war, habe ich jemanden wahrgenommen, konnte jedoch nur ein Stück Jacke erkennen. Ich dachte kurz danach, derjenige wäre wieder rausgegangen, und vielleicht war das ja auch so, aber dann war er plötzlich wieder da.« Ich spürte, dass ich allmählich wieder die Fassung verlor, erinnerte mich aber trotzdem noch an jede Einzelheit.

»Was hat er getan?« Er packte das Lenkrad nun fester.

»Er hat zwei Mal versucht, sich auf mich zu werfen.« Ich schluckte heftig. »Und er hat meinen Rippen einen heftigen Tritt versetzt.« Ich rutschte hin und her, um eine bequemere Position zu finden. »Er hat mir außerdem gesagt, ich solle dir etwas ausrichten ...«

Mit einem seltsamen Ausdruck im Gesicht sah er zu mir hinüber.

»Mir etwas sagen, Mia?«

»Ich sollte dir ausrichten, dass du bezahlen musst.«

Er blinzelte weder, noch zuckte er zusammen oder wich zurück. Er sah einfach nur auf die Straße hinaus und lenkte den Wagen an den Straßenrand.

»Wie hat er ausgesehen?«

»Ich weiß es nicht ...«

»Wieso weißt du es nicht?«

»Der Strom fiel aus, genau bevor er ...« Ich räusperte mich. »Ich weiß nur, dass er Jeans und weiße Turnschuhe trug.«

»Hatte er einen Akzent? Gab es besondere Gerüche? Hast du etwas anderes gespürt?«

»I-ich weiß es nicht. Ich habe mir bestimmt keine Notizen gemacht, als er mir seinen Fuß in die Rippen gebohrt hat, oder als er versucht hat, mich zu vergewaltigen.« Ein Schluchzen stieg in meiner Kehle auf, und mir versagte endgültig die Stimme.

Mark schloss gequält die Augen und legte seine Hand auf meine.

»Weißt du, wer das war, Mark?«

»Ich habe da eine Vorstellung.« Seine Stimme veränderte sich, als er sein Handy hervorzog und es sich ans Ohr hielt. »Lopez, ML536. Ich brauche eine gesicherte Verbindung zu Colonel Logan.«

Er hielt den Blick immer noch starr geradeaus gerichtet.

»Cole.« Seine Stimme zerstörte all meine Versuche, ruhig zu bleiben. »Bestell mir einen Scotch, pur. Ich glaube, ich habe langfristige Pläne fürs Abendessen.«

Was zum Teufel ging da vor?

»Ich bin mir nie sicherer gewesen«, sagte er und bekam jetzt Sorgenfalten um die Augen herum, während er aufmerksam zuhörte. »Danke.«

Er steckte das Handy nun wieder in die Seitentasche seiner Militärhose.

»Was hast du da getan?«

Er nahm meine Hand, hob sie an seinen Mund und küsste meine Fingerknöchel. »Dich beschützt.«

Kapitel sieben

Mark

»Pack einfach irgendetwas ein, Mia, nur beeil dich.« Sie stand am Fußende ihres Betts und sah mir dabei zu, wie ich ihre Reisetasche füllte.

»Ich glaube, du reagierst gerade etwas über.« Ich schüttelte den Kopf und griff eine Handvoll Slips und schob sie unten in die Ecke.

»Glaub mir, das tue ich nicht«, brummte ich.

»Ich muss aber arbeiten, und was ist mit Kenny?«

»Kenny erkennt dich nicht einmal mehr.« Sobald ich dies ausgesprochen hatte, erstarrte ich. *Oh du liebe Scheiße! Hatte ich das gerade wirklich gesagt?* Ich drehte mich sofort zu ihr um und entdeckte, dass ihre glänzenden Augen auf den Boden starrten. *Ja, das hatte ich tatsächlich.*

»Oh, Mia, das habe ich nicht so gemeint.« Ich versuchte, sie an mich zu ziehen, aber sie riss mit einem Schmerzensschrei den Arm zurück. Ich ließ den Kopf hängen. *Was war ich nur für ein Arschloch.*

Sie ging jetzt durch das Wohnzimmer in die Küche und öffnete anschließend die Wohnungstür.

Ich schlug mir mit der Faust gegen die Stirn. Ich wollte sie mir am liebsten über die Schulter werfen und gemeinsam mit ihr zu unserem Refugium rasen, aber ich konnte es nicht.

Ich stellte mich vor sie und flüsterte: »Bitte komm mit mir.«

»Ich kenne dich erst seit drei Monaten, Kenny kenne ich seit fünfzehn Jahren. Bring mich nicht dazu, dass ich wählen muss, denn ich würde auf jeden Fall ihn wählen.«

»Aber er hat dir wehgetan.«

»Du mir auch, mit dieser ganzen ...« Sie umfasste mit einer Geste den Raum »... Situation.« Sie schloss kurz die Augen.

Ich wollte *Autsch* sagen, weil sie ja recht hatte. Ich tat es schließlich, denn ich verstand genau, was sie damit meinte.

Sie rüttelte am Türknauf. »Ich glaube, du solltest jetzt gehen.«

»Trennen wir uns etwa?« Meine Hand fasste nach ihrer. Ich brauchte unbedingt eine Erdung.

»Nein.« Ihr Blick fing meinen auf. »Ich glaube, ich brauche nur mal eine kurze Atempause. Das zwischen uns geschieht alles viel zu schnell, und es ist alles etwas intensiv.«

Willkommen in meinem Leben.

Ich schob die Hand in die Hosentasche. Ich hatte ein merkwürdiges Gefühl dabei, so im Flur herumzustehen, während sie mir ihr verwundetes Herz entzog.

»Du meine Güte, Mia, ich bin so unfassbar nervös! Du bist gerade überfallen worden. Ich weiß einfach nicht genau, wie ich dich beschützen soll, wenn du mich dir nicht helfen lässt.«

»Ich rufe dich später an.« Ihr Gesicht wurde kreideweiß, als sie die Stahltür hinter mir schloss.

»Du hast *was* gesagt?« Savannah hatte sich alle Mühe gegeben zu verstehen, was mit mir und Mia in den letzten drei Tagen geschehen war. Ich war äußerlich zwar ruhig geblieben, aber jetzt hatte ich ein schreckliches Gefühl in der Magengrube, und das stachelte meine Emotionen noch zusätzlich an. Also gab ich schließlich nach und hoffte, dass ich mich danach ein winziges bisschen besser fühlen würde, aber ich irrte mich. »Du hast das über Kenny wirklich gesagt?«

»Ja! Hat Cole früher etwa noch nie Mist gebaut?«, schoss ich wütend zurück. Sie hatte mich mitten im Wohnzimmer erwischt.

Sie stützte aufgebracht die Hände in die Hüften. »Ja, das hat er durchaus.«

»Warum lenkst du denn jetzt in meine Richtung ab?«, zischte Cole mit einem Keks im Mund vom Sessel aus. Ich hatte bis dahin nicht einmal gewusst, dass er überhaupt da war.

»Tut mir leid, Mann.«

»Zeig gefälligst nicht mit dem Finger auf andere, Mark. Leg dir lieber mal ein paar Eier zu und reiß dich zusammen«, schimpfte sie.

Ich warf Keith, der sich entschlossen hatte, zu uns zu stoßen, einen fassungslosen Blick zu, doch der sagte nur: »Die Dame hat recht.«

»Ahh.« Ich knallte mir die Fäuste an beide Schläfen. Ich ertrug es einfach nicht mehr, mir nur die Haare zu raufen. »Okay, ich hab's versaut, aber können wir uns jetzt bitte auf das konzentrieren, was wichtig ist? Ich glaube nämlich, es war Manuel, der sie überfallen hat.«

Cole wischte sich die Krümel von den Fingern. »Okay, warum gehen wir dann nicht zu ihm und reden mit ihm?«

»Das habe ich ja versucht, aber er geht einfach nicht an sein verdammtes Handy.«

Cole zog daraufhin sein Funkgerät hervor. »John, such mal bitte Manuel Lopez' Handy. Ich brauche eine Ortung.«

»Verstanden.«

»John bewacht Mia nach wie vor. Sie geht ausschließlich zum Krankenhaus und dann auf direktem Wege wieder nach Hause. Sie verhält sich ziemlich unauffällig. Geht nur ab und zu mal mit dem Hund raus und wieder zurück.«

»Aber du musst sie trotzdem anrufen, Mark.« Savannah reichte mir mein Handy. »Du musst wenigstens nachfragen, wie es ihr geht.«

Ich suchte ihren Namen im Adressbuch heraus und drückte auf »Wählen«. Als es läutete, brach mir sofort der Schweiß aus.

»Hallo, hier ist die Mailbox von Mia Harper.« Ihre fröhliche Stimme traf mich wie ein Faustschlag.

»Hey, Schatz, ich wollte nur ...« Angesichts Savannahs Miene stieß ich einen langen Seufzer aus. »Ich wollte nur mal nachhören, wie es dir geht.« Sie bedeutete mir, dass ich weiterreden sollte. »Ich vermisse dich, Mia, und zwar sehr.«

Savannah wirkte nicht sonderlich beeindruckt.

»Was ist?«

»Was jetzt?«

Ich sah Cole hilfesuchend an, aber der tat so, als würde er gerade irgendetwas auf seinem Handy spielen. Ich warf deshalb Keith einen Blick zu.

Doch der zuckte nur mit den Achseln und steckte sich einen Keks in den Mund. »Ich hätte sie wahrscheinlich verwanzt, aber das ist nur meine eigene Herangehensweise.«

Savannah bewarf ihn daraufhin mit einem Kissen, und er fing es lachend auf.

»Wann hast du denn deinen nächsten Auftrag?«, fragte Savi nun Cole, der aufsah, als sie ihn ansprach.

»Diesen Freitag.«

»Okay.« Sie sah mich aufmerksam an.

»Was ist?«

»Männer!« Mit einem lang gezogenen Seufzer ließ sie die Arme fallen, und sie trafen mit einem dumpfen Schlag ihre Beine. »Geh sie schon holen. Gewinne sie zurück und kämpfte um das, was du liebst.« Ich sah sie blinzelnd an. »Mark.« Sie stellte sich genau vor mich. »Cole hat auch um mich gekämpft, und sieh mal, wo wir jetzt stehen.« Sie schenkte mir ihr berühmtes süßes Lächeln, das einen sofort spüren ließ, wie sehr sie sich um einen sorgte. »Ich möchte, dass du hast, was ich habe. Ich bin so unglaublich glücklich, und du solltest es auch sein. Ich möchte endlich meinen glücklichen, Plätzchen klauenden Schwager zurück.«

»Aber sie hat gesagt, sie braucht Raum, und ...«

»Es ist jetzt drei Tage her. Hast du in der Zeit überhaupt mal mit ihr gesprochen?«

»Ja.« Ich sank auf einen Sessel. »Ich habe versucht, sie anzurufen, nachdem ich hier im Haus eingetroffen bin, und dann noch einmal danach, aber das war nur eine SMS, ich habe nie persönlich mit ihr gesprochen.«

»Dann geh gefälligst los und hol sie. Was ist denn schon das Schlimmste, was passieren könnte ...?«

»Sie könnte mich zurückweisen.«

»Also.« Ihr Tonfall sorgte dafür, dass ich sie ansah. »Dann lass das eben nicht zu. Beweise ihr, dass ihr beide füreinander geschaffen seid. Überzeuge sie davon, dass es nur deine Angst gewesen ist, dass ihr etwas zustoßen könnte, dass du dich wie ein kompletter Idiot aufgeführt hast.«

»Das klingt für mich aber alles sehr nach *Vom Winde verweht«*, meinte Keith grinsend, als er aufstand, aber Savannah fuhr sofort herum und zeigte aufgebracht in seine Richtung. »Geh nicht weg, Keith, denn du bist der Nächste.«

»Ich?«

»Ja, du.«

»Lauf lieber schnell los, Mann.« Cole lachte, umfasste Savannahs Kinn und gab ihr einen langen zärtlichen Kuss. »Mein Gott, wie sehr ich dich liebe!« Er grinste. »Ich muss jetzt leider arbeiten. Mark, geh dir jetzt Mia holen, aber am Freitag brauche ich dich wieder.«

Ich nickte, weil ich genau wusste, dass ich bei keinem weiteren Auftrag mehr fehlen durfte. Ehrlich gesagt, wollte ich es auch gar nicht. Keith schlüpfte in dem Moment hinaus, als Savannah von Cole abgelenkt worden war. Ein Kuss von Cole, und sie war augenblicklich hin und weg.

Ich folgte Keith auf dem Fuß, entschied mich dann jedoch für einen Umweg in die Küche, wo ich ein paar Kekse stibitzte. Ich hatte gerade den oberen Treppenabsatz erreicht, als ich ihre Stimme hörte.

»Mark Carter Lopez!« Abigail stand auf der Schwelle ihres Schlafzimmers. »Was habe ich da gehört – du lässt Mia einfach so ziehen?«

»Das habe ich nicht ...«

»Keine Ausreden, mein Sohn.« Sie trat einen Schritt vor und nahm mich fest in die Arme, dann drehte sie mich zur Tür. »Ich gebe dem Hubschrauberpiloten Bescheid, dass du in dreißig Minuten bereit bist.«

Na ja, ich schätze mal, das war's dann.

Den ganzen Weg zurück nach North Dakota blieb ich mit Cole in Kontakt. Manuels Handy bewies, dass er nach wie vor in North Dakota war, jedoch einfach nicht dranging. Was äußerst merkwürdig war, wenn man in Betracht zog, wie dringend er Bargeld brauchte.

Bei meiner Ankunft im Krankenhaus war dort gerade die Hölle los. Anscheinend war ein Bus wegen Blitzeis in einem Fluss gelandet. Es hatte zwei Tote und neun Schwerverletzte gegeben. Der Taxifahrer hatte mich unterwegs schon auf den neuesten Stand gebracht. Der Lärm war einfach unglaublich.

»Hey!«, rief ein Mann aufgebracht, als Alvin sich gerade um eine Verletzung an seiner Schulter kümmern wollte. Ein kleiner Pfahl war ihm in den Muskel getrieben worden. »Rühr mich gefälligst nicht an. Ich bin nicht schwul.«

Alvin hielt sofort die Hände hoch. Er wirkte bereits jenseits von Gut und Böse. Ich fragte mich, ob sie wegen dieses Unfalls wohl alle doppelte Schichten hatten einlegen müssen.

Ich eilte hinüber, als der Typ gerade eine weitere laute Bemerkung vom Stapel ließ. Ich bemerkte, dass der Pfahl in einem merkwürdigen Winkel eingedrungen war, eventuell ziemlich dicht an der Wirbelsäule des Typen. Ich hatte schon genügend Verletzungen im Kampf gesehen, um zu wissen, dass so etwas ziemlich heikel sein konnte. »Der Bursche sollte besser in den OP gehen, Alvin. Dieser Pfahl liegt ziemlich dicht an der Wirbelsäule.«

»Okay.« Alvin stellte keine weiteren Fragen, sondern rannte sofort los.

»Perversling!«, rief der Typ erneut. »Ich stehe nicht auf Männer.«

Kopfschüttelnd beugte ich mich zu ihm und wollte ihn gerade warnen, dass er den Mund halten sollte, als mich der Geruch von Schnaps traf. Sein Bart war voll mit Erbrochenem, und sein Atem stank widerlich.

»Zum Glück für dich tue ich das auch nicht«, knurrte ich. Ich sah mich kurz um, ob niemand herschaute, und betastete dann vorsichtig seinen Hals.

»Zu viele Männer sind einfach falsch zusammengesetzt. Sie haben Schwänze und wollen stattdessen Titten.«

Wow.

»Weißt du, Kumpel, die Statistik beweist deutlich, dass Männer, die homophob sind, sich eigentlich nur die Wahrheit nicht eingestehen wollen.«

Sein Gesicht zuckte wütend, aber er hielt jetzt wenigstens einen Moment lang den Mund. Bei einem Blick nach unten sah ich seine blutigen Fingerknöchel.

»Du hast im Bus wohl schon große Töne gespuckt, was, Kumpel?«

Er warf mir einen vielsagenden Blick zu, leugnete jedoch nichts.

Ich bemerkte nun zwei Polizisten, die an der Tür herumlungerten. Mit einem weiteren Blick durchsuchte ich schnell den Raum und entdeckte daraufhin einen jungen Mann in einem pinkfarbenen Poloshirt mit einer dicken Lippe und einem blauen Auge. Sofort fügten sich bei mir die Teilchen des Puzzles zusammen.

Ich wollte gerade gehen, als einer der Polizisten mit Handschellen neben mir erschien.

»Mr. Tarp, wir müssen Sie leider ans Bett fesseln, bis wir sämtliche Details der Ereignisse in diesem Bus rekonstruiert haben.«

»Den Teufel wirst du tun!« Der Mann versuchte, sich zu wehren, schrie jedoch sofort vor Schmerzen auf. Der Polizist fesselte den Mann daraufhin kurzerhand mit den Handschellen und blieb direkt neben seinem Bett stehen, als ich ging.

Blöder Pisser.

Endlich konnte ich nach oben auf Mias Etage. Eine zerzauste Schwester Taylor jonglierte gerade hektisch mit zwei Telefonen, sprach in das eine und schrieb eine SMS auf dem anderen.

»Womit kann ich Ihnen helfen?« Sie blickte noch nicht einmal auf, als ich mich an die Rezeption stellte.

»Ganz schön was los da unten.«

Ihr Kopf fuhr hoch, aber ihr übliches Lächeln war offenbar abhandengekommen. »Hey, Mark, schlechter Zeitpunkt, mein Schatz.«

»Was ist denn los?«

Sie blickte sich aufmerksam um und wollte gerade etwas sagen, fluchte jedoch, weil in diesem Moment schon wieder das Telefon läutete. »Dritte Tür rechts.« Sie zeigte hinter mich.

Ich blieb nicht da, um nachzufragen, sondern folgte einfach ihrer Anweisung ... zu einer Tür mit der Aufschrift »Kapelle«.

Ich drückte die schwere Tür auf und betrat daraufhin einen schummerigen Raum, in dem Kerzen im Summen der Klimaanlage flackerten.

Ein riesiges Holzkreuz hing schräg von der Wand. Das Licht im Hintergrund ließ den Schatten noch größer erscheinen.

Ich war zwar nicht übermäßig religiös, aber ich glaubte, dass unsere Energie irgendwo hinfließen musste. Ich glaubte auch nicht, dass wir nur dieses eine Leben leben sollten. Ich glaubte, wenn dieses Leben einmal vorbei war, drückten wir einfach den Knopf »Neustart« und fingen als jemand oder etwas anderes wieder von vorn an. Ich wollte allerdings nicht allzu tief in das Wie oder Warum dessen einsteigen. Ich fand meinen Frieden auf andere Art.

Ein leises Schniefen auf der linken Seite war der Hinweis, wo sie saß. Mia wirkte so unfassbar winzig, während sie zur Decke hinaufstarrte.

Bei meinem Anblick sprang sie erschrocken auf. Sie trocknete sich hastig die Wangen und stieß einen langen Seufzer aus.

»Hallo«, flüsterte sie, als ich näher kam. »Was tust du denn hier?«

»Ich musste dich einfach sehen.«

Ihre Augen füllten sich bei diesen Worten sofort mit frischen Tränen, und sie nickte traurig, dann schluchzte sie lautlos, und ihre Schulter fingen an zu beben.

»Oh, Schatz.« Ich ergriff ihre Schultern und zog sie zu mir. Sie schluchzte nun haltlos in mein Hemd. Ich setzte mich auf die Bank und zog sie mit mir. »Ich bin ja hier.« Ich rieb ihr sanft den Rücken und behielt diesen

Rhythmus bei, während sie ihren Schmerz herausweinte. In der Kapelle war es ruhig, kühl und friedlich.

»Er ist gestorben«, flüsterte sie fast unhörbar.

Kenny. Im Stillen dankte ich Savi für das Timing, denn so war ich in der Lage, genau im rechten Augenblick für sie da sein zu können.

»Oh, Mia, es tut mir so leid wegen Kenny. Ich war ein solcher Idiot. Ich weiß doch genau, wie sehr du ihn geliebt hast, und ich verstehe, wie weh dir sein Verlust tut. Das weißt du, nicht wahr?« Ich küsste sie zärtlich auf den Kopf.

»Ich weiß. Es tut mir so leid. Ich bin so traurig und so müde.« Sie beugte sich nach vorn und starrte zum Kreuz hinauf. »Ich weiß ehrlich gesagt nicht, was ich jetzt tun soll. Ich bin innerlich wie betäubt.«

»Das ist der Schock.« Ich räusperte mich und versuchte, ihr einen Rat aus meiner eigenen Vorgeschichte zu geben. »Es fällt einem schwer, so weit im Voraus den Weg zu erkennen, den man gehen wird, und es fällt einem auch schwer zu glauben, dass der Schmerz irgendwann einmal vorbeigehen wird, aber er wird vergehen, langsam, über eine lange Zeit hinweg. Du wirst deinen Weg schon finden.«

Sie blickte zu mir hoch, und eine Träne rollte an ihrer Wange herab. »Immer wenn jemand zwischen mich und Kenny getreten ist, habe ich sofort eine Mauer errichtet. Ich habe so lange darum gekämpft, bei ihm sein zu können, gegen jeden Ratschlag.« Sie schloss die Augen, und weitere Tränen quollen hervor. »Es tut mir so leid, dass ich dich einfach weggestoßen habe.«

Ich hasste es, sie so verletzt erleben zu müssen. »Wann endet deine Schicht?«

Sie sah auf die Uhr. »Vor zwei Stunden.«

Ich stand auf und bot ihr meine Hand an, und sie ließ sich von mir aufhelfen. Ich wollte ihr einen Kuss geben, hielt jedoch direkt über ihren Lippen inne.

»Ist es das, was du wirklich willst?« Ich musste sie wissen lassen, dass ich sie nicht drängen würde.

Sie legte daraufhin die Hand um meinen Hals und zog mich sanft zu sich. Der Kuss war langsam und weich. Ich rutschte noch näher an sie heran und schlang dann meinen Arm um ihren Rücken, weil ich sie unbedingt spüren musste.

Sie zog sich ein Stückchen zurück und legte die Stirn auf meine Brust. »Kannst du mich nach Hause bringen?«

Meine Hand fand ihre, sie ließ die Finger zwischen meine schlüpfen und hielt sie fest.

Es gelang uns, das Krankenhaus zu verlassen, bevor uns jemand entdeckte, obwohl Alvin stumm ein »Dankeschön« formte, als er uns gehen sah, was wirklich nett war.

Sobald wir im Wagen saßen, lehnte Mia den Kopf gegen die Tür und schloss die Augen. Die Arme war vollkommen erschöpft.

»Wann hast du das letzte Mal so richtig gut geschlafen?«, fragte ich und richtete die Düse mit der Warmluft auf sie.

Sie gähnte. »Vor vier Tagen.«

Ich fluchte unterdrückt und winkte dem Wächter zu, damit er das Tor anhob, als wir das Gelände verließen und zu ihrer Wohnung fuhren.

Mia schmiegte sich nun ganz eng an mich, während wir mit dem Aufzug zu ihrer Wohnung fuhren.

»Hast du Hunger?« Meine Lippen streiften sanft über ihr Ohr. Sie schüttelte den Kopf.

Mein Handy klingelte, und ich sah, dass es Cole war.

»Lopez.« Ich zeigte Mia eine genervte Miene, als sie zu mir aufschaute.

»Sein Handy sagt zwar North Dakota, aber sein Sergeant meinte, dass er gestern in New York gewesen sei. Wir graben aber weiter. Was hast du inzwischen für Pläne?«

»Das weiß ich noch nicht genau.«

»Du bist also bei Mia.«

»Ja.«

»Okay, ruf mich einfach später wegen der Details an. Ich hole John wieder mit ins Boot.«

»Verstanden.«

Ich öffnete die Tür und ließ sie vorgehen. Ein seltsames Gefühl durchströmte mich, als ich die Wohnung musterte. Irgendetwas stimmte hier nicht.

»Ist die Heizung ausgeschaltet?«, fragte ich und ging zu ihrem Thermostat hinüber. Zehn Grad Celsius.

»Nicht, dass ich wüsste.« Sie legte sich zitternd eine Decke über die Schultern. »Es ist eiskalt hier drin.«

Ich wollte sie nicht erschrecken, also ging ich langsam zu ihrem Bett hinter dem Raumteiler und entdeckte, dass dort ein Fenster offen stand. Ich folgte den nassen Pfützen daraufhin zu ihrer Kommode und dann zu ihrem Schrank. So musste er hereingekommen sein, um den Knochen hinzulegen und sie damit aus ihrer Wohnung zu locken. Bei einem Blick über die Schulter sah ich Mia den Wasserkessel auffüllen. Ich nahm sofort eine Verteidigungsposition ein, riss die neben mir liegende Kleiderschranktür auf und schaltete das Licht an.

»Hey, Mia, kannst du bitte sofort herkommen?«

Ihre Schritte wurden lauter und hielten abrupt inne, als sie das Durcheinander in ihrem Schrank sah.

»Oh mein Gott!« Sie blickte mich mit großen Augen an.

Ich wandte mich ihrem erschrockenen Gesicht zu. »Hast du da oben Bargeld versteckt? Oder irgendetwas von Wert?«

»Ahh.« Sie schüttelte den Kopf. »Kein Bargeld. Dafür habe ich ein lockeres Dielenbrett.« Sie betrat den begehbaren Schrank und tastete auf dem obersten Brett herum, bis sie eine kleine rote Schachtel fand. »Nur das hier, die Uhr meines Vaters.«

Ich ging wieder hinaus und bemerkte in diesem Moment, dass auch ihr Schmuck, die Kristallvase und die Kamera auf ihren Plätzen waren.

»Ich glaube, das war kein Diebstahl.« Ich ging zum Fenster zurück und konnte es ganz leicht schließen. »Ich glaube, das sollte eine Botschaft sein.«

»*Was?*« Ihre verschreckte Stimme passte zu ihrer verängstigen Körpersprache.

»Sie haben nichts mitgenommen, haben nur das Fenster offen stehen lassen, obwohl sie es hätten schließen können, und haben bewusst Fußabdrücke hinterlassen. Mia, du bist hier nicht mehr sicher. Würdest du dieses Mal mit mir mitkommen? Bitte?«

Mit weit aufgerissenen Augen sah sie sich in ihrer Wohnung um, während sie alles zu erfassen versuchte. »Okay.«

»Okay?«, fragte ich und hoffte, dass ich mit meinem Gefühl recht hatte.

»Okay. Ich gehe überallhin, wohin du gehst.«

Mit zwei Schritten war ich bei ihr. Ich schlang ihr die Arme um den Leib und hielt sie ganz fest.

Wir packten, sagten noch schnell ihrem Nachbarn Bescheid und gingen dann nach unten zu meinem Wagen. Als wir gerade die Lobby betraten, kam plötzlich ein Typ auf uns zu.

»Hallo, Mia.« Er lächelte und trat für meinen Geschmack etwas zu dicht an sie heran. »Fährst du weg?«

Mia warf mir einen Blick zu. »Mark, das ist der neue Hausmeister des Gebäudes, Chris.«

Ich streckte ihm meine Hand entgegen, aber er nahm sie nicht. *Okay …*

»Ja«, antwortete ich für sie, legte bewusst den Arm um sie und küsste sie auf die Wange. »Wohlverdiente Ferien.«

»Wie nett«, antwortete er brummend und öffnete dann die Tür für uns. »Viel Spaß und bleib gesund.«

»Danke.« Sie winkte ihm noch einmal zu, und wir begaben uns hinaus zu meinem Wagen. Ich bemerkte, dass er uns vom Foyer aus hinterherschaute.

Auf dem Weg zum Hubschrauber erklärte ich Mia ein wenig von dem, was sie in Kürze erwarten würde. Die meisten Leute hätten Angst, zu einem unbekannten Ziel gebracht zu werden, aber sie lächelte mich einfach voller Vertrauen an. Mir quoll vor Glück fast das Herz über, und wenn ich nicht so besorgt gewesen wäre, hätte ich den Wagen auf der Stelle angehalten und sie in die Arme genommen. Kurze Zeit später hielt ich am Straßenrand, griff hinter ihren Sitz und legte ihr einen Vertrag auf den Schoß.

»Es tut mir leid, Mia, aber ...«

»Schon okay.« Sie nahm ihn und las ihn aufmerksam. Sobald sie damit fertig war, unterschrieb sie und reichte ihn mir zurück. »Ich verstehe das schon, Mark, und es ist vollkommen in Ordnung. Es macht mir überhaupt nichts aus, ihn zu unterschreiben.«

Ich lächelte sie erneut an und gab ihr einen Kuss auf die Schläfe, dann steckte ich das Papier in meine Tasche, fuhr wieder los und um ein altes Gebäude herum. »Nun, mein Schatz«, ich grinste sie an, »hoffentlich hast du keine Höhenangst.«

»Warum?« Sie sah sich neugierig um, und beim Anblick des Hubschraubers flog ihre Hand zu ihrem Magen. »Sag mir bitte, dass du ein Lorazepam in deiner Tasche hast.«

»Wie wäre es stattdessen mit einem starken Drink?« Ich öffnete die Fahrertür, nahm ihre Taschen und ging um den Wagen herum zur Beifahrertür. »Du kannst außerdem gern meine Hand halten.«

»Du hältst doch immer meine Hand.« Sie lächelte, packte jedoch trotzdem meine Finger mit einem tödlich festem Griff.

»Du hilfst mir, am Boden zu bleiben.« Ich zuckte mit den Achseln. Es machte mir nichts aus, wie ich mich gerade anhörte, denn es war die reine Wahrheit. Ich zog sie nun zum Hubschrauber. Die Rotorblätter zerhackten die Luft bereits in winzige Teilchen.

Nach dem Abheben hielt sie den Blick unentwegt auf den Pilotensitz gerichtet. Ihretwegen hatte ich plötzlich ein ganz schlechtes Gefühl. Ich hatte jene Angst, die manche Menschen komplett außer Gefecht zu setzen vermochte, nie gekannt. Die Angst vor dem Fliegen, Angst vor Höhe, Angst vor Dunkelheit, nichts davon brachte mich aus der Fassung, und ich war verdammt froh deswegen.

Als wir in der Luft und unterwegs waren, löste ich langsam den festen Griff ihrer Finger um den vorderen Teil ihres Sitzes und drückte sie, wie ich hoffte, tröstend.

»Alles in Ordnung bei dir?« Meine Stimme tönte knisternd über die Lautsprecher.

»Frag mich das lieber erst, wenn meine Füße wieder festen Boden berühren.« Sie verzog das Gesicht und atmete dann weiter tief ein und aus.

Ich beugte mich zu ihr hinüber, hob ihr Kinn, sodass sie mich ansehen musste, und küsste sie ganz leicht.

»Du verarztest Schusswunden, kümmerst dich um kollabierte Lungen und um Personen, die aus Autowracks gezogen werden, aber Höhe lässt dich erstarren?« Ich lachte.

»Jeder hat halt so seine Ängste, Mark.« Sie musterte mich mit zusammengekniffenen Augen. »Sogar du.«

Schmunzelnd nickte ich. »Ich habe dich.«

»Ich weiß«, sagte sie, aber ihr angespanntes Lächeln und das bleiche Gesicht sprachen eine ganz andere Sprache.

Ich grinste sie schelmisch an. »Du weißt, dass ich weiß, wann du lügst, stimmt's?«

Kapitel acht

Mia

Ich hantierte verzweifelt an dem Fünfpunktgurt herum, den ich, selbst wenn's um mein Leben gegangen wäre, einfach nicht aufbekommen hätte. Ich zupfte und zerrte und rüttelte an dem verdammten Ding, aber nichts geschah. Mark schlüpfte natürlich mit Leichtigkeit aus seinem eigenen. Er lächelte angesichts meiner Fummelei, küsste mich und meinte dann, dass er mich viel lieber hatte, wenn ich angesäuert war. Ich wollte ihm schon einen gutmütigen Stoß mit dem Kopf versetzen, aber da schlug er meine Hände weg und erlöste mich endlich von dem Biest.

Sobald ich befreit war, warf ich mich ihm in die Arme und ließ mich von ihm auf die liebe Erde heben.

Er legte mir die Hände an die Ellbogen, nachdem ich meine nach wie vor zittrigen Beine gestreckt hatte.

»Beim nächsten Mal fahre ich besser mit dem Auto«, grummelte ich, und er lachte laut. Seine Stimmung hatte sich anscheinend gehoben, seit wir seinen vertrauten Grund und Boden betreten hatten. Was gut war, weil mir nämlich gerade erst bewusst wurde, dass ich kurz davorstand, seine Familie kennenzulernen.

»Komm, ich zeige dir erst einmal das Haus.« Er strahlte vor offensichtlichem Stolz. Er stellte mich zuerst Dell vor, der mich anlächelte und mir zuzwinkerte, während er unsere Taschen nahm und uns einen rutschigen Weg hinab folgte. Als wir eine Lichtung erreichten, blieb ich fassungslos stehen.

»Wow.« Ich blickte mit offenem Mund auf die spektakuläre Aussicht und auf ein gewaltiges Haus vor einem See, der zwischen Bergen eingekeilt war. Ich hatte zwar gewusst, dass es hier nett war, aber das ... das war doch etwas vollkommen anderes.

»Ich weiß!«

Ich hatte ihn nie zuvor so hibbelig und aufgeregt erlebt.

»Also wirklich!« Eine ältere Dame mit einem unfassbar freundlichen Lächeln schoss auf uns zu. Sie öffnete, noch bevor sie uns erreicht hatte, ihre Arme und war augenscheinlich bereit für eine herzliche Umarmung. »Wen haben wir denn da?«

»Mia, diese kleine Dame hier«, er umarmte sie fest und zog sie dann hoch bis unter sein Kinn, »ist das Licht meines Lebens und die Frau, die mich großgezogen hat. Abigail.«

»Mark, stell mich gefälligst wieder hin, mein Junge, und lass sie mich ansehen!«, ermahnte sie ihn lachend. Ich spürte die Liebe, die sie beide umgab, deutlich. Ich mochte sie bereits jetzt schon.

»Oh, ich habe so viel von Ihnen gehört.« Ich lächelte und hieß die Umarmung willkommen, die sie mir angedeihen ließ.

»Wir freuen uns so sehr, dass Sie herkommen wollten, Mia. Haben Sie Hunger, oder möchten Sie vielleicht einen Drink?«

»Einen Drink! Bitte!« Mein Körper brauchte eindeutig Hilfe zum Entspannen. »Ich glaube, ich bin in dieser Stahlkiste tausend Tode gestorben.« Ich erschauderte, während ich über die Schulter noch einmal zu dem Ding zurückschaute. »Sagen Sie mir bitte, dass ich später mit dem Auto nach Hause fahren kann.«

Abigail lachte ausgelassen, als sie sich bei mir unterhakte und mich zu dem Haus führte. Sie wartete, bis Mark mit Dell gesprochen hatte, der höflich neben meinen Taschen stand und auf uns wartete. »Ich bin nur ein einziges Mal mit diesem fürchterlichen Apparat geflogen, und sie bekommen mich garantiert nie mehr wieder da hinein.«

»Oh, Abby! Sie ist hier!« Eine Frau, die genauso aussah wie Abigail, kam lächelnd auf uns zugelaufen, um uns willkommen zu heißen.

»Das ist meine Schwester June. Sie lebt auch hier.«

»Schön, Sie kennenzulernen, June.«

»Oh, Mark, sie ist einfach entzückend.« June zwinkerte mir zu, und dann führten sie und ihre Schwester mich ins Wohnzimmer.

»Wow.« Ich konnte meine Reaktion nicht verbergen. Dieser Ort hielt einfach ständig neue Überraschungen bereit.

Irgendwann hatte ich ein Glas Rotwein geleert und war bereits bei meinem zweiten, während ich versuchte, alles irgendwie zu verarbeiten. June war ziemlich geschickt mit dem Nachschenken.

Kurz vorher war auch Savannah heruntergekommen, hatte mich in die Arme genommen und mich willkommen geheißen, dann musste sie sich jedoch wieder um ihre Tochter kümmern. Mehrere Männer kamen und gingen, aber alle blieben kurz stehen und wurden mir vorgestellt. Sie waren allesamt nett, aber ihre Namen waren leider nicht bei mir hängen geblieben. Nur ein Typ stach deutlich aus der Masse heraus – Keith. Ich erinnerte mich auch später noch an ihn, weil er etwas nervös wirkte und ständig auf sein Handy blickte. Er wartete offenbar dringend auf eine Nachricht von jemandem. Ich überlegte flüchtig, ob er vielleicht Probleme mit seiner Freundin hatte. *Ich frage mich, ob Keith sein Vor- oder Nachname ist?* Als Abigail ihn wegen seines Benehmens zur Rede stellte, schüttelte er bloß den Kopf und wehrte die Frage ab.

»Komm schon.« Mark bedeutete mir, ihm zu folgen. Er führte mich nach unten und zeigte mir dann das ganze Haus. Ich war erstaunt über all die Räume, insbesondere über das Unterhaltungszimmer, die Büros und Savannahs Klavierzimmer. Großen Spaß machte mir natürlich auch die Babyschaukel gleich neben der Bank. Olivia war bestimmt ein sehr glückliches Baby. In diesem Haus wuchs man bestimmt gern auf. So viele kleine Zimmer und Kämmerchen. Ich fragte mich, was es hier wohl sonst noch alles gab und was sie vielleicht nicht einmal mir zeigen konnten oder durften.

Wir stiegen nun wieder die Treppe zum Erdgeschoss hinunter. »Also, da drüben ist die Küche«, fuhr er fort und zeigte auf eine riesige Küche, aus deren Fenstern man über den See blicken konnte. »Das Esszimmer und Wohnzimmer. Dort hinunter«, er zeigte auf einen langen Flur, »liegt ganz am Ende Coles Büro. Der Seelenklempner des Hauses hält seine Therapiestunden normalerweise im Sprechzimmer gleich daneben ab.« Er umfasste meine Hand und riss mir in seiner Aufregung fast den Arm ab, als wir weitere Treppen hinaufstiegen. »Hier oben liegen unsere Schlafzimmer. Alle Teammitglieder von Blackstone leben hier oben, außerdem der größte Teil des Personals und ein paar andere Menschen, die seit ihrer Ankunft hier in ihrem Rang aufgestiegen sind. Abby, June und Cole haben ihre Zimmer hier, und es gibt noch ein paar leere Räume für Gäste. Die übrigen Männer leben im anderen Flügel des Hauses.«

Mir schwirrte so langsam der Kopf. Es gab so unendlich viel zu sehen, und Mark in seiner Begeisterung redete so schnell, dass ich nie im Leben alles behalten würde. Ich folgte ihm jetzt den Flur hinab.

»Und das hier ist Mikes Zimmer. Er sieht furchterregend aus und ist ein wahrer Riese ...«

»Oh, so furchterregend bin ich gar nicht«, dröhnte plötzlich eine tiefe Stimme hinter mir. Ich wäre bei seinem Anblick fast auf Marks Rücken gesprungen. »Entschuldigung«, sagte er mit einem breiten Grinsen. Ich musste sogar den Kopf in den Nacken legen, um sein Erscheinungsbild richtig betrachten zu können.

»Hübsche Tätowierungen«, platzte ich heraus und gab mir im Geiste eine Ohrfeige, entschloss mich jedoch, die Sache so tapfer wie möglich durchzustehen. Seine Hände waren mit roten und schwarzen Wirbeln bedeckt. Ich trat vor, um einen besseren Blick auf seinen Unterarm werfen zu können. Schwarze und silberfarbene Krieger kämpften, während ein Mann oben auf einem Felsen stand und ihnen dabei zusah. Interessant. Ich wäre jede Wette eingegangen, dass eine Geschichte hinter diesen ... warte mal. »Aha!« Ich zeigte auf die kleine Tätowierung eines Zaubertrolls, die sich fast versteckt auf der Innenseite seines Handgelenks befand.

»Eine lange Geschichte.« Er lächelte, aber ein flüchtiger Ausdruck auf seinem Gesicht offenbarte etwas, das ich nicht so recht einordnen konnte.

Hinter mir lachte Mark. »Wohl eher eine heimliche Besessenheit.«

»Was du nicht sagst, Lopez.« Mike schüttelte den Kopf. »Willkommen im Haus, Mia.«

»Danke.« Ich nickte ihm zu, und er verschwand in seinem Zimmer.

»Mein Zimmer ... äh, ich meine … unser Zimmer ist gleich hier unten.« Als wir den Raum betreten wollten, ertönte plötzlich ein seltsamer, glockenähnlicher Klang über die Hausrufanlage. »Das ist das Signal für das Abendessen«, erklärte er mir angesichts meiner verwirrten Miene. »Das Haus ist einfach zu groß, um zu rufen.«

So viel zu essen hatte ich noch niemals zuvor in meinem Leben gesehen. Zwei riesige gebratene Hühner standen zu beiden Enden der Tafel, dazwischen alle möglichen und unmöglichen Beilagen. Große Schüsseln mit Kartoffelpüree, Möhren, grünen Bohnen, Brokkoli und Rüben wurden herumgereicht. Die Cranberrysoße war offenbar frisch zubereitet worden und wurde mit etwas serviert, das Brotsoße genannt wurde. Sie sah zwar ziemlich seltsam aus, schmeckte jedoch erstaunlich gut. Abigail erklärte mir, dass es eine britische Tradition war, mit der sie aufgewachsen war, und das Mahl ohne sie einfach nicht vollständig wäre.

Dann wurde es auf einmal hektisch, als Savannah mit einem kleinen Mädchen hereinkam, das Olivia sein musste, und dazu noch ein älteres Paar, das offenbar mit Cole verwandt war. Der Mann war nämlich eine ältere Version von ihm. Sie entschuldigten sich sofort, weil sie zu spät gekommen waren, und nahmen hastig ihre Plätze ein.

»Sie müssen Mia sein.« Die ältere Frau streckte mir lächelnd ihre Hand entgegen. Sie war eiskalt, also waren sie vermutlich gerade erst hier eingetroffen. »Ich bin Sue, Coles Mutter, und dies hier ist sein Vater, Daniel.«

Daniel und Sue. Daniel und Sue, wiederholte ich innerlich im Versuch, mir sämtliche Namen zu merken.

»Das hier«, Savannah hielt ihre Tochter in die Höhe, die ein klitzekleines Tutu um ihren winzigen runden Bauch trug, »ist Olivia.«

»Schön, euch alle kennenzulernen.« Ich stand auf und schüttelte den Logans die Hände, dann winkte ich dem süßen kleinen Ding mit seinen Spuckeblasen zu.

Cole nahm das Baby auf den Arm, sobald Savannah Platz genommen hatte. Er setzte sie sich auf den Schenkel und aß dann einfach mit einer Hand weiter. Ein Papa des Jahres, direkt vor meinen Augen.

Ich beobachtete sie alle voller Ehrfurcht. Ihre Familienbande waren offenbar so groß wie dieses Haus. Die Männer waren lustig und scherzten viel herum. Bei den Mengen, die Mark verdrückte, fiel mir allerdings die Kinnlade hinunter.

Dell beugte sich nun zu mir hinüber und flüsterte: »Danach hat er immer noch Platz für ein Dessert.«

Mein Blick ging fassungslos zu ihm. »Unmöglich.«

»Fünf Kröten, dass er sich ...« Dell lehnte sich wieder zurück, um den Desserttisch hinter mir in Augenschein zu nehmen »... ein Viertel von dem Apfelcrumble und drei Schokocookies nehmen wird, und Abigail wird ihm und Keith daraufhin ein Glas Milch zum Runterspülen bringen.«

Ich warf Keith, der immer noch einen Berg von Essen vor sich hatte, einen verstohlenen Blick zu. Mark verputzte gerade einen Hähnchenschenkel, hatte jedoch immer noch jede Menge auf seinem Teller. Unmöglich konnte er danach auch noch ein Dessert hinterherquetschen.

»Abgemacht.« Ich schüttelte ihm unter dem Tisch die Hand.

»Also, Mia«, sagte Daniel auf einmal und lenkte damit meine Aufmerksamkeit auf sich. »Wie gefällt Ihnen die Arbeit im North Dakota Hospital denn?«

»Es ist eine sehr gute Stelle.« Ich hielt kurz inne, weil ich plötzlich wieder Kennys Gesicht vor Augen hatte. Mir fiel auf, dass Daniel mich seltsam ansah, mich jedoch nicht weiter bedrängte.

»Hoffentlich benehmen sich meine Jungs auch, wenn sie dort sind«, meinte Sue, während sie elegant eine grüne Bohne aufspießte und diese in den Mund schob. »Dieses Krankenhaus ist schließlich über die Jahre hinweg immer sehr gut zu uns gewesen.«

»Nun ja, eigentlich schon.« Ich ertappte Mark dabei, dass er mich breit angrinste. »Obwohl dieser hier immer sofort sämtliche Schwestern in seinen Bann schlägt.«

Daniel lachte. »Das sehe ich.«

»Mia, was machst du denn gern in deiner Freizeit?« Savannah rührte gerade die Babynahrung um und berührte sie vorsichtig mit den Lippen, um die Temperatur zu prüfen, bevor sie ihrem Baby etwas davon gab.

»Ah, ja.« Ich hätte fast gelacht. »Ich habe nicht sonderlich viel für Sport übrig, denn anscheinend habe ich zwei linke Füße. Aber ich lese sehr gern.«

»Oh, ja?«

»Ja, meistens Mystery-Romane.« Ich ließ dabei aber wohlweislich unerwähnt, dass ich auch erotische Bücher liebte, da das wohl nicht so ganz zu einem Tischgespräch passte.

»Das ist schön.« June ließ den Wein in ihrem Glas kreisen. »Wir haben zwei Bibliotheken in diesem Haus. Mark oder Savannah werden sie Ihnen gewiss gern zeigen.«

»Das würde mir sehr gefallen, vielen Dank.«

Dell stieß mich unauffällig an, als Mark sich in seinem Stuhl umdrehte und einen neuen Teller ergriff. Tatsächlich nahm er sich jetzt genau das, was Dell vorausgesagt hatte, und bediente sogar Keith gleich mit.

»Abby.« Keith lächelte ihr zu. »Könntest du wohl bitte?«

»Natürlich, mein Lieber.« Sie sprang sofort auf und kehrte kurze Zeit später mit zwei großen Gläsern Milch zurück.

Ich versuchte, ein Lachen zu unterdrücken, aber es war zwecklos. Ich holte daraufhin ein paar Ein-Dollar-Scheine aus meiner Gesäßtasche und warf fünf davon mit großer Geste neben Dells Teller.

»Was soll das denn?« Marks Neugier war offenbar angestachelt.

»Ich habe später noch ein heißes Date«, scherzte ich, bevor mir bewusst wurde, dass dies vielleicht eine nicht ganz so ganz passende Bemerkung gewesen sein könnte in Anbetracht dessen, dass ich Dell gerade einige druckfrische Scheine hingeworfen hatte, die auch gern in Striplokalen verteilt wurden und deshalb *Stripper Ones* hießen. Aber bevor ich mich korrigieren konnte, lachte Daniel los – und zwar so richtig. Er musste sogar die Gabel hinlegen, um die Hand auf den Mund zu pressen. Es dauerte nicht lange, bis der ganze Tisch in schallendes Gelächter ausbrach.

»Oh, du wirst wirklich perfekt hier reinpassen«, verkündete Mike, dessen mächtige Stimme alle übertönte.

Während ich mich nach dem Abendessen ein bisschen entspannte, ertappte ich mich dabei, dass ich Savannah und Cole beobachtete. Dies waren eindeutig zwei Menschen, die füreinander bestimmt waren. Er betete sie offensichtlich an, und sie hielt es kaum ein paar Augenblicke aus, ohne ihn zu berühren. Dann war da noch die kleine Olivia, die das ganze Haus in ihren Bann schlug. *Wer könnte es ihnen aber auch verdenken?* Sie war schließlich das süßeste kleine Mädchen, das ich jemals gesehen hatte, und besaß wunderschöne riesige schwarze Augen. Sie war anscheinend die ganze Zeit über glücklich und lächelte immerzu.

»Hättest du etwas dagegen, wenn ich sie einmal kurz halte?« Ich wärmte mir zuerst die Hände, bevor ich sie nahm. Sie hatten ihr einen pelzigen purpurfarbenen Strampler angezogen, und an den winzigen Füßen trug sie kleine Babystiefelchen. »Hallo, meine Süße.« Ich ließ sie sanft auf meiner Hüfte wippen. Anscheinend gefiel ihr das, und sie lächelte mich sabbernd an, dann beugte sie sich zu mir hinüber, ihre Fingerchen packten meine Halskette, und sie steckte sie sich sofort in den Mund.

»Entschuldige«, sagte Savannah mit einem Kichern. »Sie liebt Schmuck, und sie steckt sich wirklich alles in den Mund.« Sie zog ihre eigene Halskette hervor, an der eine Schneeflocke baumelte, und hielt sie in die Höhe. »Ich musste diese Kette inzwischen schon drei Mal ersetzen.«

»Das macht doch nichts«, sagte ich mit einer Pseudobabystimme und legte meine Stirn an ihre. »Du bist so süß, dass ich dich mit einem Happs verschlingen möchte.«

»Sie ist ziemlich lecker.« Mark setzte sich auf das Sofa und nippte an etwas Dunklem in einem Kristallglas.

Ich drehte das Baby aus seinem Blickfeld weg. »Du kostest mich übrigens fünf Dollar wegen deiner Vorhersehbarkeit.«

»Bin ich denn so vorhersehbar?«

»Allerdings«, gab Savannah sofort zur Antwort. »Du und Keith. Aber nur, wenn es um eure Mägen geht.«

Mark überlegte einen Moment lang. »Ich esse nun mal gern.«

Cole lachte, stöhnte dann jedoch, als ihm ein riesiger Kater auf den Schoß sprang. Dieser drehte sich zwei Mal im Kreis, bevor er sich zwischen ihn und Savannah quetschte und die Beine weit spreizte.

»Wow, das war ja vielleicht ein Auftritt.« Ich lachte.

»Das ist Scoot.« Cole kraulte dem Kater den Bauch. »Die zweitwichtigste Person hier im Haus. Er hält die Männer in der Spur, oder zumindest glaubt er das.«

»Nicht allzu scheu, nicht wahr?« Ich nickte in Richtung seiner Beine.

»Hey, Mann«, sagte Mark grinsend zu dem Kater, »lass sie so richtig raushängen.«

Olivia drehte und wand sich und wollte offenbar zu ihrem Dad, also reichte ich sie Cole. Die Kleine ging daraufhin sofort auf das Ohr des Katers los. Ich krümmte mich innerlich bei dem Gedanken, was er deshalb tun würde, aber zu meiner Überraschung lag er einfach nur da und ertrug es stillschweigend. Ihr Vater wirkte kein bisschen besorgt, also entspannte ich mich wieder.

Ich kuschelte mich an Mark und hörte still den Gesprächen zu. Ich konnte mir gut vorstellen, mich hier wohlzufühlen. Es war eine unfassbar warme Atmosphäre mit jeder Menge Leute, und doch hatte auch jeder Platz für sich selbst.

Gegen zehn Uhr bemerkte Mark, wie müde ich geworden war, und war nur allzu glücklich, sich zu erheben, allen eine gute Nacht zu wünschen und mich die Treppe zu seinem Zimmer hinaufzugeleiten.

Ich stand kurz im Türrahmen und nahm alles in mich auf. Sein Schlittenbett hatte graue Laken mit einem dunkelblauen Oberbett. Sechs Kissen und ein Überwurf lagen darauf. Der übrige Raum passte sich diesem Farbschema an, und das Ganze setzte sich im Bad fort. Alles war so gewaltig und einfach nur großartig. Kein Detail war unfertig, bis hin zu den grauen Vorhängen, die von schmiedeeisernen Haken gehalten wurden und zu dem Kerzenleuchter in der Mitte des Raums passten.

Mark umarmte mich und gab mir einen Klaps auf den Hintern, um mich sanft in das Zimmer zu schieben.

»Schatz, das ist jetzt unser Raum, okay? Ich muss noch ein paar Minuten lang mit Cole allein sprechen, also kannst du es dir schon einmal gemütlich machen. Es wird auch nicht lange dauern, versprochen.« Er küsste mich noch einmal zärtlich auf den Scheitel, bevor er ging.

Meine Taschen lagen bereits auf einer Bank. Ich holte meine Toilettensachen heraus, ging ins Bad und versuchte, mich zwischen Dusche und Badewanne zu entscheiden. Dusche, denn ich fürchtete, in dem warmen Wasser einzuschlafen.

Vier verschiedene Knöpfe starrten mich nun an, und dann war da auch noch das Kontrollpanel. Du meine Güte! Nachdem ich mich zuerst fast verbrüht hätte, fand ich schließlich heraus, wie man die Dusche einschaltete und die richtige Temperatur einstellte, und trat zaghaft in das Rechteck aus Marmor.

Ich lächelte, als ich sah, dass sogar Shampoo und Artikel für Damen für mich bereitstanden. Es war zwar seltsam, aber Savannah hatte mich früher am Abend schon davor gewarnt, dass ich nicht in Verlegenheit geraten solle, weil alles für mich bereitstand. Es gehörte lediglich zur Routine des Hauses.

Mit dem Finger folgte ich nun dem goldenen Pfad, der sich durch die feste Marmorplatte wand. Das warme Wasser prasselte auf mich herab, und der Dampf füllte die Dusche und umgab mich mit der Wärme, die mein Körper so dringend gebraucht hatte. Ich drückte mir das wunderbar nach Blumen duftende Shampoo in die Hand und seifte mein Haar von den Wurzeln bis zu den Spitzen ein. Ein Messinggriff erregte auf einmal meine Neugier, und ich entschloss mich, vorsichtig daran zu drehen, hielt mich aber bereit, damit ich, falls nötig, hinausspringen könnte. Das Wasser prasselte nun in einem vollkommen anderen Rhythmus auf meinen unteren Rücken und die Schultern ein. Die Lampen dimmten das Licht, und ein schwacher Duft nach Lavendel erfüllte den Raum. Oh du meine Güte, das war einfach perfekt! *Entschuldige, Mark, aber diese Wasserströme, die mir gerade die Verspannungen aus den Muskeln herauskneteten, könnten eine echte Konkurrenz für dich werden.*

Das einzige Problem, wenn man seine Gedanken schweifen ließ, bestand darin, dass sie dann gerne mal eine vollkommen unerwartete und manchmal auch unerwünschte Richtung nahmen. Ich stellte die Dusche aus, trocknete mich ab und flocht mein Haar. Rasch wischte ich den Spiegel mit einem Handtuch ab und starrte mein Spiegelbild an.

»Sag's ihm endlich!«, wies mich mein Unterbewusstsein an.

Ich kann's nicht. Ich kniff die Augen fest zusammen. *Was ist, wenn ihm das überhaupt nicht recht ist?*

»Du hattest deine Chance, und jeder Tag, der nun verstreicht, wird es nur noch schlimmer machen!«, schrie mich die Stimme in meinem Kopf so laut an, dass mir schon der Kopf wehtat.

Hör auf!

Ich schaltete das Licht aus und ging ins Schlafzimmer zurück.

Das Bett war groß – wirklich unheimlich groß. Ich legte den Kopf auf den Arm und vergrub mich in dem bauschigen Oberbett. Dann grinste ich in mein Kissen hinein, weil Marks Geruch mich von überallher umgab und mich sofort tröstete.

Mark hatte gesagt, dass er bald zurück sein würde, aber es dauerte nicht lange, bis mir die Augen zufielen.

»Sag deinem Freund, er soll bezahlen!«

Ich riss die Augen auf. Von dem Wecker blitzten mir blaue Zahlen entgegen – es war drei Uhr morgens. *War Mark immer noch nicht ins Bett gekommen?* Allmählich kam ich mir hier seltsam vor. Blöde Gedanken überfluteten mein Gehirn. *Hatte ich tatsächlich die richtige Wahl getroffen? Oder hätte ich zurück nach Hause gehen sollen?* Ich entschloss mich, aufzustehen, nach unten zu gehen und Mark zu suchen.

Ich zog einen langen Pullover über mein Tanktop und die Shorts und spähte zur Tür hinaus. Dann zog ich das Haarband ab und ließ mein Haar offen herabfallen. Ich schleuderte es zurück und trat dann auf den kalten Holzfußboden, ging die Treppe hinab und ins Wohnzimmer.

Leichte Beleuchtung erfüllte den Raum. Ich öffnete die Verandatür und atmete die frische Sturmluft ein. Die Feuchtigkeit hing schwer in der Luft, und das Aufziehen einiger Gewitterwolken reichte aus, dass ich mich auf einem Sessel zu einem Ball zusammenrollte und die Show genoss.

Ein tiefes Poltern kroch nun den Berg hinauf und kam jedes Mal etwas näher. Unter meine schwirrenden Gedanken mischten sich allmählich auch einige düstere.

Kennys lebloser Körper blitzte vor meinen Augen auf, was mir das Herz noch stärker zudrückte. Es war einfach nicht fair. Er war doch noch so jung gewesen. Ich hatte so viel Zeit damit verbracht, ihm zu versichern, dass er wieder gesund werden würde, dass ich es schon fast selbst geglaubt hatte. Manchmal spielten einem die Gedanken wirklich gefährliche Streiche. Mein einziger Friede bestand darin, dass er jetzt bei seiner Mutter war.

Ich zog die Decke, die auf dem Sessel gelegen hatte, hoch, als mir eine kalte Brise von der offenen Verandatür her das Haar zerzauste. Ein lauter Donnerschlag lenkte meine rasenden Gedanken erneut in eine andere Richtung.

Die Stimme des Mannes im Erdgeschoss, der mich meines Muts beraubt hatte, folgte als nächste. Meine Finger umklammerten jetzt meine Knie. Ich brauchte unbedingt einen Anker. Mark hatte so viele Male gefragt, ob alles mit mir in Ordnung war. Ich hatte es ihm nicht gesagt, aber es war nicht alles in Ordnung mit mir. Deshalb hatte ich während seiner Abwesenheit auch nicht so häufig Kontakt zu ihm aufgenommen. Denn mein Angreifer hatte mir jedes Mal, wenn das Licht erlosch, einen Geschmack von Furcht im Mund hinterlassen. Ich bekam jedes verdammte Mal Angst, wenn der Mülleimer voll war, und sogar in dem Moment, wenn sich die Aufzugtüren schlossen. Er war immer gesichtslos, lediglich ein Schatten. Ich hatte nur einen flüchtigen Blick auf ihn erhaschen können. Ich könnte ihm auf dem Markt begegnen und würde ihn nicht einmal erkennen.

»Ziemlich erstaunlich, hm?« Savannahs Stimme riss mich aus meinen düsteren Überlegungen. Sie hielt eine Teetasse in der Hand. »Ich habe selbst etwas für ein klasse Gewitter übrig. Nach meiner Ankunft hier bin ich oft heruntergekommen und habe die Unwetter beobachtet.« Sie zeigte auf den Stuhl neben mir. »Darf ich?«

»Natürlich.«

Sie rollte sich darauf zusammen und stieß einen schläfrigen Seufzer aus. »Ich liebe mein kleines Mädchen ja sehr, aber das Kind schläft immer erst ein, wenn sie auf mir drauﬂiegt.« Sie lachte leise. »Cole wacht beim Knacken eines Zweigs auf, aber seine Tochter kann auf ihm herumkrabbeln, und er würde sich nicht einmal rühren.« Sie musterte mich sorgfältig beim Sprechen. »Also lege ich sie manchmal einfach auf ihn drauf und schleiche mich dann hinaus.«

»Schlau«, sagte ich kichernd.

Sie berührte mich am Arm. »Ein wenig überwältigt?«

Das Gewitter unterbrach meine Antwort jetzt mit einem mächtigen Regenschauer. Savannah lachte voll reiner Freude über das, was so viele verfluchen würden. Mir gefiel es, weil ich mich genauso fühlte. Der Regen war wie eine Dusche für meine Seele. Er war wie ein Neustart. Vielleicht weil er zugleich auch oft einen Tag im Haus bedeutete, eingemummelt mit einem guten Buch. So oder so, ich liebte ihn, und Savannah liebte ihn offenbar auch.

Ich öffnete jetzt meine Decke und breitete sie über ihren Schoß aus. Angesichts ihres Lächelns fühlte ich mich hier wie zu Hause.

»Vermutlich sollte ich die Tür schließen, oder?«

»Nein, lass sie auf. Es ist einfach wunderbar.« Sie rutschte herum, um mir ins Gesicht sehen zu können.

»Also lass dir von mir mal eine kurze Übersicht über die Bewohner dieses Hauses geben.«

Ich wandte mich ihr zu. »Bitte, gern.«

»Die Tanten.«

»Abigail und June?«

»Ja. Sie sind die nettesten und liebevollsten Frauen, die du jemals finden wirst, direkt gefolgt von Sue. Coles Mutter ist einfach nur erstaunlich. Dr. Roberts ist Abigails Freund, und sie sind so süß, wenn sie zusammen sind. Aber erwähne das bitte nicht Mark gegenüber. Er ist bei diesem Thema etwas empfindlich.« Sie konnte ihr Grinsen nicht verbergen. »Paul und John sind echt cool, und Mike ist am ganzen Körper tätowiert und wirkt sehr furchterregend, ist in Wirklichkeit aber eigentlich ein riesiger Teddybär.«

»Ich bin Mike bereits begegnet. Er ist anscheinend wirklich nett. Obwohl er trotzdem niemand ist, dem ich in einer finsteren Gasse begegnen möchte.« Sie schüttelte lächelnd den Kopf. »Was ist mit Keith? Wie ist er so?«

»Ha! Keith ist wie der große böse Wolf in flauschigem Schlafanzug, bei dem die Klappe am Hintern herabhängt. Er tut unheimlich gerne angsteinflößend, ist jedoch vollkommen harmlos. Wir stehen einander echt nahe. Er war sogar mein Brautführer.« Sie hielt inne und überlegte kurz. »Warum fragst du?«

»Seit ich hier bin, wirkt er irgendwie etwas nervös, und er sieht häufig auf sein Handy.«

»Ja, das ist mir auch schon aufgefallen.« Sie schien mit ihren Gedanken abzuschweifen, also machte ich schnell weiter.

»Was ist mit Mark?«

»Mark ist der Lustige der Truppe. Wie beschissen dein Tag auch immer war, er bringt dich auf eine Weise zum Lachen, dass du dich noch hinterher richtig gut fühlst, nicht bloß währenddessen. Er ist der Beschützer unserer Familie und ist, glaube ich, die längste Zeit von allen mit niemandem ausgegangen, weil er Abigail oder Cole nicht verlassen wollte.« Sie zuckte mit den Schultern. »Das hat Cole mir zumindest gesagt.«

»Das ist aber ein unglaublich starkes Band, zwischen euch allen.« Mir schnürte sich unwillkürlich die Kehle zu. Der Gedanke, dass Mark anfangs eine so schreckliche Familie gehabt hatte, war mir absolut zuwider.

»Allerdings. Mark spielt allerdings auch gern, spiel deshalb niemals Poker mit ihm.« Mir sank das Herz sofort in die Hose. Diese Worte gefielen mir ganz und gar nicht, denn meine Gedanken flogen daraufhin sofort zu der Spielsucht seines Bruders und damit auch zu meinem Überfall. »Er verliert nicht«, fuhr sie fort. »Ich verstehe einfach nicht warum. Cole sagt, er hat bestimmt ein Hufeisen in seinem ...« Sie sah zu mir hinüber und schloss hastig den Mund. Ich erkannte, wie sie auf einmal aufgrund meiner Reaktion die Verbindung zog. »Oh nein, Mia, er ist überhaupt nicht so wie sein Bruder. Das ist etwas vollkommen anderes.« Als sie den überraschten Ausdruck auf meinem Gesicht sah, tätschelte sie mir lächelnd den Arm. »Cole erzählt mir sehr viel. Das ist hoffentlich okay für dich?«

»Ja, natürlich ist es okay.« Ich hörte allerdings kaum zu, als sie mir jetzt eine Antwort gab.

»Mark und Manuel sind absolute Gegensätze, Mia.« Savannahs Hand lag wieder beruhigend auf meinem Arm, und ihre Miene war sehr ernst. »Mark hat mal zwei Riesen gewonnen, als sämtliche Burschen auf den Zeitpunkt von Olivias Geburt gewettet hatten. Weißt du, was er anschließend mit dem Geld gemacht hat?« Ich schüttelte den Kopf. »Er hat den Gewinn für ihre Ausbildung angelegt. Mark hat vielleicht eine schreckliche Familie gehabt, aber er ist vollkommen anders geworden als sie.«

»Danke, dass du mir das gesagt hast.« Ich glaube ihr aufs Wort.

Der Himmel wurde nun wieder heller, aber es schüttete noch heftiger. Der See kochte und brodelte in der Mischung aus Regen und Wind.

Ich musste mich unbedingt auf etwas anderes konzentrieren.

»Was ist mit Cole? Hast du da irgendwelche Tipps für mich?«

Ihre Züge wurden sofort weicher, und ihre Augen leuchteten auf. »Was soll ich dir über den Colonel sagen? Er bellt lauter, als er beißt. Brich jedoch niemals die Regeln des Hauses. Da hat er eine strikte Moral.«

»Gut zu wissen.« Teile davon hatte ich zuvor schon gehört, also war es wahr.

»Er ist echt freundlich und warmherzig. Es braucht nur eine Weile, seine Mauern zu durchbrechen.« Sie sah mich intensiv an. »Bist du darüber hinweggekommen, was mit dir passiert ist?«

Ich warf einen Blick auf das Wasser und ließ dieses fremde Gefühl in mich einsinken. »Ähh ...« Ich schob mir nervös das Haar hinter das Ohr. »Ich bin mir noch nicht vollkommen sicher.«

»Das verstehe ich.«

»Ich bin ziemlich gut darin, Dinge abzublocken, und nachdem Mark und ich unseren ...« Ich hielt inne, seufzte und zeigte auf meinen Kopf. »Na ja, für den Augenblick habe ich erst einmal alles beiseitegeschoben. Ich werde mich darum kümmern, wenn ich's kann.«

»Worte von jemandem, der offenbar viel mitzuteilen hat.« Erneut berührte sie mich am Arm und lenkte meine Aufmerksamkeit damit wieder auf sich. »Nimm bitte zur Kenntnis, dass Dr. Roberts ein ganz wunderbarer Mann ist, der mir wirklich geholfen hat. Er ist oft hier im Haus, wenn du jemals einen Rat haben möchtest oder jemanden benötigst, mit dem du reden kannst. Du kannst ihn immer aufsuchen.«

Ich nickte. »Danke.« Ich hielt kurz inne, überlegte und entschloss mich dann, einfach zu fragen. »Savi?«

»Ja?«

»Vermisst du deine Familie? Mark hat mir alles erzählt.«

Einen Moment lang verzog sie das Gesicht, bevor sie sich wieder entspannte. »Bei einer Familie geht es nicht immer nur um Blutsbande, Mia. Es geht vor allem darum, mit wem du dich umgibst, bei wem du das Gefühl hast, aufrichtig geliebt zu werden, und bei wem du dich geborgen fühlst. Vonseiten meines Vaters habe ich das niemals erhalten. Ich glaubte einst, es von meiner besten Freundin Lynn erhalten zu haben, aber das erwies sich im Nachhinein als Irrtum.« Sie blinzelte jetzt mehrmals und rieb sich dann über die Arme. Ich sah ihr an, dass ihr das Thema deutlich zu schaffen machte, also bedrängte ich sie nicht weiter. »Obwohl ich meine Mutter natürlich immer noch vermisse, sehr sogar.« Sie stand hastig auf und zog den Morgenmantel enger um sich. »Ich lasse dich jetzt mal besser wieder allein, oder möchtest du gern mit mir zusammen auf dein Zimmer gehen?«

»Ich bleibe noch ein paar Minuten hier, dann gehe ich auch rauf.«

»Ich wünsche dir eine gute Nacht, Mia.«

»Ich dir auch.«

Mark

Cole und ich hatten die ganze Nacht über versucht, Manuel aufzustöbern. Schließlich bekamen wir seine Handyaufzeichnungen in die Hände und sahen, dass der Sendemast, der sein Signal zuletzt aufgefangen hatte, in North Dakota lag, gerade einmal vier Straßen von Mias Wohnung entfernt. *Was machte er dort, zum Teufel?* Solange ich mich erinnern konnte, war Manuel äußerst labil gewesen, aber jemandem wie Mia etwas anzutun ... ich konnte einfach nicht glauben, dass er so weit gehen könnte.

Wir entschlossen uns, ihn zu finden und ihn zu stellen, wenn wir von unserem nächsten Auftrag zurückgekehrt waren. Dieser Scheißdreck war schon viel zu weit gegangen.

Erst gegen fünf Uhr morgens kroch ich neben Mia ins Bett und zog sie eng an meine Brust. Sie war so kalt wie üblich und verschmolz sogleich mit mir, während ich ihr etwas von meiner Körperwärme abgab.

»Wo bist du die ganze Zeit gewesen?« Sie schob sich noch näher an mich heran.

»Tut mir leid, so lang sollte es eigentlich nicht werden.« Ich küsste sie zärtlich auf den Nacken. »Da geht im Moment leider jede Menge vor sich.«

Sie wälzte sich herum und sah mich mit schmalen Augen an. »Alles in Ordnung?«

»Das weiß ich noch nicht genau. Komm her, mein kleiner Eisklotz, und lass dir von mir etwas von dieser Süße abschmelzen«, scherzte ich und kitzelte sie. Ich küsste sie anschließend auf die Nase und dann auf die Lippen, aber sie schob meine Schulter zurück, sodass sie mich wieder ansehen konnte.

»Mach jetzt keine Witze, Mark. Wird es etwa von nun an so werden? Späte Nächte und wenige Antworten?« Sie versuchte, die Härte ihrer Worte durch einen raschen, harten Kuss abzuschwächen.

Ich schloss die Augen und wünschte mir plötzlich, mich bei einem anderen Job berufen zu fühlen. »Manchmal … vielleicht … ja.« Sie sah mich mit einem Gesichtsausdruck an, der besagte: *Wage es ja nicht zu lügen.* »Ja, es wird oft so wie jetzt sein.«

Sie nickte mir leicht zu, bevor sie wieder auf ihre Seite rutschte. Mit einem leisen Seufzer wälzte ich mich zurück und hielt sie ganz fest. Mir zog sich der Magen zusammen, und ich entschloss mich, zuerst nachzudenken, bevor ich allzu schnell etwas sagte. Mia wurde allmählich mein Fels in der Brandung, mein Anker und meine Vertraute. Ich liebte das Gefühl, das sie mir verschaffte. Sogar ihr Lächeln machte aus der Dunkelheit ein helles Grau. Die bloße Vorstellung, dass mein Bruder Hand an sie gelegt hatte, jagte meinen Puls sofort in die Höhe. Wow, ich hatte mich wirklich schwer verknallt. Ich warf einen Blick auf die Uhr und sah, dass es schon unheimlich spät war, oder eher früh, je nachdem, wie man es betrachtete.

Da ich nicht genau wusste, wie die nächsten paar Tage werden würden, beschloss ich, ihr jetzt so viel zu geben, wie ich nur konnte.

»Als ich bei meiner Mutter gelebt habe, war ich viel allein«, flüsterte ich deshalb und entließ meine albtraumhafte Vergangenheit in die kühle Luft hinaus. Ihr Körper entspannte sich, während ich sprach. »… mehr, als ein Kind sein sollte. Mein Bruder Manuel war ebenfalls absolut schrecklich. Wenn er nicht gerade high war, dann kommandierte er mich herum oder zwang mich, hinauszugehen und etwas zu essen zu suchen. Die Hälfte der Zeit war es allerdings nur eine Ausrede, um mich loszuwerden. Es war ihm nämlich viel lieber, wenn ich weg war, dann musste er sich nicht mit mir beschäftigen.« Ich zuckte bei diesen Erinnerungen, die sich nun wieder vor mir entfalteten, unweigerlich zusammen, fuhr jedoch trotzdem fort, weil ich meine größte Last mit ihr teilen wollte.

»Ich blieb irgendwann den ganzen Tag über in Abbys Haus. Die Logans hatten wegen des Schneesturms draußen einen Spieletag. Sie waren so warm und einladend, dass ich vollkommen die Zeit vergaß und erst nach Hause kam, als es schon fast dunkel war.« Mia drehte sich zu mir um, die Hand hatte sie zwischen Wange und Kissen geschoben. Ihre großen Augen sahen in meine, und ihr Blick ermunterte mich fortzufahren.

»Du weißt ja bestimmt, wie es ist, wenn dir dein Bauch sagt, dass irgendetwas nicht so richtig stimmt, oder? Wenn deine Haut kribbelt und dein Mund trocken wird? Na ja, als ich an diesem Tag den Vordereingang öffnete, überschwemmte mich genau dieses Gefühl. Ich ließ sofort meine Büchertasche fallen und holte ein Stück Hubba Bubba aus meiner Hosentasche, um mich zu beruhigen. Ich erinnere mich noch daran, dass ich mir ein Glas Saft aus einem Krug einschenkte, der auf der Küchentheke stand, mich auf den Hocker setzte und wie ein Opferlamm auf meine Bestrafung wartete. Ich wusste, irgendjemand würde gleich kommen, aber nichts geschah. Ich rief schließlich nach meiner Mutter. Sie gab keine Antwort, aber ich glaubte, ein seltsames Geräusch aus ihrem Schlafraum zu hören.«

Mias Finger folgte nun einer meiner Narben über meiner Schulter. Ihre Berührung wirkte irgendwie beruhigend auf mich. »War es Manuel?«, fragte sie, während sie ihre Hand dabei beobachtete, wie sie weiter auf meinem Körper herumfuhr.

»Ich weiß es nicht.«

Verwirrt schaute sie mich an.

»In der einen Minute stand ich noch auf der Schwelle zum Schlafraum, und in der nächsten lag ich bereits im Krankenhaus.«

»*Was?*«

»Vermutlich bin ich einfach ohnmächtig geworden.«

»Warum?«

Mein Blickfeld schwamm kurzzeitig. »Weil ich ... meine Mutter getötet hatte!«

Ihr Körper spannte sich unwillkürlich an, aber sie zeigte kaum eine Reaktion, als sie begriff. Ich wollte weitermachen und ihr alles erzählen, aber zuvor musste ich wissen, ob mit ihr alles in Ordnung war.

»Mia?«

»Wie alt warst du damals?« Ihre Stimme war kaum mehr als ein Flüstern.

»Sieben Jahre und drei Monate.«

Sie erblasste und fuhr sich mit der Zunge über ihre Lippen. »Nur ein kleiner Junge.« Sie überlegte. »Okay, also warst du im Krankenhaus ...«

Ich ließ nichts aus. Ich wollte ihr unbedingt zeigen, dass ich nicht länger etwas vor ihr verbergen wollte.

»Als ich erwachte, saß neben mir eine Psychologin auf einem blöden hellrosa Stuhl, die etwas in ein Notizbuch schrieb. Ich war vollkommen durcheinander und absolut orientierungslos, und mir schmerzte unglaublich der Kopf. Das helle Licht ließ mich krampfhaft blinzeln, weshalb die Dame merkte, dass ich wach war, und zu mir hinüberschaute.«

Mias Aufmerksamkeit galt jetzt voll und ganz mir.

»Ich habe gefragt, warum ich im Krankenhaus lag, und sie erklärte mir, dass ich einen Nervenzusammenbruch erlitten hätte. Ich fragte, wo meine Mutter sei, und sie sah mich daraufhin merkwürdig an. Ich fragte, wo Manuel sei, und sie sagte mir, er säße im Wartezimmer. Sie zog den Stuhl jetzt näher an mein Bett heran und rückte ihre Brille zurecht, damit sie höher auf ihrer Nase saß.« Jedes Detail stand mir wieder so lebhaft vor den Augen, als wäre es gerade erst passiert. »Sie fragte mich schließlich, woran ich mich noch erinnerte, wo ich an jenem Tag gewesen wäre und wie meine Mutter zu uns gestanden hatte. Die ganze Erfahrung war seltsam surreal für mich. Niemand wollte mir eine richtige Antwort geben, bis ich schließlich vollkommen durcheinander war. Manuel durfte irgendwann endlich zu mir herein. Er sah schrecklich aus; sein Hemd war schmutzig und sein Haar völlig durcheinander, so, als hätte er seit Tagen nicht mehr geschlafen. Er sagte mir, dass ich unbedingt den Mund halten müsse, weil ich etwas wirklich sehr Schlimmes getan hätte, und dass ich die Logans jetzt nie mehr wiedersehen würde. Ich hatte bis zu diesem Zeitpunkt nicht einmal geahnt, dass er von den Logans wusste.«

Mia setzte sich jetzt im Schneidersitz hin. Sie zog die Decke um ihren Körper, warf das Haar auf eine Seite und wartete, dass ich fortfuhr. Es fiel mir schwer, sie nicht anzustarren. Der schwache Schein aus dem Badezimmer warf jetzt einen sanften Schimmer auf eine Hälfte ihres Gesichts.

»Dann sagte er mir, was geschehen war … dass ich sie erstochen hätte. Ich hatte es offenbar in einer Art geistigen Zusammenbruchs getan. Ich habe keinerlei Erinnerung mehr daran. Ich wusste nur, dass sie jetzt tot war und dass ich es getan hatte.« Ich schluckte heftig und räusperte mich krampfhaft. »Manuel hat mir daraufhin genau erklärt, was ich der Polizei sagen sollte. Sie sind später am Tag ins Krankenhaus gekommen. Ich hatte viel zu viel Angst, und ich wusste es damals nicht besser, also habe ich mich an Manuels Rat gehalten. Die Polizei kaufte mir jedes Wort ab, und es wurde gegen niemanden Anklage erhoben.«

»Wo war Manuel währenddessen?«

Ich legte ihr meine Hand auf das Knie und war glücklich darüber, dass sie trotz dieser schrecklichen Geschichte sämtliche Fakten wissen wollte. Das bedeutete nämlich, dass sie mich noch nicht vollkommen verurteilt hatte.

»Manuel hatte einen Nebenjob bei einem unserer Nachbarn, Instandhaltung draußen, irgendetwas in der Art. Also hatte er ein solides Alibi.«

»Was ist dann passiert?«

»Abigail bekam irgendwie Wind von den Ereignissen und tauchte irgendwann im Krankenhaus auf. Coles Vater brachte daraufhin seine Anwälte ins Spiel und sorgte dafür, dass ich in seine Obhut kam. Die Polizei kam nur ein einziges Mal zurück, um weitere Fragen zu stellen. Meine Fingerabdrücke waren überall auf dem Messergriff, aber das hatte nicht viel zu bedeuten, da wir alle ihn irgendwann einmal hätten berührt haben können. Ich habe nicht mit der Polizei gesprochen, weil Abigail mich oben behielt. Coles Vater hat sich um alles gekümmert.«

»Was ist mit deinem Bruder passiert?«

»Danach habe ich ihn nicht mehr viel zu sehen bekommen. Immer nur dann, wenn er mal wieder etwas von mir brauchte. Er trank viel und war ein paar Jahre lang drogenabhängig. Dann, als ich so um die einundzwanzig herum war, fing er plötzlich mit den Kasinos an. Er hatte immer schon gespielt, ist dann jedoch groß eingestiegen. Es hat allerdings nicht lange gedauert, bis sie begriffen haben, dass er Karten zählte, und daraufhin haben sie ihn auf die schwarze Liste gesetzt. Er fing schließlich an, im Untergrund Poker zu spielen, an wirklich beängstigenden Orten. Seine Schulden wuchsen mehr und mehr und damit zugleich auch sein Anspruch an seinen kleinen Bruder. Ich habe ihn über die letzten neun Jahre hinweg immer wieder freigekauft. Mit dreißig Jahren ist er schließlich zur

Polizei gegangen. Wie er es geschafft hat, dort hineinzukommen, geht immer noch über meinen Horizont hinaus. Er bereitet einen immer wieder Probleme, und es ist ihm vollkommen gleichgültig, wen er mit sich in den Abgrund reißt.«

Mia nickte zwar, aber ich merkte, dass sie gedanklich gerade eine Millionen Meilen weit entfernt war.

Ich nahm daher ihre Hand, um ihre Aufmerksamkeit wiederzuerlangen. »Ich muss nun jeden Tag damit leben, dass ich meine Mutter getötet habe. Aber um die Wahrheit zu sagen: Ich habe sie gehasst! Sie war eine Trinkerin, hat ständig Männer mit nach Hause gebracht, hat mich ums tägliche Brot betteln und mich sogar draußen im Schnee schlafen lassen, wenn sie mich mal wieder vergessen hatte.« Ich spürte, dass meine Zunge wie ein Klumpen in meinem Mund lag. »Ich weiß natürlich, dass meine Tat absolut entsetzlich war, und ich werde immer noch halb verrückt, weil ich mich einfach nicht daran erinnern kann, was genau geschehen ist, aber ich schwöre, ich bin kein Monster, Mia ...«

Sie beugte sich nach vorn und umfing mein Gesicht mit ihren Händen. »Du bist kein Monster, Mark.« Sie legte ihre Lippen nun sanft auf meine, bevor sie sich anschließend wieder zurückzog. »Du warst lediglich ein verängstigtes Kind in einer wirklich schlimmen Lage. Sie ist weg. Lass es gut sein. Befreie dich endlich aus dieser Dunkelheit.«

So viele verschiedene Gefühle überwältigten mich jetzt, aber mein Herz übernahm letztes Endes. Ich fasste sie um die Taille, und einen Augenblick später befand sie sich bereits unter mir, und meine Lippen lagen auf ihren. Ich schob ihr das Oberteil über den Kopf, und ihr Slip war ebenso schnell verschwunden.

Meine Finger wurden nun unweigerlich von ihrer Hitze angezogen und tauchten tief in sie hinein, um ihre Erregung spüren zu können. Sie war heiß und nass, und ihre Nässe bedeckte meine Finger. Sie legte jetzt den Kopf in den Nacken, und ein Lächeln breitete sich auf ihren Lippen aus.

Sie bog den Rücken durch, und ihre Brüste drückten sich gegen meine Brust. Haut an Haut. »Tiefer.«

Ich schob nun drei Finger tief in sie hinein und entlockte ihr damit ein Stöhnen. Angesichts all dessen, was gerade durch mich hindurchfuhr, konnte ich mich einfach nicht länger zurückhalten. Sobald meine Finger wieder aus ihr heraus waren, glitt mein Schwanz in sie hinein. Sie holte stöhnend Luft und lag plötzlich ganz still da.

»Alles okay bei dir?« Ich schob ihr sanft das Haar aus dem Gesicht.

»Ja«, rief sie keuchend und spannte sich an, bis ich vollkommen in ihr war. Ich wartete, bis ihr Körper sich an mich gewöhnt hatte, bevor ich die Hüften bewegte.

Oh mein Gott!

Sie fühlte sich so unglaublich gut an, aber plötzlich traf mich eine jähe Erkenntnis.

»Ich habe gar kein Kondom übergestreift.«

»Ich nehme die Pille, und wir werden auf der Arbeit jährlich untersucht.« Sie wusste, dass es bei uns ebenso war. Die Armee – aber an vorderster Front Cole – achteten strikt auf unsere Gesundheit.

Sie drehte und wand sich unter mir, damit ich mich weiterbewegte. Ich streckte mich und verlagerte mein Gewicht auf meine Unterarme. Sie schlang daraufhin ihre Beine über meine Hüften und umklammerte das Kopfteil des Betts mit den Händen. Ihr gekrümmter Körper brachte mich augenblicklich wieder ins Hier und Jetzt zurück. Meine Hände glitten liebevoll an ihrer Seite hinauf, dann unter ihre Brust und schließlich um ihren Hals.

Sie war so unglaublich wunderschön. Sie zog mich sofort in den Bann, wenn ich nur in ihr Gesicht sah. Ihr warmer Atem schoss jetzt in kleinen Schüben über meinen Arm, während ihre Erregung sich langsam immer mehr aufbaute.

»Wie kann sich jemand nur so verdammt gut anfühlen?«, murmelte ich. Wir wiegten uns jetzt zusammen sanft im Takt und hielten einander ganz fest, die Blicke ineinander versenkt. Ihre Augen wurden plötzlich glasig, und sie ritt auf ihrem Orgasmus, bis er mit meinem seinen absoluten Höhepunkt erreichte. Danach schliefen wir friedlich ein.

»Du darfst niemandem je sagen, was wirklich geschehen ist, Mark«, warnte mich Manuel zum bestimmt zehnten Mal. »Bleibe einfach bei deiner Geschichte.«

Ich schwang mir die Büchertasche über die Schulter, denn ich wollte mich endlich auf den Weg zu Abigails Haus machen.

Manuel rannte neben mir her. »Wenn du das hier versaust, wirst du ins Gefängnis kommen. Du wirst dann als der Junge bekannt werden, der seine eigene Mutter umgebracht hat.«

Ich blieb stehen und sah ihn gequält an. »Ich habe sie nicht umgebracht, Manuel!« Ich schluckte den Schmerz mühsam hinunter. »Ich meine, ich erinnere mich nicht daran.« Er musterte mich einen Augenblick lang, dann legte er mir beide Hände auf die Schultern.

»Ich habe es aber gesehen.«

Ich schüttelte verwirrt den Kopf. »Wie denn? Du bist doch nicht mal da gewesen.«

»Ich war da, und ich habe gesehen, wie du unsere Mutter erstochen hast, wie das gnadenlose Monster, das du in Wirklichkeit bist.«

»Warum hast du mich denn nicht daran gehindert?« Ich fühlte mich plötzlich verraten, und mir wurde sofort übel.

»Ich hatte nicht genug Zeit dafür. Sieh dir doch mal deine Hände an!«

Ich schaute an mir herab und entdeckte, dass unter meinen Fingernägeln immer noch Blut klebte. »Ahh!«, schrie ich und wischte sie panisch an meiner Hose ab, aber immer neues Blut quoll unter meinen Nägeln hervor und tröpfelte in den Schnee. »Es tut mir leid! Es tut mir leid!« Ich rannte zu einer Schneewehe, ließ mich dort auf die Knie fallen und machte mich daran, mir die Hände sauber zu schrubben. »Es tut mir so leid, Mom! Ich wollte es doch nicht!«

Ich fuhr panisch aus dem Schlaf hoch, und meine Brust hob und senkte sich schmerzhaft von dem Albtraum. Dann erfasste ich aber meine

Umgebung und erkannte, dass ich zu Hause war. Meine Hände waren sauber, aber meine Bauchschmerzen waren trotzdem geblieben. Mia lag nicht neben mir. Ich warf einen Blick auf die Uhr und sah, dass es bereits halb zehn war. Ich rieb mir die müden Augen und zwang mich, aufzustehen.

Nach einer langen Dusche ging ich nach unten und entdeckte Mia und Savannah draußen. Sie redeten miteinander, während Savi Liv in einem Holzschlitten umherzog. Ihr kleines Gesichtchen war unter der Kapuze ihres Schneeanzugs kaum zu erkennen. Ich sah ihnen durch das Wohnzimmerfenster zu, während ich einen Kaffee trank.

»Sie ist anscheinend sehr nett, mein Lieber.« Sue hob lächelnd ihren Becher an den Mund. »Cole hat gesagt, er will versuchen, eine Stellung hier im Haus für sie zu finden, damit sie bleiben kann, bis wir alles geklärt haben.«

Ich zuckte mit den Achseln. »Das wäre toll. Wenn nicht, ist da ja auch noch das medizinische Zentrum im Ort. Vorausgesetzt natürlich, dass sie ihr Leben in North Dakota überhaupt hinter sich lassen möchte.«

»Sie passt einfach gut zu uns.« Sue nickte in Richtung der beiden jungen Frauen. Savannah beugte sich daraufhin hinunter, um ein wenig vom Neuschnee aufzuheben und einen Schneeball daraus zu formen. »Oh nein«, rief Sue lachend.

Ich sah ihr neugierig zu. Savannah hätte wahrscheinlich sogar mit Mord davonkommen können. Sie hatte sämtliche Männer des Hauses fest unter ihrer Fuchtel, weil sie ein erstaunlicher Mensch mit einem unglaublich großen Herzen war. Sie beugte sich jetzt zu Mia hinüber und flüsterte ihr etwas zu.

»Keith oder Mike?«, fragte Sue wissend, als die beiden um die Ecke kamen.

»Mike.«

»Meinst du?«

»Ja, er ist ihr noch etwas schuldig. Mike hat sie neulich erwischt.«

Prompt drehte sich Savannah um und traf Mike mit dem Schneeball mitten auf den Bauch, dann holte zu meiner Überraschung auch Mia aus und traf Keith an der Brust. Sue lachte laut auf, während beide Männer gespielt geschockt stehen blieben.

Mike warf Keith einen Blick zu, der Mord bedeutete, und zeigte dann mit einem Finger auf die Frauen.

»Lauft!«, schrie Sue lachend.

Mia schnappte sich Liv und rannte hinter Savi zu den Ställen. Die Männer eilten um das Haus herum, weil sie ihnen zweifellos den Weg abschneiden wollten. Wir hörten Livs Freudenschreie, während ihr kleiner Kopf auf Mias Armen auf und nieder ging.

»Los, hab auch etwas Spaß, mein Lieber.« Sue küsste mich liebevoll auf die Wange und nahm mir dann den Becher aus der Hand. »Nimm deinen Bruder mit. Er hat sich schon den ganzen Morgen in seinem Büro verkrochen.«

Ich grinste. »Ich habe da eine Idee.«

»Cole.« Ich steckte den Kopf in sein Büro. Er saß am Schreibtisch und las gerade in einem Ordner. Ich wusste, dass es derjenige war, der gestern hereingekommen war und in dem es um die Männer ging, die die Menschen bei unserem letzten Auftrag abgeschlachtet hatten.

»Ja?« Er schaute nicht hoch.

»Wir machen uns morgen auf den Weg, oder?«

Er hob den Kopf. »Ja.«

»Dann komm jetzt.«

»Wohin denn?« Er drehte den Kopf hin und her, um seine Verspannungen zu lösen.

»Es geht um Savannah.«

Sein Ausdruck wurde sofort finster, und er eilte aufgeregt um seinen Schreibtisch herum. »Ist alles in Ordnung mit ihr?«

Dafür bekomme ich bestimmt einen deftigen Tritt in den Arsch.

»Ja, sie braucht nur deine Hilfe.«

Ich folgte ihm den Flur hinab und dann zur Tür hinaus, wo er auf der obersten Stufe der vorderen Treppe innehielt.

»Jetzt!«, schrie Savannah lachend, und vier Schneebälle kamen gleichzeitig aus allen Richtungen angeflogen. Die Luft leuchtete unter winzigen Funken von Schneekristallen auf, die im Sonnenschein glitzerten. Cole wandte sich zuerst mir fassungslos zu, dann seiner Frau, die bereits einen weiteren Schneeball vorbereitet hatte und ihn gerade werfen wollte. Keith und Mike traten nun neben Mia und sahen mächtig zufrieden mit sich aus.

»Echt jetzt?« Cole wischte sich den Schnee aus den Haaren, bevor er zielstrebig die Treppe hinabstieg.

Savannah grinste, warf den Schneeball in die Luft und fing ihn elegant auf. »Sieht ganz so aus, als würde es meinem Ziel schon besser gehen.« Sie zeigte zu Olivia hinab, die vor ihr auf ihrem Schlitten saß. Ihre Kätzchen-Fäustlinge baumelten herab, und ihre Pelzschühchen lugten unter ihrer Schneehose hervor. »Sei gefälligst nett zu mir. Du willst unserem kleinen Mädchen doch keine Angst einjagen, oder?«

»Lopez.« Cole nickte mir zu, ich schoss hinab und hob das kleine Schneekätzchen auf, bevor Savannah es noch als Schutzschild benutzen konnte.

»Siehst du, Süße, Mommy wollte dich als Verteidigung benutzen. Schande über sie.« Ich küsste sie auf die kühle, nasse Wange.

»Das war alles nur deine Idee!« Savannah schleuderte mir einen Schneeball vor die Füße. »Keith?« Sie sah sich hilfesuchend nach ihm um.

»Ich habe keine Ahnung, wovon du sprichst, Savi.« Keith streckte die Hand nach Olivia aus. »Mommy versucht gerade, uns alle in Schwierigkeiten zu bringen, nicht wahr?«

»Oh.« Sie hielt eine Hand in die Höhe. »Pass auf.«

Cole beugte sich runter und legte sich Savi kurzerhand über die Schulter. Er gab ihr einen Klaps auf den Hintern, was sie sofort zum Kichern brachte. Sie war schon daran gewöhnt, dass er sie unsanft behandelte.

»Mia!«, rief sie gespielt verzweifelt, während Cole sie ins Haus brachte.

»Tut mir leid, Savi.« Mia stellte sich lachend hinter mich. »Aber er jagt mir, ehrlich gesagt, doch ein wenig Angst ein.«

»Warte.« Ich hielt Cole auf. »Gehen wir doch in den Ort und haben noch etwas Spaß, bevor wir losziehen.« Ich sprach nicht weiter, weil mir plötzlich bewusst wurde, dass Savannah die traurige Erinnerung daran, dass wir bald zu unserem nächsten Auftrag aufbrechen mussten, bestimmt nicht brauchte.

Cole stellte Savannah daraufhin auf die Füße und legte ihr locker den Arm um die Schultern. »Was meinst du dazu?«

Sie grinste, und ihre Augen funkelten. *Oh, ich kannte diesen Blick ganz genau.* Sie würde dafür sorgen, dass es auch geschah. Ich warf Olivia in die Luft und spielte Flieger mit ihr. Ein winziger Faden Spucke schoss daraufhin wie die Leine an einer Angel herab und landete genau in meinem Mund.

»Oh, bäh.« Ich setzte sie mir auf die Hüfte und spuckte auf den Boden. »Wie kann so etwas Süßes nur so fies sein?« Ich wischte mir hastig den Mund trocken. »Na ja, so weiß ich wenigstens, dass du heute Morgen Ananas zum Frühstück hattest.«

»Und Muttermilch«, warf Savi mit einer gehobenen Augenbraue ein. Dieser Moment gefiel ihr eindeutig, und ich vermutete, dass es mein Karma war, sie zu amüsieren. »Bäh, bäh, bäh!«

Ich wedelte mit der Hand vor ihrem Gesicht hin und her. »Grenze! Du hast sie eindeutig überschritten.« Sie lachte ausgelassen, als ich Olivia hastig weiterreichte. »Hier, geh lieber zu Onkel Keith.«

»Okay.« Cole wandte sich jetzt an uns. »Fahren wir doch in den Ort, schauen uns vielleicht einen Film an, und dann essen wir anschließend bei *Zack's.*«

»Eigentlich ...« Savannah legte ihm eine Hand auf die Brust. »... habe ich eine andere Idee.«

»Oh du meine Güte.« Mia hielt sich verzweifelt an der Begrenzung fest. »Brauche ich nicht einen Helm und Knieschoner?«

Lachend nahm ich ihre zitternden Hände in meine. »Lass dich einfach von mir führen.« Sie nickte, rührte sich jedoch trotzdem keinen Millimeter. »Du musst Vertrauen zu mir haben. Komm schon, mein kleiner Eisklotz.«

Sie hob den Kopf und sah mir direkt in die Augen. »Tue ich doch.«

Ich kämpfte gegen das Grinsen an, das mir über das Gesicht lief, und schob sie weiter voran. Sie zitterte und wackelte, während ich zielstrebig rückwärts lief, bekam den Dreh jedoch auch schnell heraus und wurde daraufhin immer sicherer und selbstbewusster.

Mike, Keith, Paul und John waren bereits zum anderen Ende der Eisbahn gefahren und spielten dort Eishockey. Abigail hielt Olivia in den Armen, während sie die Kleine auf dem Eis herumwirbelte. Über ihr lautloses Gelächter und den weit offenen Mund amüsierten wir uns alle köstlich. Savannah jagte momentan Cole, der wie ein Profi an uns vorbeiflitzte. Er duckte sich jetzt tief, strich dabei elegant mit der Hand über das Eis, fuhr um sie herum und warf sie dann gekonnt in seine Arme.

»Angeber.« Mia kicherte, während sie meine Hände weiterhin in einem tödlichen Griff hielt.

»Möchtest du es vielleicht auch mal allein probieren?«

»Lass ... bloß ... nicht ... los!«

Ich drückte grinsend ihre Hände. »Das werde ich erst, wenn du so weit bist.«

»Was ist, wenn ...« Sie stockte.

»Wenn *was*, Mia?«

Sie sah jetzt zu mir auf, und in ihren grünen Augen offenbarte sich ihre Verwundbarkeit. »Was ist, wenn ich nie so weit bin, dass du mich loslassen kannst?«

Ich blieb stehen und wusste im ersten Augenblick nicht, ob ich sie richtig verstanden hatte.

»Tut mir leid, ich wollte nicht ... ich meine ...«

»Mia, nicht.« Ich glitt näher an sie heran. »Sag so etwas nicht und nimm es wieder zurück.«

Sie blickte zu Boden, aber ich hob ihr Kinn, damit sie mich wieder ansah. Mit der anderen Hand umarmte ich sie. »Ist das die Angst, mich zu verlassen? Oder magst du mich wirklich?«

»Wäre es okay, wenn ich sagen würde beides?«

Ich lächelte verständnisvoll. »Ja, das wäre es.«

»Ich mag dich wirklich gern, Mark.« Sie wollte sich gerade in Bewegung setzen, verlor allerdings prompt das Gleichgewicht und fiel auf mich. Ich fing sie auf und hielt sie ganz fest.

»Ich mag dich auch, wirklich, Mia.« Unsere Lippen trafen sich, ich hielt mich nicht zurück, und sie sich auch nicht. Ich wusste, dass wir einander mehr als nur mochten, aber ich merkte auch, dass es sie nervös machte, es auszusprechen, und das war für den Augenblick vollkommen in Ordnung für mich. Abgesehen davon fühlte ich mich auf einmal wieder wie ein Highschool-Teenager, als einander zu mögen schon eine ganz große Sache war. Man musste sich nicht immer auf den ersten Blick ineinander verlieben. Im Gegenteil, ich hatte das Gefühl, dass die Liebe ihre Zeit benötigte, und es machte unglaublichen Spaß, sie in sich wachsen zu spüren. Das Ganze war wie eine beständige Blase der Wärme, die sich täglich mehr und mehr ausdehnte.

»Hey ihr beiden, keine Knutscherei während des Spiels!«, rief Keith, aber ich machte nur eine abwertende Geste.

»Ahh!« Meine Füße gingen zuerst überallhin und dann gerade hinauf in die Luft, und meine Arme kreiselten dabei wie Windmühlen. Verzweifelt griff ich nach Mia, und wir beide stürzten heftig. »Aua! Mein Hintern tut so weh«, schrie ich dramatisch. »Kannst du mal nachsehen, ob ich mir irgendwo wehgetan habe, Mia?«

»Mark, das hast du doch absichtlich gemacht!« Sie lachte laut, und ihre Augen leuchteten vor Freude. Sie schlug mir jetzt mit ihrem Fausthandschuh mitten auf den Kopf.

»*Was*? Auf keinen Fall!« Ich packte sie fester. »Heute Nacht kannst du ja mal nachsehen, ob blaue Flecken auf meinem Hintern sind.« Ich küsste sie und hörte glücklich ihr entzücktes Gelächter.

Anschließend streiften wir uns die Schlittschuhe ab und gingen hinaus in die eisige Luft.

»Ernsthaft?«, meinte Paul stöhnend beim Anblick der beiden Pferdekutschen, die draußen bereits auf uns warteten. »Das wird so peinlich werden.«

»Jetzt lass dir doch wegen deiner Männlichkeit keine grauen Haare wachsen, Paul.« Savannah tätschelte die Pferde und setzte Olivia dann für eine Minute auf eines. »Es muss doch schließlich nicht immer nur um die Jungs gehen.«

»Ja, das stimmt«, warf Keith überraschenderweise ein. Er stieg auf und setzte sich direkt neben John, bevor er die Arme auf die Sitzpolster sinken ließ. »Es ist wirklich unheimlich romantisch.«

»Also«, sagte Savi und ignorierte sie schnaubend. »Paul und John, ihr fahrt zusammen, und Mark und Mia, ihr fahrt mit uns.«

»Was ist mit Abby?«, fragte mich Mia verwirrt.

»Sie fährt mit dem Baby nach Hause ...«

»Noch nicht. Wir haben erst noch einen Termin.« Abby, die Olivia jetzt festhielt, reichte sie an John weiter, während ich mir die Bemerkung verkniff, dass er besser gut mit ihr umgehen solle. Sie trat zurück und lachte über die drei in der Kutsche. »Drei Männer und ein Baby.«

»Savi ...« John warf ihr einen Blick zu, aber sie lächelte nur und bedeutete mir, dass ich zu ihnen kommen solle.

»Sei ein gutes Mädchen für deine Onkel, Schatz«, rief sie über die Schulter hinweg.

Abby sprang jetzt in den SUV und fuhr voraus zum Restaurant.

Als die Pferde sich in Bewegung setzten, kuschelte sich Mia eng an mich. Der Wind war ziemlich kalt, also konnte ich mir gut vorstellen, wie sehr sie gerade fror.

»In dem Kasten unter euch befinden sich drei Decken«, rief der Kutscher mit dem Zylinderhut, als hätte er meine Gedanken erraten. Ich zog eine schwere grüne Wolldecke heraus und legte sie über Mia, bevor ich auch eine an Savi weiterreichte.

»Danke«, rief Mia und wurde mit einem Tippen an den Hut des Mannes belohnt.

Wir nahmen nun ein paar Seitenstraßen, bevor wir auf einen Weg einbogen, der uns über eine schmale Steinbrücke führte. Der Kutscher hielt kurz an, und Mia machte sofort ein paar Fotos.

»Wow«, sagte sie strahlend, »dass alles hier ist wie im Märchen.« Das Schneegestöber funkelte im Schein der Straßenlaternen, der See war noch nicht vollkommen zugefroren, also flackerte das sich bewegende Wasser unter der Eisdecke geheimnisvoll. Funkelnde Lichter, die in die Weiden verwoben waren, tanzten in der auffrischenden Brise. Einen romantischeren Ort in der Stadt konnte ich mir nicht vorstellen. Allerdings zerstörte das laute Gestöhne von der Kutsche hinter uns schon bald den magischen Augenblick.

»Also wirklich!«, rief John angeekelt in die Nacht hinaus, sodass wir alle innehielten und uns unweigerlich umdrehen. »Niemand kann so dermaßen stinken.«

»Oh.« Keith würgte. »Es befindet sich an ihrem ganzen Rücken.«

»Ich rufe uns ein Taxi!«, verkündete Paul daraufhin.

»Fahren Sie bitte einfach weiter!«, rief Savannah dem Kutscher zu, bevor sie mich ansah und endgültig die Beherrschung verlor. Wir alle lachten uns kaputt, bis wir schließlich bei *Zack's* eintrafen.

»Nimm dein Kind und nimm ihre stinkende Ladung. Ich bin raus aus der Sache«, schnaubte Keith, der Olivia so festhielt, als könnte sie ihn beißen. »Ich entbinde mich hiermit offiziell von jeder Pflicht als Onkel, bis sie wieder sauber ist.«

Cole wandte sich jetzt an Savannah, die ihm einen Blick nach dem Motto *Denk nicht mal dran* zuwarf.

Ich schlug ihm mitfühlend auf die Schulter, als ich mit Mia an ihm vorbeiflitzte. Einmal wenigstens war ich dankbar dafür, dass nicht ich dieses kleine Scheißerchen gerade festgehalten hatte. Beim letzten Mal war Savannah nämlich zu dem Entschluss gekommen, dass es für mich langsam an der Zeit wäre zu lernen, wie man ihre Windeln wechselte. So bald würde es also nicht mehr vorkommen, dass ich sie auf den Arm nahm.

»Oh!« Zack entdeckte uns in dem Augenblick, als wir sein volles Restaurant betraten. »Wie wunderbar, euch alle hier zu sehen!«

Mia trat vor, und ich stellte ihr Zack vor. »Es ist mir eine Freude, Sie kennenzulernen, Zack. Ich habe schon großartige Dinge über Ihr Restaurant gehört.«

Zack legte ihr die Arme um die Schultern. »Kommen Sie doch bitte herein. Sie müssen unbedingt diesen neuen Wein probieren, den ich aus Spanien mitgebracht habe. Sie mögen doch Wein, oder?«

»Ja.«

»Perfekt.«

Ich folgte ihnen mit einem dümmlichen Grinsen und genoss es, dass es ihr anscheinend so wenig ausmachte, mit all den wichtigen Leuten in meinem Leben umzugehen. Ich hoffte bloß, dass es mir später mit ihrer Familie ebenso ergehen würde.

»Hallo.« Jake, der Barkeeper und zugleich Savannahs bester Freund, begrüßte uns, als wir uns an die Bar stellten. »Zack möchte, dass Sie den neuen Wein ausprobieren, den wir gerade reinbekommen haben?«

»Ich glaube schon.« Sie beugte sich über die Theke. »Ich bin Mia. Schön, Sie kennenzulernen.«

Jake öffnete daraufhin eine neue Flasche, steckte einen Ausgießer in die Öffnung und schenkte ihr großzügig ein. »Er passt besonders gut zu Lachs.« Er zwinkerte, bevor er sich einem neuen Gast zuwenden musste.

Sie schwenkte den Wein herum und nahm dann einen Schluck. »Eichig, mit einer Spur Cranberrys?«

Zack warf mir einen anerkennenden Blick zu, bevor er nickte. »Gut herausgeschmeckt. Kommt, besorgen wir euch etwas zu essen.«

Mia

»Guten Morgen.« Auf meinem Weg zur Kaffeemaschine tätschelte ich dem fetten Kater den Kopf und dachte, dass der Kaffee duftete, als wenn er mit einer Prise Zimt gewürzt wäre.

Mit dem Kaffee in der Hand ging ich nach draußen und dann zum Wasser hinab. Ein roter Holzstuhl stand am Bootshaus. Ich trug ihn vorsichtig hinunter und stellte ihn direkt auf das Ende des Stegs.

Ich legte die Beine auf eine Seite, lehnte mich zurück und ließ mich nach und nach von der Natur wecken. Ich schloss die Augen und konzentrierte mich voll und ganz auf die kühle Brise, die gerade an meiner Wange vorbeistrich und an den feuchten Teilen meiner Lippen züngelte. Meine Haarspitzen flatterten im Wind, während ich einen tiefen Hauch frischer Luft einatmete. Das Ganze war einfach perfekt.

»Ich liebe diese Zeit des Tages.«

Ich hätte vor Schreck fast meinen Kaffee fallen lassen. »Hallo, Daniel.«

»Haben Sie etwas dagegen, wenn ich mich eine Weile zu Ihnen setze?«

»Ganz und gar nicht.« Es freute mich, dass er meine Überraschung offenbar gar nicht zur Kenntnis genommen hatte. Er zog jetzt einen weiteren Stuhl heran und setzte sich direkt neben mich.

Wir saßen eine Zeit lang einfach nur da und beobachteten einen Fischadler, der über das Wasser jagte und schließlich mühelos einen Fisch herauszog. Noch spektakulärer war allerdings das Spiegelbild eines Vogels auf der glatten Wasseroberfläche, als er an uns vorüberhuschte.

»Ich habe den gesamten letzten Abend mit dem Versuch verbracht, Ihr Gesicht irgendwie unterzubringen.« Daniel warf mir einen Seitenblick zu. »Sie sehen genau aus wie *er*.«

Mein Magen zog sich augenblicklich zu einem winzigen Ball zusammen. Ich blinzelte mehrmals erschrocken und wusste einfach nicht, was ich sagen sollte.

»Gehe ich richtig in der Annahme, dass Mark es nicht weiß?«

Ich nickte.

Er nahm nun einen langen Schluck aus seinem Thermobecher. »Mark hat viel für Aufrichtigkeit übrig, Mia. Wenn ich Ihnen einen Vorschlag machen darf, dann würde ich Ihnen raten, es ihm bald zu sagen.«

»Wird das ein Ausschlusskriterium, ein Dealbreaker für ihn sein?«, flüsterte ich ängstlich.

Daniel blickte mit zusammengekniffenen Augen über das Wasser, wobei sich die Fältchen um seine Augen vertieften. »Das fehlende Vertrauen wird ein Ausschlusskriterium sein, meine Liebe. Es spielt dabei keine Rolle, mit wem Sie verwandt sind.«

Ich nickte. Er hatte ja recht. Es war eigentlich keine große Sache, aber Mark hatte mir schon so viel mitgeteilt, dass es sich fast anfühlte, als könnte es für Ehrlichkeit schon zu spät sein.

»Das ist es nicht«, sagte er, als hätte er gerade meine Gedanken gelesen. Er stand auf und sah mir über die Schulter. »Ich habe schon immer gewusst, dass er eine Tochter hat,« er lächelte mich warmherzig an, »und ich habe gewusst, dass er Sie von all dem hier unbedingt fernhalten wollte.«

»Ja«, murmelte ich in meinen Becher hinein.

»Er hat zu viel gesehen, Mia. Dinge, die den Blick auf das Leben vollkommen verändern können. Es ist schwer, diese Gedanken einfach wieder beiseitezuschieben.« Seine freie Hand schlüpfte in seine Hosentasche. »Na ja, ich lasse Sie jetzt wieder allein, damit Sie diesen wunderschönen Morgen genießen können.«

»Bist du dir sicher?« Ich stand in einem Outfit vor Savannah, das sie mir geliehen hatte. Der dunkelblaue Rock lag eng um meine Hüften, und die schwarze Seidenbluse passte wie ein Traum dazu.

»Mia, du siehst einfach nur wunderbar aus. Mark wird heute Nacht garantiert regelrecht über dich herfallen.« Sie grinste. »Ich freue mich tatsächlich schon auf die Show.«

»Ähm …« Ich drehte mich wieder zum Spiegel und befestigte ein Paar Ohrringe. Wir wollten noch ein paar Drinks zu uns nehmen, bevor die Jungs am Morgen abflogen. Anscheinend war das eine feste Tradition des Hauses. Ich trat zurück und musterte mein Erscheinungsbild noch einmal, aber dann nahm allmählich der Gedanke in mir überhand, dass die Jungs uns morgen früh wieder verlassen würden.

»Es ist wirklich schwer, Mia, ich will dich da nicht anlügen.« Sie stellte sich nun neben mich. »Wir müssen uns in dieser Zeit einfach irgendwie beschäftigen und nicht allzu viel daran denken.«

Ich nickte und versuchte, die Nervosität abzuschütteln. Die Realität, dass er bald gehen würde, war schon schlimm genug, wurde aber noch durch die Tatsache verschlimmert, dass ich mitbekommen hatte, wie Paul darüber gesprochen hatte, welche Waffen sie für den Einsatz benötigten.

»Du siehst unheimlich heiß aus, also lenke seine Aufmerksamkeit einfach auf dich und gib ihm einen Grund, wieder heil und gesund nach Hause zu kommen.«

Unten an der Treppe blieb ich kurz stehen und wartete darauf, dass Savannah als Erste hineinging. Cole entdeckte sie sofort, und sie sahen einander tief in die Augen. Sie ging daraufhin zu ihm und legte ihm die Hand auf den Hintern. Er grinste und küsste sie leidenschaftlich. Ihre Liebe war so intensiv, dass es mich unweigerlich nach Mark verlangte.

»Gehst du jetzt auch mit rein, kleine Dame, oder schaust du bloß zu?« Keith grinste mich an. Er wirkte jetzt nicht mehr so angespannt wie zuvor. »Komm schon.« Er bot mir den Arm an. »Du kannst dieses Outfit doch nicht hier draußen verschwenden.«

»Ich schätze, ich komme mir ehrlich gesagt etwas fehl am Platz vor.«

»Wirklich? Du passt doch gut hierher.«

»Danke, Keith.«

John stieß Mark jetzt an, und dieser sah in meine Richtung. Sein Blick glitt an meinem Körper hinab, bevor er sein berühmtes Lächeln aufsetzte, was augenblicklich dafür sorgte, dass mein Körper sich wie benommen in seine Richtung bewegte.

»Wow.« Er beugte sich zu mir herab, küsste mich sanft auf die Wange und blieb dann eine Weile über mir stehen. »Du siehst wirklich großartig aus. Mein kleiner Eisklotz ist heute Abend aber ziemlich heiß! Obwohl ich deine Schwesternkleidung und die Chucks genauso liebe.«

»Danke sehr … wurde im Geiste notiert.« Ich hob das Kinn und rieb meine Wange sanft an seiner.

»Du wirst ja rot«, neckte er mich.

»Du erfüllst meinen Kopf eben mit allen möglichen Gedanken, und einige davon sollte man besser nicht der Öffentlichkeit mitteilen.«

Er lachte. »Wirklich?« Er legte mir eine Hand um die Taille und zog mich an sich.

Paul kam jetzt ebenfalls zu uns, und ich trat einen Schritt zurück und wäre fast gestolpert, weil ich auf diese Weise in jemanden hineinlief. Mark umfasste meine Taille, damit ich nicht hinfiel. Daniels vielsagender Gesichtsausdruck lenkte meine Aufmerksamkeit auf sich, als ich wieder sicher auf den Beinen stand.

»Oh, entschuldigen Sie ...«, setzte ich an, drehte mich dann aber um und erstarrte augenblicklich.

»Mia?«

Oh Scheiße! Nein ...

Kapitel neun

»Was zum Teufel tust du denn hier?«

Mark sah erst mich an und dann Frank – meinen Vater. »Ihr beide kennt euch?«

»Ihr beide kennt euch?«, fragte er nun auch Mark.

Oh fuck, das wird schlimm!

»Ja, das ist meine Freundin Mia.« Mark zog mich näher an sich heran.

Mein Vater streckte daraufhin die Hand aus und zerrte mich an seine Seite. »Ja? Nun, sie ist außerdem auch noch meine Tochter.«

Im ganzen Raum ertönte nun ein hörbares Luftholen.

Mark sah mich entgeistert an. Unzählige Emotionen erschienen nun auf seinem Gesicht, von Schock zu Verwirrung, aber alles endete letzten Endes in Schmerz.

Er schüttelte fassungslos den Kopf, trat zurück, drehte sich dann noch einmal um und ging schließlich doch davon. Ich wollte ihm folgen, aber mein Vater hielt mich am Arm fest.

»Wir müssen unbedingt miteinander reden, und zwar sofort, Mia.«

Ich sah Savannah hilfesuchend an, aber sie war gerade zu sehr mit Cole beschäftigt, der aussah, als würde er jeden Augenblick ausrasten.

»Mia«, befahl mir mein Vater vom Flur her. »Komm sofort her.«

Nach einem tiefen Atemzug folgte ich ihm nach draußen, wobei ich auf dem Weg nach meiner Jacke griff. Ich hörte, wie Daniel Cole etwas zurief.

Die Luft war kalt, und ein paar Schneeflocken fielen herab. Ich hüllte mich in meine Jacke und lehnte mich gegen das hölzerne Geländer. Mein Vater zündete sich eine Zigarre an, setzte sich auf einen der Stühle und legte den Fuß auf sein Knie.

»Was tust du hier, zum Teufel?« Seine Stimme traf mich auf dem vollkommen falschen Fuß.

»Ich bin eine dreißigjährige Frau, Dad. Ich bin hier, weil ich mit Mark zusammen bin.«

»Den Teufel bist du.«

Frustriert drückte ich meine Hände aneinander. Ich war es so leid, dass mein Vater ständig mein Leben für mich gestalten wollte.

Ich zuckte mit den Achseln, denn es hatte mir für den Moment einfach die Sprache verschlagen.

»Mia, jetzt hör mir doch wenigstens einmal in deinem Leben zu! Die Art von Arbeit, die Mark und die Jungs leisten, umfasst schreckliche Dinge. Dinge, von denen niemand etwas wissen will und darf. Verdammt, morgen geht er auf eine Mission, bei der es um die Jagd auf Barbaren geht, die siebzig Menschen kaltblütig niedergemetzelt haben. Viele davon waren sogar noch Kinder. Möchtest du wirklich mit den Nachwirkungen dieser Art von Arbeit zu tun haben? Was für ein Leben wirst du dann haben? Willst du das für dich selbst?«

Das Blut wich mir aus meinem ganzen Körper, und mir wurde schwindelig.

»Irgendwann kommt er vielleicht von einer dieser Missionen nicht mehr heim«, fuhr er fort. »Weißt du, was Cole zugestoßen ist? Er wurde gefangen genommen und festgehalten. Das Video, das sie uns daraufhin von ihm geschickt haben, zeigte, wie er geköpft wurde, und es war der Grund dafür, dass Savannah ihr erstes Kind verloren hat. Hast du das gewusst?« Er beugte sich noch weiter vor und stützte die Ellbogen auf seine Schenkel. »Willst du dieses Leben wirklich führen? Diese beständige Furcht spüren müssen, das tägliche Nichtwissen, was ihm alles zustoßen könnte?« Er war gnadenlos und seine Worte waren mehr als nur schockierend.

Ich starrte jetzt krampfhaft ein Verandabrett an und wusste nicht, was ich ihm darauf erwidern sollte.

Aber ich verspürte auf einmal den Drang, dieses Haus in Schutz zu nehmen. »Ich bin vor Kurzem in meiner Wohnung überfallen worden.«

»In Minnesota?«

»In North Dakota«, korrigierte ich ihn automatisch, was mir allerdings in diesem Moment auch vollkommen gleichgültig war. »Nachdem anschließend auch noch in meine Wohnung eingebrochen worden war, haben er und Cole einen Handel abgeschlossen. Ich unterschrieb die Geheimhaltungserklärung und bin hergekommen, damit ich in Sicherheit bin, bis sie herausgefunden haben, wer dahintersteckt.«

Jetzt war er an der Reihe, mich schockiert anzuschauen. »*Was*? Erzähl mir noch mehr davon. Gab es irgendwelche Hinweise?« Sein Tonfall hatte jetzt eine Mischung aus Sorge und Ärger angenommen.

»Du solltest mit ihnen sprechen.« Ich hatte kein Interesse daran, mehr Informationen preiszugeben als unbedingt nötig.

Er schüttelte den Kopf, bevor er sich erhob. »Lügen verursachen nichts als Schmerzen, meine Kleine.« Er drehte sich um und zeigte über die Schulter auf das Haus. »Hol deine Sachen, wir fahren.«

»Nein!« Ich musste hier die Stellung halten. Mein Vater verstand es ausgezeichnet, die Kontrolle über mein Leben zu übernehmen, aber ich hatte die Nase gestrichen voll von seiner herrschsüchtigen Art.

»Dieses Haus ist auf Wahrheit errichtet, und du hast die Regel Nummer eins gebrochen, indem du Mark angelogen hast, wer du bist. Wenn du jetzt nicht mit mir gehst, wird Cole dich wegschicken. Erspare dir bitte diese Peinlichkeit und hol deine Sachen, damit wir nachher fahren können.«

Nach meinen vielen Gesprächen mit Savannah über die Hausregeln wusste ich, dass er recht hatte, und das machte alles irgendwie noch schlimmer.

Ich stieß mich vom Geländer ab und ging nach drinnen, hörte ihn vorher aber noch brummen: »Wieder einmal werde ich versuchen, den Schlamassel zu bereinigen, den du verursacht hast.«

Wütend fuhr ich nun zu ihm herum und schrie: »Ich habe überhaupt erst mit dem Lügen angefangen, als du mich mein Leben nicht auf meine eigene Art und Weise hast führen lassen. Ich bin wegen Kenny nach North Dakota gezogen. Der, falls du es noch nicht weißt, inzwischen verstorben ist. Ich habe sogar seine Beerdigung verpasst, weil ich hierhergekommen bin. Ich habe deinen Ansprüchen doch noch nie genügt, Dad, also bitte.« Ich wischte mir die Tränen aus dem Gesicht. »Lass mich meinen Schlamassel also gefälligst selbst bereinigen.« Mit diesen Worten eilte ich nach drinnen.

Ich raste die Treppe hinauf, hörte aber jetzt hinter mir Rufe. Scheiße! Ich schlüpfte in Marks Zimmer und warf meine Taschen auf das Bett. Ich war noch gar nicht lang genug hier gewesen, um alles auszupacken, also würde ich nicht lange dafür brauchen.

»Warum hast du es mir nicht gesagt?«, fragte Mark leise von der Tür aus. Er sah aus, als wäre er betrunken. *Wow, das war nicht der Mark, den ich kannte.*

»Dir sagen, dass ich die Tochter von deinem Chef bin? Weil du dann in meiner Gegenwart nie wieder du selbst gewesen wärst.« Ich zog nachdrücklich den Reißverschluss an meiner letzten Tasche zu.

»Das erklärt so unglaublich viel.« Er kicherte jetzt fast. *Ja, er war unleugbar beschwipst. Wie lang hatte ich denn bloß mit meinem Vater gesprochen?* »Du hast gesagt, du stammst aus einer Militärfamilie.«

»Ich wollte es wirklich nicht vor dir verheimlichen, Mark. Ich wollte es dir so viele Male sagen, aber ich wusste einfach nicht, wie.«

»Bitte erspare mir dein ‚*Ich wollte es*', ja? Das ist doch nur eine faule Ausrede.«

»Vielleicht.« Ich nahm meine Taschen und stellte mich genau vor ihn. »Frank ist kein Mann, den man leicht mag, und ich wollte einfach, dass du mich erst richtig kennenlernst, bevor du den Rest von mir erfahren würdest.«

»Kenne ich dich denn überhaupt?«

Autsch.

Auf diese Frage antwortete ich lieber nicht und wartete stattdessen, dass er sich rührte. Er tat es zwar, jedoch nur ein wenig.

»Also gehst du jetzt weg?«

»Soll ich denn bleiben?« Ein Hoffnungsschimmer regte sich in mir.

»Nein ... ich weiß nicht.« Er rieb sich aufgebracht den Kopf und sank in einem Sessel an der Wand in sich zusammen. »Du hast mich wirklich sehr verletzt, Mia.«

Ich biss mir auf die Zunge. Ich wollte auf keinen Fall weinen. Dazu hatte ich einfach kein Recht. »Ich weiß.«

»Ich habe dir mehr mitgeteilt als irgendjemand anderem auf der Welt. Du warst mein Ein und Alles.«

Wow. Ich schluckte den Schluchzer hinunter, der mir daraufhin aus dem Herzen hervorbrechen wollte.

»Du hast mein Vertrauen missbraucht, Mia, und das ist absolut unverzeihlich.«

Ich wollte einen Schritt auf ihn zu machen, aber er senkte sofort den Kopf, weshalb ich wie angewurzelt stehen blieb. Mehrere Augenblicke lang stand ich einfach dort und wusste nicht so recht, ob ich jetzt zu ihm sollte oder nicht. Ich folgte schließlich meinem Bauchgefühl.

Ich machte drei zitterige Schritte vorwärts und legte ihm sanft die Hände auf die zusammengesackten Schultern. Er blickte zwar nicht auf, wich jedoch auch nicht zurück. Ich versuchte nun, meinen trockenen Mund zu befeuchten, bevor ich den Mut aufbrachte zu sprechen.

»Es tut mir so unendlich leid, Mark. Du kennst mich, wirklich. Ich bin doch dein kleiner Eisklotz, diejenige, die ...«, ein schwerer Atemzug kam mir über die Lippen, »... dich so sehr liebt. Ich glaube, wir müssen nur einen einzigen Schritt zurück machen und ...«

»Du musst jetzt gehen.« Er lehnte sich zurück und strich meine Hände von seinen Schultern. Er stand auf und stellte sich vor mich, mich weit überragend. Er wollte keinen Blickkontakt herstellen, aber ich sah dennoch, wie seinen Augen eine Träne entschlüpfte, bevor er sie wütend wegwischte. »Du musst jetzt gehen, Mia.«

Bei seinen emotionslosen Worten wäre ich fast zusammengebrochen. Ich grub meine Zähne in meine Unterlippe, um mich am Weinen zu hindern, aber es funktionierte nicht. Ich stand gerade nahe vor einem Zusammenbruch.

Er öffnete die Tür und wartete. Als ich meine Taschen aufsammelte, trat er hinaus in den Flur, und lehnte den Rücken gegen die Wand. Ich ging an dem einzigen Mann vorüber, in den ich mich jemals verliebt hatte.

»Auf Wiedersehen, Mark.«

Er nickte mir nur kurz zu, während seine Augen auf dem Boden haften blieben.

Langsam drehte ich mich um und ging gequält die Treppe hinab. Ich machte mit Tränen in den Augen einen erschrockenen Satz, als ich plötzlich Abigail im Flur traf. Unerwartet öffnete sie die Arme. Ich dachte überhaupt nicht nach, ich ließ mich hineinfallen und wünschte mir, es wäre meine Mutter.

»Es tut mir so leid, Abby«, flüsterte ich schluchzend in ihre Schulter hinein. »Ich wollte doch nie jemandem wehtun.«

»Ich weiß, mein Schatz.« Sie streichelte mir liebevoll mit einer Hand über das Haar. »Ich weiß. Mark hat noch nie jemanden so sehr an sich herangelassen wie dich, und das Ganze tut ihm einfach furchtbar weh. Morgen früh wird es ihm bestimmt schon besser gehen. Komm, wir bringen dich einfach in ein freies Gästezimmer.«

»Nein«, zischte mein Dad wütend hinter uns. »Ich bringe meine Tochter jetzt nach Hause. Anscheinend haben wir nämlich ein paar Dinge zu bereden.«

»Frank«, bat ihn Abigail, »lass zumindest zu, dass sie und Mark ihre Unstimmigkeiten bereinigen können, bevor du sie mitnimmst.«

»Anscheinend hat dein Junge sie doch selbst gebeten zu gehen. Sie ist hier nicht mehr willkommen.«

So sehr ich ja alle gern daran erinnern wollte, dass wir doch Erwachsene waren, so sehr spürte ich doch zum ersten Mal in meinem Leben einen Hauch von Wärme, die mein Vater abstrahlte.

Er kam zu mir und nahm mir meine Taschen ab. »Gehen wir.«

»Ruf mich an.« Abigail küsste mich auf die Wange. »Bleib bitte mit mir in Verbindung, Schatz.«

Ich nickte und folgte ihm die Treppe hinab. Noch ein letztes Mal sah ich über die Schulter, bevor ich ging. Savannah fing meinen Blick auf und blies mir einen raschen Kuss zu, bevor Cole sie zu sich rief. Ich war dankbar, dass er mich nicht sah, denn so schlecht hatte ich mich noch nie zuvor in meinem Leben gefühlt, und je weniger Leute dabei waren, desto besser.

Sobald ich erst einmal in dem gefürchteten Hubschrauber saß, hielt ich mich um meines lieben Lebens willen panisch fest. Beim Abheben sank mir das Herz in die Hose. Ich war zu müde, um dagegen anzukämpfen, also hieß ich meine Strafe einfach willkommen und ließ mich von dem Schmerz und von der panischen Angst überrollen wie von einer Lawine.

Dad wies den Piloten an, uns zum Flughafen North Dakota zu bringen. Wir flogen also zu ihm nach Hause. Es war mir im Moment sogar egal, ob die verdammte Maschine unterwegs abstürzte.

Mark

Ort: Mexiko

Koordinaten: Geheim

Beim stetigen Geräusch der Rotorblätter wanderten meine Gedanken unwillkürlich eine Woche zurück, zu dem Zeitpunkt, als ich an Mia geschmiegt im Bett lag. Ich hatte mich noch niemals vollständiger gefühlt als in diesem Augenblick, als ich ihr die schmerzliche Wahrheit über meine Vergangenheit offenbart hatte, und anstatt davonzulaufen, hatte sie mich geliebt. Es war das erste Mal in meinem Leben gewesen, dass ich die Vergangenheit hatte loslassen können und tatsächlich in die Zukunft hatte blicken können. *Wohin war das alles nur verschwunden?*

Das war bereits der zweite Anlauf dieses Ausflugs, denn die erste Mission war auf halben Weg abgebrochen worden. Ich wurde mittlerweile fast wahnsinnig. Ich benötigte so dringend eine Ablenkung. Ich bekam Mia einfach nicht aus dem Sinn, und es half wenig, dass Savannah und Abigail stets im Haus waren und mich an sie erinnerten. Ich vermisste sie so sehr, aber ich war nach wie vor extrem durcheinander und verletzt wegen ihrer Lüge und kam einfach nicht darüber hinweg. Ich hatte mein Vertrauen in sie verloren und zweifelte an meiner Fähigkeit, mit diesem Schmerz zurechtkommen zu können. Ich konnte ihre Täuschung einfach nicht vergessen.

Meine Gedanken kehrten nun wieder zu der Mission zurück. Zum Glück waren wir endlich imstande gewesen, eine Bestätigung über den Ort ihres Treffens zu erhalten. Wir hatten ihren Datenverkehr markieren und ein Muster entdecken können, anhand dessen wir diesen Ort hatten bestimmen können. Ich musste unbedingt Erleichterung erfahren, und dafür brauchte ich Action.

Keith stieß mich gegen den Fuß, warf mir eine Dose Red Bull zu und bedachte mich mit einem langen Blick, bevor er wieder aus dem Fenster sah. Keith und ich hatten uns niemals so nahegestanden wie Cole und ich, aber ich hatte trotzdem viel Respekt vor ihm. Er war ein erstklassiger Soldat, ein wahrer Freund, und ich deckte ihm den Rücken, ohne weitere Fragen zu stellen, obwohl er seit Neuestem wohl mit irgendetwas Persönlichem zu kämpfen hatte. Er wollte partout nichts darüber sagen, und ich glaubte, er hatte sogar Cole nur so viel mitgeteilt, wie dieser unbedingt wissen musste.

Cole lenkte nun meine Aufmerksamkeit auf sich und gab mir ein Zeichen. Er fragte sich offenbar, ob ich mit dem Herzen bei der Sache war. Ich nickte knapp und sah wieder weg.

Erneut ging mir alles im Kopf herum ... *wieso hatte sie es mir nicht schon früher gesagt? Ich hatte ihr doch so unglaublich viel offenbart, und sie hatte dennoch nicht erwähnt, dass ihr Vater mein Boss war.* Ich hatte nie ein Problem mit Frank gehabt, aber ich würde auch nicht freiwillig Zeit mit dem Mann verbringen wollen. Sein Privatleben war eindeutig seine Sache, und zwar so sehr, dass wir tatsächlich niemals den Namen seiner Tochter erfahren hatten oder überhaupt, dass er eine hatte.

Ich beugte mich jetzt vor und rieb mir über das Gesicht. Das war alles so extrem verkorkst. Savannah hatte mich an dem Morgen danach auch ordentlich heruntergeputzt. Sie hatte nämlich gehört, was ich zu Mia gesagt hatte, und war überrascht gewesen, wie kalt ich mich ihr gegenüber verhalten hatte. Ja, der glückliche Mark hatte eben eine gewisse Belastungsgrenze, und Mia hatte sie offenbar gefunden. Ich war allerdings nicht bereit, dieses Gespräch innerlich noch einmal wiederzukäuen.

Zuerst einmal musste ich diese Mission überstehen. Cole hatte seine Kontakte in Anspruch genommen und auf diese Weise herausgefunden, dass die Gruppe, die das Haus voller Illegaler überfallen hatte, von einem kleinen Zweig des Kartells mit Namen Reyes Mortales umgebracht worden war. Auf Englisch hießen sie Dark Pride. Sie waren noch relativ neu im Geschäft, was diese Mission noch gefährlicher machte, da wir nicht viel über sie wussten. Unser Spionagedienst sagte allerdings, dass sie nur wenig mehr als Barbaren waren. Sie waren noch schlimmer als die übrigen Kartelle, und das wollte schon etwas heißen.

»Geschätzte Ankunftszeit in zehn Minuten, Männer«, kam Coles krächzende Stimme über den Funk.

John steckte sich daraufhin noch zusätzliche Munition in seine Schutzweste, während Paul seinen Gewehrclip überprüfte. Cole hingegen holte ein Foto von Savannah heraus und gab ihr einen Kuss, bevor er das Bild in eine Tasche an der Wand des Hubschraubers steckte. Es brachte ihn immer schier um, dass er ihr Foto nicht mitnehmen konnte, aber nach dem letzten Zwischenfall hatte er seine Lektion gelernt. Keith hingegen saß vollkommen regungslos da und starrte die Wand an. Er war bei dieser Mission unser Scharfschütze, denn er war der Beste im Zielen, und er war der Geduldigste. Ich hatte so getan, als wäre mir gar nicht aufgefallen, dass Cole mich dieses Mal bei der eigentlichen Action mit dabeihaben wollte, denn er wusste ganz genau, dass ich dies im Moment dringend brauchte.

Mit zwei Fingern zog ich ein Stück Kirsch-Hubba-Bubba aus meiner Tasche und steckte es mir in den Mund. Das Aroma lief sofort über meine Geschmacksknospen und schoss zusammen mit einer Woge der Aufregung durch mich hindurch.

Kaum waren wir am Boden angekommen, sprangen wir auch schon inmitten einer Staubwolke aus dem Hubschrauber. Rasch rannten wir zu unserer Deckung und verteilten uns. Wir würden einander erst nach Sonnenuntergang anrufen.

Vierzig Minuten einfach nur rennen und dann dreißig zum Herstellen unserer Deckung bekamen mir sehr gut, aber die vier Stunden regungsloser Beobachtung machten mich ganz kribbelig.

Schließlich ging die Sonne endlich unter, was nett war, da mein Kopf schon hämmerte. Ich bekam eigentlich nie Kopfschmerzen, aber jetzt hatte ich echt höllische.

»Hier.« Cole reichte mir auf einmal eine Packung hinüber.

Es waren zerdrückte Migräne-Aspirin-Tabletten mit etwas Benadryl gemischt. Cole schwor darauf. Ich riss die Packung auf, leerte sie in meinen Mund und ließ das Mittel unter der Zunge auflösen.

»Nimm direkt zwanzig Milligramm«, befahl er und rückte beiseite, sodass ich mich gegen den Baumstamm lehnen konnte. Zu meiner Überraschung wurden meine Lider plötzlich schwer, und kurz darauf war ich auch schon weg.

»Mark«, flüsterte Manuel von irgendwoher aus der Dunkelheut. Mein Schlafanzug hatte sich an meinem Körper vollkommen verdreht. Ich musste mal wieder einen Albtraum gehabt haben.

»Manuel?«, rief ich ängstlich, außerstande, ihn zu erkennen.

»Ich habe gesehen, was du Mom angetan hast. Ich weiß, dass du sie getötet hast.«

»I-ich erinnere mich aber nicht daran«, schrie ich gequält, während mir der Schmerz fast die Brust zerriss. »Ich erinnere mich einfach nicht.«

Ich hörte seine Schritte jetzt auf mich zukommen. »Du hast sie umgebracht, und ich bin der Einzige, der es weiß. Jetzt musst du immer tun, was ich sage, oder ich erzähle es weiter.«

»Du würdest es weitersagen?«

Ich schob die Decke weg, und die Kälte meines Zimmers umgab mich nun.

»Du warst ein wirklich schlimmer kleiner Junge, Mark. Ich will jetzt, dass du sie umbringst.«

»Wen?«

»Das Mädchen, das du liebst. Mia!«

Wusch! Wusch! Wusch!

»Lopez!« Coles scharfe Stimme schnitt plötzlich durch meinen Traum. Ich bemühte mich, mich zurechtzufinden, und er warf mir hektisch eine Nachtsichtbrille zu, die ich rasch überstreifte, um die grünen Linien der Kugeln erkennen zu können.

Ohne zu zögern hob ich mein Gewehr und eröffnete das Feuer. Einundzwanzig Kugeln später waren die Arschlöcher endlich erledigt.

»Hoffen wir bloß, dass sie vorher keine Verstärkung angefordert haben«, schnaubte Cole und riss die Verpackung eines Proteinriegels auf. Er bot mir ein Stück an, aber ich schüttelte nur den Kopf. »Echt jetzt?« Sein Mund stand vor Erstaunen offen.

»Deine Pulvermischung hat mir den Appetit verdorben.«

Er wirkte immer noch schockiert. »Aber dein Kopf ist doch besser, oder?«

»Viel besser, danke.« Ich rückte in der Kuhle hin und her, öffnete meine Feldflasche und goss die Hälfte in meine Kehle.

Ich sah ihm eine Weile beim Kauen zu. Kurz bevor er den Riegel aufgegessen hatte, schnappte ich mir das letzte Stück und steckte es mir in den Mund.

Ich grinste, während er mir den Stinkefinger zeigte. *Wem habe ich denn etwas vormachen wollen?* Mein Bauch ließ sich nie verleugnen.

Was ich so sehr an Cole mochte, war, dass er genau wusste, wann er mir einen Tritt geben musste und wann nicht. Also saßen wir einfach schweigend bis zum Morgen da, so lange, bis wir vom Lärm des Gewehrfeuers erwachten, das von den Hügeln widerhallte.

»Bestätigen!«, brüllte Cole ins Funkgerät.

Sofort meldete das Team, dass das Feuer nicht von uns stammte.

»Raven One, hier ist Eagle Eye.« Keiths Stimme war leise, jedoch ruhig. »Wir haben offenbar Gesellschaft.«

»Ich brauche Bestätigung, dass es unser Zielobjekt ist.«

»Verstanden, Raven One. Bleib dran bis zur Bestätigung.«

Rasch sammelten wir unsere Sachen ein und verwischten die Spuren unseres Verstecks. Auf dem Weg den Hügel hinab hielten wir kurz inne, um unsere Gesichter zu tarnen. Je mehr wir uns der Umgebung anpassten, desto besser. Abgesehen davon, dass ich einen spanischen Nachnamen hatte, war ich leider bloß zu einem Viertel spanischer Herkunft. Meine nahezu weiße Haut war immer schnell ein tödlicher Hinweis, und wir mussten nicht noch mehr hervorstechen, als wir es sowieso schon taten.

»Da.« Cole zeigte auf den Waldrand, wo wir uns duckten und vorsichtig das Gebiet erforschten.

Mein Funkgerät saß irgendwie nicht richtig am Hals. Wahrscheinlich vertrug sich die Mischung aus Schweiß und Farbe nicht mit dem Kreppband. Ich zog mehrmals daran und konnte es schließlich wieder zurechtrücken.

»Eagle Eye hat Bestätigung, dass Zielobjekte in Sicht sind. Ich wiederhole, Zielobjekte sind in Sicht. Sechsundfünfzig Ost.«

Mit meinen Augen am Fernglas folgte ich seinen Anweisungen und bekam die Zielobjekte nun auch zu sehen.

»Verstanden, Eagle Eye«, antwortete Cole. »Setzt euch auf mein Kommando hin in Bewegung.«

»Verstanden, in Bewegung setzen auf Kommando«, flüsterte John aus einiger Entfernung. Ich beobachtete ihn und Paul dabei, wie sie sich langsam immer näher an die Lichtung heranschoben. Sie verschmolzen absolut perfekt mit ihrer Umgebung, aber weil ich genau wusste, wo sie waren, konnte ich sie sehen.

»Köpfe hoch.« Direkt rechts von ihnen erblickte ich jetzt einen Mann, der gerade pinkeln wollte. »Ihr habt Gesellschaft auf drei Uhr.«

»Verstanden«, antwortete John leise, und Paul trat daraufhin aus den Büschen hervor, stach dem Mann ein Messer in den Hals, legte ihn geräuschlos zu Boden und zog ihn dann ins Gebüsch zurück, als wäre er überhaupt nicht dort gewesen.

Cole gab mir daraufhin das Zeichen, und wir gelangten nun zu der Seite des Hauses. Vorsichtig schoben wir uns nach vorn, blieben aber kurz stehen, als wir hörten, wie sich die Fliegengittertür schloss. Cole holte nun seinen Spiegel heraus und hielt ihn vorsichtig um die Ecke. Zwei Finger gingen nun in die Höhe, und er zählte schweigend rückwärts. Bei eins sprangen wir gleichzeitig die beiden Männer an, legten ihnen die Hand vor den Mund und brachen ihnen den Hals – ein absolut lautloser Tod. Wir wälzten ihre Leichen vorsichtig unter das Haus, warfen dann einen Blick durch die Fliegengittertür und entdeckten weitere sechs Männer, die drinnen tranken und rauchten. Sie waren offenbar viel zu beschäftigt, um dem viel Aufmerksamkeit zu widmen, was draußen vor sich ging. Ich deutete zu der Kiste voller AK-47 hinüber. Überall im Raum lag Munition herum.

Als ich weiterging, trat ich plötzlich mit dem Stiefel gegen etwas Weiches. Ich beugte mich hinab und fand mich Auge in Auge mit einem kleinen orangefarbenen Kätzchen wieder. Es hatte sogar die Kühnheit zu fauchen und mit der winzige Pfote nach meiner Nase zu schlagen. Nach einem raschen entschuldigenden Streicheln des Kopfs schob ich den pelzigen kleinen Körper wieder unter die Kante der Grundmauer. Das hier war im Augenblick kein Platz für ein Tier.

Rufe ertönten nun von innen, und wir sprangen sofort zu Boden und außer Sicht. Die Tür ging auf, und zwei schlammbedeckte Stiefel standen direkt vor uns. Das Kätzchen schlängelte sich um einen Fuß herum, wurde aber beiseitegetreten und rollte daraufhin mit einem Quietscher über den Boden. Ich wollte augenblicklich aufspringen, doch Cole hinderte mich daran.

Er gab mir ein Zeichen, dass ich mich auf unsere Aufgabe konzentrieren sollte. Mit einem Nicken widmete ich mich also wieder dem Spiel. Natürlich hatte er recht. Es war lediglich ein Reflex gewesen.

Die Stiefel drehten sich jetzt wieder um und kehrten in das Haus zurück.

»Raven One, ihr habt vielleicht Gesellschaft in zehn.« Keith hörte sich an, als wäre er in Bewegung.

»Verstanden.« Cole nickte und erteilte daraufhin den anderen Männern den Befehl zum Eindringen.

Gerade als ich mich auf den Weg nach drinnen machen wollte, bekam ich das Kätzchen wieder zu sehen und erkannte, dass es die Gelegenheit nutzen wollte, ebenfalls hineinzukommen. Ich hob es vorsichtig hoch und steckte es kurzerhand in Ermangelung anderer Alternativen in eine meiner großen Taschen.

Mit gezogener Waffe, das Auge am Sucher, gingen wir hinein und schossen augenblicklich auf alles, was sich bewegte. Wir räumten zuerst die Küche, dann zwei Schlafzimmer, ein Bad und anschließend das Wohnzimmer, bevor wir am unteren Treppenabsatz stehen blieben. Dort lagen sechs Leichen, und Blut bedeckte den Boden. Nach Jahren der Jagd auf solche Scheißkerle, die zur eigenen Unterhaltung und aus Profitgründen Unschuldige umgebracht hatten, war ich immun gegen diese Art von Blutvergießen geworden. Ich entdeckte den einen, den ich suchte … denjenigen, der dem Kätzchen einen Tritt versetzt hatte. Ich wollte ihm am liebsten noch eine Kugel in den Kopf jagen, aber er atmete bereits schwer, also ließ ich ihn einfach liegen, damit er qualvoll in seinem eigenen Blut ertrinken würde. Der Hass brannte wirklich tief in mir.

Cole pfiff und bedeutete mir, dass ich ihm nach oben folgen sollte.

Ich hasste Treppen, denn egal, ob man kam oder ging, es gab immer blinde Stellen, und es war einfach unmöglich, sich darauf gegen Schüsse zu schützen.

Cole ging voraus, und ich packte mein Gewehr bei jedem Schritt fester. Mein Finger lag um den Abzug, und ich drehte mich immer wieder um, um sowohl den Bereich vor als auch hinter uns im Blick behalten zu können. Schweiß rann mir an der Wirbelsäule entlang und tränkte den Bund meiner Hose.

Sobald Cole zurückwich, konzentrierte ich mich auf das, was er sah, und wir feuerten fast zeitgleich. Zwei Männer stürzten daraufhin schwer zu Boden, und ein weiterer polterte die Treppe herab auf uns zu. Cole gelang es, rechtzeitig beiseitezutreten, aber ich feuerte gerade, als er mich traf, und er schlug mir deshalb das Gewehr aus den Händen, verhakte sich in meinem Riemen und landete genau darauf.

»Scheiße«, fluchte ich lautstark und rannte die Treppe hinab. John war gerade im anderen Zimmer und sah von der Ecke aus zu. Er musste die ganze Zeit ein Auge nach draußen halten und auf unerwartete Gesellschaft achten.

Paul raste jetzt hinauf zu Cole, während ich versuchte, mein Gewehr frei zu bekommen.

Ich ruckte zwei Mal kräftig daran, da löste sich der Riemen endlich vom Bein des Mannes. Ich hörte ein Geräusch und schaute gerade noch rechtzeitig hoch, dass ich sah, wie der Typ mit den schlammigen Stiefeln zur Hintertür hinausrannte.

»Oh zum Teufel, nein!« Ich sprang über den blutigen Leichnam hinweg, raste durch die Küche und dann zur Fliegengittertür hinaus.

Ich hob die Finger an den Hals und betätigte den Rufknopf. »Objekt auf der Flucht!« Ich wartete, bekam jedoch keine Antwort. Die Baumreihen wurden immer dichter, während ich weiter in den Wald vorstieß. »Eagle Eye, verstehst du mich?« Nichts. Ich wackelte an den Drähten, erzeugte jedoch bloß ein seltsames Klickgeräusch. »Fuck!«

Ich riss es mir wütend vom Hals und ließ es achtlos über meiner Schulter baumeln. Ich gewann dem Flüchtigen gegenüber langsam an Boden, und er wurde langsamer, also war es bloß eine Frage der Zeit, bis ich ihn erwischen würde.

Der Boden fiel jetzt ab, und der Mann verschwand kurzzeitig aus meiner Sicht. Ich raste weiter, und meine Füße hämmerten auf die Erde, während mein Herzschlag sich meinem Tritt anpasste.

Halt!, schrien mir plötzlich meine Eingeweide zu. Mein ganzes Training sagte mir, ich solle sofort stehen bleiben. Ich konnte nicht sehen, was vor mir lag. Ich könnte in vollem Lauf in eine Kugel hineinrennen.

Meine Fersen gruben sich augenblicklich in den Boden, und ich kam zum Stehen. Ich ließ mich auf die Knie fallen, schob mich vorsichtig über einen Felsen, um einen Blick auf das unter mir liegende Gebiet zu erhaschen, und sah, dass die Küste sauber war.

Vom Haus her hörte ich plötzlich Gewehrschüsse, und ich warf einen Blick über die Schulter. Ich schloss die Augen und verließ mich ganz auf mein Gehör, um den Kerl zu finden. Ich filterte sämtliche natürliche Geräusche aus und konzentrierte mich voll und ganz auf das Geräusch zerbrechenden Holzes. Ich sprang auf und raste nach links. Es dauerte nicht lange, bis ich ihn in den Blick bekam. Sein dunkelrotes Hemd stach gegenüber den gedämpften Farben des Walds grell hervor. Ich rannte noch schneller und holte ein wenig auf. Er schoss jetzt nach rechts, und auf einmal dämmerte mir, was da gerade auf uns zukam. Ich wandte mich hastig zur Seite und hoffte, ihm so den Weg abschneiden zu können. Meine Füße waren seltsam leicht, als ich über Steine sprang und mühelos großen Felsbrocken und Vertiefungen auswich. Nur noch ein halber Meter, bis ...

Ich kam jetzt abrupt zum Stehen und richtete mein Gewehr auf den Mann, der zugleich auch eines auf mich gerichtet hielt.

Sein Mund bewegte sich, und er flüsterte etwas. Moment mal ...

»Amen«, flüsterte er nun, bevor er sich die Waffe kurzerhand in den Mund steckte und abdrückte. Seine Augen öffneten sich weit, bevor er nach hinten kippte und abstürzte.

Ich eilte vorsichtig zu dem Felsvorsprung und sah, wie sein Körper den Berg hinabfiel, dabei immer wieder gegen die Felswand prallte und herumgewirbelt wurde. Ich wartete, bis er unten angekommen war, bevor ich wegging. *Einer erledigt, Milliarden weitere warten noch.*

Der Lauf zurück gab mir die Zeit, das Geschehene zu verarbeiten, aber er erlaubte mir zugleich auch, an Mia zu denken. Ich verabscheute den Schmerz, den ihr Name mit sich brachte, zutiefst. *Wäre ich jemals imstande, ihr zu vergeben? Oder wäre ich wirklich imstande, ohne sie zu leben?*

Ich wurde jetzt langsamer und zog mein Funkgerät über die Schulter, um zu sehen, was damit nicht stimmte. Einer der Drähte hatte sich offenbar gelockert. Ich kniete mich hin und verdrahtete mein Gerät deshalb schnell neu.

Anschließend schaltete ich es wieder ein und hörte nur: »Mann getroffen! Wiederhole, Mann getroffen!« Keiths Stimme drang wie ein Messer in mein Gehirn. Der Wald verschwamm vor meinen Augen, während ich, so schnell ich konnte, zum Haus zurückraste. Ich nahm kaum wahr, wie meine Füße den Boden berührten, so konzentriert war ich auf das Team. Sobald ich die Lichtung erreicht hatte, sah ich schon sämtliche Männer um eine Trage herum kauern.

»Lopez!«, rief Cole, als er mich sah. »Beeilung!«

Ohne weiter zu überlegen, packte ich sofort einen Griff der Trage und rannte mit ihnen gemeinsam zu dem Hubschrauber, der gerade auf einem Feld auf der anderen Straßenseite landete.

»Los! Los! Los!«, schrie Cole den Piloten aufgeregt an. Innerhalb von wenigen Minuten waren wir bereits in der Luft und unterwegs zum Krankenhaus.

»Was zum Teufel ist denn passiert?« Ich sah Keith an, der verzweifelt versuchte, das golfballgroße Loch in Pauls Brust zu verbinden, während er ruhig auf ihn einredete. Cole schrie etwas in sein Funkgerät, um das Sanitäterteam auf unsere Ankunft vorzubereiten, und John legte Paul mit grimmigem Gesicht einen intravenösen Zugang in den Arm.

»Ein Heckenschütze.«

Fuck!

»Paul, Kumpel, du kommt wieder in Ordnung.« Ich beugte mich über ihn, sodass er mich sehen konnte, aber er blinzelte nicht einmal. Ich blieb ruhig, denn das hatte man uns beigebracht, aber ich spürte instinktiv, wie der Ernst der Lage sich still und leise in mich hineinschlich, und ich wusste, dass Keith es ebenfalls spürte.

»Hey.« John ergriff nun Pauls Hand von der anderen Seite und drückte sie fest. »Du gehst nirgendwohin, hast du mich verstanden?«

Keine Reaktion.

»Wir haben schon viel zu viel miteinander durchgemacht, Paul. Öffne gefälligst deine Augen und sieh mich an, verdammt!«

Nichts.

Ich warf Keith einen besorgten Blick zu, und er nickte mir leicht zu. Meine Finger schlossen sich daraufhin um Pauls Handgelenk, und ich schloss die Augen, während ich zugleich das Gefühl hatte, dass mir das Herz zerbrach.

Als ich meine Augen wieder öffnete, starrten mich beide Männer an, und die Hoffnung sickerte allmählich aus dem Hubschrauber hinaus.

»Kein Puls.« Ich kniete mich hin und machte mich daran, auf seine Brust zu drücken. Doch Blut floss ringsherum heraus, und meine Hosenbeine wurden feucht. »Scheiße!«

Als der Hubschrauber zur Seite tauchte, wurde ich zurück in den Sitz geworfen, wo mir die Schnalle eines Sicherheitsgurts gegen die Stirn schlug.

»Wir stehen unter Beschuss!«, rief der Pilot über unsere Headsets. Cole ging daraufhin hinter einem Gewehr in Position und überschwemmte den Horizont mit Geschossen.

Ich versuchte, den Kopf zu heben, aber vor meinen Augen verschwamm alles. Jemand riss mich nach hinten, und ich fand mich Auge in Auge mit Cole wieder. Er schrie etwas, aber ich konnte keinen Laut wahrnehmen. Er wiederholte es, ich blinzelte und las ihm von den Lippen ab: »Alles in Ordnung mit dir?«

Ich nickte und ließ mir von ihm auf die Knie helfen. Mir drehte sich augenblicklich der Magen um, aber ich brachte es dennoch irgendwie fertig, die Übelkeit zurückzudrängen.

Dann traf mich die Realität plötzlich wie ein Faustschlag.

Paul!

Kapitel zehn

Mia

Meine Mutter hielt mich an der Hand, während mein Vater mich vom anderen Ende des Tisches aus anstarrte. Wir stritten uns jetzt bereits seit fünf Tagen, und ich hatte es endgültig satt. Nach dem Verlust von Kenny und dem Bruch mit Mark war ich vollkommen erledigt und wusste, dass ich nun ein paar größere Entscheidungen hinsichtlich meines Lebens zu treffen hatte.

Ich hatte bereits einige Anrufe getätigt und würde in Kürze zum Boston Memorial wechseln. Ich hatte meine Kündigung mit einer Frist von zwei Wochen eingereicht und musste nur noch sechs Schichten absolvieren, bevor ich aufhören konnte. Ein Wechsel war unbedingt erforderlich, und wenn ich in North Dakota bleiben würde, müsste ich mich einfach mit zu vielen schmerzlichen Erinnerungen herumschlagen.

»Ich glaube, ich muss unbedingt mal mit Logan ein Wörtchen über diesen ganzen Schlamassel reden«, brummte mein Vater. »Zuerst Savannah und jetzt du. Es ist wie eine gottverdammte Verbindungsparty da drüben.«

»Es sind über dreißig Männer, die dort arbeiten, Dad. Dreißig Männer, die lieben, was sie tun, weil sie fest daran glauben, aber sie brauchen auch ein Leben außerhalb davon. Was Cole getan hat, war einfach, Mark zu gestatten, glücklich zu sein.«

»Er hat einer Zivilistin Zutritt zu einem Rückzugsort gewährt, zu einer Zeit, als sie nicht zwingend dort sein musste.«

»Cole hat das alles sehr professionell gehandhabt. Ich habe die Geheimhaltungserklärung unterschrieben, bevor ich irgendetwas erklärt bekommen habe. Was ich wusste, wusste ich nur von dir.« Ich straffte die Schultern. »Ich kannte das Motto von Blackstone, kannte jeden nach seinem Rang und wusste sogar ein wenig über ihre Familien, aber das wusste ich alles nur von dir.«

»Du bist auch meine Tochter.« Sein Tonfall war schroff.

»Und Mark war mein Freund!«

»Das ist etwas vollkommen anderes.«

Ich beugte mich vor. »Ach wirklich? Etwas anderes als die Tatsache, wie du Mom in deine Aufträge eingeweiht hast, bevor ihr überhaupt verheiratet gewesen seid?«

»Sei bloß vorsichtig, Mia!«, warnte er.

»Sonst was, Dad? Wirst du mich dann bestrafen? Mich auf mein Zimmer schicken? Falls du es vergessen hast: Ich bin dreißig Jahre alt, lebe allein und arbeite in einem Job, den ich liebe. In einem Job, auf den du nie stolz warst, dass ich ihn ausübe. Hast du auch nur die geringste Vorstellung davon, wie sehr mich das belastet?«

Er sah mich entgeistert an. Auf diese Art hatte ich noch nie zuvor mit ihm geredet. Wir hatten unsere Gefühle immer für uns behalten. Na ja, jetzt offenbar nicht mehr.

»Ich bin immer stolz auf dich, Mia. Ich möchte doch nur mehr für dich, und ich will dich außerdem nicht in meiner Welt haben.«

»Warum? Was ist denn so schlimm daran, in der Welt der Armee zu leben?«

»Sie ist äußerst gefährlich, und du wirst dich immer fragen müssen, ob dein Mann dieses Mal vielleicht nicht wieder nach Hause zurückkehrt. Das ist einfach kein Leben.«

»Aber Dad, es ist doch wohl an mir, zu entscheiden, ob ich so ein Leben will, und nicht an dir.«

Meine Mutter mischte sich nun ebenfalls ein. »Da hat sie recht, Frank.« Dad schüttelte aufgebracht den Kopf und verließ wütend den Tisch. Die Tatsache, dass er nicht mehr weiter argumentierte, entging mir nicht.

Mom wartete, bis er weg war, bevor sie ihren Tonfall änderte: »Dein Vater hat einen Kontakt, der in nächster Zeit dein Wohngebäude überwacht.« Sie reichte mir ein gefaltetes Blatt Papier. »Hier ist seine Nummer. Er sagte, du könntest ihn jederzeit anrufen.«

Ich nahm es erleichtert entgegen, denn ohne Mark in meinem Leben erschienen mir sämtliche angsterregenden Dinge noch viel schlimmer als zuvor.

»Mia.« Dr. Evans öffnete seine Bürotür und begrüßte mich. Ich erhob mich aus dem Stuhl und trat ein. »Danke, dass du gekommen bist.«

Er wirkte besorgt, als er behutsam die Kopie der E-Mail in die Hand nahm, die ich an die Stellenvermittlung geschickt hatte, und überflog sie nun noch einmal. »Darf ich dich fragen, warum du uns verlässt?«

»Ich bin damals nur wegen Kenny hergekommen, und da er jetzt ...« Ich räusperte mich. »... werde ich nicht mehr gebraucht.«

»Da bin ich aber anderer Ansicht. Du bist sehr gut in dem, was du tust. Geh bitte nicht nur deshalb. Dieses Krankenhaus braucht unbedingt jemanden wie dich.«

»Vielen Dank für alles, Dr. Evans, aber ich muss jetzt wieder zu meinen Patienten, und ich habe meine Mittagspause bereits überschritten.«

»Bitte, Mia, überleg es dir noch einmal, ob du nicht vielleicht doch bleiben willst.«

Ich schloss die Augen und stand auf. Mein Entschluss stand fest. »Ich muss jetzt gehen.«

Mit diesen Worten schloss ich die Tür und stieß einen langen und schweren Seufzer aus. Es war am besten so. Ich war sowieso niemand, der lange an irgendeinem Ort verharrte.

Ich blieb an meinem Spind stehen und nahm mir einen Apfel. Mein Blutzuckerspiegel war ziemlich niedrig, seit ich kaum noch etwas zu mir nahm. Als ich an der Schwesternstation vorbeikam, rief mich Vikki von den Türen der Notaufnahme aus.

»Mia!« Sie winkte mich hektisch zu sich, als auch schon ein ganzes Meer von Menschen hereinströmte.

Das gesamte Blackstone-Team war da. Sie sahen aus, als wenn sie gerade aus einem Krieg zurückgekehrt wären.

»Männlich, Henry Paul, Alter dreiunddreißig, Schusswunde in der Brust. Reagiert seit fast vierundfünfzig Minuten auf keinerlei Reize mehr.«

»Verstanden.« Molly brüllte daraufhin Anweisungen, bevor sie Paul hastig in den OP schoben.

Coles Hand landete schwer auf meiner Schulter. Er nickte zu Mark hinüber, der von oben bis unten mit Blut bedeckt war. Er sah etwas blass aus, und der Schnitt oberhalb seiner Augen schien ziemlich tief zu sein. Ich sah dabei zu, wie er aus der eisig kalten Nachtluft hereinkam.

»Ich hole sofort eine Schwester.« Ich wollte mich schon umdrehen, aber Cole hielt mich zurück.

»*Du* solltest ihn behandeln.« Seine Stimme blieb dabei neutral. »Er braucht dich jetzt gerade.«

»Okay.« Ich nickte, während ich vorsichtig zu meinem Ex hinüberging.

Das weiße, langärmelige T-Shirt, das ich unter meiner dunklen Schwesternkleidung trug, hätte gut und gern aus Papier sein können, so dünn war es. Ich löste hastig das Band meines Haars, sodass es mir wie eine Decke über die Schultern fiel.

Mark saß auf einer Bank, das Gesicht in seinen Händen vergraben, während er die Beine vor und zurück baumeln ließ. Seine Uniform war schwarz und an der Grenze zu furchteinflößend. Seine Hände waren schlammverschmiert, und über sein Gesicht zogen sich Streifen von Blut, die an seinem Hals hinab in seinem Hemd verschwanden.

»Mark?« Meine Stimme war kaum zu hören. Ich hatte so viel Angst, dass er mir sagen würde, ich solle gehen. Langsam hob er den Kopf, und sein Blick wirkte gehetzt. Ich hasste es, dass der Grund für unser erstes Wiedersehen der war, dass ein Mitglied seines Teams gerade um sein Leben kämpfte. »Kann ich mir deinen ...«, ich zeigte darauf, »... Schnitt ansehen?«

»Mir geht's gut.« Er wandte sich ab und starrte auf die vorüberfahrenden Autos.

Ich verschränkte die Arme vor der Brust und sah ihn fest an. »Bitte, Mark, ich muss mir deinen Schnitt ansehen.«

»Du wirst frieren, Mia. Geh wieder nach drinnen.«

Meine Gefühle ließen sich nicht unterdrücken, also setzte ich mich neben ihn, anstatt zu gehen, und holte tief Luft. Ich zuckte unwillkürlich zusammen, weil die Bank so kalt war.

»Was tust du denn da?« Er wirkte sauer.

»Sitzen.«

»Mia«, sagte er warnend.

»Mark, ich kann genauso stur sein wie du, weißt du.«

Er lehnte sich zurück und stieß einen lang gezogenen Seufzer aus. Ich steckte meine eiskalten Hände zwischen die Beine und versuchte, mein Zittern zu unterdrücken.

Etwas regte sich plötzlich in seiner Tasche. Überrascht wich ich zurück, als sich ein pelziger Kopf hervorschob.

Mark tätschelte ihn sanft, bevor das Kätzchen sich wieder in die Wärme zurückzog.

»Du wirst noch krank werden«, sagte er schließlich.

»Ich werd's schon überleben« Ich musste mit aller Macht gegen den Drang ankämpfen, näher zu rücken. Mit einem tiefen Atemzug entschloss ich mich schließlich zu einem *besser jetzt als nie*. »Ich wollte dir niemals wehtun, Mark. Es tut mir so leid, dass ich's letzten Endes doch getan habe.«

Er stand auf und bedeutete mir, ihm zu folgen. »Bringen wir's hinter uns.«

Ich führte ihn zu einem leeren Bett und schloss die Vorhänge, sodass wir etwas Privatsphäre hatten. Ich sagte nichts, als ich seinen Schnitt reinigte, das Gebiet vereiste und mich dann daranmachte, seine Wunde zu nähen. Er starrte mir die ganze Zeit emotionslos über die Schulter. *Was hätte ich nicht alles dafür gegeben zu erfahren, was gerade in seinem Kopf vor sich ging.*

Ich wandte ihm den Rücken zu und warf die blutigen Verbände in den Abfall. »Fertig.« Bevor ich noch etwas sagen konnte, war er auch schon wieder auf den Beinen und sammelte seine Sachen zusammen.

»Danke.« Er schob den Vorhang auf und ging.

»Gern geschehen.« Ich sah zu, wie der Vorhang hinter ihm zufiel.

Ich entschloss mich, im Bereitschaftsraum zu schlafen, falls ich benötigt würde. Ich war es so leid, zu analysieren, was zuvor geschehen war, dass ich in dem Moment einschlief, als ich den Kopf auf das Kissen legte.

Mein Handyalarm ging aus irgendeinem Grund nicht an, sodass mich eine andere Schwester wecken musste, damit sie schlafen konnte. Ich duschte schnell, wechselte die Kleidung und ging dann so schnell wie nur menschenmöglich hinaus in den Flur der Notaufnahme. Es war ziemlich still, nur ein paar Leute saßen im Wartezimmer verteilt.

»Mia.« Vikky winkte mich zu sich hinüber. »Sie sind weg.«

Mir sank das Herz in die Hose. »Was meinst du damit?«

»Sie sind vor drei Stunden gegangen.«

»Oh.« Ich nickte. Alle Hoffnung, die ich noch für uns gehabt hatte, war damit erloschen.

Sie legte ihre Hand mitfühlend auf meine. »Wir sollten reden.«

Mark

In meinem Innern war alles taub, während ich langsam über den Boden schlurfte. Jeder Schritt erforderte übermenschliche Anstrengung. Jeder Atemzug war schmerzhaft, und jeder Herzschlag schabte ein Stück von dem Damm weg, der mich noch mit Mühe zusammenhielt.

Keith stand auf der anderen Seite, und sein Gesicht war ebenso starr wie meins, wir alle hielten den Blick geradeaus gerichtet.

Schneeflocken kitzelten auf den frei liegenden Stellen meiner Haut. Es war das einzige Anzeichen dafür, dass ich noch lebte.

Cole räusperte sich jetzt verlegen, bevor er uns befahl hereinzukommen.

Ich hasste diesen Teil so abgrundtief. Alle Augen waren auf uns gerichtet, aber es war dieses Mal wenigstens nur eine kleine Trauergemeinschaft.

Ich hielt den Griff fest gepackt, meine weißen Handschuhe spannten sich über den Fingerknöcheln, als ich die Kirche betrat. Savannah spielte vorn gerade »Amazing Grace«.

Nachdem wir den schwarzen Sarg auf das Podest gehoben hatten, drehten wir uns um und salutierten unserem Bruder.

Ich zog einen der Handschuhe aus und legte meine Hand auf das kühle Holz. »Bis wir uns wiedersehen«, flüsterte ich, »wache über uns.«

Cole legte seine Hand neben meine und wartete einen Herzschlag lang, bevor er sie wieder zurückzog.

Der Gottesdienst war ... hart. Ich war froh, als er endlich vorbei war, und noch froher, als wir nach Hause zurückkehren konnten und alle für die Nacht unserer eigenen Wege gingen.

Nach einem kräftigen Drink lag ich im Bett und gestattete es mir, einzuschlafen.

Zwei Wochen später

Nach einiger Zeit kehrte das Haus wieder zu einer gewissen Normalität zurück. Savannah war unermüdlich damit beschäftigt, alles für Weihnachten zu schmücken. June achtete auf John, der ein paar Mal in tiefe Depressionen über den Tod seines besten Freundes verfallen war. Sie hatten zusammen in der Armee gedient, bevor sie sich *Shadows* angeschlossen hatten, und sie hatten eine lange gemeinsame Geschichte. Keith hingegen war wie immer. Sein Handy klingelte jetzt anscheinend seltener, aber ich wusste nicht recht, ob das etwas Gutes zu bedeuten hatte oder nicht.

Ein lautes Krachen ertönte plötzlich, und ich machte einen erschrockenen Satz. Ich drehte mich um und entdeckte Olivia, die eine große Schüssel hatte fallen lassen. Clementinen rollten nun überall umher.

»Mark, könntest du sie bitte zu Abby bringen?« Savannah hatte gerade ein Stück Klebeband im Mund, weil sie eine Lichterkette am Fensterrahmen befestigte.

»Aber sicher.« Ich blieb allerdings kurz stehen, als ich sah, womit Olivia bedeckt war. »Oh zum Teufel, nein.« Meine Hände schossen in die Höhe. »Ich will nicht glitzern.«

Savi schnaubte, aber ich sah, dass sie sich in Wirklichkeit köstlich über mich amüsierte. »Also, Onkel Mark, willst du mir wirklich sagen, dass du deine kleine Freundin nicht hochnehmen willst?«

Ich sah auf das silbrig glänzende, dunkeläugige kleine Mädchen hinab, die sich gerade den Schlüsselbund ihres Vaters in den Mund gerammt hatte. Sie grinste und streckte die Arme nach mir aus, also hob ich sie widerwillig hoch.

»Wo ist denn Keith?«

»Nicht da«, rief er von irgendwoher.

»Livy, wir haben doch schon früher über dieses Glitzerzeug gesprochen. Ich hatte gedacht, wir hätten eine Übereinkunft erzielt.« Ich holte eine Decke, und sie kicherte, als ich sie wie einen Burrito einwickelte und zu Abby trug.

Ich setzte mich jetzt Cole gegenüber vor den Schreibtisch.

»Alles in Ordnung mit dir?« Er hob eine Braue.

»Wie oft wirst du mich das denn noch fragen?«

»So oft, wie es nötig ist, und so lange, bis du zugibst, dass du sie vermisst.«

Über dieses Thema hatten wir schon mindestens neun Mal gesprochen.

Ich setzte zum Reden an, aber er hielt sofort einen Finger in die Höhe. »Ich bin gestern im Ort Frank über den Weg gelaufen.«

»Und?«

Er musterte mich einen Augenblick lang ernst. »Mia hatte gestern Abend einen Autounfall.«

»*Was?*« Ich sprang auf, und mein Herz raste wie verrückt. »Du meine Güte, ich muss sofort ...«

Er lehnte sich jetzt mit einem wissenden Grinsen zurück. Er hatte mich angelogen, verdammt! »Das war scheiße, Cole, echt scheiße.« Ich ging zur Bar und goss mir einen doppelten Brandy ein.

»Das stimmt, aber ich musste einfach wissen, wo du bei diesem Thema wirklich stehst.« Er stieß nun einen langen Seufzer aus. »Dieses Gefühl, das du gerade hast, das dich auffrisst, bis du ihr Gesicht endlich wiedersiehst oder bis du ihr wenigstens nahe genug bist und ihren Duft einatmen kannst … den Duft, den du brauchst, um dich auf den Boden zurückholen zu können … wird nicht einfach verschwinden. Wenn du Pech hast, niemals. Glaub mir.« Sein Gesichtsausdruck wurde jetzt ernst. »Ein Teil deiner selbst wird irgendwann wahnsinnig werden, und der andere wird derart schmerzen, dass du alles tun würdest, um ihn zum Verschwinden zu bringen, denn du liebst sie.«

»Ich weiß«, gab ich schließlich widerwillig mir selbst und ihm gegenüber zu. Ich war in der Lage gewesen, ein wenig von dem angestauten Schmerz loszuwerden, doch das, was noch übrig war, lastete immer noch schwer auf mir.

»Mark, ich habe auch durchgemacht, was du gerade durchmachst. Du musst die Sache unbedingt in Ordnung bringen, bevor du im Feld deswegen zu Tode kommst, weil dein Herz nicht mit im Spiel ist.« Wir zuckten bei dieser Bemerkung beide zusammen, aber wir kamen darüber hinweg – wir mussten es. Aber wir würden es dennoch niemals vergessen.

»Ja, ich weiß.« Ich starrte zu Boden. Er hatte ja recht. Verdammt, er hatte so recht. »Ich muss jetzt gehen.«

»Nein!«

Wir drehten uns um und entdeckten Savannah in der Tür.

»Tut mir leid.« Sie wedelte mit den Händen in der Luft herum. »So süß diese brüderliche Romanze ja auch anzuhören war, so benötigt ihr beide doch unbedingt einen weiblichen Weckruf.«

»Süße«, versuchte Cole, ihr das Wort abzuschneiden, aber Savannah warf ihm diesen einen gewissen Blick zu, und er wich sofort zurück. Das liebte ich so an den beiden. Sie wussten genau, wann der andere etwas zu sagen hatte.

»Seit du in ihr Leben getreten bist, ist Mia schon zwei Mal verletzt worden. Beim ersten Mal hast du auf einer Sache herumgetrampelt, die ihr lieb und teuer war, und beim zweiten Mal hast du sie ohne den Versuch gehen lassen, die Sache aufzuarbeiten.« Ich öffnete den Mund und wollte etwas erwidern, aber sie hinderte mich daran. »Das ist mein Rat, und du kannst ihn annehmen oder auch nicht, aber du wirst mir wenigstens bis zum Ende zuhören, weil ich dir nämlich helfen werde, sie zurückzuholen. Du musst aber zuerst diese ganze Sache mit Manuel hinter dich bringen, bevor du auch nur daran denken kannst, Mia in dein Leben zurückzuholen.«

Das Leder von Coles Sessel quietschte leise, als er sich mir zuwandte. »Das finde ich auch.«

»Zieh jetzt also dieses Reservemagazin aus dem süßen kleinen Hintern und lass die ganze Scheiße endlich raus.« Savannah mochte ja klein und hübsch sein, aber sie konnte einem die Dinge manchmal ganz schön direkt um die Ohren hauen.

»Du hältst meinen Hintern für süß?« Ich blinzelte kokett, während Cole die Augen verdrehte. Ich setzte immer Humor ein, um mit schwierigen Dingen zurechtkommen zu können. »Okay, du hast ja recht.«

»Oh, ich weiß.« Sie blies Cole einen Luftkuss zu und schloss dann die Tür wieder hinter sich.

»Und wenn ich sie tatsächlich zurückbekomme?«

»Wir werden uns schon etwas einfallen lassen.« Cole nickte mir aufmunternd zu. »Können wir jetzt vielleicht mal über Manuel reden?«

Kapitel elf

Auf Coles Anweisung hin hatte ich eine Sitzung bei Dr. Roberts hinsichtlich der fehlenden Teile in meiner Erinnerung vereinbart.

Er stellte viele Fragen, während ich mit dem Kopf auf einem Kissen dalag und zum Ventilator an der Decke hinaufstarrte. Ohne wirklich zu überlegen, ließ ich ihn in mich hinein und führte ihn durch das Labyrinth zusammengewürfelter Erinnerungen, von denen einige deutlicher waren als andere.

Am meisten fiel mir auf einmal auf, dass mein Bruder stets in der Ferne anwesend war. Er sagte oder tat eigentlich nie etwas, sondern stand nur da und beobachtete mich, während ich den Doc auf eine Tour durch meine Vergangenheit mitnahm. Er war wie ein Bild an der Wand, das man schon Tausende Male gesehen hatte, dem man jedoch nur dann wirklich Beachtung schenkte, wenn man intensiv daran dachte. Genauso war das auch mit Manuel in meinem Kopf.

»Ich werde jetzt von drei rückwärts zählen.« Die Stimme des Docs war leise und ruhig. »Dann werden Sie vollkommen ausgeruht und wieder hellwach sein. Drei, zwei, eins, aufwachen, Mark.«

Ich blinzelte verwirrt und überprüfte sofort die Uhrzeit auf meiner Armbanduhr. Irgendwie hatte ich die letzten dreißig Minuten unserer Sitzung komplett verpasst.

»Was ist passiert?«

»Ich habe Sie hypnotisiert.«

Sämtliche Türen in meinem Kopf knallten mit einem Schlag zu. »Sie haben *was*? Warum?«

»Sie haben mich darum gebeten.«

»Wirklich?« *Wirklich?*

»Lassen Sie Ihrem Gehirn einen Augenblick Zeit, um alles zu verarbeiten, dann werden Sie sich ebenfalls daran erinnern.« Er setzte jetzt die

Brille ab und putzte sie mit dem Zipfel seines Anzughemds. »Sie haben wirklich eine bewundernswerte Art und Weise, Dinge abzublocken, Mark. Ich habe noch nie zuvor jemanden erlebt, der, obwohl er hypnotisiert war, nach wie vor versucht hat, die Situation zu kontrollieren. Sie wurden allerdings von irgendetwas abgelenkt. Erinnern Sie sich noch daran, was es war?«

Ich rieb mir den Kopf und gab mir Mühe, die Erinnerungen zurückzuholen. »Von meinem Bruder. Er hat beobachtet, wie wir uns unter meinen Gedanken umherbewegt haben. Wenn wir in ein anderes *Zimmer* gegangen sind, ist er uns einfach gefolgt und hat uns schweigend beobachtet.«

»Hmm.« Der Doc setzte seine Brille wieder auf, und sein Gesichtsausdruck wurde nachdenklich. »Für mich ist es ziemlich offensichtlich, dass Sie einen größeren Teil dessen abgeblockt haben, was an jenem Tag geschehen ist. Ihr Gehirn hingegen hat offenbar versucht, Ihnen mitzuteilen, dass Manuel ebenfalls an der ganzen Sache beteiligt war.«

Mein Handy läutete, und ich holte es aus meiner Jeanstasche.

Cole: Pack deine Taschen, ich habe Manuel gefunden. Halte dich in dreißig Minuten bereit.

Mark: Verstanden.

»Tut mir leid, Doc.« Ich war schon auf dem Weg zur Tür, als er erneut das Wort ergriff.

»Mark, ich weiß, dass wir auf keinem guten Fuß miteinander standen, seit ich mit Abigail zusammen bin, aber ich möchte Sie wissen lassen, dass sie mir wirklich etwas bedeutet.«

Ich war auf einmal nervös. »Hoffentlich habe ich während der Hypnose nichts gesagt ...«

»Das haben Sie nicht. Ich wollte einfach nur mal für klar Schiff sorgen.«

»Okay.« Das respektierte ich. »Danke.«

»Oh, und Mark ...« Ich blieb an der Tür stehen. »Rufen Sie Mia an, denn sie ist der Grund für Ihre Kopfschmerzen.«

Ich schenkte ihm ein dünnes Lächeln. »Das habe ich vor.«

»Gut.« Er widmete sich jetzt wieder seinen Notizen. Als ich ging, fühlte ich mich zu meiner Überraschung sehr viel besser als beim Hereinkommen.

Ich eilte nun den Flur hinab und dann die Treppe hinauf, um schnell zu packen.

Zwanzig Minuten später gab mir Cole einen kurzen Überblick, während wir zum Hubschrauber rannten. John blieb zurück, denn Cole wusste nicht, was uns bevorstand, und er wollte ihn in Bereitschaft halten, falls wir ihn später noch brauchen sollten. Hinzu kam noch, dass er nach Pauls Verlust noch immer nicht für die Arbeit im Feld bereit war.

Wir landeten in North Dakota und begannen die Überwachung in einem Hotel, von dem aus wir einen Blick auf eine alte Lagerhalle hatten, die zurzeit als Schlachthof diente.

Ich zog die Einladung, die Frank anonym zugeschickt worden war, aus dem weißen Umschlag. Sie galt einer Untergrund-Pokerrunde. Gerüchten zufolge betrug der Einsatz bis zu fünfundsiebzigtausend Dollar. Es war ziemlich klar, dass Manuel hier auftauchen würde, also sorgten wir dafür, dass ich ebenfalls dort sein würde. Ich strich mit dem Finger über die Nummer fünf. Das war der Raum, in dem ich sein würde.

»Check: eins, zwei, alpha, beta, delta.« Cole wartete, bis ich ihm das Zeichen gegeben hatte, dass ich ihn hören konnte. Von der anderen Seite des schmuddeligen Hotelzimmers aus streckte ich meinen Daumen in die Höhe.

»Das hier ist eine beschissene ...«, Keith schlug mit der Hand auf eine Spinne, »... Müllkippe.«

Cole beugte sich hinab und legte das Auge an das Fernrohr. Ich zog mir einen Pullover über und achtete dabei darauf, dass mein Mikrofon von dem dicken Stoff verborgen war. Ich musste jetzt einfach einen Blick auf mein Handy werfen. Was täte ich nicht alles dafür, ihre Stimme ein einziges Mal zu hören, nur damit sie mich auf den Boden zurückholte.

Cole und Keith waren anscheinend gerade mit den Vorbereitungen beschäftigt, deshalb ergriff ich kurzerhand mein Handy und schlüpfte damit ins Bad.

»Oh, fuck.« Ich zog hastig die Hand vom Waschbecken zurück, weil gerade ein fetter Käfer aus dem Abfluss gekrabbelt kam. Ich knallte sofort einen Becher über ihn, hob ihn hoch und ließ ihn draußen auf das Fensterbrett fallen. Mit dem Daumen scrollte ich anschließend durch meine Kontakte und hielt bei ihrem Namen inne. Ich hob das Handy ans Ohr und stieß einen langen Atemzug aus. Natürlich bekam ich sofort ihre Mailbox zu hören.

»Hier ist Mia. Hinterlassen Sie eine Nachricht.«

Ich warf einen Blick in den Spiegel und folgte einfach meinem Bauchgefühl. »Hallo, ich bin's, Mark. Ich ... äh ... ich bin gerade dabei, meinen Bruder bei dieser Untergrund-Poker-Kiste zu finden.« Ich hielt inne und fragte mich, warum um Himmels willen ich ihr all das erzählte. »Sieh mal, ich vermisse dich, Mia. Ich weiß, ich habe die Sache zwischen uns versaut. Ich habe dich zurückgestoßen, als ich dich in Wirklichkeit festhalten wollte. Ich wollte es dir nur sagen, damit du es weißt.« Mein Mund wurde trocken und meine Hände eiskalt. »Ich ...«

»Drücken Sie bitte die Eins, um die Nachricht zu speichern, oder drücken Sie die Zwei, um sie neu aufzunehmen.«

Verdammt. Ich senkte das Handy und meinen Kopf.

»Ich liebe dich!«

»Hör mit dem Scheiß auf und schalte endlich ab, du Trottel.« Keith hämmerte wie wild an die Tür. »Du bist jetzt dran.«

Mit dreißig Riesen in der Tasche ging ich in die finstere Seitengasse, klopfte drei Mal an die Tür und fügte am Schluss noch ein weiteres rasches Klopfen hinzu.

Die Tür ging auf, und ein riesiger Latino musterte mich von Kopf bis Fuß, bevor er fragte, ob ich etwas dabeihätte.

»Nein.« Ich hob meinen Pullover, um zu zeigen, dass ich sauber war.

»Geld?«

»Ja.« Obwohl ich ihm nicht anbot, es ihm zu zeigen.

»Fünfte Tür rechts.«

Ich betrat daraufhin den dunklen Raum und sorgte dafür, dass meine Schulter die Umgebung abdeckte, da Cole alles aufzeichnen würde.

Dichter Qualm brannte in meinen Lungen, als ich tiefer in die Lagerhalle hinabstieg. Sie sorgten offenbar bewusst dafür, dass man hier ein Gefühl von Untergrund bekam. Eine äußerst spärliche Beleuchtung und mehr Waffen, als ein Kartell besaß.

Schließlich stand ich vor der Tür mit der Nummer fünf und fragte mich, ob ich jetzt anklopfen sollte. Ich entschied mich dagegen und trat einfach ein, womit ich mich als Blödmann präsentierte, anstatt den Vorsichtigen zu spielen.

Fünf Männer saßen an einem Tisch und spielten Karten, während zwei weitere sich in der Ecke unterhielten.

Die Männer, die Karten spielten, erhoben sich bei meinem Eintritt hastig. Ebenso so schnell erhoben sie ihre Waffen.

Ich sah sie mit gespielter Überraschung an. »Warum richten Sie denn Waffen auf mich?«

»Waffen auf den Tisch, und wer bist du, zum Teufel?«, brüllte jetzt einer.

»Na ja, ich habe keine dabei, aber Sie wissen doch bestimmt, dass niemand Unbefugtes an dem Sumoringer da draußen vorbeikommt. Außerdem habe ich eine Einladung.« Ich griff in mein Jackett, hielt jedoch währenddessen die andere Hand in die Höhe, um zu zeigen, dass ich nichts Böses im Sinn hatte, dann warf ich dem Typen die Einladung vor die Füße.

Er hob sie auf und untersuchte sie gründlich.

»Bargeld?«

»Ja.« Ich klopfte auf das Innenfutter meiner Jacke.

Er starrte mich einen Augenblick lang an, dann nickte er zum Tisch hinüber. »Der Eintritt beträgt zehntausend.«

»Herrlich. Willkommen beim Spiel.« Ich kicherte, um zu zeigen, dass ich überhaupt nicht nervös war. Ich wählte den leeren Stuhl zwischen einem hageren Typen, der garantiert betrügen würde, wie ich anhand dessen vermutete, wie er meine Jacke musterte, und einem anderen, der vielleicht in Kürze an einem Herzinfarkt sterben würde, so schnell, wie er seine Fritten mit Soße verschlang. *Habe ich aber ein Glück.*

Die Tür ging jetzt auf, und Dell kam herein. Bevor ich das Ganze auch nur verarbeitet hatte, quasselte Cole mir auch schon ins Ohr. Dell erstarrte kurz bei meinem Anblick, gewann seine Fassung jedoch schnell wieder zurück und nickte leicht zur Bar in der Ecke hinüber. Ich wartete ein paar Augenblicke, bevor ich mich räusperte.

»Bevor ich setze, habt ihr vielleicht einen Bourbon für mich?« Ich zeigte zur Bar hinüber, was mir lediglich ein Knurren seitens des fetten Mannes einbrachte. »Heißt das ja?« Ich starrte ihn an. »Okay.« Ich stand auf und ging zur Bar, wo Dell gerade eine Zitrone in seinen Cola-Rum ausdrückte.

»Was soll das, Dell?«, zischte ich, bevor ich bestellte. Dell war jetzt über ein Jahr lang nicht mehr in *Shadows* gewesen, und jetzt war er plötzlich hier in dieser verdammten Lagerhalle. Na klasse. Noch jemand, den ich jetzt im Auge behalten durfte.

»Das wollte ich gerade dich fragen«, murmelte er mit einem Blick auf die Uhr.

»Kommst du oft hierher?« Ich warf einen Blick zum Tisch hinüber, von wo aus mich der Hagere aufmerksam beobachtete.

»In den letzten sechs Jahren immer mal wieder. Aber das darfst du niemandem sagen. Logan würde es mir sofort verbieten.«

»Scheiße ja, und ob!«, fluchte Cole in mein Ohr.

»Das hilft jetzt nicht gerade«, brummte ich Cole zu. Ich drehte mich etwas zur Seite, damit man mein Gesicht nicht sehen konnte. »Du kennst nicht zufällig einen Cop aus New York namens Manuel Lopez?«

Dell hielt mit dem Glas an den Lippen inne und sah mich über den Rand hinweg an. »Ja, wir sind sogar gute Freunde. Er ist ein klasse Typ.

Wa...?« Dann ging ihm plötzlich ein Licht auf. »Heilige Scheiße, ist der etwa verwandt mit dir?«

»Er ist mein Bruder.« Ich sah mich weiterhin im Raum um.

»Heilige Scheiße. Ich habe nicht mal gewusst, dass du einen Bruder hast!«

»Nun ja, er ist eigentlich nur von Bluts wegen mein Bruder. Sieh mal, Dell, du bist gerade mitten in eine ganz beschissene Sache hineingelatscht. Wir kennen einander also nicht, und wenn Manuel sich zeigen sollte ...«

»Er wird kommen. Er hat mich immerhin eingeladen.«

»In diesem Fall möchte ich dich nicht hier sehen, wenn die ganze Sache losgeht.«

»Verstanden.«

»Plant ihr beide gerade ein Date, oder möchtest du hier Karten spielen?«, fragte einer der Männer jetzt verärgert.

»Sei vorsichtig bei dem da.« Dell kippte seinen Drink hinunter und nahm seinen Platz am Tisch ein.

Zwei der Spiele verlor ich absichtlich, weil ich ihnen nicht zeigen wollte, was ich draufhatte. Erst bei dritten Spiel gewann ich meine Verluste wieder zurück. Dell war offensichtlich sehr unbehaglich zumute, denn er rieb sich öfter über die Stirn als nötig. Ich hatte schon häufig genug mit ihm gespielt, um zu wissen, dass er weitaus besser war. Er war offenbar merklich erschüttert von meiner Anwesenheit.

In dem Moment, als ich gerade meine Gewinne vor mir stapelte, ging die Tür auf, und ich musste all mein Können aufbieten, um nicht die Fassung zu verlieren.

»Tut mir leid, dass ich zu spät bin, Noah.« Manuel zog sich die Jacke aus und reichte sie dem Typen, mit dem ich zuvor gesprochen hatte. *Heilige Scheiße. Noah, wie Noah Beck?* Ich konnte es nicht glauben. Noah war Manuels bester Jugendfreund gewesen, und ich hatte ihn nicht wiedererkannt.

Scheiße! Ich hasste diesen Typen!

Manuel setzte sich nun ebenfalls an den Tisch und sah mich direkt an. »Also hast du meine Einladung erhalten?«

»Allerdings.« Ich wusste nicht so recht, ob wir in diesem Augenblick Brüder waren oder ob ich weiter so tun sollte als ob.

»Abbrechen«, murmelte Cole mir angespannt ins Ohr.

»Nein«, zischte ich, während Mias Gesicht vor meinem inneren Auge auftauchte. Das Ganze musste heute Abend einfach sein Ende finden. So oder so.

Manuel grinste höhnisch, bevor er Noah zunickte. »Linkes Ohr und Brust.«

Noah kam daraufhin zu mir herüber, riss mir den winzigen Ohrhörer heraus und zertrat ihn mit seinem Schuh. Dasselbe tat er auch mit dem Draht. Deshalb blieb mir jetzt nur noch die Kamera, aber kein Ton mehr.

»Er ist bei einer Spezialeinheit«, warf Manuel ein. »Der American-Dream-Junge.«

»Stimmt, und er ist ein Cop. Was tue ich also hier?« Schon seltsam, dass ich überhaupt nicht nervös war. Ich sah gerade lediglich rot. Das war der Showdown, den wir gebraucht hatten.

»Du …«, Noah trat jetzt direkt in meine Blicklinie, »… wirst das gewinnen, was dein Bruder uns schuldet.«

»Und wenn nicht?«

Manuel hatte jetzt einen merkwürdigen Gesichtsausdruck, einen, den ich nicht wiedererkannte. Noah rief daraufhin mit einem Fingerschnippen Mr. Herzinfarkt zu mir. Er schob ein Handy zu mir hinüber, sodass ich das Foto erkennen konnte, das auf dem kleinen Display zu sehen war. Es zeigte Mia, die draußen vor der Notaufnahme ein Buch las. Anschließend ging das Display zu einem weiteren Foto über, auf dem sie mit Molly auf der Schwesternstation sprach.

Nein, nein, nein! Ich sah außer mir vor Wut zu Manuel hinüber, der mich sorgfältig beobachtete.

»Wir haben jemanden, der diese hübsche junge Dame im Krankenhaus überwacht. Du möchtest doch nicht, dass ihr etwas zustößt, oder?«

Äußerlich blieb ich ganz ruhig. Ich brachte meine ganze Kraft dafür auf, unterdrückte sämtliche Angst, schob sie in die Mitte meines Bauchs zurück und blickte zu Manuel hinüber, dann räusperte ich mich. »Du kannst ihnen sagen, dass sie Mia in Ruhe lassen sollen.« Ich sah Noah mit einem brennenden Blick an. »Okay, dann los, lasst uns spielen.«

»Ausgezeichnet.« Manuel grinste Noah an. »Dann lasst uns endlich aus diesem Scheiß rauskommen.«

Noah öffnete daraufhin eine andere Tür seitlich von uns und begrüßte ein paar neue Spieler.

»Willkommen, willkommen.« Aufgeregt klatschte er in die Hände. »Ich hoffe, ihr habt genügend Bares dabei, das ich gewinnen kann.« Die Männer kicherten über seinen lahmen Scherz.

Sieben neue Männer setzten sich nun an den Tisch. Sie alle bekamen einen Drink und erfuhren die Spielregeln, bevor der Hagere die Karten austeilte.

Mit gesenktem Kopf spielte ich, und ich setzte nicht ein einziges Mal mehr ein, als ich musste. Ich tat nur, was nötig war, und machte stur weiter.

Drei Spiele und zwei Stunden später hatte ich schließlich dreiundsiebzigtausend Dollar gewonnen. Ich zuckte nicht einmal mit der Wimper wegen des Bargelds, das sich vor mir anhäufte. Meine flammende Wut reichte aus, dass ich konzentriert blieb.

Immer wieder tippte ich auf den Tisch. Keiner von ihnen merkte, dass ich Cole damit wissen ließ, dass er sich zurückhalten sollte. Ich achtete stets darauf, dass meine Finger genau im Blickwinkel der kleinen Kamera an meinem Pullover waren. Nichts sollte diese Sache hier noch vermasseln. Ich musste meine Hände unbedingt ein für alle Mal von dieser Situation reinwaschen.

Bei achtzig Riesen warf ich schließlich meine Karten hin. »Das war's.«

»Oh nein, das war's noch lange nicht.« Noah zog sofort seine Waffe aus der Hose. »Die Schulden deines Bruders betragen zweihunderttausend Dollar.«

Ich warf meinem Bruder einen fassungslosen Blick zu und fragte mich, wie wir zwei nur so verschieden sein konnten und warum sein bester Freund gerade eine Waffe auf meinen Kopf richtete.

»Das ist nicht mein Problem.« Ich zuckte gleichgültig mit den Achseln.

»Mark«, warnte mich Manuel, aber dieses Mal war es mir egal. »Leg dich nicht mit diesen Typen an.«

Dell rückte nervös auf seinem Stuhl umher und rieb sich die Nase; ein Zeichen, dass ich sie nicht drängen sollte.

Noah nickte nun dem Typen neben mir zu, der mir erneut sein Handy vor das Gesicht hielt.

Wieder war darauf Mia zu sehen, die gerade das Zimmer eines Patienten verließ. *Oh mein Gott, bitte, ihr soll wegen mir nicht schon wieder etwas zustoßen.* Mir wurde klar, dass ich ihre Herausforderung annehmen musste.

Eine Herausforderung. Das war es, es musste einfach eine sein. Sie wussten, dass ich niemals weiterspielen würde, wenn sie ihr etwas antaten. »Wie gesagt, das war's.«

Noah überlegte einen Moment lang, und Manuel geriet mehr und mehr in Panik.

»Verdammt, dann erschießt die Fotze!«, kreischte Manuel und warf seinen Drink auf den Tisch. »Sie ist ihm wichtig, Noah, er braucht eben nur etwas Druck.« Er stand jetzt auf und wedelte wild mit den Armen in der Luft herum. »Bringt ihn ins andere Zimmer und lasst ihn dort mit den High Rollern spielen. Mark könnte den Kartengeber bei seinem eigenen Spiel schlagen. Hör auf mit dem Scheiß hier. Es ist Zeit für ein richtiges Spiel. Ihr seht doch, dass er unschlagbar ist.«

Noah musterte uns beide, bevor er schließlich seine Waffe auf Manuel richtete und ihm seelenruhig ins Knie schoss.

Heilige Scheiße!

Manuel fiel schreiend zu Boden. Fünf der Männer strichen schnell ihr Bargeld ein und verschwanden dann durch die Tür. Die anderen beiden zogen sich sicherheitshalber zur Wand zurück, beobachteten uns jedoch weiter. Der Fette neben mir schob plötzlich den Tisch zur Seite, sodass ich Manuel und Noah direkt gegenüber auf dem Stuhl saß. Der Hagere hielt jetzt eine Waffe auf mich gerichtet, obwohl das fast komisch wirkte, weil das Gewicht der Waffe für ihn anscheinend zu groß war, um sie ruhig halten zu können.

Dell stand angespannt in der Ecke und war bereit, dazwischenzugehen, falls es nötig werden würde. Ich schüttelte unauffällig den Kopf, damit er sich zurückhielt. Das hier war mein Kampf!

»Ich bin ein wenig durcheinander.« Ich verschränkte die Finger ineinander. »Seid ihr beide nicht eigentlich alte Freunde?«

Noah kratzte sich mit der Mündung seiner Waffe am Kopf. Sein öliges Haar blieb davon vollkommen unberührt. »Das waren wir … bis dein Bruder zweihunderttausend Dollar von meinem Geld in einer einzigen Runde verloren hat.«

Ich richtete den Blick nun auf Manuel, der sich immer noch auf dem Boden umherwälzte und sich dabei das blutige Bein hielt.

»Er muss bezahlen.« Noah sah abwertend auf ihn herab.

Erneut hielt ich die Hand in die Höhe, damit Cole wusste, dass er sich immer noch zurückhalten sollte. Ich war mir jedoch nicht sicher, wie lange er mich noch gewähren lassen würde.

Noah packte Manuel jetzt bei den Haaren und zog ihn unsanft auf die Knie. Seine Wangen blähten sich daraufhin auf und zogen sich wieder zusammen, als der Schmerz immer stärker wurde. Speichel sprühte auf den Boden, als er schreiend versuchte, seine Verletzung mit der Hand zu bedecken.

»Mark!« Seine Augen bettelten mich an, aber ich hörte lediglich seine Bemerkung über Mia in meinem Kopf widerhallen. *Erschießt die Fotze!*

»Ich hätte es besser wissen müssen, als einem Cop zu vertrauen«, zischte Noah, der sich nun an Manuel wandte. »Hast du noch irgendwelche letzten Worte, bevor du deine Schulden endgültig bezahlst?«

Ich räusperte mich. »Ich habe noch eines.«

Noah sah mich überrascht an und fragte sich zweifelsohne, warum ich nicht versuchte, das Ganze zu verhindern. Er bedeutete mir, dass ich fortfahren sollte.

Ich ließ mich jetzt voll und ganz von der Dunkelheit vereinnahmen … ich gab all den schrecklichen Gedanken nach, die ich stets mit aller Gewalt von mir weggeschoben hatte. Während mein Herz wie eine Trommel in meiner Brust schlug, kniete ich mich hin, damit ich auf Augenhöhe meines Bruders war.

Jemand hatte einmal gesagt, die Augen seien die Fenster zur Seele. Ich sage, sie waren die Fenster zur Wahrheit. Irgendetwas hatte mir in meinem Leben immer zu schaffen gemacht hinsichtlich des Tages, an dem meine Mutter ermordet worden war. Manuel hatte gesagt, dass meine Fingerabdrücke auf dem Messer gewesen seien.

»Das könnten die letzten paar Augenblicke sein, die wir jemals beisammen sind, *Bruder.«* Das Wort klebte mir auf der Zunge. »Wenn du also auch nur annähernd mit etwas Ähnlichem wie Ehre von hier weggehen willst, dann sag mir jetzt endlich die Wahrheit.« Ich schluckte den Schmerz, den mir dieses Thema bereitete, krampfhaft hinunter. »Habe ich unsere Mutter wirklich getötet?«

Beim Zucken seiner Mundwinkel wurden meine sämtlichen Sinne sofort aufmerksam. »Du bist ein solcher Idiot. Du hattest doch gar keine Ahnung, wie es war, in diesem Haus leben zu müssen.« Seine Worte schienen nur noch aus Eis zu bestehen – ich hörte keinerlei Emotion, nur Leere. »Du musstest dich doch immer nur um das Essen kümmern, den Mund halten und zur Schule gehen. Ich hingegen war derjenige, der mit *ihnen* umzugehen hatte.«

»Mit wem?«

»Mit sämtlichen *Freunden* von Mom.« Er öffnete und schloss die Augen vor Schmerz, und sein Gesicht und sein Hals waren schweißbedeckt. »Einige wollten mehr als bloß Mom.« Er ballte die Hände zu Fäusten. »Sie wollten auch mich. Ich habe gekämpft, aber das hat sie nicht abgehalten.«

»Da warst du nicht der Einzige.« Ich hob meinen Pullover und zeigte ihm daraufhin die tiefe Narbe an meiner Seite. »Ich habe nicht gewusst, dass sie auch hinter dir her waren.«

»Natürlich nicht, du bist ja immer zu deiner *anderen* Familie gelaufen.«

»Wegen dir! Wegen dir bin ich weggelaufen! Sogar wenn es draußen wie blöd gestürmt hat … nur um Essen für dich zu suchen oder Benzin aus Autotanks zu saugen … damit *du* dir mehr Gras besorgen konntest.« Ich stach ihm mit einem Finger in die Brust. »Glaub mir, Manuel, ich hatte meinen fairen Anteil am Schmerz. Wir waren doch nur Kinder. Mom hätte sich besser um uns kümmern müssen.«

Ich sah zu Noah auf. Er hörte unserem Wortwechsel interessiert zu. Niemand rührte sich, sie alle hielten sich zurück und standen nur fasziniert da, während sich unser kleines Drama vor ihren Augen abspielte.

»Mom war eine Platzverschwendung, also habe *ich* mich um sie gekümmert!« Die Worte meines Bruders lenkten meine Aufmerksamkeit prompt wieder zu ihm zurück.

Mir brach der Schweiß aus. *»Du* hast sie umgebracht?« Mir fehlten die Worte. Manuel war zwar schon immer ein Arschloch gewesen, aber einen Mord zu begehen, das war noch mal eine vollkommen andere Sache.

»Ja.« Er lachte und wischte sich dann den Mund ab. *»Ich* habe sie umgebracht.«

Mir sackte das Herz in die Hose. »Du Schwein hast unsere Mutter umgebracht? Aber ich …«

»Ich habe dich gehasst«, rief er hustend. »So sehr gehasst, und ich hasse dich noch immer.« Er zog sich nun mühsam zur Wand hinüber und stützte sich auf. »Aber was ist schlimmer, als jemanden umzubringen, hm,

Mark? Wegen des Mordes an jemandem zusammenzubrechen, den man liebt, sogar eine beschissene Mutter wie unsere.«

»Ich habe sie nicht geliebt.« Ich versuchte, meinen Boden zu behaupten, während ich spürte, wie er langsam unter mir wegbröckelte.

»Oh, *Marky.*« Er spannte den Hals an. »Doch, du hast sie geliebt. Du erinnerst dich nicht mehr an jenen Tag, oder? Du bist nach Hause gekommen und hast dir einen Saft eingegossen«, höhnte Manuel. »Hat der nicht irgendwie komisch geschmeckt?«

Nun kehrte die Erinnerung schlagartig wieder zurück ...

»Mom, ich bin wieder da!« Ich ließ die Tasche an der Tür fallen und horchte. Alles war still. Ich schenkte mir ein Glas Kirschsaft aus dem Krug ein, der auf der Küchentheke stand. Der Saft floss mir die Kehle hinab. Er hinterließ einen komischen Nachgeschmack, und ein pelziger Film legte sich auf meine Zähne. Ich überlegte, ob ich den Saft hätte umrühren sollen. Ich holte jetzt meinen Buchstabiertest aus meinem Ordner. Ich wollte ihr zeigen, dass ich alles richtig gemacht hatte. Vielleicht war sie gerade nüchtern und wäre tatsächlich stolz auf mich.

Als ich am Wohnzimmer vorbeiging, blieb ich stehen, weil ein seltsamer Geruch meine Aufmerksamkeit einfing. Langsam drehte ich den Kopf und sah meine Mutter auf dem Sofa liegen. Ein Messer steckte in ihrem Bauch.

Ich erstarrte. Das Blut attackierte meine Sinne, und ich spürte eine seltsame Benommenheit.

»Mom?«, rief ich ängstlich, aber sie rührte sich nicht. Meine Zehen schlurften über den abgewetzten Teppich und verfingen sich in den losen Fäden. »Mama, bist du in Ordnung?« Alles drehte sich um mich. Ich spürte, wie mein Kopf auf dem Teppich aufschlug. Ein seltsames Klingeln ging von Ohr zu Ohr und sprang dann umher wie ein Gummiball in einer Schachtel.

Ein Paar Boots traten jetzt plötzlich über mich hinweg. War das Noah? *Seine Stimme zischte jemandem zu, dass er sich beeilen solle. Manuel beugte sich daraufhin hinab und schüttelte mich. Ich sah ihn zwar, konnte allerdings nicht reagieren. Meine Arme und Beine fühlten sich an, als wenn sie nicht miteinander verbunden wären.*

»Nein, der ist komplett hinüber«, versicherte ihm Noah. »Die Augen schließen sich nicht immer.«

»Das ist verflucht unheimlich.« Manuel zog ihr jetzt das Messer aus dem Bauch und wischte es mit meiner Decke sauber. Wilfred! *Ich liebte diese Decke. Sie war mein einziger Freund, wenn ich hier war. Sie beschützte mich vor all dem Bösen in diesem Haus. Manuel wischte den Griff daran ab, dann schlang er meine Finger darum.*

Was tat er denn da?

Sorgfältig rammte er das Messer wieder in sie hinein und warf Wilfred dann neben mich. Ich wollte die Hand nach ihm ausstrecken und ihn an mein Gesicht pressen. Seine seidigen Kanten beruhigten mich sonst immer, aber jetzt war er voller Blut – dem Blut meiner Mutter.

Manuel ließ sich jetzt auf den Fußboden sinken und sah mich direkt an. »Ich habe niemals jemanden so sehr gehasst, wie ich dich hasse. Jetzt bist du an der Reihe, Schmerzen zu spüren.«

Sein Gesichtsausdruck veränderte sich, als er sein Handy hervorholte, den Notruf verständigte und ihnen ein Drama vorspielte.

Ich schrie innerlich, aber ich konnte mich immer noch nicht rühren. Schmerzen fuhren durch meinen gesamten Körper. Das alles war zu viel, ich ließ den Schmerz herein und ließ mich völlig von ihm verschlingen. Ich ließ mein Bewusstsein los und fiel daraufhin in ein Meer von Dunkelheit.

Mein Sehsinn kehrte wieder zurück, und mein Blick konzentrierte sich jetzt auf meinen Bruder, auf mein eigen Fleisch und Blut, von dem ich jetzt wusste, dass er unsere Mutter umgebracht hatte.

So viele Fragen wirbelten in meinem Kopf umher, aber die erste, die mir über die Zunge kam, lautete: »*Wie*?« Ich kämpfte gegen meine unbändige Wut an. »Wie konntest du so etwas nur tun? Ich war sieben Jahr alt und nur ein Kind. Wir haben dasselbe Blut.«

Er zuckte mit den Achseln, als würden wir gerade über das Wetter reden. »Es war ganz leicht. Sie konnten nichts beweisen, und ich wusste, dass die Logans den besten Anwalt für dich besorgen würden.«

»War es das wirklich wert? Mich ein Leben lang in dem Glauben zu lassen, dass ich die Schuld an Moms Tod tragen würde?«

Er grinste höhnisch. »Das war nur das Sahnehäubchen auf dem Kuchen. Die Fotze war endlich weg, ich bekam den Trailer, und ich hatte nun einen American-Dream-Bruder, der mich immer dann aus allem heraushaute, wenn ich es brauchte. Es war eine absolute Win-win-Situation.«

Peng!

Die Hälfte von Manuels Hals spritzte jetzt plötzlich über die Wand. Mir stockte der Atem. Noah senkte seine Waffe und sah in aller Ruhe dabei zu, wie Manuels Leichnam zu Boden sackte.

»Da das Drama jetzt endlich zu Ende ist ...«, Noah zog ein Tuch aus seiner Brusttasche und wischte sich den Mund ab, »... müssen wir noch eine Schuld begleichen, und dir fehlt leider immer noch so einiges dafür.«

Ich stand wie erstarrt da. Es war irgendwie merkwürdig, dass mich keinerlei Gefühl durchlief. Ich war nicht traurig, dass Manuel tot war, aber endlich die Wahrheit zu wissen war eine riesige Erleichterung für mich. Die Wahrheit hatte immer Konsequenzen, und ich schätzte mal, das hier war seine. Nun war nur noch Noah da. Ich wusste jetzt, dass er an dem Mord an meiner Mutter beteiligt gewesen war, und er stand seelenruhig da und erzählte mir, dass ich die Schulden meines Bruders bei ihm zu begleichen hätte. Das war einfach zu viel.

Während mir all diese Gedanken durch den Kopf wirbelten, ließ Noah den Blick über den Raum schweifen. »Hast du eigentlich gewusst, dass deine Mutter eine Tätowierung an ihrem Becken hatte?« Er schlug sich auf diesen Körperbereich, während ich meinen Schmerz mehr und mehr zu Wut kanalisierte.

Du alter Hurensohn.

»Als Manuel mir von seinem Plan erzählte, dass er dich dazu bringen wollte, seine Schulden bei mir zu begleichen, musste ich einfach mitspielen. Der beste Teil für mich war allerdings der, als ich Katz und Maus mit deiner hübschen Freundin gespielt habe.«

Die Haut über meinen Fingerknöcheln spannte sich, als ich meine Hände zu Fäusten ballte, und ich warf Dell einen Blick zu. Dieser sah ebenso wütend aus wie ich. »Sie zitterte sogar, während ich hinter ihr im Dunkeln stand. Ich hörte sie hektisch atmen, als sie mich spürte.« Noahs Augen leuchteten auf. »Du kennst doch bestimmt dieses Gefühl, wenn sich die Härchen auf den Armen aufrichten, sich der Herzschlag beschleunigt und dein Gehirn fast zu verängstigt ist, um zu verarbeiten, was gleich geschehen wird?« Er lächelte, als ob er es sich gerade bildlich vorstellte. »Dann spürte sie mich, und ich konnte einfach nicht anders. Ich musste sie haben.«

Ich nahm nichts mehr wahr. Ich warf mich einfach in seine Richtung und schleuderte ihn gegen die Wand. Er wollte mich abwehren, aber ich drückte ihm mit dem Unterarm den Kehlkopf zu. Der Hagere jaulte auf, als Dell ihn bewusstlos schlug.

»Auf den Boden!« Coles dröhnende Stimme drang jetzt durch meine mörderische Wut. Kugeln flogen umher, und ich packte Noahs Kopf und zertrümmerte ihn. Ich war nun nicht mehr ich selbst. Alles, was ich noch vor mir sah, war Mia, die unter diesem Arschloch lag und darum kämpfte, sich zu befreien.

Ich erhaschte aus dem Augenwinkel auf einmal eine Bewegung, blickte hoch und sah, dass der Barkeeper eine Schrotflinte auf mich gerichtet hatte, aber kurz bevor er den Abzug betätigte, drehte ich mich um und ließ den Schuss von Noah auffangen. Sein Körper erbebte unter dem Aufprall, und ich starrte ihm in die Augen, während das Leben aus ihm herausrann.

»Viel Glück auf der anderen Seite.«

Keith schlug nun den Barkeeper nieder, bevor dieser noch weitere Schüsse abfeuern konnte.

Ich ließ Noah achtlos fallen, warf erneut einen Blick auf meinen Bruder, spürte aber immer noch kein Bedauern über seinen Tod.

»Alles in Ordnung mit dir?«, rief Cole, während er einen Mann beiseitestieß, der hereingerannt kam und offensichtlich nachsehen wollte, was hier los war. »Wir müssen von hier verschwinden. Wir haben nicht viel Zeit.«

Dell wankte auf einmal und schien zu stolpern. *Warte ... oh, Scheiße ...*

Ich rannte zu ihm, als er fiel. Ich erwischte ihn gerade noch und legte ihn behutsam auf den Betonboden.

»Dell?« Blut sickerte durch sein Jackett. Ich riss es auf und sah einen sich rasch ausbreitenden Fleck auf der rechten Seite seiner Brust. »Nein! Nicht schon wieder, auf keinen Fall!«

Keith fiel auf die Knie, riss sich Weste und Hemd herunter und machte sich sofort daran, die Wunde zu verbinden.

Cole drehte sich um und rief: »Wir müssen los ...« Dann sah er uns an und war vollkommen entgeistert. »Schnappt ihn euch, und dann ab durch die Mitte!«

»Scheiße.« Ich packte Dells Arm, Keith nahm den anderen, und wir trugen ihn zwischen uns aus dem Raum. Cole räumte uns den Weg frei, während wir zum Vordereingang rannten. Mehrere Schüsse, die hinter uns erklangen, sagten mir, dass wir nicht viel Zeit hatten. »Verdammt, Dell, benutz doch mal deine Beine.«

Unser Training hielt uns in Bewegung. Man zwingt den Schmerz einfach so lange zurück, bis man in Sicherheit ist. Es fiel einem aber immer schwer, wenn es einer von deinen Jungs war, der verletzt war.

Keith schloss kurz die Augen, als wir an einer Ecke stehen blieben. Er schob seinen Ärger beiseite. Darin war er wesentlich besser als ich.

»Weiter«, flüsterte Cole über seine Schulter hinweg, aber er sah uns dabei nicht an. Wir hatten alle viel zu viel Angst, dass wir gerade einen weiteren Leichnam trugen.

»Lopez!« Keith wandte sich mir zu. »Konzentriere dich auf Mia. Lass uns von hier verschwinden, das ist jetzt das Wichtigste, sonst nichts.«

Ich nickte ihm rasch zu und zog dann Dells Waffe von seiner Hüfte. Keith und ich rannten jetzt mit Dell zwischen uns weiter.

Wir waren nur noch wenige Augenblicke von der Tür entfernt, aber die Männer hinter uns holten leider rasch auf. Ihre Schritte waren schon nahe, und das spornte uns noch einmal zusätzlich an. Keith war stark wie ein Ochse, und im Vergleich zu ihm sah Dell aus, als würde er nicht mehr als eine Stoffpuppe wiegen.

Wir kamen jetzt an einigen Leichen vorüber, die aufeinandergestapelt dalagen. Ich erkannte darin Coles und Keiths Werk. Wir wollten nicht denselben Weg hinausgehen, den wir hereingekommen waren, also mussten wir einen Umweg durch einen Seiteneingang in Kauf nehmen.

Als Cole hindurchgestürmt war, begrüßten uns schon ein Team aus Agenten und ein Krankenwagen. Cole musste sie gerufen haben, bevor sie uns herausgeholt hatten.

Keith rannte zu den Sanitätern hinüber und legte Dell auf eine Trage.

»Verdammt, du Trottel!«, zischte Dell. »Geht das vielleicht auch ein bisschen sanfter?«

Keith schüttelte den Kopf. »Hättest du nicht vorher schon etwas sagen können?«

»Dann hättet ihr mich doch nicht getragen.« Er lachte, hustete dann aber vor Schmerz.

Cole stellte sich neben ihn. »Wenn du nach Hause kommst, müssen wir aber ein Wörtchen miteinander reden.«

»Ich weiß.« Er nickte schuldig, bevor ihn die Sanitäter davonrollten.

Ich fragte einen der Sanitäter, ob ich vielleicht eines der Fahrzeuge für einen raschen Anruf benutzen durfte. Im Wagen war es warm, was mir dabei half, meine Nerven zu beruhigen. Bei Mias Nummer meldete sich sofort wieder die Mailbox. *Verdammt, wo bist du, Mia?* Ich wischte schnell über meine Kontakte und rief als Nächstes die Schwesternstation im Krankenhaus an.

»North Dakota Hospital, Molly am Apparat.« Ihre fröhliche Stimme passte so ganz und gar nicht zu meiner Stimmung.

»Hallo, Molly, Mark hier …«

»Oh mein Gott, Mark! Wie geht's dir? Warum rufst du denn unter dieser Nummer an?«

Bei ihrem Geplapper musste ich unwillkürlich die Augen zusammenpressen. »Ich muss mit Mia sprechen.«

Es folgte eine lange Pause.

»Sie ist nicht mehr hier, Mark. Sie hat eine Stelle in Boston angetreten. Ist vor ein paar Tagen gemeinsam mit Schwester Taylor weggegangen. Ich habe gerade erst mit ihr telefoniert, sie findet sich anscheinend ganz gut zurecht dort.«

Was? *Gott sei Dank!* Also hatte Noah nur geblufft. Mia war nicht einmal in North Dakota. Ich ließ mich auf den Sitz sinken. Mein Körper fühlte sich plötzlich an, als wenn er aus Pudding bestehen würde.

»Mark? Mark, bist du noch dran? Es tut mir leid. Hast du nichts davon gewusst?«

»Nein.« Ich rieb mir den wunden Hals. »Danke, Molly.«

Drei Tage später

Savannah hatte zur Erinnerung an Paul ein Bäumchen im Hof vor dem Haus gepflanzt, da seine Familie ihn bei sich im Osten begraben wollten. Ich hielt das für eine großartige Idee. Dann war es so, als ob ein Teil von ihm nach wie vor hier wäre. Cole musste ihr dabei helfen, weil der Boden größtenteils gefroren war, aber sie bestand darauf, es jetzt zu tun anstatt im Frühling. Sie sagte, wir bräuchten dringend einen Ort, an dem wir unseren Schmerz herauslassen konnten.

»Miau«, quietschte das Kätzchen, während es sich in der Küche zwischen meinen Beinen hindurchwand. Ich beugte mich zu ihr hinab und hob meinen winzigen mexikanischen Hitzkopf hoch. Sie schlug sofort nach meiner Nase und schob dann ihre Pfote in die Milch von meinen Haferflocken.

»Hat Scoot dich etwa dazu angestiftet?« Ich warf einen Blick zu Scoot hinüber, an dessen Ohr gerade Olivia zupfte. Er wirkte zwar verärgert, aber ich wusste, dass es ihm eigentlich nichts ausmachte. Wir alle waren nämlich schwer in dieses kleine Ungeheuer vernarrt.

Ich stellte den Teller daraufhin seufzend auf den Boden und überließ Little Lady die ganze Schüssel.

»Na hallo, ihr.« Dr. Roberts blieb an der Küchentheke stehen und hob Lady hoch. »Wie heißt du de...« Lady schlug ihm mit den Krallen ins Gesicht und erwischte dabei seine Wange. »Wow, du bist ja ein freches Kätzchen.«

Ich wollte sehen, wie er jetzt reagierte. Zu meiner Überraschung lächelte er nur und untersuchte die launische, manchmal sogar regelrecht gemeine Katze.

»Gehört sie dir?« Er blickte über die Schulter.

»Ich habe sie gerettet, aber sie gehört nicht richtig mir.« Lady hieb erneut nach seiner Nase und fügte ein kätzchengroßes Fauchen hinzu. »Lady konnte einfach ein gutes Heim gebrauchen.«

»Lady, hm? Nicht so ganz der Name, den ich für so einen unverschämten kleinen Teufel wählen würde. Armes Ding. Sie braucht offenbar jemanden, der sie versteht, nicht wahr, meine Süße? Vielleicht solltest du mit zur mir nach Hause kommen, hm?« Er setzte sie hin, sodass sie weiter fressen konnte, aber sie machte sich stattdessen über seine Schuhbänder her. Ich lachte laut. Sie war ein richtiges kleines Miststück. Vielleicht war sie ja verärgert, weil ich sie zuerst für einen Kater gehalten hatte. »Hey!« Er wollte sich gerade in Bewegung setzen, aber sie jagte ihm hinterher und hieb auf seinen Knöchel ein. »Aua!«, jaulte er.

»Sie gehört ganz Ihnen, Doc.«

»Danke«, brummte er und versuchte, von ihr loszukommen.

»Viel Glück dabei.« Kichernd verließ ich die Küche und ging den Flur hinab.

Ich hatte nicht an der Gedenkfeier des NYPD für Manuel teilgenommen. Mir war einfach nicht danach gewesen, dabei zuzusehen, wie mein Bruder zur ewigen Ruhe gebettet wurde. Soweit es mich betraf, hatten die ersten sieben Jahre meines Lebens niemals stattgefunden. Er konnte von mir aus auf ewig in der Hölle schmoren, es war mir so was von egal.

»Mark.« Cole stand in der Tür. »Frank ist unten und möchte gerne ein paar Worte mit dir reden.«

Scheiße. Vermutlich war es wohl an der Zeit.

Immer zwei Stufen auf einmal nehmend, eilte ich in den Konferenzraum. Ich klopfte kurz, bevor ich eintrat.

»Frank«, sprach ich ihn an, als ich hinter einen hohen Ledersessel trat, »ich schätze mal, Sie wollen eine detaillierte Zusammenfassung dessen, was bei unserem letzten Auftrag vorgefallen ist.«

»Ja, aber das kann warten.« Er nagte an der Innenseite seiner Wange, während er intensiv überlegte. »Das mit Paul tut mir leid, er war ein guter Soldat und ein guter Mann. Wie halten Sie sich denn?«

Ich stieß einen lagen Atemzug aus. »Ich hänge hier rum.«

Er nickte. »Sehen Sie, Mark, ich bin kein Mann vieler Worte, also komme ich lieber gleich zur Sache. Mia und ich sind in den letzten zehn Jahren nicht besonders gut miteinander ausgekommen. Seit sie vor ein paar Tagen nach Boston gegangen ist, haben wir kein Wort mehr von ihr gehört.« Er hielt kurz inne und rieb sich das Kinn. Er schien offenbar gerade einen inneren Kampf auszutragen. »Das Leben ist zu kurz, um nicht diejenigen um sich zu haben, die man liebt.« Er sah jetzt zu mir hinüber. »Ich begreife erst jetzt, wie falsch meine Reaktion gewesen ist, als ich Mia hier sah und hörte, dass sie mit Ihnen zusammen war. Ich habe stets alles gegeben, um Mia von dieser Welt fernzuhalten. Es mag vielleicht das Jahr 2015 sein, aber die Armee ist trotzdem kein Ort für jemanden mit einem so freundlichen Herzen wie Mia. Sie ist nun mal mein Baby, und sie wird es immer bleiben.« Er räusperte sich jetzt. »Ich sehe sie noch immer mit ihren Zöpfen vor mir, wie sie mir in die Arme springt und mich ihren Helden nennt. Es schmerzt das Ego eines Vaters einfach, wenn er sehen muss, dass sie nun jemand anderen so ansieht.«

Das war eine Seite an Frank, die ich nie erwartet hätte zu sehen.

»Falls es noch etwas zählt, so haben Sie jetzt meinen Segen, Mark.« Er stand auf und bot mir die Hand an. »Sie sind ein guter Mann, und ich weiß, dass Sie ihr sehr viel bedeuten.«

Ich benötigte einen Moment, um alles begreifen zu können. Er war immer sehr direkt, und dieses Mal war das nicht anders.

»Das, äh ... das bedeutet mir wirklich sehr viel, Frank.« Ich schüttelte ihm die Hand und fühlte mich vollkommen erschlagen von seiner Aufrichtigkeit.

»Nun, dann ...« Er machte sich auf den Weg zur Tür. »Sie arbeitet heute, also ...«

»Ja, schon gut.« Ich lehnte mich gegen den Tisch.

»Ich möchte den Bericht am Montag haben.«

»Wird erledigt.«

Cole kam jetzt herein, lehnte sich jedoch noch einmal hinaus, um sich zu vergewissern, dass Frank tatsächlich weg war. »Du hast also schon wieder eine Moralpredigt gekriegt?«

»Nein.« Ich stand immer noch unter Schock, sah aber hastig auf die Uhr. »Tatsächlich hat er mir sogar seinen Segen erteilt.«

»Was?«, quietschte Savannah aufgeregt hinter Cole. »Oh mein Gott!« Sie ließ Livy sofort in die Hände klatschen. Ich lächelte, und es fühlte sich so unglaublich gut an. Es war schon eine ganze Weile her, dass ich zuletzt einen Grund zum Lachen gehabt hatte.

»Wo kommst du denn plötzlich her?« Cole legte seiner Frau die Arme um den Körper. Er küsste sie auf die Wange und tat dann dasselbe bei Livy.

»Ich bin doch immer überall.« Sie zwinkerte schelmisch, was meine Stimmung noch mehr hob. »Was jetzt?«

Ich zuckte mit den Achseln. »Selbst wenn sie mich wieder zurücknimmt, wie sollte das alles funktionieren?«

Savannah strahlte mich an. »Tatsächlich haben wir da schon einen Plan.«

»Oh?«

»Ja, aber zuerst musst du sie dir wiederholen.«

Kapitel zwölf

Mia

Mir gefiel es hier überhaupt nicht. Das Personal war nicht annähernd so nett wie in North Dakota, und Dr. Rice war viel zu aktiv für meinen Geschmack. Um alles noch schlimmer zu machen, war er außerdem auch noch einige Jahre jünger als ich.

Ich war froh gewesen, meine alte Wohnung zu verlassen, obwohl der neue Hausmeister, Chris, sehr nett war und anscheinend wirklich traurig darüber war, dass ich auszog. Nicht, dass ich den Mann überhaupt richtig kennengelernt hatte. Er war offenbar ein komischer Kerl. Ich war sowieso nicht mehr allzu glücklich in diesem alten Gebäude gewesen, seit mein Freund ausgezogen war, und nach dem Überfall im Erdgeschoss barg es einfach zu viele schlimme Erinnerungen.

Mein Vater und ich arbeiteten im Moment daran, unsere Beziehung zu reparieren. Er hatte den Hintergrund von Chris überprüft, und er war offenbar harmlos, nur ein bisschen unheimlich. Ungeachtet dessen war ich aber trotzdem froh, ihn los zu sein. Ich hatte niemals herausgefunden, wer das Frostschutzmittel im Innenhof ausgeschüttet hatte, aber wenn ich raten sollte, hätte ich gewettet, dass es der Mann war, der mich überfallen hatte. Mein Vater hat mich später darüber informiert, dass der Mann mit Marks Bruder zusammengearbeitet hatte, aber ich sollte mir wegen ihm keine Sorgen mehr machen. Ich schob den Schmerz beiseite, der unweigerlich jedes Mal folgte, wenn ich an etwas dachte, das mit Mark zu tun hatte.

Das Einzige, was mich überhaupt am Laufen hielt, war, dass Vikki Taylor mit mir hierhergewechselt hatte, weil ihr Sohn jetzt hier zur Schule ging.

Ich hatte meine Beine unter mich gezogen, öffnete mein Buch und trank meinen Kaffee, während ich mich wieder auf den Trubel der Notaufnahme einstimmte. Die abgenutzten Seiten meines Romans machten mich sofort glücklich. Ich liebte diese Geschichte einfach. Es war eine, auf die ich immer wieder zurückgriff, wenn ich das Verlangen hatte, Liebe zu spüren. Jodi Ellen Malpas stahl mir jedes Mal aufs Neue mein Herz mit Jesse Ward. *Wer mochte denn bitte schön keine großartigen Liebesgeschichten?* Insbesondere eine, die man immer und immer wieder lesen konnte, und man wusste, dass diese Geschichte immer auf dieselbe Weise enden würde – mit Glück und Liebe. *War das nicht etwas, das jeder von uns im Leben suchte?*

Es hieß, dass man angeblich in dem Augenblick, wenn man aufhörte, nach Liebe zu suchen, diese finden würde. Ich hielt das für ausgemachten Blödsinn. Ich war fest entschlossen, mich an meine Bücher zu halten, um Liebe zu finden. Ich wusste zum Beispiel, dass ich weinen konnte, um die nötige Erleichterung zu finden, und nach wie vor das Buch schließen und glücklich mit dem Ende sein konnte.

»Was lesen Sie denn da?« Dr. Rice musterte den Einband. »*This Man?* Dieser Mann, *was*?« Ich verdrehte die Augen. Typisch *Männer. Sie würden die romantische Bücherwelt nie verstehen.*

»Kann ich Ihnen vielleicht bei etwas helfen?« Ich steckte mein Buch in meine Tasche zurück, nahm meinen Kaffee und stand auf.

»Sie sahen irgendwie so einsam aus, also habe ich mir gedacht, ich leiste Ihnen einfach mal etwas Gesellschaft.« Er hob großspurig die Arme. »Ich begleite Sie gern zurück auf Ihre Etage.«

Bäh, nein danke. Warum verknallen sich Ärzte bloß immer in Krankenschwestern? Vermutlich liegt das daran, dass sie nicht oft aus dem Krankenhaus herauskommen.

»Also, Mia, haben Sie heute Abend schon etwas vor?«

Ich stehe allem offen, ich habe nämlich kein Leben. Ich habe nur eine Freundin an diesem Ort. In der vergangenen Woche habe ich jede einzelne

Nacht wegen meinem Exfreund in mein Kissen geschluchzt. Das Schlimmste ist allerdings, dass ich ihn nicht einmal mehr riechen kann! Mir gefällt es hier nicht, und ich würde sogar meine Seele verkaufen, um mein Leben um etwa fünf Monate zurückdrehen zu können.

»Es tut mir leid, aber ich habe schon etwas vor.« *Lügen, Lügen, Lügen.*

»Wie wäre es dann morgen?« Er unterbrach mich sofort, als ich wieder etwas sagen wollte. »Es würde Ihnen bestimmt nicht schaden, ein paar Freundschaften hier zu schließen.« *Wo habe ich das denn schon mal gehört*?«

Ach ja, stimmt.

»Mia.« Vikki lenkte meine Aufmerksamkeit jetzt auf sich, als sie hinter mich zeigte. »Der Patient auf Zimmer 2056 fragt nach seinen Schmerzmitteln. Könntest du das bitte für mich erledigen?«

»Aber natürlich.« Ich war mehr als glücklich, dass sie mich aus dieser Situation herausholte.

»Mia?«, rief sie erneut.

»Ja?«

»Heute Abend trinken wir was in der Weinbar auf der Barrington Street.«

Ich wollte erst ablehnen, aber sie stemmte schon die Hände in die Hüften.

»Klingt gut.« *Könnte nicht schaden*, dachte ich.

Die restliche Schicht kroch irgendwie im Schneckentempo voran. Meine Hände agierten unabhängig von meinen Gedanken, die unweigerlich zu Dingen zurückwanderten, die ich nicht ändern konnte und die mir doch nur weitere Schmerzen einbrachten. Nach meiner Schicht zog ich mich rasch um, verschloss meinen Spind und ging nach draußen.

Bei meiner Rückkehr war meine Wohnung kalt und leer. Meine einzige Freude war Butters, der ausgestreckt auf dem Sofa lag. »Na, zumindest du hast es dir gemütlich gemacht.« Ich kicherte über ihn, denn er rührte sich kaum, abgesehen davon, dass er mit dem Schwanz wedelte. Ich war so dankbar, dass Ed es in Ordnung fand, dass ich Butters mitgenommen hatte. Er war aber offenbar dankbarer darüber gewesen als ich, denn Ed war wohl kein so richtiger Hundemensch.

»Hallo, Kumpel.« Ich küsste ihn liebevoll auf den Kopf. »Kannst du mir dabei helfen auszusuchen, was ich heute Abend anziehen soll?«

Drei Outfits später entschloss ich mich, lieber etwas Hübsches anstatt etwas Aufreizendes zu tragen. Ich kannte sowieso niemanden hier und wollte keinen falschen Eindruck erwecken. Ich strich mit den Fingern über ein purpurfarbenes, langärmeliges Spitzenkleid. Es reichte mir bis knapp über die Knie, und meine Stiefel hörten knapp unter den Knien auf. Es erschien mir wie eine gute Wahl. Die Haare ließ ich einfach lang herabhängen, und ich lockte sie noch an den Spitzen, damit sie zusätzliches Volumen bekamen. Äußerlich wirkte ich vollkommen in Ordnung. Ich wünschte nur, ich könnte mich auch innerlich endlich wieder so fühlen.

Doch bevor ich diese Wunde mal wieder komplett aufreißen konnte, klingelte mein Handyalarm und erinnerte mich daran, dass das Taxi jetzt da sein müsste. Ich quetschte mich durch meine ungeöffneten Kisten voller Krempel und eilte die Treppe hinab. Der Himmel war schwarz, und wütende Wolken jagten schnell darüber hinweg. Es musste windig da oben sein. Das verschaffte mir irgendwie Trost. Das Wetter passte heute Abend zu mir. Es spiegelte anscheinend wider, was sich gerade in mir zusammenbraute.

»Lower Deck, bitte.« Ich lehnte mich zurück und kämpfte gegen den schweren Duft des Parfüms an, in dem der Fahrer offenbar gebadet haben musste. *Warum legten Männer so etwas auf? Bloße Seife roch doch viel besser an ihnen.*

Die Bar war ziemlich voll, aber ich fand dennoch leicht unseren Tisch. Vikki telefonierte bei meiner Ankunft gerade mit jemandem. Sie winkte mich zu einem freien Stuhl hinüber und reichte mir ein Bier.

»Du siehst großartig aus.« Sie warf einen Blick auf ihren Pullover und lachte. »Ich habe mein Gespür für Mode offenbar mit fünfundvierzig verloren.«

»Ich finde, du siehst sehr gut aus.« Ich stieß mit meiner Flasche gegen ihre. Beim Anblick von Dr. Rice, der auf uns zukam, drehte sich mir allerdings fast der Magen um.

»Phh«, schnaubte sie. »Ich habe ihn einmal draußen vor dem Krankenhaus gesehen und ihn aus Versehen mit Mr. Rice angesprochen, und er hat mich sofort verbessert.« Sie verdrehte die Augen. »Ich habe durchaus verstanden, dass man verdammt hart arbeiten muss, um den Titel ›Doktor‹ zu tragen, aber man muss deswegen doch nicht ständig so damit herumprotzen.«

Ich lachte. Sie hatte recht. Das war wirklich ein wenig prahlerisch.

»Komm schon.« Sie nahm meine Hand und führte mich schnell hinüber zur Tanzfläche, wo wir – und ich meinte, nur wir beide – zu »Hey Baby« von Bruce Channel tanzten. *Ich glaube, diese Bar könnte mir richtig gut gefallen. Wenigstens haben sie einen guten Musikgeschmack.*

Der Song hörte auf, aber Vikki griff nach meinem Arm, um mich zum Bleiben zu bewegen. »Folge deinem Herzen!«

»Wie bitte? Was soll das denn …?«

Sie zeigte in eine bestimmte Richtung, und ich setzte mich automatisch in Bewegung, kam jedoch sofort zurück, als ich erkannte, wer dort auf mich wartete. Sie nickte Mark zu, und dieser erwiderte das Nicken mit einem Lächeln.

Die Musik setzte nun wieder leise ein. Ich brauchte einen Moment, um die Stimme zu erkennen, die den Song sang. Sie sang ihn auf bluesige, soulige Weise, und vom ersten Wort an brachte ihr Klang mich fast zum Weinen.

Savannah saß plötzlich an dem braunen Klavier und spielte mit geschlossenen Augen »Can't Help Falling In Love.«

»Was um Himmels willen …« Ich konnte plötzlich nicht mehr klar denken. Mark kam zu mir hinüber, bat um meine Hand, und mit einem verwirrten Schritt nach vorn streckte ich sie nach ihm aus. Seine warme Hand gab mir sofort das Gefühl, dass ich endlich daheim war. Sein freier Arm glitt um meinen Rücken und presste sich eng an mich.

Wohin soll ich jetzt sehen? Bin ich zu steif? Tausend Dinge schossen mir gleichzeitig durch den Kopf, aber das Wichtigste war: *Warum war er hier?* Ich dachte an alles Mögliche, als seine Lippen auf einmal mein Ohr berührten. Er stieß einen schmerzlichen Seufzer aus, und das war's.

Alles in mir gab nach ... nichts blieb, was mich aufrecht hielt, außer seinen Armen. Mein Körper sank kraftlos gegen seinen, meine Wange drückte sich gegen seine Brust, und wir schwankten wie in einem Sturm.

Er fing jetzt an, davon zu singen, sich zu verlieben. Seine Stimme traf zwar nicht immer so ganz die Töne, aber ein Faden von Zuversicht war darin eingewoben, der sie unglaublich machtvoll erscheinen ließ.

Ich wusste, er spürte mein Zögern. Ich wollte mich ihm entziehen, aber er hielt mich, so fest er konnte. Seine Lippen wanderten zu meinem Ohr. »Du warst die erste Frau, der ich mich geöffnet und der ich all meine Geheimnisse enthüllt habe. Als ich wieder allein erwacht bin, habe ich morgens das Bett nicht gemacht, weil ich nicht allein sein wollte.« Er liebkoste mein Haar. »Ich verstehe jetzt, warum du es mir nicht gesagt hast. Du hattest ja recht. Ich hätte meinen Schutz bei dir dann niemals herabgelassen, was eine Schande gewesen wäre, weil ich dir dann nicht so *seelenzerdrückend* verfallen wäre.«

Ich stemmte mich von seiner Brust weg und sah in diese tiefen, dunklen Augen, die mich herausforderten, an ihm zu zweifeln. Selbst sein Kinn zeigte Zuversicht, aber ich sah dennoch die Verletzlichkeit hinter seinem Lächeln.

»Es tut mir so leid wegen dem, was ich gesagt habe. Ich habe einfach nur wütend um mich geschlagen, denn da war immer noch ein Teil von mir, den es bestürzte, dass du Kenny über dein Leben gestellt hast, aber das war nur so, weil du mir schon so viel bedeutet hast. Nicht Kenny war derjenige, der in Gefahr war, sondern du.« Er zuckte leicht mit den Achseln. »Das Herz siegte schließlich über das Feingefühl.«

Ich musste wegsehen und mir eine Minute für mich nehmen. *Wie viele Nächte hatte ich in dem Glauben verbracht, dass er mich hassen würde? Dass ich der letzte Mensch sei, an den er noch dachte? Dass ich bloß der Nachgeschmack von etwas Unangenehmen für ihn sei?*

»Ich habe mich in der Zwischenzeit meines Problems angenommen, habe unterwegs aber einen guten Freund verloren.« Ich nickte. Schwester Taylor hatte mir erzählt, dass Paul gestorben war, nachdem er im Krankenhaus eingeliefert worden war. Ich war so traurig gewesen. Ich konnte nur erahnen, was das ganze Haus nach seinem Tod durchgemacht hatte. »Ich kann dich nicht auch noch verlieren, Mia.«

Ich leckte mir die Lippen. »Ich wollte dir niemals wehtun, Mark, aber wenn es dir etwas bedeutet … ich habe den Schmerz meiner Lüge in dem Augenblick gespürt, als ich sie ausgesprochen hatte, und dieser Schmerz hat mich daraufhin nie wieder verlassen.«

»Nicht. Das Ganze war es letzten Endes doch wert, weil es mir im Endeffekt gezeigt hat, wie sehr ich dich liebe.« Er blinzelte, als ob er selbst nicht begreifen könnte, was er da gerade gesagt hatte. Dann stahl sich ein Lächeln auf seine Lippen, das bis hinauf zu seinen Augenwinkeln reichte. »Ich bin zwar noch ein bisschen sauer, aber verdammt, Mia, ich liebe dich wirklich von ganzem Herzen.«

Ich scherte mich nicht mehr um Verhaltensregeln, sondern ließ seine Hand einfach fallen und stellte mich auf die Zehenspitzen, um meine Lippen leidenschaftlich auf seine zu pressen. Seine Arme legten sich um meinen Rücken und zogen mich eng an ihn. Seine Zunge schlang sich auffordernd um meine, damit unser Kuss noch tiefer wurde.

»Ich liebe dich auch, Mark.«

Drei Monate später

Mark

»Wohin geht er?« Ich nahm einen Schluck Kaffee. Keith begab sich zur Anlegestelle, nachdem er einen Anruf erhalten hatte.

»Ich weiß es nicht.« Daniel warf mir einen hoffnungsvollen Blick zu.

Ich wusste, dass er glaubte, dass Keith eine Freundin hatte, und vielleicht war es auch so, aber irgendetwas fühlte sich nach wie vor nicht richtig an. Es fühlte sich seltsam daneben an.

Butters rannte ihm mit einem großen Stock im Maul hinterher. Er sprang und bellte so lange, bis Keith den Stock schließlich auf den Sand warf, der dem See folgte, und der Hund jagte ihm sofort glücklich nach.

Überraschenderweise hatte Scoot Butters als zeitweiligen Besucher im Haus ohne Probleme akzeptiert. Allerdings erst, nachdem sie um das Bett gekämpft hatten, das Savannah Scoot letztes Jahr zu Weihnachten geschenkt hatte. Am Ende musste ich Butters schließlich ein eigenes Bett besorgen, nur dass Scoot dann plötzlich dieses Bett viel mehr haben wollte als sein eigenes. Verzogene, verwöhnte Pelzkugel. Wenigstens hatten sie anschließend einen Waffenstillstand geschlossen, und Butters wartete nun immer geduldig, bis Scoot sich ein Bett ausgesucht hatte, bevor er es sich in dem gemütlich machte, das dieser nicht gewählt hatte.

Dell nickte, als er sich auf den Weg zu seinem Jeep machte. Er hatte immer noch einen weiteren Monat auf dem Gipfel zu absolvieren, bevor er wieder auf seinen normalen Posten zurückkehren durfte. Ich zitterte bei dem Gedanken an meine letzte Erfahrung dort. Es hatte ja wahnsinnig viel Spaß gemacht, Savannah am Paintball-Spiel teilnehmen zu lassen, allerdings hätte ich sie freiwillig zu nichts anderem mehr mitgenommen.

Cole trat nun in mein Blickfeld und pfiff, um Keiths Aufmerksamkeit zu erlangen. Keith beendete seinen Anruf daraufhin rasch und trabte zurück zum Rasen, Butters folgte ihm hart auf den Fersen.

Cole schloss nun die Tür hinter ihm. »Haustreffen in drei Minuten am Esszimmertisch.«

Ich sah Daniel achselzuckend an, als wir wenige Minuten später unsere Plätze einnahmen.

Sobald alle versammelt waren, stellte Cole drei Schachteln vor uns hin.

»Ich wollte sie euch eigentlich zu Weihnachten schenken, aber ich habe mich entschlossen zu warten.« Er schob nun eine schwarze, glänzende Schachtel zu Keith und eine zu John hinüber. Sie öffneten sie und grinsten angesichts ihrer neuen Blackstone-Uhren. »Der Spürer im Innern ist absolut unauffindbar. Nach dem, was damals bei mir schiefgegangen ist, halte ich es für unabdingbar, dass wir sie alle unentwegt tragen.«

»Danke sehr.« Keith legte seine sogleich um. Ich sah zu John hinüber, der die zusätzliche Schachtel anstarrte – *Pauls Schachtel.*

»Nun.« Cole schaute sich im Raum um. »Niemand hier möchte gerade zugeben, wie sehr ihn das Ganze schmerzt, aber das Beste, was wir für Paul tun können, ist, einfach weiterzumachen. Weitermachen bedeutet jedoch nicht, dass wir ihn jemals vergessen werden.« Er sah mich intensiv an, bevor er fortfuhr: »Ich habe mir das wirklich ganz genau überlegt, und ich weiß, sein Stuhl ist immer noch warm, aber uns stehen bald eine Menge neuer Abstecher bevor, und unser Team muss dafür unbedingt vollzählig sein. Also …« Er hob die Schachtel hoch. »Der Mann, der in Pauls sehr große Fußstapfen treten wird, ist …« Die Trauer war nun mit etwas Aufregung vermischt. Eine Sache, die das Haus im Augenblick wirklich dringend brauchte. Cole beugte sich hinab und schob die Schachtel in eine Hand, die mit roten und schwarzen Wirbeln bedeckt war.

Im Raum wurde es still, als der Mann die Schachtel aufhob und sie bewundernd ansah.

John beugte sich nun über den Tisch und streckte die Hand aus. »Willkommen bei Blackstone, Mike.«

»Danke, John.« Mike stieß einen langen Seufzer aus, bevor Daniel in Hochrufe ausbrach und die Stimmung sich wieder hob. Der Arme musste eine Menge Erwartungen erfüllen.

»Darauf trinken wir erst einmal einen.« Dell bewegte vorsichtig seinen Arm in der Schlinge. »Gott weiß, ich habe einen Drink bitter nötig.«

Während alle in glückliches und lautes Gelächter ausbrachen, ging ich zum Fenster, wo sich gerade zwei Scheinwerfer über das Eis bewegten.

Mike trat zu mir und war neugierig, was ich mir ansah. Ich zeigte mit meinem Becher auf die Tür. »Da kommt sie.«

Ich hatte Mia dazu überredet, nach Montana zu ziehen. Wir hatten für sie eine Wohnung drei Blocks entfernt von Daniel und Sue und einen Block entfernt von ihrer neuen Arbeitsstelle im *Red Stone Medical Center* gefunden. Es war absolut perfekt. Ich konnte sie treffen, wann immer ich wollte, und sie schien glücklich darüber zu sein, dass sie wieder mehr Zeit mit ihrem Vater verbringen konnte. Es war unglaublich schön zu sehen, dass sie jetzt besser miteinander zurechtkamen.

Cole hatte ihr einen Passierschein für das Haus ausgestellt, aber wir konnten leider nicht noch mehr Regeln strapazieren, damit sie auch hier leben konnte. So war es am besten. Sie und ich waren übereingekommen, alles langsam und nacheinander anzugehen. Schließlich kannten Mia und ich uns ja erst kaum ein Jahr. Sie sagte, sie würde sich schon darauf freuen, abends mit mir auszugehen, damit sie meine Tanzschritte überprüfen konnte. Ich war unbesorgt, ich wusste, die Damen liebten meine Schritte.

»Hallo, du.« Sie löste ihr Halstuch und legte es über den hölzernen Haken im Eingangsbereich. »Wie war's denn heute?«

»Jetzt ist es auf jeden Fall besser.« Ich küsste sie liebevoll auf die verfrorene Nase und hüllte sie in meine Wärme ein. Sie wusste, dass ich sie liebte, obwohl ich es seit Boston nicht mehr laut ausgesprochen hatte. Ich wollte sie einfach nur mit all meiner Kraft festhalten und nie mehr loslassen, ganz egal, was uns das Leben noch bringen mochte.

»Mmm.« Ihre Brust vibrierte sanft an meiner. »Das habe ich gebraucht.«

»Hast du Hunger?« Sie nickte, ließ mich jedoch nicht los, ich sie allerdings auch nicht.

»Oh, Klasse!« Savannah unterbrach unseren romantischen Augenblick einfach. »Mia, ich muss dir unbedingt etwas erzählen.« Sie nahm sie an die Hand und zog sie hinter sich her in die Küche.

Mia blickte über die Schulter zurück und warf mir ein Lächeln zu, das mich fast umhaute. Wow ... hatte ich vielleicht ein Glück.

Nach allem, was ich im Leben schon durchgemacht hatte, weigerte ich mich, zurückzublicken, und ich würde mich ab jetzt auch nicht mehr zurückhalten. Ich wusste, dass ich, egal was auch passierte, die perfekte Frau gefunden hatte. Eine, die mir half, die Dämonen meiner Vergangenheit zu verjagen, und eine, von der ich wusste, dass sie in der Zukunft immer fest zu mir stehen würde. Ich konnte jetzt wahrhaft und ehrlich erhobenen Hauptes umhergehen. Ich hatte schließlich keinerlei Zweifel mehr daran, dass ich ein guter und ehrbarer Mann war.

Ende

Danksagung

Mary Drake
Erin Smith
Ana Armstrong
Mein Blackstone-Girls-Street-Team